U0506210

推理 ∞ 大无限

A Defense of Detective Stories

卢冶 著

人民文学出版社

图书在版编目（CIP）数据

推理大无限/卢冶著.——北京：人民文学出版社，2023
ISBN 978-7-02-018465-1

Ⅰ.①推… Ⅱ.①卢… Ⅲ.①推理小说－小说研究－世界 Ⅳ.①I106.4

中国国家版本馆CIP数据核字（2023）第244129号

责任编辑　汪　徽
装帧设计　刘　远
责任印制　张　娜

出版发行　人民文学出版社
社　　址　北京市朝内大街166号
邮政编码　100705

印　　刷　三河市延风印装有限公司
经　　销　全国新华书店等

字　　数　317千字
开　　本　880毫米×1230毫米　1/32
印　　张　13.25　插页3
版　　次　2023年12月北京第1版
印　　次　2023年12月第1次印刷

书　　号　978-7-02-018465-1
定　　价　68.00元

目　录

序：别小看推理小说

——关于本书的打开方式

您好，感谢您翻开本书，并接受作者的预警：

希望尝到推理文学"满汉全席"——全面细致地分析作家作品和各类谜团诡计的——饕客们，本书可能要令你们失望了。从推理老饕的角度来说，不少该上的"菜"没上，却添加了很多看似风马牛不相及的调味品。譬如，对比本格派和社会派的时候，谈佛学和儒学；讲时空诡计，却扯到古希腊几何学和中世纪的教堂风格；从游戏推理的角度去谈张爱玲的爱情小说；博尔赫斯、艾柯这样的纯文学大佬，政治哲学家齐泽克和精神分析学家弗洛伊德的名字常常出现，而诸多推理文学大师、流派和作品，甚至"未能拥有姓名"。

一句话：本书并非正统的侦探推理文学批评集，也不会提供面面俱到的推理小说介绍。这也不是，那也不行，在人人熟悉东野圭吾和阿加莎的时代，这本书还能给出什么？——得从我们打开推理小说的方式说起。

当我们读推理小说时，我们在读什么？

没有哪一类大众文学会像推理小说一样，让我们无须经过大学语文的阅读教育，就产生一种"把书读薄"的自觉性。通观二手书市，就数推理文学的折旧率和流通率最高。在日本的无数市民图书馆里，东野圭吾的新书总是被房小又缺钱的读者预约满满。

对我们来说，推理小说是文学财库中的"身外之物"。它提供一种可量化的财富：既打通社会科学和自然科学，向我们兜售逻辑学、精神分析学、刑侦学、法医学等各领域的知识，又平易近人，提高我们对知识的拥有感，还不占大脑空间；比"言情文学"更有智商价值，又不像"世界名著"那样需要终生纠结。因此不难理解，在搞不懂恋爱的年纪，我们就开始迷恋破案和解谜了。纳博科夫和博尔赫斯这样的伟大作家都在孩提时崇拜过福尔摩斯，我也有自己小小的私人推迷史：

二十世纪九十年代初，号称"死神小学生"的"名侦探柯南"尚未诞生，多数中国读者对侦探推理这一题材的认知还仅仅停留在知道福尔摩斯的名字和译制片《尼罗河上的惨案》上，国内原创侦探推理文学几近无米之炊，国外翻译作品亦缺粮少肉。小学生的我，靠着偶然得到的几本警察出版社翻译改编的日本推理文学谜题选集《一分钟推理破案故事》，成为一个忠贞不渝的侦探推理小说迷，从此患上长期的饥渴症，一有"新粮"便狼吞虎咽。直到新星出版社、群众出版社等开始大量推出中文简体版外国推理作品，直到"悬疑推理"成为当当、京东图书分类当中最靠前的小说类别，直到国产影视剧、综艺节目也有了侦探推理的一席之地，直到剧本杀和密室逃脱作为新的大众娱乐方式遍地开花……好胃口再也不怕填不满。

可问题在于，读了很多或好或差的推理小说，我们通常仍不会写哪怕是最烂的那种，这一点再正常不过；但在收集了无数烧脑谜题和答案之后，却似乎也没有提高智商，这种虚假的充实感，就未免令人心有不甘了。

财富感不等于财富，文学与人生的关系也同样是——你不理财，财不理你。

如是，我们这本书，其实有点"财富分析师"的意向。它要解决的是这类问题：如何才能从侦探推理文学当中最大限度地获取精神财富？在此之前，要解决的前置问题是，这种文学带给我们的上瘾感，究竟所从何来？

——其实并不是"尸斑在死后多久产生"这类冷知识。提供知识这个特质，其他类型文学比如科幻小说也具备。知识含量并非侦探推理文学的根本特色，除了资深推迷和工科男女，一般读者也不会过度痴迷于物理诡计。牢记约翰·迪克森·卡尔的密室手法并不能使我们活得更加透彻；能靠搜索引擎查到的知识也不会带来真正的快感。小说中所有的诡计、手法，如果不跟某种东西结合起来，那么就一定无法走远。

那种东西是什么，才关系着侦探推理这种文学类型真正的特质。

谁？做了什么？

我们知道，这类文学有很多异名。请问您是否分得清侦探小说、推理小说、解谜小说、犯罪小说、悬疑小说、惊悚小说、公安小说、刑侦小说、公案小说等等说法之间的区别呢？只顾故事看得过瘾，懒得纠缠它叫什么？这就对了，大部分对该文类的误解，都来自概念分析上的偷懒。比如，很多人认为，侦探小说就是讲侦破社会案件，充斥着暴力犯罪，动辄杀人放火。这些看法不仅没有触及这个文类的真正内核，还常常导致其"江湖名声"受损，文学形象不佳。

　　为了厘清概念，我给这个文类划定的标准命名是"侦探推理小说"。我们也可以借古人常用的"人法喻"来体会：从人的角度（能行动之人），叫它侦探小说；从法的角度（所行使之事），叫它推理小说。合体成侦探推理小说，便是人法俱备，能所双全。为什么用这个比较啰唆的提法？因为必须标出该文类最核心的两个特征：一、侦探，是个主体；二、推理，是个动作。比如，欧美推理文学黄金时期的女作家多萝西·L.塞耶斯说：公爵夫人怀孕了！谁干的？这一彼时文学圈流行的八卦梗，一语道破了该文类的精髓：

　　谁？做了什么？——一个事件的基本单位就成立了。

　　谁？做了什么？引发什么后果？——一个情节的基本单位就成立了。

　　有此基础，不妨下个简要的定义吧：所谓侦探推理小说，是以在情节中设置谜团，展示解谜过程并提供答案，从而带给读者智力上的满足感的文学类型。

　　——看，显然不同于犯罪小说吧。比如，某人丢了一支钢笔，用推理的方式找到了它，这就可以是推理小说的题材，不必涉及谋杀案。但，这是不是侦探小说呢？

　　从讲故事的学问，也就是叙事学的角度来说，侦探是行动的主体，却并不一定是个具体的职业，侦探小说当中并不一定出现职业意义上的私家侦探。比如，日本作家青崎有吾写几个中学生逛庙会，发现每个摊位找的零钱都是钢镚，就觉得有问题，雄辩滔滔地写了篇推理故事。这其中，相当于侦探角色的是一个中学生。

　　进一步来说，故事中的侦探角色不仅可以是任何人，也可以化为任何形态，包括非人类；甚至于表面上没有哪个角色负责去解谜，但只要故事当中有一个完整的情节框架，遮掩其中的一部分后，对其提问，这就构成了"悬疑"；如若还有一种顺着谜团去解决问题的欲望或者力量，

"侦探模式"便完全成立，不一定要有侦探、尸体和连环杀手。因此，推理故事可以在任何领域中建立题材，如日本作家北村薰、西泽保彦、冈崎琢磨、若竹七海等人的"日常推理"，从各种出其不意的角度建立悬念；连城三纪彦和阿刀田高的很多作品，也都是没有侦探的侦探小说。

侦探推理小说也不同于惊悚小说。简单地说，侦探推理小说必有悬念，反之，如果故事仅仅悬置疑问而并不一定解答，或者探索谜团的部分并非情节主线，那么它可能就是惊悚文学。欧洲近代文学当中的哥特小说及其现代继承者们，如英国作家亨利·詹姆斯的小说《螺丝在拧紧》、库布里克导演的著名电影《闪灵》，都讲阴森大宅中的莫名恐怖，然而无标准答案，无确定凶手，甚至谜团本身都飘忽不定，这就是典型的心理惊悚文学。

一言以蔽之，一篇侦探推理小说的本体特征，是一种问答结构：谜题、解谜过程和答案，三者不可或缺；哪怕是开放性的答案，也因为作品中内在的解谜动力，而与一般小说所谓的开放性结局有本质的不同。

这样一来，我们不仅可以试着分辨其他的相近文类，比如中国传统的公案小说，现代的刑侦、公安小说等是否可以归到侦探推理小说的旗下；也可以进一步打开视野，放眼古今中外各种文学类型，爬梳它们和侦探推理小说的亲缘关系。比如古希腊悲剧《俄狄浦斯王》，有谜团，有解谜的人，有意料之外的凶手——这便是欧洲古典文学中，最接近现代侦探推理类型的故事。

讲故事的奥秘

重头戏来了。侦探推理小说的这种"谜题—解答"结构，可以称为一种"元叙事"（metanarrative），也就是所有的故事都具备的特征。正是因为"元"，侦探推理文学才具有强大的跨界能力：它可大可小，小可为"梗",跟言情、重生、科幻、耽美、玄幻、职场、权谋等相互掺和；大起来呢,那还真是葫芦里能装天,非其他类型所能比拟了。连一句口误、借来的书里夹了片书签这类生活细节都能成为谜团——并非作家没话找话,而是这种问答结构,从根本上来说,就是所有"讲述"和"再现"行为本身经过重新组装后的结果。

听起来太玄奥? 不信,让我们问一个最简单,也最致命的问题:我们为什么听故事? 故事的功能何在?

对于绝大多数读者来说,看别人的故事,其实是在看主体如何面对困境,以及在困境当中如何选择。如果我们把困境替换成谜题,就会发现,侦探破解谜团和人物破解困境,其实是同构的。对终极来说,所有的故事,都是在破解生命这个大案子。

那么,困境又是什么? 有主体,有外境,就构成了一种关系。从本质上,所有的故事都意图建立某种关系。把看起来不相关的事件按照一定的逻辑顺序拼装起来,让它组成一个整体并能够自圆其说,这就是故事的情节骨架。如同天上的星座:此星彼星,实不相干,但人类从特定的观察角度为它们组装了形状,创造了辉煌灿烂的星座神话。星座是假的,星座学却蔚为大观。就此而言,所有的学科都在讲故事,星座学和现代的天体物理学在建立关系这一点上是平等的,它们都是非常迷人,也非常有效的叙事方式。

说到这里,我们已经把侦探推理这个文学类型推进到一个更激进、更深刻的层面了:与其说,推理小说用所谓的"不可能犯罪"打造无数物理和心理密室,是为了造噱头、博眼球,不如说,它是在提醒我们,我们的常识本身就是"密室"。

记忆和遗忘,视而不见,听而不闻,一切相辅相成;同时,尽管一瞬间会发生无数事件,但当你尝试讲述它们,却不能不按照一个失真的线性顺序来进行。这些都意味着：只要我们开口讲话，就已经在丢失真相的一部分；有所"表"，就一定有所"隐"。我们不可能把事物的因和果同时描述清楚，更何况，"我们"，也就意味着众口异声，意味着"罗生门"。

原来，讲话这件事，天生带有悬疑性。当你力图复述、再现、书写已经发生的事情时，真相早已一片片剥落，如同天狗吃月亮，那被吃掉的一角就构成了所谓的悬疑。然而，借用"死神小学生"柯南的名句：原始的真相依然在，且"只有一个"，如同那十五的明月。所有的故事套路，都可以看成是月亮盈亏变化的过程，而侦探推理小说则力求将那些缺角找回来，去追逐那轮圆满的明月。

故事有如月的盈亏，用中国人的老话来说，好故事的秘诀也只有一个，那便是"善知开阖"。"When, Where, What, Who, How, Why"，简称"5W1H"，这六大叙事要素，随便"开"哪个、"阖"哪个，都足以成为独当一面的推理文学亚类。早期的侦探推理小说常使用"开三阖三"的形式，而"开一阖五""开五阖一""半开半阖"等方式，则正在被充满竞争意识的当代作家们逐一开发。推理文学界经常发生"诡计都用得差不多了"的集体焦虑，最后往往证明是虚惊一场——这世界妙就妙在，所谓全貌并不真的全，正如满月也并非一个平面一样。一个事件有很多层，表皮、骨架、细胞……每一层都自成套路，又互相含摄，更复杂的是，它们在不停地变化和转动，变化的频率和速度，也可成为故事的新切口。

想一想周易的变化规则，就不难明白：推理小说在理论上（即不考虑社会环境和读者接受度的情况下）可以无尽地写下去，因为事物的"元套路"有限，变奏却应有尽有。就像同心圆（不断衍射或扩散）或者拓扑学中的莫比乌斯带（走着走着突然来到另一维度），稍一变换，就可以形成不同的故事建置。

因此，我们也无须责怪日本作家芦边拓（《红楼梦杀人事件》）和中国作家褚盟（《红楼梦事件》）竟敢把《红楼梦》大观园"糟蹋"成连环杀手的舞台；只要稍稍改变下宫斗剧《甄嬛传》或洗冤案《琅琊榜》的重心，它们本身就会是一则侦探推理故事；至于蒙娜·丽莎的微笑密码和凡·高的生平与画作，那真是推理界相沿不替的传统，每隔十年就会有人想再写一次。那些赫赫大名的文学大师也常常向侦探作家偷师，从意大利的卡尔维诺到阿根廷的博尔赫斯和中国的余华、格非、马原、洪峰、王安忆……都曾经从侦探小说中获得滋养。如果你立志成为作家、编剧、批评家或新闻记者，尤其是，当你拥有丰富的生活经验而尚不会写作时，那么，你实在应该多读读经典的侦探推理故事——它们是文学创意的批发商。

这才是真正的"无穷大"

侦探思维，简单地说，是一种看问题的方法，有了它，我们的思绪可以跨越一切学科领域。学会了侦探天狗食月式的提问技巧，你或许不会再发愁写论文没思路。

举个例子。台湾历史学者、文学家、资深编辑唐诺先生有一本讲《左传》的学术随笔集，名为《眼前》。唐先生从一开始就探出了福尔摩斯的触角，把《左传》读成了一部悬念迭起、处处谜团的侦探小说。他说，这是一部国别史，主叙的是鲁国史事，可奇怪的是，书中着墨最多的却并非鲁国的当权者，而是离鲁国十万八千里的一个边远小国——郑国的掌权人物子产。

——这就是天狗食月：故事被咬下的第一个角。接下来，"唐侦探"展开了他的逻辑思维，接二连三地抛出疑问：

为什么一部鲁史的主人公，会是一个郑国人？即便选用一位鲁国公卿，哪怕是那个纷争时代的"老大"——春秋霸主齐桓公，也比一个从未强盛过的，甚至可以说风雨飘摇的小国家的，并不特别受彼时国民和史官待见的政客更说得过去，不是吗？而且，为什么子产所占据的历史篇幅和讲述地位仅仅出现于《左传》，在后来几乎以《左传》为楷模的司马迁的《史记》当中，他就只剩下一个模糊的背影了？……

这些疑问，把读者的胃口吊起来了。作者接下来的娓娓铺陈则让答案一点点图穷匕见。此处不便细表，只能说，这答案既精彩又抒情，渗透着唐诺对《左传》幕后"操盘手"之一的孔子的情感，而更加震撼我们的则是：为什么这本评议遥远时代的著作之书名，会叫作《眼前》。

再如，历史学家孔飞力先生在其清史名作《叫魂》里，精彩绝伦地让乾隆皇帝化身成了"爱新觉罗·福尔摩斯·弘历"，将彼时的官方、知识精英和大众对那件民俗大案的"罗生门"式反应，演化成了对整个清代史的深刻反思。

还有被称为"艺术史理论界的福尔摩斯"的美术理论家巫鸿先生，也以天狗食月的侦探思维，将其学术视角竖贯传统与现代、横探东方与西方。美术史著作要写得严谨缜密不难，但与此同时，想象力也瑰丽绝伦的则属罕见。他的横向跳跃思维，激活了很多学者不敢用，或者用老了的范畴，常令人感慨：一生对苦行僧的研究其实荒废在第一步——问题都没问对！

显然，只要习惯于运用侦探般的眼光，擅用推理作家制造悬念和揭晓答案的方式，便能帮助我们在各种专业领域找到切入口和下刀处。就像福尔摩斯提醒华生的那一点："为什么狗在那时没有叫？"（柯南·道尔的《银色马》）或者奎因笔下人物的致命一问："为什么门上的铃会响三次呢？"（埃勒里·奎因《哲瑞·雷恩的最后一案》）一个好的发问，便会构成创意的起始点。

在一切都短平快的时代，我们的专注力是如此宝贵，而侦探思维就像那个撬动地球的支点，那条递到手里的鱼竿。真正能被记住的知识之路，从来都是在受到谜团的诱引后，我们自己抓住线索、自己摸索着走完的。

　　这就是侦探推理小说带给读者最宝贵的财富：它锻炼了我们对自身存在的反思能力。把百科全书背下来干什么呢？打动我们的，永远是了解到在某个特定环境下的生命是如何思考和生活的，并由此发现事物升起和消灭的规律，这些规律包括了外在的环境和内在的人性，当内与外水乳交融的时候，才是阅读侦探推理小说的无上醍醐。

　　不论题材是谋杀、革命、落榜还是失恋，这种文类都可能带给我们惊喜，因为它最擅长发现"习见"与"常识"的边界和脚迹。在某篇推理小说中，作者阿加莎·克里斯蒂说，因为我们通常不会去辨认老人的个体特征，所以一个老太太总是很像另一个老太太，正是这种思维盲区，方便了凶手在众人的眼皮子底下实施诡计。所谓日用不知、习焉不察，鱼不知水、人不知风，熟悉的事物、固化的思维，是最难于觉察和撼动的存在。我们以为奇怪的谜团、荒谬的案件，往往由最常见的观念而致。而侦探推理小说总是一针见血，突破我们在传奇和日常之间设置的那道心理墙壁。当微小的认知错位成为解谜的关键，便提示了自我与他人的差异，从而使我们看待世界时更具智慧。

　　读多了某位作家的作品，我们猜对凶手的概率会越来越高，虽然这只是对故事套路的直觉，不是科学意义上的智商，但在各种套路之间参照、揣摩，却也真的可能擦出思想和见地的火花。因为，侦探推理比其他文学类型更容易接近哲学的终极问题，也更接近生活的某种原质。无论你是哪个行业的专家，时空、视角、记忆、叙诡……推理小说当中的诸多元叙事要素，都有可能对你的本职工作有所启发。这就是为什么，在这种类型的书迷榜上，我们总能发现来自各个领域的如雷贯耳的名字：比如，哲学家和语言学家维特根斯坦，现代精神分析学的奠基人弗洛伊德，文化学者和哲学家本雅明、德·昆西、米歇尔·福柯、罗兰·巴特，戏剧家布莱希特，超现实主义画家马格利特，甚至包括二十世纪上半叶绝大多数的英国首相和美国总统。

回到文学领域，那些享誉世界的现代文学大师，往往也跟侦探推理小说血缘相近。小说家奥斯特、帕慕克、加西亚·马尔克斯、阿兰·罗布－格里耶，诗人奥登、T.S. 艾略特，都是因为对世界的庞大好奇心和强烈的解谜欲望而成为侦探小说的拥趸。他们的纯文学创作丝丝缕缕地渗透着侦探小说的养料，而他们的文学"咖位"和对侦探故事的哲学注解，也给这个通俗文学类型镀上了形而上的光泽。可以说，正是侦探推理和哲学、艺术、政治学的互相喂养，才造就了现代人文学科史上无数的美妙碰撞和跨界融合。

关于本书的导航地图

千言万语，这本小书希望读者在轻松阅读的同时理解一点：千万不要低估了侦探推理文学的重要性。它是启蒙运动的产物，是现代都市生活的诗意宣言，是大众传媒兴起后流传最广的文学类型，是知识精英的至爱，到今天，它还启发了你的社交甚至相亲方式。它在现代史上曾发挥的影响，以及它正在、可能带给你的价值，要比下午茶的惬意和晚睡前的放松更深、更高、更细致、更宏远。

在信息爆炸的时代，我们被炫目的声光电淹没，沉浸在各大网络平台和碎片文章的炫技煽情套路中，我们的思考力实际上常常在下降，且越来越习惯于被媒体喂养。好在，中国的推理文化已经崛起，并在潜移默化中形塑着我们的公民意识——那就意味着拨开所有绚丽、繁杂的外表，始终清晰、朴素地追问那些最基本的问题：发生什么了？谁干的？怎么干的？为什么干？

　　不论是在最严肃的社会伦理议题当中，还是在平凡的生活里，这类简单的追问能力都极为珍贵。它无关于复杂的诡计，却能让你排除一切伪装和干扰，专注于问题本身。你无法在读了几本小说之后就学会了刑侦破案，却仍能有机会学着在众声喧哗中，发出有的放矢的声音。

　　总而言之，本书回答问题的方式跟推理文学史或推理作品评论员稍有不同。它分为四个话题，收拢在以下模块当中。

　　论辩会：关于推理小说的本体价值、知识价值和历史价值：它为什么会在那个时间、那个地点诞生？它的派系之争说明了什么？为什么它在日本经久不衰，在中国却长期不温不火？在日本风、英伦风、山姆风的推理背后，是否有国家的文化和历史性格隐伏其中？中国的公案小说和欧美侦探小说可有融通之处？……这些问题有助于我们从这个文类的自传故事当中，发现它闪亮的哲学和美学光泽。

　　讲故事：聊聊推理小说中那些接近故事本体的叙述元素，如时间、空间、视角、叙诡、爱情、记忆、纪实、游戏……这些话题，让我们能够迅速想到自己的行业故事和人生故事。我们的思想有无数透明的触角，无论是否受过专业的阅读训练，我们都无时无刻不浸淫在故事之中：故事照进现实，左右现实，成为现实——在推理小说里，这一切如何实现？

　　观世界：此时，我们将侦探推理文学族谱当中的几个重要题材和一个颇具学术气息的脉络结合起来——它的名字，叫作"现代性"。我们会讨论所谓"现代生活"的那些基本观念是如何被建构起来的。在这个严肃问题的加持下，侦探推理小说常常被用来谈论当代政治哲学中的经典难题，比如，哲学家齐泽克就用希区柯克的悬疑电影来讨论国际政治局势。不要被这个话题吓倒：你，我，都是"现代"的产物。我们如何成为今天的模样？我们都追求什么？设置了怎样的幸福与失败？而侦探推理小说又如何指引我们看到这些？让我们到谍战、法医、心理、民俗、妖怪、文学、艺术……当中去找答案吧。

　　思想殿：这里，有"人"也有"事"。我们选出的几位 VIP 人士，分别是启发了哲学家的通俗文学家、哲学家中的通俗文学家，以及纯文学家中的通俗文学家兼哲学家。他们的存在，让我们深切体会到艺术、哲学与文学的内在联系。如前述，从让读者有"获得感"的角度，侦探推理要比"纯文学"方便得多，它通常对作家的文笔和世界观无甚要求；而一旦它也追求"文学性和艺术性"，事情就变得更棘手，也更有趣了。毕竟，莎士比亚和陀思妥耶夫斯基的作品，都曾经被当成过侦探小说呢！原来，侦探推理文学也会冲上艺术巅峰，也就是说，它除了提供谜题和答案，还真的提供文笔和世界观！

　　恰如小说有线性和多维两大叙述方法，对于本书，可以按照上述四大模块的顺序去读，从而体会其中的内在逻辑；或者，也可以从任何一篇切入，然后发现，其实无论从哪里开始，你总是会兜兜转转，碰到其他的所有话题。

　　是的，推理"无穷大"！通过打开推理小说的价值格局，最终打开内心的格局。不仅读侦探推理小说，也以平等心阅读一切种类的书籍和现象，像唐诺和巫鸿那样擅长发现"谜题"，读什么都能兴味盎然。正因此，你将在不知不觉中变成一个更宽容也更幸福的人。原本，这个迷宫般美好的世界，可能是开放而有答案的，而远方、过去和未来的事情，最终都跟"我"有关。

论辩会

为侦探推理一辩

你会在地铁上刷侦探小说，会组团报名玩狼人杀，但是，你从没真的把它们当回事，更别说当成文学了，是不？在网上买书，"悬疑推理"是一个单独的分类，而属于"文学"的，是托尔斯泰、巴尔扎克、马尔克斯、鲁迅、莫言、余华……同样是故事，一个是业余消遣，一个是文艺经典，天壤之别。

在侦探推理小说的诞生地——欧美诸国，人们开始也是这么想的。尽管它是十九世纪后期最受欢迎的通俗文学体裁，但那时，欧洲崛起，得意扬扬，英国文学批评家利维斯等人开始给古典文学论资排辈，为欧洲人建立所谓"伟大的文学传统"。在此情境下，对谋杀案津津乐道的侦探小说自然为高贵文人所鄙，哪怕他们自己也不时捧着一本。

这时，出来一个人物，一个被誉为"悖论王子"的哲学家、宗教家、社会运动家、作家和诗人——G.K. 切斯特顿（1874—1936）。此人学识渊博，思想深邃，却偏偏要为这种"最俗"的文学辩护。1897年，年轻的他写了篇檄文，就叫《为侦探小说辩护》。这是侦探小说的宣言，亦是都市生活的宣言，它赋予现代城市生活的寓言和预言价值，堪与伟大的法国诗人波德莱尔的美学著述比肩。该文把侦探小说的意义提升到了文化乃至哲学的高度，为之加上了既神秘又理性的光环，还借此提高了整个通俗文学的地位。切斯特顿本人也身体力行创作侦探小说，其著名的"布朗神父探案系列"首次开启了以犯罪心理学的方式推理案情的先河。他逝世后，悼词中有一段话，说整整一代英国人都生活在切斯特顿的影响之下。

又过了几十年，出来一个学派。那时，英国正在收拾"二战"残垣，劳工问题凸显，社会矛盾尖锐，整个欧美社会都在搞学生运动，闹文化革命，伯明翰大学的一众学者也开始挑战利维斯等前辈，和那冒着贵族气的"伟大的文学传统"。

切斯特顿以名流之身为通俗的侦探小说辩护，可谓自家人的文学革命；伯明翰学派的学者们则站在劳工大众的立场上，为所有被贵族们打成消遣读物的通俗文类辩护。他们说，不是硬要给大众文学也加上"伟大"的标签，而是要拆掉高雅文学和低俗文学之间的那道篱笆，换一种眼光，对所有的文学作品平等看待。他们说，一切文学都有标签，是由特定的人、出于特定的动机贴上去的，"雅"和"俗"的界限总是在变动，没有什么天生的"伟大"、自然的"低俗"；什么时期流行怎样的文学，又为何衰亡，背后都有各种社会、政治、心理的因素在支撑。

——这就是伯明翰学派带来的"大众文化研究"（Mass Culture Study）。它总是设立这样的问题意识：越是时尚之物，其背后的政治、文化和哲学思想，越值得探究。作为与马克思主义文艺学相关的一种观念，也作为一种研究方法，它带来的后续影响可太大了：从那以后，我们的侦探、耽美、言情、武侠、玄幻文学，还有综艺节目、电子游戏……这些悄悄藏在课桌下面的、上不了台面的消遣之物，全都成了严肃的研究对象。该方法自二十世纪九十年代后期开始，在中国逐渐流行，今天更成了专门的学科方向。

就这样，一个人——切斯特顿，一个学派——伯明翰学派，内外两向包抄，使得贵族精英范儿十足的英国，谁也不再敢小看侦探推理作家。在今天，他们的主张仍会启发我们思索，对于大众社会生活而言，侦探推理文学的流行到底意味着什么？它究竟提供了怎样的功能和意义？从它的"生辰八字"开始讲起吧。

在进入正题之前，要先引入一个坐标系：现代与传统，东方和西方。很显然，前者是时间，后者是空间，我管它叫"人文学科四象限"，当今人文社科学者思考问题，几乎都离不开它们。侦探推理文学也是一样，一聊起它的源起，就已经落入这个象限：它是在人类历史刚进入现代社会的时候，在西方国家产生的。

虽然在文学史上，侦探推理文学的开山之作一向被归为美国著名作家和诗人爱伦·坡发表于1841年的《莫格街凶杀案》，但作为一个文类，它最兴盛的地方还是在英国。十九世纪末到二十世纪三四十年代，被称为西方侦探推理小说的黄金时代，又称"古典解谜时代"。这一时期的英国小说家是出版商们的最爱。正是他们的小说，在其他欧洲国家和大洋另岸的美国普遍流行，后来又大行其道于日本。

这就可以导入话题了：为什么侦探小说会在彼时彼地诞生、盛行？

因为，正是工业革命以来的西方国家率先定义了——什么是现代。

从物质的角度来说，我们通常理解的现代生活，主要指的是蒸汽机发明之后的工业社会，它以大规模集约化的工业生产作为核心动能，以大都市的崛起、城乡分立和人口与资本的全球流动作为主要标志。

而侦探小说最先兴盛的国家，都是最早步入现代化的国家，这些国家最先享受现代化的好处，也最先承受它带来的问题和压力。

切斯特顿为侦探小说辩护，一个核心理由就是：这个文类本身的意义，就是在为现代生活进行辩护。——这个有趣的辩护"循环"是怎么回事？

切斯特顿说，侦探小说是各种文学体裁当中，与现代生活关系最密切的文学类型。

一想起最初的现代生活，直观浮现出脑海的，就是卓别林的无声片经典《摩登时代》。密集如蚁巢一样的厂房，进进出出的工蚁般的人群，冰冷高耸的大钟……正是身为"第七艺术"的电影，最先以活动影像的方式为我们记录了现代城市的视觉特征：烟囱林立，车水马龙，处处浓烟滚滚，以效率和成功为标的。告别了乡村田园的慢生活，伦敦、巴黎、纽约……这些摩登大都市代表着全新的时尚和节奏，标志着人类正式进入工业时代。

进步之处自不必说，负面影响亦不可小觑。一种观点认为，城市是罪恶的渊薮，现代城市尤其如此。那时，从新兴资产阶级、依然保守的贵族势力到底层的犯罪团伙，各阶层的人都制造了大量的恶性案件，比如著名的"开膛手杰克案"——英国白教堂附近连续多名妓女被开膛破肚，凶手还得意扬扬给警方寄了恐吓信，是1888年欧洲最恐怖的社会悬案，至今未能告破。

比社会现象更深刻的，是哲学家和艺术家们对现代城市的质疑。在他们看来，城市似乎无法摆脱自身的暂时性——在"庄园、道路和城市"这三种空间类型中，城市似乎总是一个剩余，不那么适合居住，也不像是旅行的目的——它总是为它之外的目的而建。想想你身边有多少人在城市中辛苦打拼，梦想则是为了诗与远方——为了最终能畅游大自然？人们对城市的厌恶，本质上正是对现代生活的质疑："石屎森林"带来紧张感和暂居感，生活在其中的人们，仿佛总是在为未来铺路而忍受当下。

　　百多年前，虽然无线电广播渐兴，然而没有自媒体、社交平台，除非集体闹罢工，普通人少有什么公共渠道去抱怨。文学家就不一样了。古往今来，文学艺术总是个体的人向时代表达批评和不满的有效手段。诸君稍微了解一下西方文学史，就会发现一个很有趣的事实：现代文学的第一个主题就是"反现代"。

　　早在十八世纪末期，欧洲城市的浪漫派诗人就展开了对现代生活的否定，美国作家则在开拓边疆的过程中不断揭露城市的罪恶。从十九世纪英国的华兹华斯、济慈、雪莱、拜伦、狄更斯，到法国的巴尔扎克、左拉、雨果、福楼拜，再到二十世纪美国的德莱塞、马克·吐温，似乎都在歌颂过去优美、纯净、悠闲的乡村田园生活，贬低现代工业，特别是批判现代大都市。他们嫌现代都市毫无美感、欲望横流、阶级对立，底层人在工厂流水线和街头暗巷里困苦挣扎，上层人追名逐利、自私、冷漠、邪恶，正如马克·吐温在《败坏了哈德森堡的人》里辛辣地讽刺的那样。

　　"现代城市生活一点儿都不美好。"这种观点占据了一半的世界现代文学史。对华兹华斯来说，古老的乡村才是心灵的安居处；在巴尔扎克、狄更斯和德莱塞那里，无情的都市激发的，是乡下青年征服它的野心——他们要么被它唤醒，要么被它淹没。在写出讽刺名作《动物庄园》和《一九八四》的记者乔治·奥威尔那里，现代生活的特色不是它的残酷和不安全感，而是它的空洞、污秽和倦怠。在中国晚清到民国时期的通俗小说里，新兴的大城市上海是纸醉金迷的"魔都"，是年轻人一出家门就要失足堕落的地方。

当然，反方一直在。与批判现代城市生活相伴的，是为其正名的倾向。法国的诗人波德莱尔，德国的学者本雅明，英国的作家德·昆西和王尔德、插画家比亚兹莱，诗人 T.S. 艾略特，美国的爱伦·坡、埃兹拉·庞德，日本的小说家芥川龙之介、谷崎润一郎、横光利一，还有中国的邵洵美，新感觉派的代表作家施蛰存、刘呐鸥、穆时英，他们都在现代都市的光怪陆离当中，发现和歌颂美学之花绚烂盛开。

事实上，新城市生活涌现出各种奇观，即使是那些贬抑它的人也不得不目眩神迷。只不过，要歌颂它，缺思想，缺修辞，缺"梗"：新的城市经验，急需一种赋予其价值、意义和美学的话语。

侦探文学就是在这样的背景下迎来了它的桂冠诗人切斯特顿。当时的文学界看不起这种文学，说其庸俗、阴暗，总是讲杀人放火：这与他们批判现代城市时用的口吻如出一辙。而切斯特顿却说，侦探文学，就是为了证明现代都市生活之美而诞生的。它安抚现代人对新科技时代的强烈恐惧，把枯燥的工业流水线生活变成迷人的谜语。他说："侦探小说是通俗文学中最早和唯一的形式，能表达现代生活的某种诗意。"

这个辩护点很有趣，不是吗？不讲破案，而是讲破案有"诗意"。

血腥的谋杀案有诗意？当然不，但作家围绕着它所创造的谜团却是诗意的。如同我们赞美女性，最好的方式不是说您美得像一枝花儿，而是说，您美得像一个谜。人类好奇心无限，未知和神秘最是动人。当然，神秘之物也会让我们感到恐惧。这是一柄双刃剑。

正是在这里，侦探推理小说的价值就出来了。对此，切斯特顿是这样说的：

　　　　这种对伦敦诗意的体会，可不是一件小事。严格地讲，城市比乡村更富有诗意，因为大自然是一团不自觉力量的混乱状态，而城市则是一团自觉力量的混乱状态。花朵的冠毛或地衣的样式可能是意味深长的象征，也可能不是。可是街道上的每块石头，墙上的每块砖其实莫不是别有用意的象征——某人发来的信息，仿佛相当于电报或明信片。那最窄的街道在每个弯弯曲曲的意图中都有这条街的建筑师的灵魂。

一言以蔽之：在侦探小说里，城市像自然一样神秘，而这种神秘是可以解读的，等待着被独具慧眼的侦探一一解码。恐怖小说悬置疑问，科幻小说重在科学体系的设定，前者故意不给你答案；后者摆出的是探索过程，不见得有答案，而侦探推理小说一定要有答案！这是它与众不同的套路规则。

为了激发人们对现代城市和侦探小说的好感，切斯特顿甚至举起古典文学的大旗，通过征引古希腊神话、自然田园等传统意象来为侦探小说辩护。他抛出了"高大上"的《荷马史诗》，把城市比作森林，将侦探打扮成史诗里的英雄和王子：

> 人们曾经在崇山峻岭和万古长青的森林中生活了许多世纪，后来才意识到它们富有诗意；有理由可以推断，我们的后代中有些人可能把烟囱管看作富丽的紫袍，犹如大山的峰顶一样，而且发现路灯杆子古老而自然，如同树木一样。
>
> 侦探小说把大城市这样体现为一种狂野而醒目的事物，因此它肯定便是《伊利亚特》。没有人会看不出，在这些小说里，英雄或侦探经过伦敦时也带有几分神话故事里王子的那种孤独和自由；在那不可估量的旅途上，偶尔来的公共汽车就好比是神仙船

上最早的旗帜。城市里灯火开始发亮，好似不可胜数的妖怪的眼睛，因为它们守卫着某个秘密，尽管它还不成熟，但是那秘密只有作者知道而读者则一无所知。道路的每一曲折都像手指头在指点着那个秘密；烟囱管帽的每个稀奇的轮廓似乎都在狂野地、嘲笑地发出信号，对秘密的意义加以指示。

经过这样一番文学修辞，侦探小说便成了在传统与现代之间搭建的"梦幻之桥"，它让邪恶的城市变得像神话一样古老，像自然一样伟大，像乡村一样富于人情味，有无穷的秘密可发掘；而小说里那些勘探秘密的私家侦探，和史诗里的英雄和王子一样孤勇、无惧——哪里还能低俗？！

再看看那些在伦敦、东京或上海"大隐隐于市"的侦探吧，他们往往都被作者设定成富于品位、有深厚文化涵养的文人侦探：如布朗神父是百科全书式的诗人和哲学家；范·达因笔下的菲利普是贵族后裔；程小青笔下的霍桑文武双全，堪称中国的福尔摩斯；美国作家约翰·迪克森·卡尔创造的两位侦探形象更是有趣，基甸·菲尔博士是辞典编纂家，其原型却正是切斯特顿，亨利·梅尔维尔的原型更精彩——英国首相丘吉尔本人。

城市神秘精致，侦探学识渊博，就连侦探小说当中最刺激眼球，也最令高贵文人鄙视的核心题材——谋杀，也总是因被作家刻意"古典化"而显得意蕴深长。在"辩护词"中，切斯特顿还熟练地拉莎士比亚入伙：

　　　　许多人并未意识到有好的侦探小说这件事；对他们来说，这就恰像在谈论好的魔鬼一样。在他们眼里，写一篇有关破门贼的故事就是在某种精神方式上犯下这种罪行……但必须承认，许多侦探小说中耸人听闻的罪恶就跟莎士比亚的一个剧本同样多。

德·昆西著名的散文《论谋杀》表示，谋杀（murder）是一个新词。这里的"谋"，并非麦克白的权谋，而是都市中产阶级精打细算、小心谨慎、冷冰冰而又唯唯诺诺的犯罪。乔治·奥威尔在他的名文《英国式谋杀的衰落》之中，为"标准的谋杀案"勾画了一个轮廓：凶手是特定阶级的小人物，住在郊区的半独立房子里（以便引起邻居怀疑），陷入感情和金钱纠纷，长期内心挣扎，为在婚姻出轨时保存体面或谋财，终于大胆且审慎地犯下罪案。而越是具有预谋的案子，就越能挑起公众的注意力。

这也是切斯特顿下手的地方：他将中产阶级的谋杀与莎士比亚的剧本、与森林里的动物和日月星辰相提并论，强调这种体裁本身就享有古典悲剧的深意。他还说，在侦探故事里，不论再血腥残酷的犯罪，也总有英雄的、理性的私家侦探为死者伸张正义。这更是在象征的意义上为罪恶的欲望都市赎罪。因为，侦探小说的叙事结构，本来就是一系列因与果、罪与罚的能量守恒的符号代偿。

于是，"谋杀"的市民性、庸俗性，也得到了一种诗意的提升。而侦探作家们并不满足于此。倘若将罪恶进一步上溯到古代传统，甚至还成为"天启"——阿加莎就常说，"旧罪阴影长"——侦探圈子不断向前追索，把人类最早的谋杀案定为基督教神话里的第一对人间兄弟：该隐杀害亚伯。通过与传统宗教故事分享罪恶，现代谋杀早就变得"古色古香"了。

所以，在现代早期的类型文学当中，侦探推理类之所以销量最高，读者群最广，正是因为它最能缓解和释放现代人的心理焦虑和压力。

它把你的好奇心和恐惧感挑到最高点，再安安稳稳地接住它：不管荒原跑出浑身磷光的怪兽恶犬，房间里出现带斑点的带子，还是杀人犯像一缕烟一样从密室里消失，人偶唱着儿歌被放在尸体旁边，阁楼上有一个幽灵一样的影子……都不用怕，放心交给福尔摩斯们好啦！

是的，侦探是叫人放心的一群人。爱伦·坡最先创造了自负的侦探杜宾，他智力超群、观察入微，旁边还有一个笨蛋助手相伴；令警察如堕五里雾中的案情，杜宾破起来却轻松悠然，临到揭开真相时，扬扬自得地解说一番。福尔摩斯拥有广为人知的"魔法"（即所谓的"基本演绎法"）：在初次见面的陌生人尚未开口前，他就能推断出对方的职业、经历甚至困扰；比利时大侦探波洛的口头禅则让警探们安心又上火：我波洛什么都知道！

先建魅，再祛魅，这个辩证法有点意思：侦探小说里，为了证明现代城市的美学，先要将它**符咒化**，再化作可推导的谜题。

仔细推究起来，早期侦探小说里构成谜面之物，经常是被现代城市视为陌生的"他者"的东西。如《莫格街凶杀案》中，让母女俩死于非命的密室惨案的罪犯是一只猩猩。切斯特顿的短篇《特种房屋中介》里，一个被认为是骗子的退伍少校写下了匪夷所思的地址，却被侦探——前皇室大法官格兰特·巴兹尔，这位"理智，宽容，博学的神秘主义者"证明是真实的：少校就住在城市中心的一棵树上。由于人们对都市日常中仍然存在的自然风景熟视无睹，竟无人发现眼皮子底下的事实。

总之，当人们普遍对现代城市抱持一种矛盾态度时，是侦探推理小说，通过"日常与传奇"的辩证法，激发了现代人重拾城市生活的诗意趣味。请记住切斯特顿的一段话，它被奉为解谜派侦探文学的"黄金律"，今后，我们将从各种不同的角度常常提及它：

隐藏树叶，就在森林里；

隐藏尸体，就在战争里；

隐藏传奇，就在日常之中。

一杯咖啡，一本推理小说：午后的启蒙时光

咖啡，跟侦探推理小说真是再适配不过了。特别是欧美和日本的作品里，咖啡无处不在，侦探、警察、嫌疑人、被害人，谁都得来上一杯。加奶油的，带着厚重感；纯黑的，则像罪案一样带点邪气，如法国美食家、哲学家萨瓦兰的名言："黑得像地狱，浓得像死亡，甜蜜如爱情。"读者自然不能免俗：咖啡馆里就着一杯卡布奇诺，读一本阿加莎的《无人生还》，此乃现代"打工人"美好的"小确幸"是也。

但您可能没想过：这种侦探文学的标配饮料，还跟启蒙主义思潮关系密切。

咖啡文化虽然发源于非洲、盛行于土耳其等伊斯兰教国家，却是在十七世纪的欧洲，如意大利、英国和法国才形成了世界风潮，形塑了近现代欧洲的文化生态。在此之前，欧洲人的主要消闲处是酒馆，环境阴暗，酒醉人迷，很难引发什么理性思考。啤酒的泛滥甚至引发了颜值危机，让北欧人长成了前

所未有的肥胖体形；而咖啡令人清醒、专注，与莎士比亚笔下酒气熏天的宫廷贵族不同，咖啡对近代欧洲上流人士逻辑思维展开有强大的助益。在咖啡传来之前，英国的文学里还没有辩证法和犀利幽默的对话，咖啡来了，文学就变成了勃朗特姐妹、简·奥斯汀和阿加莎·克里斯蒂的"英式风格"。咖啡让人多话、善辩、思路清晰；咖啡馆温暖、明亮、平价，是十七世纪以后的欧洲人最喜欢的社交场所。

正是咖啡馆这一新型公共空间的产生，为人类进入现代民主时代提供了舞台。它的廉价——点上一杯便宜咖啡，可以坐上一整天——打破了原有的阶级隔阂，让贵族和平民可以平等交谈、辩论；在邮局、证券交易所、报社等现代设施普及之前，它还兼任所有这些场所集散信息的功能。十八、十九世纪的各种革命得以酝酿，与咖啡文化也不无关系——马克思和恩格斯就常常相约于摄政咖啡馆。

咖啡馆还催生了许多现代创造和发明。根据英国学者汤姆·斯丹迪奇在《社交媒体简史》一书中的总结，医生、文学家、天体物理学家、盲人按摩师、军官、哲学家，聚集在特定的咖啡馆形成社交圈子，编纂专业刊物，促成了现代学科分类的诞生。那些我们所熟知的、推动了现代文明进程的大人物的名字，如牛顿、胡克、哈雷、雷恩、笛福、亚当·斯密等，他们的主要成果常常是在咖啡馆里讨论或完成的：伟大的"万有引力"学说的提出离不开加拉维和希腊咖啡馆，亚当·斯密的《国富论》主要在大英咖啡馆里写就……

如果说，咖啡馆是资本主义现代城市的理性文化地标，那么，咖啡馆里的侦探推理小说，则串联了启蒙主义思潮悄然影响大众的历史链条。

已知，侦探推理小说的核心，在于"谜题—解答"结构。此结构的奥秘，除了万事一定要有答案之外，还有中间那道杠，即谜团是怎么解开的？要靠逻辑推理。

没什么特别？那我们逆推一下：用理性的逻辑思维得出结论，就意味着其他手段不行，比如上帝的意志，比如冤魂托梦，比如严刑逼供，比如灵机一动……这些都是传统罪案故事常用的破案手法。仔细回想起来，世界文学经典当中遍地是谋杀案，只不过案件当事人很少以理性之光去照亮它们。

还是拿莎翁作品来举例。王子哈姆雷特对老父亲之死充满怀疑却苦无证据，这时，父亲的幽灵便出来喊冤；于是不需要证据了，剩下的只是要不要战胜精神困惑和拖延症。《麦克白》里，大将军在夫人的撺掇下恩将仇报，杀死提拔他的国王邓肯一家，之后，邓肯家族的幽灵便时常出现在凶手的噩梦中，麦克白更是被保皇派的装神弄鬼吓得差点魂飞魄散。既没有悬置谜团，案件的真相也根本不用理性和实证来推导。至于让残酷的犹太商人夏洛克割肉的喜剧《威尼斯商人》，倒是有精彩的法庭争论，可谓闪耀着启蒙之光；然而正义一方之所以赢，靠的可不是逻辑推理，而是心理素质和诡辩术，背后真起作用的，乃是以牙还牙、以血还血的古老犹太教义。

很显然，在传统时代，无论西方还是东方，破案的过程都不是最重要的，重要的往往是"已知如此，那么该如何对待"的行动选择问题。而在福尔摩斯、布朗神父和波洛那里，逻辑推导的智慧，理性的实证精神——从有限的已知信息推量未知之事，论据与论证都要经过理论和实际证据的检验——才是通往答案的正道。它被当作现代文明最宝贵的精神基础之一，是科学思想的地基。

如果要为这样的理念找一个思想起源，远的来说，可以追溯到古希腊的逻辑学和法理体系；就近而言，它正是十八世纪上半叶启蒙主义思潮的成果。这场运动中诞生了无数著名的思想家，狄德罗、伏尔泰、笛卡尔、康德、黑格尔等，共同完成了西方现代文明基本框架的搭建。

那么，究竟什么是启蒙？汉语所谓开启鸿蒙，其英译词enlightenment，显然有点亮、照亮的意思，其核心是：理性，求真。以理性的态度来追求生活真相，把人的思辨精神放到历史主宰的位置。正是启蒙运动，将古希腊的"吾爱吾师，更爱真理"进一步发挥，将文艺复兴的人文主义精神再次系统化、去宗教化，在宏观意义上把传统和现代世界切分成两半，形成了所谓玄学和科学的分野。如英国学者班克罗夫特所说："当时的自由思想家试图将理性应用到各类问题上，而在此之前，人们认为所有问题要么简单到不需要被解释，要么就是上帝意志的结果。启蒙运动最早只发生在法国和苏格兰，还有其他的几个国家，但逐渐被传播到世界各地。"

这种理性思想如何散落于现代侦探推理小说之中？

首先是主角的塑造。推动故事的第一主人公私家侦探，是西式民主和私有制孵化出来的社会职业。继柯南·道尔和切斯特顿之后，"黄金时代"涌现的侦探推理作家，无不纷纷打造都市中的"侦探美学"——奥希兹女男爵的"坐在角落里的老人"、欧内特·布拉玛的盲侦探卡拉多斯、奥斯汀·弗里曼的"微物侦探"桑戴克、福翠尔的"思考机器"凡·杜森教授……这些侦探破解新兴的工业城市之谜，在下水道中也能看出美感——这正是启蒙思潮影响下，向内反观自身，从而发明的一种新的美学体验。

此外别忘了，私家侦探要对案件下手，一定少不了和代表公权力的官方警探之间的博弈。从福尔摩斯与苏格兰场的警探雷斯垂德，到《名侦探柯南》当中的毛利小五郎与目暮警官，这两组人物的设置，与其说是要突显智与愚的对比，不如说是在强调官方所代表的现代科层制的冗繁、沉重、无奈，需要个体灵活的、实用主义的、单刀直入的理性思维来互补配合。雷斯垂德、目暮警官和阿加莎笔下的贾普探长并非真的愚蠢，只是被照章办事的程序正义所限制。而私家侦探的角色价值就体现在这里：很多案件细节只有在脱离官方流程的情境下，才有充足的时间进行查访，有独立的个人空间来思考和厘清。也就是说，侦探小说把私家侦探角色当成破案的核心力量，在文学象征的意义上，是在用这一角色来代偿性地弥补科层制的问题。私家侦探的形象并非站在公权力的对立面，而是作为体制的"补丁"而设定的。

正因此，警探们尽管嘴上抱怨"最恨外行人插手"，但是用当今的网络流行语来说，"身体却仍然很诚实"，源源不断地为侦探们提供案件背景资料和技术设备；而侦探也投桃报李，过足解谜瘾后便把功劳还给官方，转身拂袖去，深藏功与名——断案的最终解释权和裁判权，必须归于司法。

尤其要注意的，是私家侦探身份上的独立性。尽管他们往往或是退休的警探（如毛利小五郎），或在警方有深厚人脉关系（如福尔摩斯），但无论在思维模式还是办案手法上，排除外界干扰，以自身的理性头脑主导一切，几乎是每个名侦探的职业守则。这不仅代表着启蒙思想中强调个体自由解放的一面，而且显示了理性之高贵不受任何势力的摆布。宗教信仰和政治权力都不能成为求真务实的阻碍，这是启蒙运动的理想所在。

再来看受害者的塑造。主流侦探文学中的受害者（特别是早期）多数都是富有的金融家、恶贯满盈的庄园主，或者是知道上层社会的秘密而被灭口的平民。在一个典型的阿加莎式故事中，我们可以清楚地看到彼时英国富绅对儿女事业的分配：长子参军，次子经商（以遍布全球的投资为主），再加一个从政的老幺。对了，还得有个搞艺术的，通常会是家中的叛逆小子。富绅的财产来源总是不干不净，比如在哪个殖民地靠钻石矿赚了大钱，投资各种事业而资产翻倍——原始财富积累的罪恶，早就已经转入金融业，洗得一干二净了。

在日本也是一样：《名侦探柯南》里公司社长的死亡概率是如此之高，以致各播放平台的弹幕都在说："众所周知，社长在日本是高危职业。"侦探小说真是给马克思的名言——资本来到人间，从头到脚每一滴血都脏——提供了最有力的文学证据。

然而，我们最常看到的情节，却是侦探们虽然口说"活该"，但是仍冷静地、百折不挠地破解真相，无论如何也要为死者讨回公道。侦探小说的基本原则是有案必破，且个体被害的案件更多。这同样是启蒙思想的结晶：在康德看来，人是目的，不是手段。人的文明精神，就体现在以理性思维为工具和手段，最后回归到人的自我实现。慈悲的上帝或菩萨如太阳般照耀每个人，与其善恶无关，这是宗教理性；而在启蒙者那里，侦探则成了科学理性的太阳，哪怕被害者是"恶魔"资本家，也一定要为他讨回真相。这种思想在日本金成阳三郎和天树征丸执笔合作的著名推理漫画《金田一少年事件簿》当中被发挥到了极致：被害人坏得天怒人怨，少年侦探却仍然喊着"赌上我名侦探爷爷的血统，一切谜题都解开了"的热血台词，用精彩绝伦的逻辑推理和明晃晃的证据把令人同情的嫌疑人逼得走投无路，令读者对侦探恨得咬牙切齿。

当然，这种平衡状态并非总能维持下去。当被害者的罪恶"太超过"时，侦探也会像那定盘上的准星，形成新的平衡。比如阿加莎的某部名作里，侦探就站到了犯罪者的一方，向警方提供了答案的另一种版本。

总之，欧美侦探小说的"黄金时期"，是资本主义工商业和殖民帝国事业由盛转衰的时代，同时也是源自启蒙理性的乐观情绪、现代城市的乌托邦梦想大行其道的时代。侦探则是这个时代新的上帝：谜题早已解开，全盘的棋已下完，只是需要在读者眼前将其打乱而已。

到了下结论的高光时刻：没错，你手里的这本《无人生还》，是最通俗、最休闲、最凶险，也是最安全的；同时，它也是最哲学、最诗意的——康德、黑格尔和波德莱尔他们，正站在福尔摩斯和波洛的身后呢。切斯特顿所宣扬的侦探都市美学，在后世的小说家那里一直念念不忘，必有回响。如当代青年作家陈浩基笔下的香港城，是不同时代街头巷尾的细节碎片拼成的繁华都市；日本的伊坂幸太郎则在《华丽人生》里，把侦探推理小说写成了一场城市跑酷运动，看似不相干的、杂乱无章的人群和线索点点汇聚到一起，最后的解谜如同在城市上空轰然炸开一朵烟花，绚烂无比。

当午后的阳光透过咖啡馆的玻璃窗照在书页上，窗外城市街道车水马龙，便是你静静阅读的最佳配景。

来，捧起一本推理小说，干了这杯黑咖啡，为人类的理性诗意而陶醉吧！

本格派 VS 社会派：推理界的少林和武当

"成为研究者之后，每当遇到过不去的坎，我就去读小说。然而在松本清张的社会派推理小说的全盛时期，本格推理小说在日本逐渐衰退。幸好在 80 年代末，由岛田庄司添柴加火，点燃之前横沟正史、高木彬光、鲇川哲也等人延绵下来的本格推理之星火，再淋上名为《十角馆杀人》的汽油，掀起了一场宏大而辉煌的烟火表演——新本格推理运动。每月都能看到推理神作陆续出版发行。化这份喜悦为能量，我全身心地投入研究。最后我成功了，成为了一名科学家。正因如此，我才建造了这栋玻璃馆，并开始长居于此。"

——知念实希人《玻璃之塔杀人事件》，
　　　　医学家被害人死前如是说

文学也是江湖，发展到一定程度，必然分帮分派，门户林立，各擅胜场。侦探推理小说自不例外。族谱的最上端，通常是三大"舵主"：解谜派、变格派和写实派。先不去管底下的"子子孙孙"，三个"舵主"当中，最著名也最基本的，是解谜派和写实派。

其中，解谜派旗下的大将是本格派；写实派麾下的前锋是社会派：它们俩，常常被推理迷们用来代替总派发言；书迷们见了面，也往往会根据各自的爱好探探对方的来头。您是本格那伙的？那敢情好！我也是！——暗号就这样对上了。

究竟怎么区分呢？先从"格"说起。

我们知道，所谓历史总是要比它所描述的事物迟到一步：正是最喜欢起名字的日本，在消化融合这舶来文学的过程中，为侦探推理小说赋予了一系列的新流派、新名词。从"二战"前的"本格""变格"，到二十世纪八十年代的"新本格"，再到当代的"脱格"和"乱格"——可谓万变不离其"格"。

"格"的核心，归根结底，仍在于"谜题—答案"这一核心结构。"本格"（ほんかく）的日语原义接近于"原则，正规，规范"，挪移到文学，据说最早系由"二战"前活跃的作家甲贺三郎提出，是指以搜查犯罪过程为故事主线、以解开案件谜团为中心的侦探推理小说。

解谜本身就具有浪漫色彩。如果作品以逻辑推理为主要方法，解谜趣味大于犯罪、伦理、社会关怀，那么，这大抵就是本格派了。反过来说，比起解谜趣味，作品对于社会案件本身所透露出来的人性或社会现实问题更加关注，那么则属于社会派。好比古人的"人法喻"，本格派重"法"：哎呀，有人被杀啦，谁干的？怎么干的？无论凶手是谁，出于怎样的动机，运用怎样的手法，都不过是满足解谜趣味的道具。而社会派则重"人"，更喜欢讨论个体和群体的阴暗面，关注罪与罚的沉重命题。

细分来看，写实派旗下的法庭派、硬汉派和社会派，在同样强调现实主义背景的前提下，各有其侧重的面向，法庭派强调场景——法庭辩论和法理讨论，是正与邪、罪与罚、法与情的正面较量；硬汉派强调人物塑造，特别是破案者的人设与破案风格；而社会派则强调整体的社会背景，其衍生义更广，包罗万象。

　　作为推理界的少林和武当，社会派常常被看作本格派的"对手"，那么，这是否就意味着它等同于所谓的"变格""脱格"？不然。即使社会派的醉翁之意不在解谜，但同样讲求案件要有结果，谜团要有答案。在这一点上，它并不离"格"。因此，社会派旗下，也有本格化、新本格化亚派。

　　而对于真正的变格派——解谜派和写实派之外的另一"舵主"来说，解谜虽然仍是重心，但题材已经与搜查探案相距甚远，它的旗下包含了历史推理、谍战亚派、惊悚悬疑派、奇幻推理派等。至于二十一世纪日本文坛流行的"乱格""脱格"，亦可从字面理解：前者当中，解谜已不再是作品的核心，而只是其中的一个元素；后者则虚晃一枪，只将"谜题—解谜"用作幌子。

　　这些派别的分化、新立，与日系侦探推理的发展脉络息息相关。"二战"前后的社会剧变，特别是战争所导致的心理问题，以及日本文化中本具的死亡美学趣味，都给了猎奇性案件题材以适宜的生长空间，日本因此出现了一批重要的本格和变格作家，比如江户川乱步、宫野村子、横沟正史、高木彬光等人。到了二十世纪六七十年代，日本社会经济飞速发展的同时，战后遗留问题依然严重，日美关系复杂，官商勾结、上层贪腐、环境污染、底层犯罪等社会矛盾层出不穷，这些促使日系推理小说界一改注重案件恐怖性、复杂性和逻辑解谜趣味的风气，转而关注严肃社会案件、直面人性阴暗（以松本清张、森村诚一等作家为首）；此时，注重解谜的本格派虽不复往日风光，却仍然活跃，连城三纪彦、泡坂妻夫、鲇川哲也、笹泽左保等都是个中高手。

　　二十世纪八十年代后期到九十年代，风气又是一变。虽有宫部美雪（又译"宫部美幸"）这样的国民级社会派作家，却是本格派再次拿到了推理界"总舵主"的令牌：绫辻行人以《十角馆杀人预告》登上文坛，"馆系列"一发而不可收；岛田庄司也推出代表作《占星术杀人事件》《斜屋犯罪》等，它们都以宏大、奇诡的谜题为核心，充满结构主义的趣味性和天马行空的想象力。岛田庄司更发表了《本格推理宣言》（1989）、《本格推理宣言2》（1995）、《21世纪本格推理宣言》（2003），不仅一再地强调推理小说的"本格性"——"在故事的前半段展示某种谜题或悬念，在故事进展过程中具有逻辑至上的解谜情节；关注悬念性、趣味性、游戏性、结构性"，而且将解谜趣味进一步放大——打破传统的、较为写实的搜查探案定式，将谜团扩展到更广阔的题材之中，上至天堂元宇宙（如"灵异流"），下至厨房米饭粥（如"日常亚派"）——这就是著名的"新本格派"。

　　在岛田庄司的摇旗呐喊之下，前有歌野晶午、我孙子武丸、法月纶太郎、西泽保彦、麻耶雄嵩、森博嗣，后有雾舍巧、道尾秀介、小岛正树、北山猛邦、三津田信三、米泽穗信、早坂吝、青崎有吾、大山诚一郎、今村昌弘、方丈贵惠、井上真伪、城平京……这些新本格派旗下的重要人物中，很多人都得到过岛田庄司的奖项扶持；此外，活跃在漫画界的金成阳三郎、天树征丸（即安童西马，本名树林伸，《金田一少年事件簿》的漫画编剧），以妖怪推理闻名的京极夏彦，以童话般的风格著称的今邑彩、贵志祐介，新生代的青柳碧人、阿津川辰海，日常推理的北村薰、柊彩夏花，奇幻推理的绀野天龙、三田诚，不管是成群结队还是单打独斗，都难免跟本格、新本格沾亲带故。而普通读者更熟悉的东野圭吾，尽管作品总体来说倾向于社会派，其早期也赶上新本格风头正劲，硬着头皮创作了不少本格作品，但是让他

"出圈"的《嫌疑犯 X 的献身》，则是以本格推理为馅料、以社会推理为面包的三明治。

总之，"格"的命名和概念体系，最初是日本推理文学界的发明，其对象主要是日系推理；但我们也可以拿来主义地使用这些名词，对照其他国家的文学生态，扩展到整个推理小说的发展史来看。就此而言，侦探推理小说的开山鼻祖爱伦·坡的《莫格街凶杀案》《玛丽·罗杰疑案》等偏于本格解谜，《黑猫》《泄密的心》则偏重于心理怪诞、都市怪谈，《你就是凶手》其实是讽刺性脱格作品。柯南·道尔的"福尔摩斯系列"继之而起，作为原汁原味、有相当体量的探案解谜作品，则被归为本格推理当中最早的"古典启蒙派"。

到了二十世纪上半叶，欧美侦探推理文学精彩纷呈，进入了我们所说的"黄金时代"。比起早先的柯南·道尔时期，作家阵营更庞大，同行竞品更多，也更严谨规范，俨然有了将侦探推理文学经典化、学院化的架势。其中的主流，就是最为日本本格作家所推崇、致敬的"古典解谜派"——

故事以充满谜团的案件为主体，侦探破案的方向，特别强调的是"Who dun it"和"How dun it"，也就是"凶手是谁""犯罪手法是什么"；谜面通常具有浪漫色彩，比起写实，更加注重推理过程在逻辑上的自圆其说；破案过程充满解谜的乐趣和游戏性，带给读者智力上的满足感。这批作家对于侦探推理小说自身的理论和历史也非常重视，互相影响，共同商讨，制定了各种写作规则，如公平性原则，即让读者与故事中的侦探保持信息同步，拥有相同数量的线索，甚至在书后附上线索表，充分显示逻辑性和严谨性，让读者同时产生挑战感和被尊重感。埃勒里·奎因更在作品中设置经典环节"挑战读者"：小说进行到最后四分之一处，作者突然宣布说，好，故事讲到这里，已经把全部线索都呈现给大家了，接下来就要进入解谜环节，看读者和侦探谁能先猜出凶手和作案手法！

这类作品当中的佼佼者，是切斯特顿的"布朗神父系列"作品、埃勒里·奎因的纯逻辑解谜作品、阿加莎·克里斯蒂的安乐椅侦探系列作品。其中，阿加莎、奎因和以"不可能犯罪"为特色的约翰·迪克森·卡尔，并称为"黄金时代三巨头"，带动了整个侦探推理家族的繁荣兴盛。"新本格"的概念对描述这一阶段的作家作品的特征来说同样有效，比如卡尔的《燃烧的法庭》(1937)，就被认为是西方作品中富于新本格意识的开山之作。

"黄金时代"之后，欧美侦探推理的发展情况跟日本差不多：风水轮流转，本格派盛极一时之后，便是社会派的天下。

从开山立派的角度，西方的古典解谜派和社会派的门面之作其实几乎是同时到来的：解谜派这边，是阿加莎·克里斯蒂的处女作《斯泰尔斯庄园奇案》(1916)，社会派那边，则是 F.W. 克劳夫兹在养病期间写出的休闲之作《谜桶》(1919)。但直到"黄金时代"结束前，社会派的风头都远比不上解谜派。

转折发生在二十世纪四十年代后半叶。1944 年，雷蒙德·钱德勒在《大西洋月刊》上发表了著名的评论文章《谋杀的简约之道》(*The Simple Art of Murder*)，正式宣布了本格派的衰落。如果说，当年切斯特顿的《为侦探小说辩护》是为侦探小说争得在上流社会文坛上的席面，那么钱德勒的这篇硬汉派向解谜派挑战的宣言，则开启了侦探推理文学内部的门户之争。钱德勒作为好莱坞电影的名编剧，凭借《双重赔偿》和《蓝色大丽花》为电影史留下浓墨重彩的一笔，加之硬汉派始祖达许·汉密特的《马耳他黑鹰》(1930)也因 1941 年被改编成同名好莱坞电影而名声大噪，再配上乔治·奥威尔戏谑意味十足的名文《英国式谋杀的衰落》——美式硬汉派、写实派、社会派推理，就这样伴随着好莱坞电影工业的全球扩张，无视本格派们不甘的抱怨，光荣"上位"了。

有趣的是，那些被正统文学史奉为"文学大师"的侦探作家，往往出自"硬汉派"或"社会派"，比如劳伦斯·布洛克和雷蒙德·钱德勒等人所赢得的文学声誉，远远超出了"通俗小说家"的门第身份。相形之下，阿加莎和塞耶斯只能争夺一下"谋杀女王"的宝冠，而柯南·道尔更是只能活在自己创作的人物阴影之下。

两派同在通俗文学的场子里，自然争不出什么高下，但要是纯文学的评论家们出来圈点一二，就关系到哪个派别更能"出圈"。在纯文学"伟大的文学传统"的视野下，从古典解谜派到新本格派，玩的都只是些"胸口碎大石"的小说"杂耍"，唯有解谜意向相对薄弱、现实主义色彩厚重的侦探小说，才有可能步入大雅之堂。

社会派的推理小说，往往没有复杂的案件，却充满了人物内心的葛藤，以及交织缠绕的背景细节。尽管在本格派那里，絮絮叨叨的作者也大有人在，但多数细节总是服务于解谜，要么暗藏机关，要么炫示着侦探们看待案件的角度和理念。像阿加莎、奎因这一类黄金时代本格风的作者，其细节描写更是鲜有浪费，多数都践行着"契诃夫的枪"这一以文学效率为优先的原则：每一句看似闲谈的对话，每一个看似无用的装饰性场景描写，最终都要落在揭晓答案的刀刃上。

相比之下，社会派的一些细节描写往往无关解谜，而更多地出于营造现实感的需要。比如前些年引进中国并大热的挪威硬汉派作家尤·奈斯博的"哈利系列"，在案件之余，大谈主人公与各色女性交往失败、酗酒又抽烟的颓废日子，塑造了一个充满挫败感的英雄形象，营造出逼真的北欧文化和地理气氛，展示了欧洲福利国家令人惊讶的暗黑面。尽管作品中大约四分之一的内容都与"谁是凶手"无甚关联，作者却被专业评论家们盛赞为具有文学大师的潜质：也就是说，那些"啰唆""冗余"的部分，反而跟文学性搭上了关系。

——如上，何为"冗余信息"，可以说是本格派与社会派的分歧之一。

社会派认为，逼真的现实描写增加了文学的质感，而本格派则认为，太多无关细节将妨碍读者专注于案件主线的阅读体验，好比一行一行地、丛林探秘一般认真研读了故事里的每一个细节，结果一把把薅下来的全是杂草。

在社会派那里，爱欲和金钱是构成现实的重要材料，而标准的本格迷则并不赞同让情欲的"酸味"盖过谜题的"香味"。这就是为什么，有些人不喜欢阿加莎笔下的情侣搭档"汤米和塔彭斯"系列，而宁愿看单身小胡子波洛称霸天下。在内心深处，本格派希望一切都很单纯：有人死了！谁干的？怎么干的？为什么干？——正因如此，本格小说很适合被做成电玩游戏，连那些用来划分节奏段落的"中二"对白都准备好了："赌上爷爷的名义！"（出自《金田一少年事件簿》）"谜题的咖啡研磨好了！"（出自《咖啡馆推理事件簿》）"一切真相都解开了！"（太普遍了，哪里都用。）

看上去，本格派的确比社会派更"类型化"。不过，写实从来不是故事世界的唯一标准，至于是否最高标准，更是见仁见智。小说原是骗术，而生活可能更加如此。尽管安乐椅侦探的形象看似浮夸，但谁能保证现实不是一场大型"楚门秀"呢？

长久以来，本格派与社会派拉锯相持，此消彼长、轮流坐庄，迄今从未停歇。它们不仅是侦探推理小说家族当中的主要流派，归根到底，也对应着对世界、对生活的两种不同的态度。

当灾难大得像游戏——为本格派一辩

> 我的故事完全建立在生活是一场游戏的概念之上。
>
> ——朱利安·西蒙斯

虽然本格派和社会派就像"甜咸配"缺一不可，但两派作家毕竟各有圈子，难免江湖义气，相互调侃、较量和批评。本格派作家会说，社会派是靠打架斗殴来掩盖智商的缺失；社会派呢，说本格派迷恋解谜，就像小孩子玩沙堡一样幼稚可笑。

G.K.切斯特顿为侦探推理小说的存在价值高声辩护，唐诺先生为社会派推理摇旗呐喊，本人呢，作为本格派的拥趸，也来为我方吆喝几句。

本格派都是纸上谈兵？

评论者对本格派作家的负面评价之一，是他们声称以高智商去解决复杂案件，却并不了解真正的破案过程是怎样的。比如硬汉派代表人物雷蒙德·钱德勒就在他的名文《谋杀的简约之道》里写道，本格派精心炮制的谜团，"从思想上来说，谈不上是个难题；从艺术上来说，谈不上是部小说。它们都是闭门造车，对世界上的事情太无知了"。

作为对比，经常被硬汉派推举出的一个正面典型就是达许·汉密特，他曾当过真正的私家侦探，其名作《马耳他黑鹰》《玻璃钥匙》也因此被认为足具真材实料。要我说呢，这个职业资历当然是响当当的，但若要以此来反衬本格派作家不知人间疾苦，就未免有一点偏颇了。

首先，我们要明确的第一个事实就是：十九世纪后期到二十世纪上半叶，所谓"黄金时代"的古典解谜派作家，从老一辈的柯南·道尔、切斯特顿、弗里曼，到新一代的阿加莎、塞耶斯、安东尼·伯克莱、华莱士、维克多·怀特、E.C. 本特利、米尔恩、阿林汉姆以及被称为"老兵四人组"的韦德、罗德、布什少校、肯尼迪，几乎全部都接触过真实案件。

侦探推理小说诞生的一个重要社会背景，就是现代新闻业的诞生，它让许多恶性案件如连环谋杀案、谋害亲属案等得以进入公众讨论的视野。从十九世纪中叶开始，欧美社会广为人知的诸多真实案例都是侦探作家主要的创作灵感来源。一百年后的今天也一样，侦探推理一跃成为互联网时代新的社交方式，甚至推动了全民侦探思维，网民们争相用福尔摩斯的眼光侦查舆论场上的每一个发言细节。各种恶性案件或怪异事件年年有、天天见，轰炸我们的感官，主要原因就在于传播技术手段的革新，从报刊到网络，过去鲜为人知的事件加速进入大众视野，变得可知、可议，甚至可被引导和改变了。

此外，更别忘了，黄金时代的侦探作家是有组织的，那就是著名的英国侦探俱乐部（The Detection Club）。该组织自 1928 年于伦敦

SOHO 区成立，活跃至今，是欧美侦探文学作者最重要的行业同盟，是他们相互合作和出版作品的重要基地，也是朋友圈、同好会。主要的成员是英国人，也跟美国和欧洲其他国家的作家来往密切。俱乐部初期的多数成员都属于古典解谜派，他们来自各行各业，包括化学、医学和物理学等领域，至少有一半人以直接或间接的方式参与过真实案件的处理。如塞耶斯和她的合作者之一罗伯特·尤斯塔斯就曾认真研究过如何检验饭菜中是否含有人工合成的毒藜碱。尤斯塔斯是一所精神病院的医生，为塞耶斯提供了很多关于科学侦查手段的实用建议。

　　"反方"钱德勒心中理想的侦探小说，是"为那些对人生抱持积极进取态度的人写作……把谋杀案还给了有杀人理由的人，不仅仅是提供一具尸体而已；还给了手头有凶器的人，这种凶器不是手工打铸的决斗手枪、毒箭、热带鱼"。显然，这也是在影射本格派作品因谜而迷、浮夸难信。这话听起来格局大、气势足，仔细想来，却难免落于一家之言。比如，钱德勒笔下的酒鬼兼烟鬼马洛，阿加莎笔下那表面絮叨、内心安静、喜欢洞察秋毫的孤独老处女侦探马普尔，被称为黄金解谜时代谢幕人的爱德华·霍克笔下不断卷入小镇案件、不断斗争的萨姆·霍桑医生，谁对人生的态度更积极呢？我们很难回答这类问题。而比起钱德勒小说里诸如冰锥之类的凶器，毒箭、热带鱼在现实案件中的出现概率似乎不那么高，却并不意味着它们是无稽之谈。实际上，现代科技条件下，侦破手段越强，谋杀难度也越高，往往逼迫狡猾的罪犯使用高难度手法的诡计，如果真要为十九世纪中叶到二十世纪中叶这百年间的真实谋杀案里的凶器列个清单，你将为人类的想象力和创造力感到惊叹——气压、水压、音压、磁力、电势、电磁波、摩擦、水车、镜子和起重机无所不用其极，而且，你还真能看到毒箭和热带鱼！

可以说，远在法医病理学和精神分析学这些语汇流行之前，古典解谜派就在他们的作品中率先探讨了与它们相关的社会议题。有些作家曾担任过政府公职，还有的坚持在作品、广播和私人生活中，不断对现实中的案件提出种种可能的假设，甚至模拟法庭庭审，希望以自身的逻辑思维和社会影响力，行司法未尽之能事。特别值得一提的是侦探俱乐部的发起人之一安东尼·伯克莱，此人是古典解谜派的代表人物之一，以擅写多重解答式小说著称，其几乎所有作品都化用了历史和现实当中的真实案件。他不仅是黄金时期最重要、最聪明的本格作家，也具有强大的行业号召力：英国文学史上享有盛名的政治科幻小说，威廉·戈尔丁的《蝇王》，正是在他的作品启发下完成的。在保持小说畅销佳绩的同时，他还喜欢参与国家大事。在"二战"前的那一场众所周知的英国宪政危机当中，爱德华国王为了美人执意放弃江山，伯克莱先生由此对英国的未来大为紧张，做了很多试图挽救的工作。

回到刚才的辩题，简而言之：本格派作家同样热衷于关注现实当中的案件，也没少给破案出主意，所以，说本格派作家纸上谈兵，是不成立的。

假面舞会和沉浸式现实，是两种侦探美学

接下来，再聊聊关于本格派的第二个刻板印象：他们几乎都是有钱的统治阶级，高高在上，不知人间疾苦，所以才那么喜欢解谜游戏。而社会派则下沉民间，如钱德勒笔下的马洛一样，动辄跑遍穷街陋巷，揭露社会阴暗面，是为平民说话的。

类型小说的背后，的确有阶级的幽灵。不论是故事的诸种要素——时间、地点、人物、手法等，还是作者、读者的背景出身，都能看到

阶层分化的痕迹。以场景来说，欧美古典解谜派的故事情节，常发生在有着华丽楼梯和精致花圃的庄园宅邸中，在午后的红茶咖啡蛋糕和圣诞节的派对大餐的优雅氛围里，悄悄酝酿着罪恶的案件。日本夏洛克·福尔摩斯俱乐部（JSHC）会员关矢悦子甚至写了一部考据极为详尽的书，叫《福尔摩斯的餐桌：19世纪英国的饮食与生活》，从侦探推理小说的饮食描写来看维多利亚时期英国社会的饮食百态。日本作家对此类精致生活美学同样着迷；明治维新时期，日本建造了很多和洋混搭式建筑，甚至还有富豪将整座城堡拆解运回日本、重新组装，它们都成了日系新本格推理当中华丽的案件舞台。

　　谋杀手法也有阶级性。英国著名作家、记者、《一九八四》的作者乔治·奥威尔曾统计过，在1850到1925年间震惊社会的谋杀案里，十名罪犯中大概就有八人是中产阶级，毒杀案占比极大。这正是古典解谜派所谓典型的"英国式谋杀"：比起动刀动枪，毒杀被认为更具一种含蓄的、中上层阶级的，甚至贵族化的特色。

　　读者群亦然。据统计，在二十世纪上半叶的英国，侦探小说的读者数量在所有通俗文学里占比最多，但从类型上来说，喜欢解谜类的主要是中上层阶级，喜欢犯罪和惊悚小说的则多为平民阶层。

　　以上这些，似乎都在为反方提供辩词。不过您是否注意到了，所谓英国式谋杀的黄金时代，正发生在战争的夹缝中？引用英国侦探俱乐部现任主席马丁·爱德华兹的说法，黄金时代的侦探作家正赶上了人类社会一段非常危险的时期，那就是两次世界大战中间的十年。欧洲人刚刚从"一战"中惊魂未定，马上就要面对另一场可能是更大规模的战争的恐惧。世界上的一半人声称为了全人类的幸福要消灭另一半人，这是人类历史上从未有过的狂言，竟然几乎兑现了：十几年的时间里，战争杀死了过去要用几百年才能杀尽的人类数量。

那一代作家当中的绝大多数，不论来自哪个派系，其本人或者亲人都遭受过严重的战争创伤。此外，那时的人们还遭遇了或许不像新冠疫情那样广泛，却可能惨烈得多的灾害——西班牙瘟疫。

刀兵、水火和瘟疫是人类历史的经典三灾，对一个时代的文学风格与主题总是影响深远。那么，为何在这样的时代，解谜派笔下的故事却充满了强烈的趣味性和游戏性？

事实上，越是苦难的年代，直接讲述苦难就越是不太受欢迎。通俗文学、类型文学，正是为满足社会大众的心理需要而生的，正像我们喝"快乐水"、吃麦当劳汉堡来逃避焦虑一样，解谜类推理小说，正是当时支撑人们苦中作乐的文学形式之一。

阿加莎曾把《波洛圣诞探案记》题献给她的姐夫詹姆斯，大意是说，您一直嫌我的故事太文雅（实际上就是不够血腥），那么这次，请收下专门为您准备的血淋淋的谋杀大餐吧。然而，哪怕故事里那具出现在圣诞节前夜的尸体流了再多的血，在读者看来，还是跟舞台剧演员吐的番茄酱差不多。阿加莎根本无意制造恐惧或同情，倒是大肆引用莎士比亚《麦克白》当中的名句"可是谁想到这老头儿竟有这么多的血"，让悬念、象征和仪式化的美感倍增，更加刺激了读者猜测凶手的好奇心。

用超现实的方式描述血腥的谋杀，或许是因为：当经历灾难的时候，作者和读者一样，都想要解脱。人们没有那么坚强的神经，总是能直面生活的黑暗。打开一次《麦克白》，读到"人生就是一场喧哗与骚动"，读者可能会久久难以平静；却可以一口气毫无压力、畅快无比地阅读十部用《麦克白》里的元素当线索的阿加莎小说——这就是类型文学的功能。

可以说，古典解谜派小说的趣味性和游戏性，很大程度上来自那个时代的人们治疗伤口的需要。彼时，英美各国都掀起了全民游戏的风潮。在英国，大众喜爱的游戏包括板球运动、赛马、桥牌和各种棋类，还有受到各阶层欢迎的填字游戏"纵横字谜"，后者常常被作家用来设置谜团。这些游戏都喜欢强调智力和公平。如果去查查那些最爱给侦探小说制定公平性规则的作家的背景资历，会找到很多资深的板球运动员——板球运动的核心精神，正是公平。

这并不稀奇。近年来，大疫之下的我们或许也会有类似的感受。在灾难横行的时候，现实反而变得有点像游戏。人被一种不知名的力量操纵、玩弄，这力量强大、猝不及防，却又隐含规律性；天地不仁，以万物为刍狗，而越是不仁，人们越希望找到某种规律、某种套路，显示自身的精神能动性。

——这一点，或许才是社会派和本格派的真正分歧所在。

钱德勒断言，侦探小说当中的人物、场景和氛围必须真实，在开端和结尾处要有可信的动机，而解谜派的故事太"假"了。尽管阿加莎笔下的波洛和马普尔小姐同样会实地调查、走访，在充满嫌疑人的旅行团里不动声色地旁敲侧击，柯南·道尔的福尔摩斯也会利用他那三教九流的朋友们包打听，甚至会格斗、能巷战，但在钱德勒的视线里，这些部分统统被忽略了。

为什么钱德勒如此"双标"？真正的原因恐怕在于，他并不认同侦探的行动能带来案件的解决。在他的故事里，孤独骑士般的马洛永远在路上不断奋斗，但他的征程是为了彰显人物的主体性尊严，而并不意味着现实就能因此被掌控，拼图就能片片握在手中。真相就像时间之绳上绑着的苹果，看得到，吃不着。硬汉式侦探正是在知其不可而为之的无尽道路上，在不断变换的旅行场景和调查取证的过程中，就已经完成了他的沉浸式现实体验。在《漫长的告别》中，马洛说出了他的名言：每说一次再见，就是死去一点点。在此，失败被经营成了一种充满怅惘的诗意，一种人类用以对抗灾难、对抗衰败、对抗腐朽的最无力又最普遍的美学。

黄金时代的解谜派作家们使用的则是另一种美学。他们会在作品中彼此致敬，拿对方笔下的侦探开玩笑，写对方小说的同人作品（如阿加莎的《四魔头》就在戏仿前辈道尔的《四签名》），甚至以假乱真，还会在现实无中生有地制造"案件"并写进小说里；他们最爱为推理小说制定规则，然而建楼和拆楼的往往是同一伙人；诺克斯、伯克莱、阿加莎等，都在他们的作品中发明了"不可靠的叙述者"，留下了不确定的或者自相矛盾的结尾；依托侦探俱乐部和作家联盟这样的平台，他们不仅互相交流灵感和创意，还联合起来与出版商周旋，更充分利用彼时刚刚兴起的大众传播媒介，在广播、小说和报纸上设置有奖竞猜，邀请读者一起来解谜；身为最讲究科学手段的侦探作家，他们却把侦探俱乐部入会仪式搞成了一场巫气森森的降灵会，每个人都把手按在那阴森的头骨上虔诚地、肃穆地庄严宣誓。

他们是一群在真实和虚构之间体会时代之幻灭的人。他们试图在纸上让谋杀变得轻盈，因为揭秘死亡总归是活人的事——没有什么比这一点更难以忍受的了。他们以游戏化的写作来与残酷的现实战斗，为了让这永不能完成的告别在故事里做个了结。

当灾难大得像游戏

"二战"之后，英国古典解谜派的地位就让给了美式硬汉派，同时意味着侦探推理小说黄金时代的结束。但是别忘了，彼时东方的日本，本格派小说却正炙手可热、大行其道呢！

　　为何？道理是一样的：如果说"一战"的创伤塑造了黄金时代解谜派的气质，那么，原子弹的爆炸则构成日式本格的流行背后那不可忽视的底景。

　　人类的现代战争，与冷兵器时代是完全不同的。它是全球的、大众的、意识形态的战争。在现代社会，意识形态理念不仅仅是发动资源争夺战的借口，还真的成了重要的战争目标，并传达到每一个普通民众的头脑中，这是以往的战争绝对无法达到的效果。导致这种效果的前提条件之一正是大众媒体的诞生，特别是广播和摄影的加持。好莱坞电影的拍摄手段甚至被直接运用于战争：比起"一战"，"二战"一方面更加残酷，另一方面也更加像电影了。熟读现代战争史的诸君一定不会忘了盟军最著名的"幻影部队"美国第一集团军（FUSAG）：它本身就是一场有赖于好莱坞式的大型电影布景的、新本格解谜式的惊天大骗局，不是吗？

　　更不要提原子弹带来的震撼冲击了。英国导演斯坦利·库布里克拍过一部黑色幽默电影，名为《奇爱博士，又名：我如何学会战胜恐惧并爱上炸弹》（1961），电影最后呈现了核弹爆炸的画面：升腾的蘑菇云极为壮观瑰丽，再配上懒洋洋的爵士乐，带给观众的视听体验就像配乐歌词里的"夏日冰淇淋"一样绵软又轻盈。库布里克的深意何在？他要表现的是现代人的"平庸之恶"：不再像冷兵器时代一样，人面对面杀害同类会伴生强烈的罪恶感；核战争的施加者只需按下按钮，看不到被害人的死亡，轻松无负担，而在电视上观看战争新闻的观众，更像看灾难片一样旁观着真实发生的灾难。战争像风景，像奇观，跟我们读阿加莎或横沟正史小说的感受差不多。

　　原子弹投下来，对于亲历者来说，其威力不啻在人行道上投下了一颗太阳。战争创伤深刻到了一定程度，必然会引发的不是恐惧感，而是荒谬感、戏谑感。这是整个二十世纪政治哲学的重要主题：当灾难大得像游戏的时候，认真玩游戏不仅是一种生命哲学，也是一种生存方式。

所以意味深长的是，日本对于战争创伤的逃避首先表现为二十世纪五十到六十年代通俗文学中本格推理的大繁荣，接着表现为七十年代漫画和八十年代动画的大繁荣，随之产生了我们今天熟悉的日系"二次元""御宅族"文化。

因此，说早期本格派的作品是游戏、是消遣，并没错，但它们是赌上性命的游戏，是费尽心思的消遣。在这一点上，社会派和本格派其实殊途同归。身为好莱坞电影名编剧，钱德勒怎能不知，这一大工业体系的核心主题就是提供消遣？硬汉们的社会情怀从来没有离开商业娱乐目标；钱德勒和伯克莱们同样在玩游戏，不过是后者的板球运动比起前者的拳击格斗，听起来稍显温和罢了。在今天的后现代审美中，我们更无须强行比较本格派和社会派谁更具文艺范儿，社会派的公路牛仔、蓝调酒吧、烟雾缭绕的工厂，本格派的咖啡、午茶、小洋楼、手账本，都可能被放在都市消费主义风情的抽屉里。

在后疫情时代，游戏推理小说的数量猛增，从方丈贵惠的《孤岛的来访者》到知念实希人的《玻璃之塔杀人事件》，其情节和诡计的主线，都是灾难与游戏的 DNA 双螺旋。游戏化的灾难和灾难化的游戏，也都成为读者象征性的抚慰方式，并又一次深深呼应了古典解谜派的历史经验。分析推理小说的创作风格与历史时代的关系的意义在于如下问题：是什么东西造成了游戏人间的心态？或者说，人们想要在游戏中表达什么？

本格派和社会派最重要的差异，就在于双方理解现实的方式不同。不能简单地说，本格派是一种逃避文学，而社会派就是直面苦难的文学；只能说，当把现实中的苦难转化为文学作品的时候，本格派和社会派采用了不同的再现手段。或者也可以说，现实本身，就不止一种。

直到今天，科学仍然没有能够彻底地解决人类和所有生命存在的谜团。庄生梦蝶的故事仍然是有力量的：你怎么知道你不是蝴蝶的一场梦呢？

转头思考生活，它真的很像纸牌屋：诸多认知、常识彼此矛盾，连逻辑自洽都做不到，但恰恰是那么多彼此矛盾的成见，构成了我们一生的思想和行为模式。

类型小说家一直在谨慎地讨好读者，他们中的多数人并不期待文坛的什么奖章。但是，过了许多年，重新读他们的作品，想象那样一个历史背景，特别是在我们自己也经历着生存危机的时候，就可能会发现：这些作家想对那个时代、想对世界表达的，可能比他们自己预料的还要多。作品、作家和现实，是嵌套在一起的三重谜语，就像案件当中的线索一样，提示我们关于人类灵魂的真相。在这样一种观念之下，娱乐之作也可以足具悲悯，足够深刻。

新时代的"躺平"侦探

在今天的侦探推理世界，最受欢迎的流派是什么？没错，是日常推理。

李安导演的电影《色·戒》里有一句对白——"留心的话，没有什么事情会是小事"——可以被移用为日常推理的座右铭了。它讲求从平常的生活，而非离奇刺激的暴力案件中嗅出谜题的香味。这种追求，是沿着侦探推理小说族谱当中的"解谜总派"——"新本格派"的脉络衍生出来的。

尽管日常推理是"新青年"，但是早在黄金时代的大前锋柯南·道尔的笔下，从福尔摩斯的破案方法里就可见端倪。作为本类型的拓荒一代，福尔摩斯系列当中蕴藏着后来各种侦探推理情节的种子，而日常推理的原始形态同样栖息在福尔摩斯的"基本演绎法"当中。该方法的基底是逻辑学，可用那句闪闪发光的耍帅名言来提纯："当排除一切不可能，剩下的不管多么难以置信，也一定就是真相。"

福尔摩斯利用这种逻辑分析法，既破大

案，也究细节——后者是用来折服陌生人的利器，就像近景魔术里的花式切牌技巧，令人惊喜并心悦诚服。比如，他第一次和华生见面，就判断出对方刚从阿富汗回来；华生结婚之后，他也总是能从细节推断出朋友最近遭遇了什么。

在日常中嗅到异常，找到迹象之间的因果联系，作为一种侦查方法，通用于所有的侦探推理小说。比如奥希兹女男爵写于1909年的短篇集《角落里的老人》，在题材、手法和风格上，就相当接近于这种理念。阿加莎的短篇集《神秘的奎因先生》也可算日常推理的先驱之作了。但对该类型的本体自觉性最有启发的，还要数英国侦探俱乐部的金牌名誉顾问、伟大的全能型人才G.K.切斯特顿的第一部短篇集《奇职怪业俱乐部》(1905)。该作当中的侦探是一位因厌倦司法而辞职的法官，余生都在随缘处理自己感兴趣的事件，它们往往不是冷血犯罪，而是亲朋好友因为受常识所困而导致的种种误会。

这类早期作品跟今天的日常推理别无二致，差别似乎只在于有无"日常"之名而已。然而，命名无小事，特别是在文学界，它意味着一种理念得到承认，也意味着门户和流派的传承。

我们知道，二十世纪上半叶，解谜推理较多的是华丽的长篇小说，暴风雪山庄、连环谋杀、犯罪预告、完美密室，这些以刑名之事为主题的重口味故事更受读者的欢迎。美国作家范·达因在他那著名的"范·达因守则"第七条中就规定了："缺乏凶杀的犯罪太单薄，分量太不足了，为一桩如此平凡的犯罪写上三百页也未免太小题大做了。毕竟，读者所耗费的时间精力必须获得回馈。一桩凶狠的谋杀案会激起他们的报复之念和恐惧心理，他们希望杀人者受到法律制裁。所以，当一个'恶毒'的谋杀案发生时，再温厚的读者都会怀抱满腔正义热忱地来追捕凶手。"

很显然，范·达因是根据当时的社会心态和市场环境来权衡其守则的。黄金时期英国侦探小说出版界的标配，乃是以红油赤酱的长篇为主，搭配短篇集作为清淡小菜，作者在写长篇作品的间隙去生产短篇以调整节奏，后者当中，有一些是长篇的边角料，随时可以加工、拉伸成长篇。比如，阿加莎的中篇《蓝色特快上的秘密》就是后来《东方快车谋杀案》的雏形。另有一些特制的、为短篇故事量身定做的犯罪案件，常常以盗窃案、诈骗案为主，因为作家们普遍舍不得将博人眼球的暴力案件用在短篇里。因此可以说，欧美黄金时期具有日常推理意味的短篇小说，大抵只是长篇小说的附属品。

当推理风潮吹到日本，情况就不同了。日系推理自其伊始，短篇的分量和受重视的程度就很足，与长篇并驾齐驱。原本，日本传统的物语故事就以清淡短篇为主，或者是缀花式地形成结构松散的长篇（如《源氏物语》）；进入明治维新后，报纸杂志极为丰富，"二战"之后出版业又掀新高潮，更给短篇作品以大量的施展机会。此外，深受世界上最短的诗"俳句"影响的日本人，还喜爱写作超短篇小说。

这样的文化环境，自然适合日常推理自立门户。日系日常推理有两种情调，第一类强调生活表面的平静下潜藏着恶意，如阿刀田高、连城三纪彦、乙一等人的短篇作品就多属此；活跃于"二战"前后的著名纯文学作家谷崎润一郎也有很多中短篇作品可以纳入这一范畴。第二类就完全相反：走清新阳光的路线，以积极的态度去看待日常。这一类作品，其实是"二次元"轻小说在二十一世纪衍生发展起来的产物，往往同青春推理、奇幻推理和时代推理横向联合，形成日常推理当中的主流。以此闻名的小说家，有北村薰、米泽穗信、青崎有吾、冈崎琢磨、相泽沙呼、北国浩二、吉永南央、柊彩夏花等，人多势众。此外，像宫部美雪、东野圭吾、夏树静子等老辈名家，偶尔也会写一些阳光系的日常推理作品。总的来说，日系日常推理通常以短篇或短篇连作为主，少有长篇大作。

为什么无论在欧美还是日本，日常推理要发展成独立的长篇都相对困难？这其实跟我们对"日常"的定义有关。

如果说，日常，就是生活当中的原生态，那么现代文学史上所谓的"意识流小说"，如法国作家普鲁斯特的名作《追忆逝水年华》这类作品，或许才最贴近这一定义。有谁能把自己的真实生活过成侦探的逻辑推演一样，让每天的行动逻辑都完整清晰呢？意识流小说，正是模拟充满碎片的日常思维和行为状态，与推理小说所讲求的逻辑性和清晰性、条理性恰恰相反。虽然意识流小说更写实，更接近生活的真相，但读起来，反而让我们的疏离感更强，因为我们通常所理解的故事，正是生活的一种理想化、夸张化、逻辑化的组织形态。

从这个角度来说，日常推理与长篇大论的"暴风雨山庄"故事一样，都追求故事的秩序性和仪式感，只不过，它更加强调：在平淡的生活中也会有秩序性和仪式感，而不一定要体现在华丽的谋杀案当中。也就是说，日常推理把日常性特意标举出来，有一种故意跟谋杀案这种重口味题材叫板的味道。它叫卖的与其说是日常生活，不如说是一种特定的日常感。

对此，我还是喜欢切斯特顿那句"隐藏传奇，就在日常之中"。西泽保彦的短篇集《完美无缺的名侦探》就如是走了幻想推理和日常推理相结合的路线；泡坂妻夫的《亚爱一郎》系列设定了一个架空世界和现实世界结合在一起的叙事时空；但两者的底色都是日常推理，两位作家想展现的，也正是切斯特顿所谓日常中的传奇感。这些作品喜欢在平淡的小事件中训练观察力，与"不是没有美，而是缺少发现美的眼光"这一审美观念捏合起来，便形成了日常之谜—日常之美的理念连锁。

所以，日常推理真正的主人公，就是"日常性"本身。

　　这种点石成金的设定，不仅与日本流行的"小确幸"式的生活理念相一致，也是日式精致美学的一种表现。日本人喜欢小而精的符号，固然是出于文化性格，亦有其地理上的因素。日本国土小，本土资源不丰，养成了以小为美、以少为美的美学标准。中国台湾作家舒国治在散文集《门外汉的京都》中写道，日本人对着盘子里的一根茄子，可以用发现美的眼光凝视半天，但是我们家乡的茄子一到收获季，一收就是哗啦啦一片，谁有闲心凝视一根茄子？所以说，怎样的环境生态，也会激发出怎样的美学观照。

　　既然日常推理的成立条件，主要并不在于所发生的事情，而在于侦探式的眼光，在于从各种现象中发现因果链条的能力，那么说得不好听一些，也就是——嗯，没事找事的能力。就像青崎有吾笔下的中学生逛夜市，发现所有摊位找的零钱都是钢镚，就开始找原因了；图书管理员发现有一本书每星期都会还回来，到今天已经连续五周了，也开始找原因了……

　　你是不是已经感觉到，这样的拟侦探人设多少有点尴尬？福尔摩斯常常哼唧"最近没什么精彩案件上门"，但人家的确开了一个事务所啊。可是，当一个小学生理直气壮地叫喊着："我叫江户川柯南，是一名侦探！"这样的情景在动画、漫画里可以接受，可放到小说里，且作品还在刻意营造一个平淡日常生活的背景时，那些有一颗"中二"之心的普能人侦探，就难免显得煞有介事了。

　　正因为这种尴尬，近年来在日常推理中才衍生出一个新设定：突然推理。这类作品并不设定职业侦探或具有侦探爱好的人物，仅让故事中的某人在没有任何预兆的情况下，突然如同推理之神上身，开始滔滔不绝地就刚刚发生的事情进行推理，推理后，又恢复了常态。熟悉日常推理套路的读者，对这种情节能会心一笑，不熟悉的读者，则会收获充分的意外性，好像平地跌了一跤。这种情节的产生，正是日常推理这一类型走向成熟的标志。好比穿越重生小说刚开始流行时，要先做很多的情节铺垫，解释人物重生或穿越的合理性。后来的作品则多数开门见山，主人公一睁开眼就重生了，二话不说，开始新生活。

换句话说，突然推理其实是一种自嘲式的设定，它提示我们，需要一个合适的空间情境，才能盛装所谓的日常之美。

将日常推理与履行日常生活功能的职业结合在一起，是最常见的缓解尴尬的方式：贵志祐介笔下的"防范侦探榎本系列"中，担当侦探角色的人物是一个开锁匠，既出现在长篇小说中解决密室谋杀案，也出现在平淡的日常事件中解决任何跟防盗设施有关的案件；大山诚一郎的《绝对不在场证明》当中，钟表店的女店员专门解决跟时间有关的案件；冈崎琢磨和吉永南央笔下的咖啡店员解决跟咖啡相关的问题；米泽穗信的《书与钥匙的季节》和《冰菓》系列当中，图书管理员和文学社社员探索跟书有关的事件；北国浩二笔下，住在商店街的律师专门解决日常生活中的民事纠纷；柊彩夏花的《谷中复古相机店的日常之谜》更是顾名思义……

因为真正的主人公是日常本身，日常推理也为极度强调场景的推理类型。如商店街里的各种馆子，铁打的商家流水的客，小老板们总要观察客人，正是侦探思维登场的舞台；而在早坂吝的《名侦探上木荔枝系列》中，应召女郎已经开开心心地一边与客人做爱，一边解决着客人遭遇的案件了。

然而，即使给出这样的情境，仍然不能掩盖日常推理小说中那种挥之不去的"中二感"。这就得要说说其背后所隐含的当代文化情境了。

日系日常推理，除了是推理小说中的亚类之外，在商业系统、媒介环境和小说风格的意义上，更属于一种特定的小说体裁：轻小说（Light Novel）。轻小说又是一个原生于日本的概念，可以理解为能轻松阅读的小说，但其在大众文学当中的特别之处，就在于它所属的媒介环境——二次元文化，和它的上层概念——御宅文化（OTAKU）。御宅文化是以 ACGN（动画，漫画，游戏，轻小说）为主体发展起来的。轻小说所谓的"轻"，正需要在动漫和游戏的情境基调下才能完全理解。此外，"轻"还有一个含义，相当于音乐创作中的"动机"。只要有一个动机，就可以在各种体裁和媒介中相互转化。比如てにをは（作家笔名，来源于日语助词）创作的轻推理小说《女学生侦探与古怪作家》系列，最早系由作者创作的歌曲《旧书大宅杀人事件》改编而成——在 ACGN 的世界里，由音乐转化成小说是再正常不过的事了。同时，轻小说也具有强烈的漫画色彩。用文字书写的故事常常需要佐以漫画风格的插画，即使没有插画，一个轻小说的预设读者也应具备随时将情节想象成动漫图景的能力。它的叙事态度和人物设定，更是随时在为转化成动漫和游戏做好准备。

因为背后有这样一个二次元文化系统，日常推理小说之所谓"日常"，本来就与现实主义文学谱系中的"现实"有着巨大的差异。日系日常推理，即使作品的情境设定为现实场景，也必须要加一个前提，那便是"轻小说化了"的现实；就如方言口音，一开口就带上了二次元的腔调。

这种依托轻小说情境的日常之谜和突然推理之所以会如此流行，是因为当代的全球文化有一种强烈的"内卷"倾向，或者不妨将之称作青年亚文化的"内卷"。它首先表现为主体关系内部越发激烈的竞争。当代推理小说当中，再也少有福尔摩斯这样鹤立鸡群、独树一帜的侦探角色设定了。在轻小说家井上真伪等人的逻辑推理情节中，甚至不是侦探与罪犯，而是侦探与侦探之间的激烈较量构成了故事的主体。另一方面，"内卷"与另一流行网络热词——"躺平"——正是同源一体。后者表现为，在各种轻小说系列的作品中，你都能看到不那么积极，不那么热血的侦探主人公——他们是"内卷"衍生的反弹意识所挤压出来的"躺平"式人物。他们仍然保持着好奇心，在有限的范围内愿意扛起责任，带着一种专业主义的认真态度去推理，但是做完就罢休，不消耗多余的能量。比如米泽穗信就在其系列名作《冰菓》当中给这种"节能主义式"的人物找到一个历史的理由，即二十世纪六十年代日本风起云涌的学生运动。过多的青春激情和对政治的理想化向往曾毁掉了许多人的学生生涯，它的后遗症便是走向反面的节能型人格特征：不喜欢激进政治运动，不喜欢喊口号，不喜欢倾尽全力去奋斗。

　　虽然轻小说风格可以缓解很多犯罪题材带来的压抑和紧张感，但因为它本来便要随时与动漫和游戏联动，是随时会重新组装人物和情节的一种游戏化的动态体裁，这就意味着，要将它作为独立的文学作品来看，往往会出现问题。比如，青崎有吾笔下的校园杀人案作为日系轻推理当中"逻辑流"的代表，在推理过程中的表现可圈可点，却不免暴露出轻松的语调和杀人事件的紧张性之间的矛盾，特别是人物的谋杀动机不足，是最为人诟病的一点。在这方面把握比较好的是若竹七海的《古书店阿赛丽亚的尸体》。日常推理明亮活泼的基调下，还是发生了谋杀案，这种风格矛盾靠什么来缓解？靠作品发生的具体情境——一个别具昭和式日本风情的小乡镇。

　　由是启发我们，将日常推理与时代小说相结合，有意想不到的效果：将日常感镶嵌在不同的历史情境中，既可以缓解轻小说式的尴尬，也可以调节日常与暴力案件之间的审视距离。如北村薰的短篇集《鹭与雪》是背景设定为大正时代的日常推理，描述在上流贵族圈子里读书的小姐周围发生的事情。作者选择的时代，是日本即将走上军国主义道路之前的那个时间临界点，虽然主人公只是在细小琐碎的事情当中享受解谜的乐趣，但透过她能接触到的有限信息，字里行间中仍然能感受到时代氛围的紧张。同类作品当中的优秀文本，还有伽古屋圭市的《繁花将逝》和连城三纪彦的《瓦斯灯》，非常值得一读。

物语 + 公案：东方日常推理的另类空间

　　把目光转向当代中国的日常推理，从孙沁文的《写字楼的奇想日志》到钟声礼的《放学后的小巷》，走的同样是轻小说的路线。只不过，中国的主流价值观决定了，中式日常推理的主人公，一般没有日本人那么"宅"和"躺"，其作品对于发掘日常中潜藏的善意也更加留心。但我想，中国作家们大可更多地利用传统资源，既摆脱西式长篇的束缚，也能从日系轻小说的语调和风格当中走出来，开辟日常推理不同的语境空间。因为，在东方的文学传统当中，早就储备着最有潜力发展成日常推理的两种体裁，一种是中国的笔记和公案，另一种，就是日本的物语。

　　先看别人家的。所谓物语，直译过来就是故事或杂谈，是日本古典文学当中的重要体裁，脱胎于神话故事和民间传说，又吸收了中国六朝和隋唐传奇文学，再加上日本诗词传统中的和歌，综合而成独特的叙事体。物语与西方现代小说相比，如同围棋和国际象棋，从外表上就异趣迥然。

先来讲一段历史小公案。二十世纪初期，日本大正时代的尾声，谷崎润一郎和芥川龙之介这一对文坛好友进行了一场争论，主题正是东西方文学之争。当时，日本正值全盘西化，成为文坛新星的谷崎润一郎也受了西方思想的浸润，认为西方的长篇小说作家如巴尔扎克、雨果、福楼拜等写出的鸿篇巨制，是真正的结构结实，逻辑精严，要远远胜过日本本土那些短小清淡、结构松散的古典物语。而芥川龙之介则持反对意见，认为日本文学和西方文学从内在来说是截然不同的两件事，不能分出高下。两人的争论从气势而言，是谷崎占了上风。这不奇怪：相较于敏感神经质的芥川，谷崎本就是一个特立独行的强硬人物，制造了许多文坛逸事，比如撮合自己的妻子和文坛好友佐藤春夫相恋，是日本人尽皆知的婚恋伦理奇谈，也是他许多小说中的原型情节。

然而，芥川的直觉更准。后来，谷崎润一郎本人不仅完全回归了日式风格，而且成了东亚日式美学在二十世纪最著名的鼓吹者之一，他的散文名作《阴翳礼赞》，便大谈东方美学如何压倒西方。而更有趣的是，从文学研究的角度来看，谷崎虽然写出了很多长篇小说，但其结构形态从未真正超出他所反对过的物语的连缀形制。比如，写于"二战"中，充满关西风情的长篇情感小说《细雪》，虽然也有一个"大家族嫁女儿"的因果主线贯穿其中，但作品的旨趣却都散落在那一场场风花雪月的看戏、饮宴、相亲的散漫场景当中，比起巴尔扎克的大家族故事《贝姨》来，更像《红楼梦》和《镜花缘》。

那么，这与日常推理有何关系？

谷崎润一郎虽然是纯文学作家，却也是写过不少侦探推理小说的。浙江文艺出版社编译的《推理要在本格前》，就是日本纯文学作家"下海"写过的推理小说合集。与江户川乱步活跃于同一时代的谷崎不仅同样写过推理小说，其纯文学小说也都渗透着悬疑推理的味道。

此处推荐谷崎的短篇《梦之浮桥》。小说的标题取材自日本伟大的古典名著《源氏物语》中的章节。该作中的典故和五十四回章节标题被广泛运用于日本各种文化和娱乐形式当中，如香道、花道、歌牌游戏、俳句、绘画等。谷崎的这篇小说正是如此，其情节中飘荡着源氏恋情的幽微姿影，既有物语的传统风味，又具有西方心理小说的特征，同时，也是一种很典型的日常推理。故事以第一人称"我"讲述了对童年生活的回忆。父母曾极为恩爱，惜母亲早逝，父亲过了几年就续弦，为儿子找了一位年轻的继母。但接下来，情节并未发展为继母虐待继子的俗套，而是讲她如何对继子温柔至极，甚至有意消灭自己的人格特征，刻意模仿"我"的亲生母亲，以至于在叙述者的回忆中，生母和继母的形象深刻重叠，很难分清彼此。这个略显违和的家庭伦理故事，就这样在一种典雅悠长的语调中不疾不徐地进行，直到出现了一些细小的裂隙，比如，叙述者开始听到一些诋毁自己一家人有不正当关系的流言蜚语。而这种细小的不适，又被"我"以一种冷静细致的推理分析给弥缝过去，如河流里偶然泛起的泡沫一般归于沉寂。

正因为叙述者的语调如此地温馨、笃定，以至于读者很难跳出这种氛围去反省：这是怎样不同寻常的一种家庭关系啊！父亲在继母生下弟弟之后，为了不让"我"反感，竟然会夫妻二人一致决定将弟弟送到乡下去，让他完全消失；"我"长大成人后虽然娶了妻子，但继母一逝去，"我"就马上与妻子离婚，还将继母所生的弟弟接回来一起住……反常的情节比比皆是。对普通人来说极为诡异的家庭关系并未以性暴力事件等面貌出现，正是这篇小说的独特之处。谷崎的情爱观虽然来自日本，却又受到了西方心理主义的熏陶，形成了直觉、本能性的日本情欲和理性的西式分析阐释糅合而成的情节织体。几个人物的动机处处是谜团，也处处有推理的痕迹，关于继母的死，叙述者也有阴森的猜测。而作者一边营造着日常生活的优美氛围，一边静水流深地描述这些细思极恐的情节，使它们变成了一种内在的惊涛骇浪。

这种对"日常"的理解与二次元氛围下的轻小说是不同的。有深厚古典文学造诣的谷崎保持了古代日语语法的华丽感，大量的风景环境描写交织着花道、书道、茶道等艺术消遣，对应着日本美学中的"季语"，与核心伦理谜题以类似起兴的方式隐约应和，让读者舒适、充实，然后毫无防备地被推向悬念的深渊。敏感的读者会明白，第一人称会想方设法伪装自己，台湾作家张大春先生在他的文学理论名作《小说稗类》一书中，管这种讲故事的口吻叫"故作天真的叙述者"。

此外，传统日式物语还喜欢留下孔隙，四处漏风，很少"填坑"。就像小说的标题"梦之浮桥"，能做出的判断，得出的结论，都被梦境和回忆的不确定感所干扰，得不到作者的口头保证。小桥流水，古雅的庭院，优美的女性，凝缩成一幅永恒的记忆图画，只是在这幅美图的某些地方，有着幽怨的阴影。

再来瞧瞧中国的笔记——除了诗歌外，中国古典文学当中数量最庞大的体裁之一，是能够代表中国传统叙事风格的叙事范例。张大春先生总结了笔记的很多异名，包括野乘、家乘、杂记、杂录、纪闻、纪实、外史、小史、琐语、屑语、戏志、偶谈、识余、邸抄等等，每个名称本身都是一条引线，沿着走下去会得到很多有趣的信息，如"识余"这个名目来自佛教的唯识学，而唯识学又会让我们想到谁呢？比如唐僧唐玄奘……打住！再延伸下去，本文就要在跑题的路上一去不复返了。

　　然而，这种发散性，正是笔记的妙处之一。古人讲一部《妙法莲华经》，可以九旬谈妙——仅仅经题当中的那个"妙"字就可以讲九旬——一字铺展无量义，这是"开"；能"开"自然就能"合"，无论怎样的长篇大论，也可以缩减为一个字，乃至于"不著一字,尽得风流"。笔记的内容和体例不拘一格，但碍于篇幅，很少长篇大论，恰适于以开合之法加以阐释。

　　笔记题材牵涉极广，却又言简意浓，皮里春秋空黑黄是也，在我看来，侦探推理文学最适合跟笔记相"勾搭"了：笔记的余白正好用推理去填充；中国人善用的春秋笔法可以体现在一切题材之中，日常推理自是不在话下。

　　笔记可以生发怎样的日常推理故事呢？张大春先生曾在谈中国笔记和笔记体小说时举过两个例子，一是汪曾祺的小说，一是宋代笔记故事。如今，我们变换角度，在日常推理的主题下讲讲它们。汪曾祺虽是现代作家，其作品却颇具传统笔记的旨趣。其短篇小说《鉴赏家》讲，小镇上有位叫叶三的水果贩子，与当地的大画家交情颇深。画家清高，一般人瞧不上眼，却独独欣赏叶三。故事先是讲了叶三卖水果是怎样的行家里手，他的水果是怎样的原装、树熟，而他的两个儿子干活又是多么出色，接下来讲了叶三与画家日常交往的一些情况。整体行文清淡，也没有谷崎润一郎《梦之浮桥》中的暗流涌动。这就是笔记之一种。但是，这里头有没有解谜趣味呢？比如，为什么画家看得上一个水果贩子？如何才能被艺术家引为知音？然而其问其答都并不张扬，只是对生活的经验性的观察，有文人的趣致，也有平易的俗趣。

　　对于中国笔记之趣，宋代笔记集《瞇车志》当中的一则故事"刘先生"，讲了一位隐世修行者的三则事例。其一，刘先生生活清贫，身无长物，会在固定的日子里到街上托钵乞食，乞到足够当天的食物就会停止，接着便往各处寺庙洒扫。其二，刘先生接受了一位富人赠予的衲衣，不久后，就为拥有这件衣服而感到烦恼，将之转赠给旁人。其三，是讲刘先生夜宿一座荒坟，半夜里，坟墓里倒着的枯骨突然起尸抱住他，刘先生毫不犹豫地将枯骨击碎了。

　　——就是这样一共几百字的笔记故事。看上去，它只是对个人事迹的零散记录，三则事例之间，也没有什么必然的因果联系、情节发展，但若晓得古人对叙事排布的讲究，就可以去思考：作者究竟是依据怎样的逻辑，将三则事迹联系在一起的呢？

　　运用概括段落大意的方法，每一则事件可以用一个动词来概括。张大春先生选定的动词是：第一则可称游庙——遍游庙宇，擦拭佛像；第二则可称赠袍——关于那件衣服的得与失；第三则可称击骨——将起尸的枯骨干脆利落地击碎。但是，这三个动作之间，又有什么联系呢？

　　显然，这则笔记本身就是一个谜题。答案要去哪里寻？既然是宗教徒的逸事，那么自然要回到传统宗教系统当中去。要彻底洞察中国笔记和日本物语的妙趣，便不能对宗教语境一无所知。中国和日本的古典故事共同的特点，就是与佛家的影响密不可分。

　　由是，若能参详一点禅宗理念，便会觉得"刘先生"妙不可言。这里不阐述佛法，只道一句：唐代禅宗六祖大师慧能的偈颂"本来无一物，何处惹尘埃"与其师兄神秀的偈颂"时时勤拂拭，勿使惹尘埃"的对比，是广为人知的禅宗公案，若能思考这两者的辩证关系，也就会懂得"刘先生"当中的三则事件在理念和方向上的关窍了。

　　讲到这里，便能够引出笔记的一位近亲，也是非常适合发展成中国式日常推理的体裁，那就是禅宗公案。它与公案小说之"公案"实属同源，只不过作为宗教系统中的修行方法，禅宗公案的本质，其实是"私案"。它是某位个体的特殊经验，如，某禅师在某年某日的特定言行的记录，这是动态的、一闪即逝的私人事件，如若将之转化成普遍性的教训，供修行人来参悟，就成了公器。近代以来，法国和德国的哲学家对于禅宗公案普遍十分着迷，不知用它启发了多少大部头的哲学和文学作品，此处不表，仅向诸君推荐宋代圆悟克勤禅师整理、被称为"禅门第一书"的《碧岩录》与普济禅师整理的一百五十卷《五灯会元》。两者是中国禅宗公案之集大成，特别是《碧岩录》，浓缩了说唱文学和书面语的精华，携带了种类繁多的诗词格式，优美、幽默、神秘，今日本古典物语亦从中获益良多。日本妖怪推理作家京极夏彦的本格名作《鼠之栏》当中，就运用了大量的禅宗公案，且用得相当贴合本义。近几年，也出现了一些引用禅宗公案的国产推理小说，但都非日常推理，公案自身的本体力量，还有更多的发挥空间。

　　东方的故事虽然缺少西方式的线性逻辑，然在看似散漫的表象下，仍有其内在的结构联系，更接近于诗人波德莱尔所谓的"应和"，在我们的美学系统里，便是"起兴"。日常推理走二次元轻小说的路线当然不错，但是，禅宗公案、物语、笔记，它们不"香"吗？

重写中国公案的外国人

中国公案和西方侦探故事的混血融通，有无经典的案例？ 从《少年包青天》到《唐朝诡事录》，这类题材其实一向不乏较为优秀的影视作品。今天我们要聊的，就是这种融合尝试的鼻祖，在中西方学术史和侦探推理小说史上都享有盛名的独特人物——高罗佩（Robert Hans van Gulik,1910—1967）。

这个名字，以及他所创作的《大唐狄公案》系列，让很多读者误认了他的国籍。实际上，这是一位地道的"歪果仁"，高鼻深目，纯欧洲血统。同时，他却又是中国古风达人，琴棋书画样样精通。作为荷兰汉学家和活跃在世界各地的外交官，高罗佩曾在"二战"前后辗转于中国、日本、印度、美国、韩国等多国大使馆工作。1943年，他娶了江南名媛水世芳，两人动辄与亲朋好友、各界文士诗琴雅集，兴之所至，还会现场操琴。在战乱的中国，仍有此悲欣交集的伯牙子期之会，自令学界引为传奇。

现代之初，东西方跨界名人群星璀璨，

他们对异国研究之精、之广，对当地亦产生深远影响，在现代世界变革中独成精彩的文化现象。如生于希腊、长于英法，却钟情于日本文化的爱尔兰裔作家小泉八云（1850—1904）便是其中一位，他的东西方文化比较研究在学术界享有盛名，特别是对日本物哀和怪谈美学极有心得，所整理编纂的著名文集《怪谈》再版无数，人称小泉八云为"日本鬼故事而疯魔的鬼佬"。

跨国大咖众多，高罗佩仍独树一帜。身为语言天才，他至少通晓十五种文字，包括梵文和藏语。他讲任何语言都有浓重的荷兰口音，却能用汉语作出地道的中国旧诗；身为汉学家，他在很多冷门领域都是开路先锋，对琴、砚、书、画、动物、春宫与悉昙等研究均有深厚造诣，所著《琴道》一书在古琴界家喻户晓，《东皋心越禅师传》则是很多中国学者都觉得陌生的题材。而在学界，高罗佩最"出圈"的研究领域是性学，他在《中国古代房内考》中指出，中国儒家和道家思想当中都有非常健康的性学观念，认为春宫不堪入文化大雅之流，只是保守偏见。他还将性学研究的成果与现代心理学相结合，包括同性恋、不伦恋、心理变态等性学和犯罪心理学知识，都在他笔下的案件中展露过。

同样有趣的，是高罗佩的动物研究。对于"两岸猿声啼不住"这类诗词中的动物意象，他更喜欢"沉浸式"考证——亲身饲养猿猴，观察它们的习性，对照它们在古典文献当中留下的痕迹。小书《长臂猿考》，便是他在1967年逝世前的最后一部汉学著作。

由是种种可见，此人骨子里渗透着一种博物学式的侦探精神，理论和实践兼备，太适合写侦探推理小说了。

打破规则的狄公

铺垫完毕，我们来到《大唐狄公案》。

在当代影视文化中，有两个源于古典公案小说的大"IP"人物，一是包青天，另一是狄仁杰。1993 年，金超群在《包青天》中主演的包青天成为国产电视剧中最深入人心的包公形象；自 2000 年起，周杰和陆毅相继主演了《少年包青天》，该剧受到日本漫画《金田一少年事件簿》和《名侦探柯南》的影响，突显了本格推理的叙事元素。尽管该作引发的抄袭、融梗争议至今不绝，却仍可谓古典公案题材的电视剧与本格推理元素嫁接的开先河之作。进入网络时代，以狄仁杰为侦探主角的各类影视作品的风头逐渐盖过了包公。实际上，对狄公的影视化也很早就开始了：从 2004 年钱雁秋编剧的电视剧《神探狄仁杰》到徐克 2010 年的电影《狄仁杰之通天帝国》，狄公探案的形象越来越被神化，甚至成为中国奇幻大片当中的常驻人物。

尽管这些"IP"是集体创作和行业发展的结果，但高罗佩的狄公案系列小说，一直是其重要的想象基础。一个外交官兼汉学家怎么创作起推理小说来？原来，1942 年太平洋战争爆发，担任驻日大使的高罗佩即将离开日本，挑了一些中国公案小说当作旅途消遣，其中一本晚清石印本的《武则天四大奇案》打动了他。他尝试将这部小说的前三十回翻译成英语并自费出版，未料销售业绩不凡，使他大受鼓舞，便鼓动中日作家利用本土的公案小说资源去写作现代西方侦探小说，这样可令西方人更加了解东方文化，打破流行于西方社会的诸多"黄祸"迷思。

对异族文化的刻板印象，集中、鲜明地体现在大众文化领域。在西方侦探小说界，与范·达因二十条守则齐名的"诺克斯十诫"，其中第五条，就是"故事当中不能出现中国人"（诺克斯借此调侃低俗犯罪小说中常出现邪恶的中国人形象），更不用提西方作家罗默臆想出来的张牙舞爪、神秘阴险狡诈的极恶角色傅满洲，和毕格斯笔下充溢着大量偏见和脑洞的中国侦探陈查理，竟成为一般西方人心中认定的真实中国人。这些刻板印象自然令精通中国文化的高罗佩义愤填膺。然而，彼时战乱，人心惶惶，高罗佩号召以写作通俗小说来促进东西文化良性沟通，其所包含的文化意义上的深思熟虑，却鲜有人理解和响应。用当今的网络用语来说，就是没人"产粮"。于是，他只有自力更生，亲自"下海"了。1949年，高罗佩用英文写成了狄公系列的第一部作品《铜钟案》，从此一发不可收，在18年的时间里创作了14部长篇小说和8部短篇小说。这些作品在英文世界很受重视，1969年和1975年两次被影视化，由西方人扮演狄公；阿加莎·克里斯蒂在读完他的小说之后也表示欣赏，很多西方人因此而产生了对汉学的兴趣，政府机关也向外交官推荐，将这些小说视为了解中国文化的途径。所以，将高罗佩的狄公系列视作中国文化的成功输出，是实至名归的。在当代西方网文圈，仍然有很多英语或法语创作的狄公同人小说，可见狄公系列的影响之广泛，读者之长情。

高罗佩笔下的狄公故事魅力何在？让我们从头讲——从公案小说与西方侦探小说的对比开始。

高罗佩说，中国的公案文学传统当中，多的是可被改装成既适用于西方侦探小说，又并不歪曲中国形象的元素。他曾总结出公案小说不同于西方侦探小说的几大特点：第一，西方小说喜欢用"罪犯是谁"作为情节主线，而中国公案小说里，罪犯和动机往往一开始就很明了；第二，中国小说常常出现怪力乱神的超自然因素；第三，中国小说闲笔很多，这来自中国小说的书场传统，是听觉传统向文字转化的过程中留下的印记；第四，中国儒家文化中的人名与家族关系都很复杂；第五，中国公案小说的结尾，一定要详细说明犯人如何得到惩处，这一点在西方侦探小说里是淡化处理的，一般是侦探揭穿了犯人，故事就结束了。

从高罗佩的分析可见，中国古代公案小说的解谜欲望并不强。的确，传统公案小说一般是先有结论、再找证据，这是一种强调人治而非法治的倾向。人治具有强烈的主观性，正义一方主人公的人品和能力是关键所在，这就产生了以"青天大老爷"为中心的情节设置，即所谓的清官崇拜。在此前提下，公案小说展开了独具特色的情节场景：审案官与罪犯的当堂博弈。该场景与西方的法庭推理有些许相似，但因文化与制度不同，故事的魅力点自然也相异。公案小说中当庭审案的场景高潮，与其说是逻辑和证据的较量，不如说是人与人之间道德、智慧等人格魅力的正面 PK。如周星驰的著名喜剧电影《九品芝麻官》，虽是无厘头喜剧，却体现出传统公案故事庭审场面的精髓。正如高罗佩所说，读中国公案小说的乐趣，就像是观人下棋，其趣味就在于围观法官和嫌疑人见招拆招的过程。

我们说过，公案小说这个名目，与佛家的禅宗公案相关。在宗教情境当中，禅宗公案常常意味着两位禅师互相问难、彼此请教，重点不是逻辑推理，而是双方见地、人格或精神力的较量。公案小说同样保留了这种特性，它并非没有悬念，只是悬疑的重心不在识别罪犯，而在于如何揭露罪犯。就此而言，中国公案小说尽管没有被日本和西方学者所书写的侦探小说史放进主要的流派族谱中，却可以说是天生的社会派推理。

回到高罗佩的故事。既熟知中国公案和西方侦探的两重特性，《大唐狄公案》的独特之处便呼之欲出了。以要言之，高氏将科学实证的西学式侦探眼光和中国的儒释道三教思想糅合在一起，形成了一种有趣的文化拼贴效应，从中，读者可以清晰地感受到异域学者是如何看待传统中国哲学的。在这里，最值得探究的，就是《狄公案》当中的主要人物形象，是如何体现了三教哲学的辩证与博弈的。

在正式谈到他们之前，还是先来铺垫一些知识。我们知道，文学体裁各有各的功能，文载道，诗言情，而小说则是旁逸斜出的小道，常用来表达诗文正统当中难以盛装的东西。从当代学者的眼光来看，中国古典小说和笔记杂谈常常具有一种亚文化的功能，可从侧面去包抄主流文化。

文学体裁中，有主流，有支流，宗教亦然。数千年来，中国传统宗教形成了相对稳定的儒释道三教并举的结构，周作人称之为"一气化三清"——儒家正统与帝国的集权政治和科举制度紧密贴合，在社会变革遭遇危机的时候，释和道则会顶上来补充，因此，但凡改朝换代、战乱时期的文艺作品，佛道气都是更重的。就此，我们也可以把释家与道家也看作是与儒家思想相博弈的亚文化。

传统文学体裁当中，小说是亚文化；三教哲学当中，释和道是亚文化，两者一结合，就足够我们在传统小说的人物和情节设置当中品出一些规律来了。其实，正统的儒家式主人公，在中国那几部出了圈的经典小说当中的地位都是不太出挑的。比如，《红楼梦》是以释道世界观为主轴的作品，儒家思想当中比较刻板的一面，其代表人物如贾政夫妇，如袭人，在读者那里并不讨喜。《西游记》亦然：个性鲜明叛逆的孙悟空与性格上有明显缺陷的猪八戒，是作品当中相对亮眼和活跃的人物，而保守正统的唐僧就不太受读者欢迎，虽然他在故事里是佛教徒，其内里却是个典型的明代儒家举子瓢儿。

可以说，明清古典小说中，活跃的主人公常常是释道为主的亚文化群体，这大约是因为，佛家和道家的空性思想更突出其颠覆常识的否定性和革命性的一面。而这一点，很像喜欢旁逸斜出看问题的侦探。

同样，在古风公案背景的现代小说和影视剧中，担任侦探职能的人物不是僧道、就是有出世的僧道高人指点；而正统的古代公案小说则不同——它是要替官府说话的；因此，核心人物必须是中正的儒者，如包拯，他的形象不仅反映了官场上的清浊之争，也是天子与民众之间的桥梁，更要与案犯展开持久的精神博弈。在包公系列的故事中，相当于西方侦探的、履行逻辑思考推演职责的，其实是包公的助手们，如智囊公孙策和展昭、白玉堂这些出身江湖绿林、高来高去的好汉帮手，构成了儒家思想外向和动态的维度，也就是任侠精神的一面。这些人物如众星拱月一般，围绕着稳如泰山的包公，成为"官方"常驻班底，而那些更外围的、偶尔露峥嵘的角色，就更要有释道之风了。这些人当中，善的一类角色常是世外高人，平日不露相，偶尔出来点拨一下案情；恶的一类，则往往是假僧道、伪尼姑、江湖算命骗子，他们总是充当犯罪嫌疑人或为真凶所利用的烟幕弹角色，在《大唐狄公案》系列里同样如此。

事实上，在儒家思想为主体的古典小说当中，常常采用如上这种"越外则越玄"的同心圆式人物设置。其中，智慧型人物虽然出彩，却往往是辅助者，如诸葛亮即被称为多智而近妖。

这种人物配置的方式，会给今天的我们以怎样的启发呢？且来横插一杠，普及一些传播学专业的术语知识。学者邹振东在他的名作《弱传播》当中，将舆论分成几种类型，分别是：主流舆论、次主流舆论、弱主流舆论、外主流舆论、逆主流舆论或反主流舆论。这些概念听起来很"高冷"，但作者却将其横向运用于生活中的各个领域，从某部小说到某款产品，都可用五种舆论类型来对号入座。比如，邹先生举出了《射雕英雄传》说，东邪、西毒、南帝、北丐、中神通，这江湖中的五大代表人物，谁能象征主流舆论，谁能次，谁是外，谁是弱，谁又是反主流舆论呢？

　　要解开这个谜，必须先提出另一个问题：怎样的舆论最容易或最不容易传播？答案是，舆论是一种有争议的话语建构，反过来可以说，一种舆论越稳定，就意味着其社会认同面越大，也就越不容易传播。因此，在几种舆论类型当中，能得到官方、知识精英和人民群众这三大舆论主体共同认定的所谓主流舆论，反而是最稳定的。由此便能明了：《射雕英雄传》里的东西南北中，五大江湖势力，存在感最弱的其实是中神通王重阳，因为他所代表的正是最稳定的主流舆论。包青天和唐僧也是一样，若非作品还为他们设定了一些个人特色，如包黑子的月牙记；唐僧的"轴"和唠叨，他们的光芒可能就完全被助手们夺走了。

　　那么，最活跃的是哪种舆论呢？答案是，次主流舆论。前面说了，舆论是有争议的话题建构，当不同的社会群体对某个话题有争议和分歧，而该话题本身又很重要时，这种议题就是最活跃的，这就是次主流舆论。在上述小说当中，对应着次主流舆论的，正是孙悟空和猪八戒，贾宝玉和林黛玉，展昭和白玉堂……这类人物不会真正违抗领导上级、父母之命，但常有小小的叛逆和强烈的个性特征，是故事中的亮点。在《射雕英雄传》当中，次主流舆论的代表，就是那位经常与黄蓉捆绑营销、爱吃鸡的北丐洪七公了。

　　依此类推，《射雕英雄传》中的反主流舆论，显然是西毒欧阳锋——主流舆论真正的对立面；弱主流舆论，是存在感只比中神通强一点点的南帝；而外主流舆论的代表通常是世外高人，他们往往独自美丽，与主流舆论互动不多，然而一旦其利益被反主流舆论触动了，也可以跟主流舆论合作共同抗敌——你看，黄蓉若被欧阳锋伤害，东邪黄岛主是不会袖手旁观的。

了解了这几种舆论类型，再想想三教之间的主次关系，然后回到高罗佩的《大唐狄公案》，便不难发现一个有趣的矛盾：身为主流舆论代表的狄公，存在感却非常强烈。他既如包青天一样严格地走儒家正统路线，是故事的绝对中心，同时也是故事中最出彩的人物，所有其他辅助角色都无法掩盖他的光芒。

由此可感知到，高罗佩并非简单复刻中国公案小说，而是试图在狄公这个人物身上叠加对中西方文化的双重理解。这既包括中国关于天理公道和学者型官吏的传统理想，也包括了高罗佩自己心目中理解的现代西方国家公务员的形象。的确，高罗佩笔下的狄公比包公的综合能力强得多，他智勇双全，既是儒家式青天大老爷，又是集安乐椅和格斗硬汉于一身的全能型侦探，对案件的理性分析、统筹安排，他靠自己独立完成；实际探访时，则是自己与助手分头上阵。他本人既会搏击术，也善于跟三教九流结交，对于各种行业和学问都有兴趣。从他身上，我们也可以看到身为汉学家和外交官的作者本人那强烈的自我投射。故事里的狄公和现实中的高罗佩都喜欢田野调查，也都有着福尔摩斯式的好奇，只不过，他们绝不会像后者那样直截了当地抱怨：太无聊了！都没有难解的案子！在高罗佩看来，内敛是很重要的中国特质，狄公对于案件调查的兴趣和对于行政工作的厌恶也一样，你要到字里行间去寻找。

我们看到，正因为作者是个外国人，狄公才超越了传统中国古典小说中的叙事规律，成为一个超级符号。在小说中，这种夺取了配角光芒的超级人物，往往会影响到叙事的力学平衡；但在文学史上，狄公这一人物的价值可能超越了故事本身。几乎在每一个案件中，我们都能看到狄公从正统官儒的角度对于佛家、道家和各种民间宗教习俗的思考和回应。如果说，《红楼梦》和《西游记》是从佛家视角看儒和道的话，那么在《大唐狄公案》系列中，视角的宾主关系就完全转换了。

正是在这里，狄公真正的文学特色才显露出来：他向我们揭示了儒家思想和西方侦探的相通之处。

晚清以来，中国的现代化转型，很大程度上是一个思考和吸纳西方文化的过程。许多人认为，中西文化差异太大，所以转型艰难。然而，宋代以后的中国儒家理学与现代西方的实证主义思想，其实有着相当多的呼应之处。正因此，儒者在近代的西学化是中国文化转型的一个重要议题。而高罗佩则把这种时代变化的特点和他所找到的中西方相融相吸之处通过一个小说人物体现出来，反映出一种非常敏锐的文化意识。

可以说，高罗佩笔下的狄公对佛和道这种出世型宗教的态度，既是儒家式的，又是神学家兼科学家式的。有趣的是，这种方式很像同样以学者之身写侦探小说的那位英国作家G.K.切斯特顿笔下的布朗神父。一方面，他们对于宗教的超验哲学充满怀疑，对于以宗教之说招摇撞骗者，他们会借力打力，用怪力乱神的伪装给人下套；另一方面，他们又很愿意以尊重和探讨的态度去与正统的宗教人士接触。更有趣的是，无论是高罗佩的狄公系列还是切斯特顿的布朗神父系列，都往往会在作品中留下一些豁口：在破案之后，还适当保留一些超现实要素。案件虽然是用实证方法解决的，但仍会有一些巧合，让人感叹，说不定真的有因果报应之事，在帮助侦探发现问题。对切斯特顿来说，这可以是上帝显现真理的方式，对于高罗佩来说，则是在借狄公之口来传达儒家内部的思想空隙：如何理解孔子的"子不语怪力乱神"和"未知生，焉知死"？也许，孔子并非断然否认鬼神的存在，而是强调一种知之为知之的科学精神。

异域的目光

因为高罗佩的异域目光，《大唐狄公案》并非一般的仿制公案小说。它投射、叠加了东西方各种文化符码，乃至成为一个超级文本。这一系列早期的《湖滨案》《黄金案》《铁钉案》等，都是作者在黎巴嫩当公使时期，听着使馆外基督徒和阿拉伯人的枪炮声写成的。在种族和国族冲突的背景下写唐朝侦探，高罗佩心中向往的自然是唐文化的异域性、多元性和包容性。这个朝代，或许最能体现出他从外交官和汉学家的角度想象世界的方式，那就是文化视野的游走、对读、层叠和剪辑。

高罗佩本人就是一个满世界奔忙的"公务员"，这使他在研究中国文献时，能够很容易发现中国官场史的特征之一，也就是官员的频繁的流动性。在中国的官僚制度里，担任侦探角色的是地方官，如县令、县丞、县尉这类人。实际上，要考察中国社会的政治结构，包括中央和地方、中心与边缘、官方和民众、本国和他国的关系，不断流动的地方官即中下层知识精英，大概代表了最有活力、最具能动性的视角之一。从他们的视角出发，一个事件往往可以牵一发而动全身，调动起我们对彼时中国的整体思考。如在哈佛历史学家孔飞力先生的名著《叫魂：1768年中国妖术大恐慌》所聚焦的清乾隆时代的一个发于乡野、终于朝野的民俗大案中，很多地方官员既是调查案件的侦探，又是乾隆皇帝眼中的嫌疑犯；这本书的复杂精彩之处就在于不同视角的交织碰撞，特别是中层官员的流动性，使他们得以同时具有勾连上下的纵向视角和游走于各省的横向视角，让本来简单的案件变得复杂难解。顺便说一句，虽然《叫魂》是严谨的史学著作，但作者强大的功力，让它可以被读成集本格派和社会派于一体的侦探推理小说，在跟着充满悬疑和证据线索的推理情节向前走的时候，我们心中的清代中国也在逐渐显影。

当高罗佩试图透过公案小说让西方人了解中国时，他同样发现，地方官的视角是最适宜的。他将狄公与中央朝廷的纵向关系有意进行虚化处理，如常常放在故事的引子里一带而过，而将精力更多地放在横向视角上，如唐代的边疆问题。《狄公案》当中相当数量的案子，都是在流动人口较多的边疆地带发生的。如果说，狄公代表的地方官是从本地看向异地，那么作品当中，必然会有从异域角色与他对接的视角或人物。有趣的是，这种视角往往是女性所提供的。显然，高罗佩有意突出女性游走于不同种族和社会阶层之间的灵活度和柔软性，在《广州奇案》《黄金奇案》等作当中，具有异域风情的女性，以及基于精神分析学和性学研究而塑造的欲望型和压抑型女性，都是能与狄公在智慧与精神上"PK"的、存在感极强的人物。

用女性来体现唐文明对异域的包容，与陈凯歌导演的奇幻电影《妖猫传》选择了长相具有异域风情的演员张榕容饰演杨贵妃一样富于深意。历史学家陈寅恪先生也曾考证杨贵妃在嫁给唐玄宗时是否处女，一个史学家关注如此私隐细事，是因为其结果可以论证唐代皇室对于婚姻的开放性态度，也在另一方面验证了，胡汉相杂的唐代相对于保守的中华文明来说，本身就具有某种异端色彩。

再回到《大唐狄公案》。我们说过，西方侦探小说的功能之一是为现代都市生活进行辩护，这组关系里包含着现代与传统的参照系，而高罗佩的公案小说创作，在这一对比的基础上，则又叠加了中西方这一组关系。现代与传统，东方和西方，这组时间和空间的四象限之所以重要，是因为，有时间就有时间差，有空间就有视角差。如此去寻找差异和错位，可把远的时空拉近，近的时空拉远，如蒙太奇剪辑般讲述世界故事。这种思路，在小说和学术里都是通用的。比如，哈佛学者田晓菲在她的著作《神游》当中，将魏晋南北朝和晚清这两个看似相隔甚远、实则遥相呼应的时代拈到一块儿——它们都是人口大规模迁移流动、与异域文化频繁碰撞的时代。我们熟悉的中国传统美学的内在视角和叙事逻辑，正是在魏晋时期与异域文化的融合过程中形成的；而晚清呢，中国人带着自己的观看习惯走出去，遭遇了西方文化，此后再次改变了观看方式。

高罗佩的写作，同样包含着两重时间：一是讲述故事的年代，即"二战"时期和"二战"后，二是故事所讲述年代，即唐代。有趣的是，这两个时代所承接魏晋和晚清，正是中国传统和现代的观看视角差刚刚正式形成的时代。

这就解释了，这位下海写作，明明有那么多的文学类型可以选，为什么一下子就选了用西方侦探小说来撬动中国公案故事。答案可能蕴含在这里：高罗佩用西方侦探小说中的悬念设置，回应了时代视角——观念上的内在剧变。狄公案本身不复杂，故事的有趣之处并不在罪犯是谁，而在于由时间差和视角差所构成的文化错视图景。

比如《柳园图奇案》。这是一个以情感和阴谋为主线的、讲述人性阴暗的案件；画着柳园图的瓷器是案件中的关键信物。在这篇小说的后记当中，高罗佩说，他借用了一个很可能是文化误读的因素去写作这个故事。因为柳园这一青花瓷的装饰性主题其实产生于十八至十九世纪的英国。那时的英国人很喜爱具有"中国风"的器具，包括家具、钟表、瓷器，花屏和杯盘碗碟上的图案更常常表现出英国人眼中的中国才子佳人的故事。有趣的是，他们将进口瓷器上的中国图案加以改造，按照英国言情文学的套路来阐释。高罗佩分析说，中国图案里画的可能是琴，而英国人则误认为是棍子或者剑，这才有了他们想象中棒打鸳鸯的故事冲突。因此，英仿制版的图案，已经是一种文化误读基础上的再创作了。

图案里是中国的才子佳人，其叙事逻辑则是西方人的浪漫文学。在从图像转译成文字的过程中，一种文化改写已经生成了。高罗佩又说，柳园图瓷器是英国人受中国影响的产物，而当这些器具通过贸易回到中国后，中国的工匠为了出口西方，又再次模仿了它。这就构成了更加复杂多义的文化漂移。正是看到了一种瓷器背后有这么丰富的文化错视，高罗佩便再次借用了它，将这个明代和维多利亚时代的文化误读放到唐代背景当中再次改写，用我们今天的网络用语来说，这是一种"梦幻联动"。

其实，高罗佩的《大唐狄公案》系列在中西方流传和翻译的过程中，也同样发生了类似的文化漂移现象。这或许也正是四处漂泊的高罗佩自己人生的内在主题。当一个人学习了几种语言之后，会倾向于学习越来越多的语言，因为语言符号在横轴之间的联系如舞蹈一般，只要移步变位，就会找到它的邻居。一旦尝过这种乐趣，你就很难停下来。这样，我们或许能稍微理解高罗佩这样的语言大师对文化转译的边界处的敏感程度。文化的游走和拼贴告诉我们，所有的图像和意义都是在不断挪移中变奏的，由外国人创作的狄公，恰恰就在这边界交汇的微妙之点上。这正是我想反复申明的一点：文化的本质是平等的，只是构成方式不同，它们像万花筒一样，晃一晃，便有了新组合。

中国美学的全息体验

唐朝文化，只是《大唐狄公案》的故事表层。在这块夹心蛋糕当中，还有一层甜美的内馅，那就是明代文人文化。

作为汉学家，高罗佩受明代文人文化的影响极深，对"物"尤其敏感。小说中涉及的物品，从大类来说，有家居物品、御用物品、寺庙的祭器、建筑物、文娱用品、武器和动物等等，单从家居物品来说，就有屏风、食盒、棋谱、瓷瓶、七巧板等不胜枚举。细心的读者在阅读之际，会有一种强烈的感受：作者对这些器物本身的专注和着迷程度，已经旁逸出案情之外。

已知，侦探小说中如果环境和细节描写与案件无关，处理不好，往往成为冗笔；而另一种极端的方式，则是所有物质细节都与案件有关，即所谓的"契诃夫之枪"：作者只要写到某样东西，就一定有伏笔在其中。

高罗佩的物质细节描写属于哪一种？答案是第三种。这些器物与案件之间，呈现出一种若即若离的关系。狄公系列中的很多作品标题就是器物，如《铜钟案》《屏风案》，这些物品当然与核心案件有关联。如《迷宫案》中，迷宫在本质上就是一种空间诡计，但在本作当中最值得注意的，则是迷宫所依托的媒介材质。

小说当中有一个情节：狄公从某位夫人那里获得了一幅挂轴山水画，写到此处时，作者详细描述了这幅画的材质和裱糊、悬挂的方式。研究高罗佩的学者们常会认为，这个物质细节与案件关联不大，纯粹是表达作者自己的文人趣味。这种看法从狭义来说并没有错，但若将高罗佩创作仿公案小说的意图也考虑进去，味道就不一样了。也就是说，如果我们要想领会《大唐狄公案》系列作品的丰富意义，还需要将高罗佩创作小说的意图也当成一个案件来对待，而这些物质细节正是破案的关键。

对于《迷宫案》，高罗佩参考了 1878 年出版的一本讲述香炉设计的《印香图稿》，他从香炉盖子的设计当中提取了迷宫的原型和案件里的诡计资源。他用虚空楼阁来设计迷宫，并自己画了山水画作为小说插图。在本作的后记里，他写道："据我所知，迷宫，尽管偶尔在中国宫殿的叙述中提及，但从未出现在古代中国公案小说里。这个故事中迷宫的设计实际上来自一个中国香炉的盖子。古代中国有这样一种习俗，在香粉的容器上放一片镂空雕花的薄铜片。当香末在这个图案的一端被点燃时，它就会慢慢地像一根导火线一样沿着图案燃烧。在过去的几个世纪，中国出版了不少这类设计的书籍，通常设计代表了一些吉祥的文字，而且经常十分精巧。"

燃香，是时间的标志；画轴，是空间的标志。所以，在推理小说当中，香炉可以作为一种计时工具用来混淆死亡时间，画轴则可用作容纳秘密的机关。这是很容易想到的计策，而高罗佩的用意不仅是让它们成为犯罪手段或者证物，也在于让它们构成一种总体的氛围或者气场，即将这些器物和其所出现的情境作为故事的构图焦点，从而透露出一种全息式的中国美学。

在古代中国的视觉艺术系统当中，由诗、词、画组成谜题互译互拆，是很常见的空间调度型技巧。将高罗佩小说里的器物描写对照于西方学者研究中国文化的著作，比如英国人柯律格的《长物》，更能深刻体会到，《大唐狄公案》的叙事逻辑是在一个相当准确的中国文人传统语境当中运作的。小说当中的器物描写完全符合中国艺术史上的一个母题，即所谓的"文人消遣"。这就是为什么，高罗佩会说，中国文化传统里多的是属于他们自己的、可以用于推理小说的诡计资源。才子佳人们玩的字谜画谜都可以信手拈来，编码为悬疑故事当中的情节。

高罗佩本人有深厚的纹章学基础，并将之熟练地运用于作品中图像空间和文字意义的转换机关。在《紫云寺奇案》里，狄公买了一只精致的木盒给夫人祝寿，后来才意识到，木盒上的"寿"字是有玄机的，这里所涉及的思维方法，可以参照日本长篇推理动画《名侦探柯南》系列中一部口碑极佳的剧场版电影《迷宫的十字路》（2003），后者同样以物象和文字的视角转换作为机关：找到一个视角去观看京都市区的地图，再与流行的儿歌《拍球歌》对照，就会发现那个意义转换的楔子。

更进一步理解高罗佩作品中器物运用的精妙之处，还需要联系美术理论家巫鸿先生的观点。他在著作《重屏》中指出，要考察中国艺术品的意义，就要意识到它有多种功能。比如屏风，这一独特的东方器物既用来区隔空间，又是室内的装饰品，同时，它还可以投射和反映主人的内心世界。此外，绘画和屏风也是互相嵌套的：若在画中看到屏风，屏风上还有题画，空间意义就被无限地延展了。绘画与屏风都是相对柔软的媒材，有特定的边框和装裱方式。

故事也一样有边框。"从前有座山"就是一个边框，内容与形式的不同组合方式可形成繁复的套层结构：画中画、屏中屏、屏中画、画中屏……这是中国式的以有限带动无限，在物质（色、香、味、触）和它所传达的意义之间，形成一种整体的场域。

只有在这一意义上，才能够理解高罗佩切身领会到的中国文人趣味。他常常引导读者注意到中国画的装裱形式，包括手卷画、立轴画和屏风画——显然，它们都能反映出中国美学的基本观念与西方艺术的差异。比如《迷宫案》中所谓迷宫的含义，不仅包括画中的情节内容与画轴中隐藏的机关，也包括了画作被观赏和辗转流通的过程；同时，迷宫可以作为香炉盖设计的图案，而香炉本身既是一个容器，又伴随着点燃后逐渐消失的香烟，构成一个边界不明的、不断变化的空间。这些器物与案件不一定都有直接的关系，但高罗佩会引导读者注意到这种场域效应，让我们在回溯案件时，站在一个更加超然的视角，回头看迷宫的另一层象征意义，同时也暗示：读者最好是把小说的后记也当成故事的一部分。

这种全息式思维，也体现在高罗佩的整体故事结构当中。西方推理小说的情节主要依赖线性的时间观，而高罗佩的写作，则精准地把握到了东方风格中的共时性。比如，他会在小说中先交代一段中国人喜欢的类似"南柯一梦"或朝代穿越的桥段作为引子，就如《红楼梦》先写一僧一道，之后才将读者带入到狄公所在的时空。每部小说通常会同时展开两到三个案件，最后回到梦境或寓言来总结正文情节，这都是在呈现传统公案小说的特色。同时，他也考虑到西方人的口味，比如将故事时间挪移到唐末，不让狄公和女皇武则天碰面，删除宫斗环节……因为相比于破案，与朝廷博弈的内容显得枝蔓斜出，不符合西方侦探小说焦点集中的叙事习惯。

共时性的美学表达贯穿于魏晋之后中国的各种艺术形式当中，在小说和笔记里，往往是通过将梦境作为故事的引子，传达一种庄周梦蝶的世界观疑问。显然，梦境是一种对现实的投射；它也与现实一样，不知其所起，倏忽生灭。

高罗佩写的是唐代背景的故事，但小说开头和结尾的梦境，其实已经表明一种时空穿越的观念。对高罗佩来说，《大唐狄公案》不仅是向西方人展示中国文化，或许也是他自己的中国梦，是他的"南柯一梦"。

在他的个人收藏当中，他一直喜欢一只中国枕头，它让他想到中国人的《枕中记》。在时间上，一瞬就像永恒，在空间上，是蝶梦庄周还是庄周梦蝶，恍兮惚兮。这里蕴藏着这位汉学家短暂一生中对文化耦合的基本结论：到底是中国还是西方，到底是谁启发了谁，谁又变化了谁，是梦还是真，其中的宾主关系，就如梦一样不断变位。他的穿越式想象里，不仅有迷恋，还有谦虚和自省。在每篇狄公小说的后记中，我们都能感受到这种自省。通过创作公案与侦探小说这种具有悬疑色彩的文类，他或许更深刻地感受到，自己终究是一个外国人。对于唐代文化受印度影响的部分，如佛教密宗，如悉昙梵语，他都有所研究，却无法得其堂奥，这在小说（如《紫云寺奇案》）当中便体现为一种从外部打量的、充满好奇和礼貌的目光。

创作的时候，高罗佩非常清楚，这些作品在自己身后还会继续漂移，继续被翻译、改写和置换。的确如此：狄公案的各种版本，一向是学术界和推理小说的民间爱好者所关注的对象。

正是：言下妄言一时了，梦中说梦两重虚。

中国侦探推理文学到底"出圈"没？

2020年临近暑期，中国侦探推理文化界出了件喜事：网播剧《隐秘的角落》火遍全国，让小说原著《坏小孩》出了圈。紫金陈，这位中国当代本格推理小说的干将，大约十多年前就聚集了一批书迷粉丝，如今却喜极而叹：真想把今天赚的钱送给十年前的自己。

紫金陈辛苦创作的经历，让我们很自然地想到了号称"亚洲推理界天王"的日本作家东野圭吾，在凭借名作《嫌疑人X的献身》声名大噪之前，也是一个写了十几本小说仍然寂寂无名的作者。不过，两人艰难出道的经历虽然相似，但中国和日本的推理文学行业环境，却是大相径庭。

诞生于欧美的侦探推理文学，对于亚洲国家来说是纯粹的舶来品。十八到十九世纪，世界的最大变化就是产生了"全球"这一新观念。曾经辉煌的东方国家在这一新体系中，被划到了衰退、落后的阵营，开始主动或被迫地西学东渐，了解西方的思想和文化。中国也流入了很多西方文学类型，与本土的传统文学杂糅，使得晚清到民国的文坛呈现出一派野蛮生长、精彩纷呈的景象。穿越小说、科幻文学，哪里是今天才有的? 十九世纪就有人写贾宝玉坐飞碟旅行，到二十一世纪看中国是如何的富强了。

侦探文学，这个彼时西方最流行，又代表科学民主新观念的通俗文类，自然不会落后。福尔摩斯们刚诞生不多久便来到了中国，与传统公案小说化合，依托各种报纸杂志流传开来。晚清到民国期间，从翻译引介到本土创作，中国侦探推理小说都留下了大量的文本资料，迄今仍是专业研究者和民间爱好者的考古场。然而，问题就出在了这里：尽管彼时创作丰富、读者基数庞大，但在今天，它们却只能作为故纸堆里的研究对象，而非书店里可以轻易购买到的作品集或单行本；为今日大众所熟知的民国侦探小说家和侦探人物更是寥寥无几。

意味深长的是，通俗文学内部同样有等级之分。科幻文学和侦探推理文学明明一道儿登陆东亚国家，地位却不太相同。在日本，两者的本土化长势都十分良好，推理文学的基本盘甚至比科幻文学还要大一些，今天的气势更是盖过欧美，成为该文学类型生产的全球第一大户。福尔摩斯研究会组织遍布全球，就数日本会员最多。中国的情况则不同。小说之道向来不入士大夫法眼，五四新文化运动前后才逐渐被国人接受，成为新文学中的主流，其中的政治小说、科幻小说等，从一开始便背负着国家强盛的未来期许，多少被人高看一眼。在小说界革命的号召下，爱国文人纷纷出动，创作政治抒情小说，其中便夹杂着大量从西方译介来的科幻元素。如梁启超的《新中国未来记》，更是背负着民族崛起的宏大愿景，而罗师福、霍桑、侠盗鲁平等系列探案故事，却还是被当成街头报摊随手买来的解闷读物，与鸳鸯蝴蝶派和官场黑幕小说混在一起，过目即忘。

近年来，随着刘慈欣以《三体》一跃成神，科幻小说作家群、研究群体和读者群共同努力打造了"三体"宇宙、科幻中国宇宙，让科幻成为现象级类型文学，大有列入文学经典殿堂的趋势。反观我们的侦探推理文学圈呢？还真是一言难尽：哪怕剧本杀已经成了国人新的社交方式，推理类综艺《明星大侦探》《谁是凶手》《开始推理吧》不断涌现，《隐秘的角落》《法医秦明》《开端》《他是谁》等悬疑剧不时登上热搜，然大抵还是消遣娱乐的对象；本土原创推理小说依然缺点火候，总有某种次生感，更难将之抬至经典文学的地位。

中国推理文学的本土长势为啥总不尽如人意？主要的原因大约有这么几个：社会土壤、时代心态、文化趣味、圈层封闭和资源限制。这就来——分说。

首先是社会土壤。在西方，启蒙理性思潮和资本主义制度下，私家侦探的独立主人公身份被刻意突显出来；在日本，明治维新之后全盘西化的道路也使之变身为资本主义社会，原有的贵族迅速转型成大资本家，过去的私人小商户如"万事屋"之类的跑腿、包打听的平民职业，也顺理成章地转化成了私家侦探。二十世纪初，如冈本绮堂的《半七捕物帐》这类早期的侦探小说，往往仍将故事背景设定在更早的江户时代；彼时，在民间走访查案的社会职业是"同心""与力"等，工作性质有一点像中国的捕快，是介于官民之间的润滑剂，捕物帐则是他们用来向上级报告、留存案件信息的流水簿子。冈本借用了这个背景，同时适当丰富了捕物帐的形式和内容，加入了西方侦探小说的逻辑推理成分。到了二十世纪二三十年代，日系推理小说的开山鼻祖江户川乱步横空出世，在爱伦·坡作品的启发下，创作出明智小五郎系列（江户川乱步本名平井太郎，因极崇拜爱伦·坡，而依据谐音为自己取了"江户川乱步"这一笔名），现代意义上的日本私家侦探便开始大展身手。

而在中国，与侦探小说题材上最为相近的传统公案小说里，破案的包青天、狄仁杰们是绝对的官方代表——公权力在中国断案文学中是不可动摇的权威。这种情况，在程小青笔下的侦探霍桑和助手包朗那里发生了改变，他们被称为"东方的福尔摩斯和华生"，两人的办案思路和行事风格都是相当西化的。但从社会现实层面来讲，这两个形象在中国多少还是有些水土不服——要知道，私家侦探在中国并非光明正大的挂牌职业。今天走在大街上，如日本国民级动漫《名侦探柯南》里的毛利小五郎那大剌剌挂在墙上的"侦探事务所"招牌，你可曾见过？

只有一个地方曾经适合西式福尔摩斯的生长，那就是盛行过"包打听"的"魔都"上海。2021 年，本土本格推理作家时晨写了本《侦探往事》，正是以民国上海滩为背景，在一部小说中汇集了民国作家笔下的各色海派侦探，也汇集了诸多本格推理诡计。其故事设定也从侧面反映出：这些侦探只有活动在这个各国租界聚集，本身就如同舶来之地的奇幻时空里，才显得不那么"舶来"。

其次是时代心态。从十九世纪中期开始，中国就经历了延续百年的家国危机，中国现代文学最初的主题，就是启蒙和救亡——前者开启民智，后者拯救国体。然而，这两个任务其实并不平衡：迫切的救亡诉求常常是压倒启蒙的。中国现代文学一直处于为摆脱苦难而呐喊的激情当中，在国人的危机心态和情感焦虑面前，悠闲下午时光的咖啡清茶和解谜小说，便显得十分不合时宜。

到这里，问题就来啦：之前我们聊过，西方黄金时代的侦探推理小说，同样诞生于社会产生危机的时代。可以说，二十世纪的两次世界大战，没有哪个国家是不受影响的；但时代的压力却并没有打消欧美作家和读者解谜的兴致，不是吗？

然而别忘了，这些国家身处现代世界体系的主场当中，精神上并没有强烈的屈辱感，这一点至关重要。在中国，科幻文学之所以更受到文人学者的重视，正是救亡焦虑外化的结果——危机中的中国人没有耐心抽丝剥茧解开谜团，但对将科技力量转化成强国之器一事却迫不及待。所以，福尔摩斯来是来了，但总体上说，更受中国读者欢迎的并非福氏的"基本演绎法"、逻辑解谜的"三段论"，而是带着冒险气质的侠盗侦探。比如，作家孙了红受到十九世纪法国侦探作家莫里斯·勒布朗笔下的侠盗侦探亚森·罗宾的影响，创作出本土的侠盗侦探鲁平系列，在当时颇具影响力。很显然，比起私家侦探，侠盗的形象与本土武侠小说中的侠客更加接近，他们常常会令人想起"六扇门"这一似真似幻的机构，与其说是历史上"三法司衙门"的合称，不如说是大众想象中的集武林高手、密探、捕快和杀手于一体的秘密组织；个中高手既是衙门中的江湖人物，又是江湖中的衙门掌门，亦官亦侠亦盗。

接下来，我们得聊聊中西文化趣味的深层差异了。自古以来，中国哲学绝非不讲逻辑——先秦时期基于《荀子》《墨子》等发展起来的名辩学，与古希腊形式逻辑、古印度的因明学一起构成了世界逻辑史上的三大源流——但却不那么重视逻辑。儒家思想中的理性成分，释家法相宗（即唯识学）当中的因明成分，原本也是现代侦探推理小说的宝贵养料，但儒释道三家的核心精神，却都是强调觉悟、修行，而不是理性的逻辑推理。儒家讲究自省其心，这个"省"字，并非理性反思，而更多的是经验层面的道德自我批判；而佛家、道家尤其喜欢把逻辑思维当成是凡夫俗子的轮回牢笼，说你困在里面，永远成不了圣人。

同样是开启鸿蒙，东方所谓觉悟与西方所谓推理，有什么不同？举个例子：三个人结伴去出家，而出家并不容易，需经过知客僧的严格考验。知客僧问第一个人："你为何出家？"答："我自己想出家。"啪！第一人挨了板子。知客僧呵斥道："问过爹妈了吗？不孝父母！"第二个人见状便答："父亲让我出家。"啪！啪！！打得更重了："没有主见！"第三人见前两人的惨状，想出了自以为最完美的答案："既是我想出家，又是父母让我出家。"结果呢？啪！啪！！啪！！！——"油嘴滑舌！"

在这个典型的禅宗故事里，很显然，第二、第三个人都根据第一个人的经历进行了合理的推导，但却是要挨板子的，因为逻辑推理在禅师们看来是错误的修行方法。作为中国大乘佛学最重要的派系之一，禅宗无论讲顿悟还是渐悟，都不以逻辑推理作为主要路径。它的修行方法，不是在无序纷乱的生活当中找到秩序，而是从所有认知的牢笼中，当下就破壳出去。你问：如何是佛？他回你：门前柏树子。洗钵去。吃茶去。看起来前言不搭后语，一点也不理性。

当然，儒释道合一的东方智慧里，不是说不要推理，而是请你尽管去思考、尽管去推理，但在逻辑思维层层展开的尽头等着的，却不是谜题破解的柳暗花明，不是关于人生、世界终极道理的唯一答案，而是——一记闷棍！解脱苦难的路，不能靠逻辑推理来走，却也绝对离不开推理，这就是禅者爱说的玄话儿：狗喝热油，又香又烫；既离不开，又着不得。不即不离，非空非有——东方式的辩证之法。

——是不是蒙了？那就对了。现代西方学者对东方禅学极感兴趣的地方也就在这里。启蒙主义思潮高举人类理性的大旗，固然所向披靡，但它在现代也遭遇了巨大的悖论：启蒙理性最发达的德国，却成为酝酿了两次世界大战的风暴核心。而每当西方人遇到思想瓶颈的时候，就会对东方传统哲学产生好奇：觉悟究竟是什么？如果说，西式启蒙理性是线性地向未来展开，层层推理之后有了答案；那么，在东方觉悟中，真理始终就在那里，不待推理，不待向外追求考证。所有的修行无法通过推理导出，如在梦中呼喊挣扎，醒来便好。以心印心的究极觉悟之道，只可意会，不可言传，如佛祖拈花微笑。

　　总而言之，传统中国儒释道那思修交尽的学问以及国人骨子里的文化趣味，对于逻辑学，多是以"技"而非"道"视之。至于具体的通往"大道"的路径，则无时无刻不处于佛家、道家文化与正统儒家思想的交织博弈之中。过去中国人看小说，津津乐道的并不是要解决一个谜团，而是看释道文化跟儒家思想摩擦出怎样不同的伦理选择，江湖和庙堂的力学博弈会呈现怎样的结果，《西游记》《红楼梦》《水浒传》《七侠五义》和谈狐说鬼的《聊斋》皆如是。正是贾宝玉对儒家正统的叛逆——而不是贾宝玉破案——更受传统中国读者的欢迎；而白玉堂和展昭之间的相爱相杀，表面上与经典的私家侦探和警察的组合有几分相似，实则截然不同，二者本质上还是中国古代的公私关系在文学中的投射；这一类江湖情结与庙堂伦理相冲突的模式，后来便发展成了独具中国特色的武侠推理。就连民国时期，程小青仿照福尔摩斯的形象来塑造霍桑侦探这个人物，也必须强调他用传统的道德武装自己，既有儒家的"中庸"，又有墨家的"兼爱"。

　　上述种种，导致现代意义上的侦探推理文学在晚清到民国期间发展得不温不火。到了二十世纪四十年代抗战时期，更是除非淘澄史料，否则很难发现它的踪迹。但要强调的是，在五十到七十年代的红色革命历史小说里，比如《林海雪原》《红岩》《永不消逝的电波》等作品中，都能找到一些悬疑推理的要素，可以说，这些作品跟侦探推理文学家族中变格派旗下的谍战小说是近亲关系。显然，谍战、官场和政治题材，同中国现当代历史的文化情境及传统通俗文学的联系更加密切；直到当今，很多小说改编的热门影视剧作品，往往是谍战、武侠的主菜加上一点解谜推理的辅料——这种横向的类型融合更对中国观众的胃口。

　　尽管红色文学中有侦探推理的成分，但作为一种成熟、独立的大众文学类型的侦探推理小说，在当代中国人的阅读书单上还是长期缺席的。直到二十世纪八十年代后期，事情终于开始起了变化。西方的文学作品再次大批量进入国人的阅读视野，如博尔赫斯和马尔克斯等享誉世界的文学家，其纯文学创作皆携带着侦探推理的基因，极深刻地影响了彼时中国文坛一批青年作家的创作思路。他们化用侦探小说的"谜团—解谜"结构，在小说情节中适当填入各种逻辑推演的元素，将读者的解谜欲望高高吊起，却并不带给他们满足感——他们或者故意悬置答案，或者剪断因果链条中的某些环节，形成扑朔迷离的叙事效果。他们被文学批评家们称为先锋派，或先锋作家群。在《现实一种》《鲜血梅花》（余华）、《冈底斯的诱惑》（马原）、《褐色鸟群》（格非）等作品中，他们把文学当作一种先锋艺术实验，甚至是一种思想革命，用侦探推理之道还侦探推理之身，以戏仿的手法来投射中国社会现实中的种种伦理和情感焦虑，颠覆文学虚构和现实历史的边界。这批作家因此成为当代文坛翘楚，至今仍常常说：感谢侦探推理文学的滋养。

很显然，先锋作家群只是借了侦探推理文学的皮，他们所书写的，并非真正意义上的侦探推理小说。正统的中国侦探推理创作圈和书迷圈，在八十年代仍然长期游离在主流视野之外，既不属于精英文化，又是大众当中的小众。到了二十世纪九十年代，中国互联网初试啼声的那些年，"推理之门"网站、天涯论坛、水木清华BBS等开始成为侦探小说迷聚集的平台。尤其是2000年创办的著名网站"推理之门"，聚集并培育了一批开先河的原创侦探推理作家、书评人、爱好者，许多今天依然活跃在中国侦探推理文学圈的元老级人物皆出自于此。在这里，书迷们分享传阅电子书等各类资料，组织"每周谜题"网友互动活动，享受着早期互联网自由发展赐予的原创盛宴。可以说，侦探推理小说也是中国最早的网络文学类型之一。不过，盛宴再热闹，也仅限于爱好者们的自留地；普罗大众更多接触的，仍是以《啄木鸟》

杂志为代表的"公安文学"。从"公案小说"到"公安文学",可以清晰地看到,更适宜中国本土的小说主人公,从来不是私家侦探。

到了2007年以后,中国大陆真正的、广泛的侦探推理文学热潮才开始掀起来,水面下的冰山终于浮出了一角。

首先出马的是新谍战小说。麦家的《风声》系列,将人们熟悉的二十世纪五十到七十年代红色革命谍战题材与细腻的职业视角和强烈的悬疑推理元素结合起来,掀起了一股全新的阅读热潮,为广义的侦探推理文学在受众的阅读心理方面做了预热:很快,都市白领的工作台上摆的就不是职场情感小说,而是谍战小说了。

国内出版社也掀起了一波推理小说译介热。在此要提一句:侦探推理小说的发达与否,历来跟出版业、公共教育业的关系极为密切。在欧美和日本,公共图书馆一直是侦探推理小说的购买大户。一般读者买不起精装的推理小说又饥渴难耐,只有去图书馆排队阅读,书商们便从中看到了平装单行本的商机。于是,有了著名的企鹅出版社,如阿加莎·克里斯蒂这样的作家才得以创造出版神话,被千家万户所熟知;在日本,则有所谓的文库本小说的出版形式,小开本、单价低,更方便了平民购买。

中国读者亦然。今天我们之所以有这么多侦探推理小说可看,一定要感谢吉林人民出版社、群众出版社和新星出版社的出版计划。在很短的时间里,它们大量引进欧美和日本的作品,并将北欧推理、拉美推理也拉进人们的视野,大大充实了中国读者的阅读库。大众读者的兴趣被激发,市场试水成功之后,人民文学出版社、译林出版社、上海译文出版社、上海人民出版社等主推纯文学作品的出版社也开始跟进,同时,各类"侦探推理小说年选"的推出,大量期刊杂志的推介,都进一步提升了侦探推理小说的文坛地位。此时,正赶上全世界的影视行业都卷入重温福尔摩斯的怀旧狂热之中。这就使得侦探推理小说进入大众阅读市场后，又迅速跟影视剧、网络剧和综艺节目结合起来。几股力量加在一起，终于捎带着中国原创推理小说界越来越多地进入大众视野，也有了相当数量的影视剧和悬疑推理综艺的 IP 变现。

然而兜兜转转，还是回到了早先提出的问题：侦探推理文学终于浮出水面，被我等看在眼里，捧在手里，玩在游戏里；但在原创推理小说界，仍然缺少刘慈欣《三体》这样兼具深度和号召力的经典化作品。批评研究方面也长期乏力——大学院墙内的学者大多是在资料搜集和整理上下功夫，缺少深入的理论探讨；研究者们对世界推理文学的历史和文本的了解相对薄弱也是一大障碍，这方面尤其有赖于有多语种背景的资深推理文学爱好者来发掘探究。

此外，圈层化封闭问题依然十分突出。中国原创推理文学的圈子不大，也难免形成熟人文化、短、平、快的写作，同好和同行打高分，并不利于整个行业生态，更难于持续地推出精品。这种密室般的圈层化状态不仅影响了广大读者对于侦探推理文学的深入理解，也使得许多早年创作热情旺盛的原创作者逐渐满足于在既有的套路中不断自我重复。我们知道，侦探推理文学是元叙事功能最强，也是诡计更新换代最频繁的类型文学，需要源源不断的新点子；一旦闭目塞听，灵感的大门就关上了。上游水源的情况，也直接导致了下游的淤塞问题：推理文学的衍生品——剧本杀行业乱象迭出，剧本质量低劣，套路重复，抄袭不断……

这是一个呼喊着共享资源，却仍然资源稀缺的时代。侦探推理文学在中国自有其一番天地，但唯有血脉相通，方能功成。不解决推理圈"我执"严重的问题，中国原创推理的未来，恐怕仍将是墙壁多于道路。然而，谁会是给猫解铃铛的那只鼠呢？

讲故事

原乡：本格推理与孤岛、山庄、童谣、连环谋杀

作为侦探推理界用得最老的招数之一，孤岛、山庄、童谣和连环谋杀，总是飘着陈年花雕般的余韵。无论影视、综艺、漫画还是密室逃脱、剧本杀，只要它们一露脸，就会成为观众或玩家念念不忘的那一幕。打开《名侦探柯南》TV 版里的《诅咒假面的冷笑》，或是国产推理综艺《明星大侦探》当中的《恐怖童谣》《木偶复仇记》，"弹幕"早已齐刷刷一片："童年阴影""前方高能""有内味儿了，古早味！"

这组配置最著名的代表之一，非阿加莎·克里斯蒂的《无人生还》莫属。故事讲，几个互不相识的人同时接到神秘邀请函，前往孤岛山庄参加宴会。主人并未露面，刚雇用的管家夫妻也仅靠其信件来听从吩咐，布房、迎宾、备餐。每间客房里，都挂着一个画框，里面贴着英国人耳熟能详的《鹅妈妈童谣》之《十个小黑人》。到了晚上，宴饮酒酣耳热之际，收音机里突

然传出陌生的声音，宣布包括管家夫妻在内，现场十人都犯有大罪，却通过阴私手段逃脱了法律的制裁。听到这无情的宣判，有人惊慌，有人愤怒，有人不屑，正骚乱之时，一人当场倒下死亡。此后，在这神秘的孤岛上，剩余九人也陆续死去，每个人的死法，都正好应和着《十个小黑人》中的一句歌词。

　　以上，就是《无人生还》谜面部分的基本情节。这部写于1939年的作品，奠定了古典解谜派运用封闭空间的两个著名设定：暴风雪山庄模式和孤岛模式。两者都包含某种自然屏障或者人为设置，导致空间与外界隔绝，案件（一般是恶性的连环谋杀案）就在此空间内连续发生。若再配上儿歌、童谣、人偶或面具，便构成华丽、神秘恐怖的哥特气氛，形成所谓"不可能犯罪"，或称"完美犯罪"。由于外人难以进入，凶手通常是在这一场景中已经出现的人物，即便有例外，也是精心设计的"情理之中，意料之外"，让读者输得心服口服才行。

　　"已登场的人物"这一规则，主要由美国古典解谜派的先锋人物S.S.范·达因在其著名的"侦探小说二十条"当中提出。实际上，比阿加莎更早采用童谣谋杀设定的正是这位达因先生——出版于1929年的《主教谋杀案》，比阿加莎的作品早了整整十年。《无人生还》虽步其后尘，故事的节奏把控和气氛处理却更胜一筹，被一次又一次改编成舞台剧、广播剧和影视剧。此后，各国的侦探推理小说界每过一段时间就会产出致敬之作，如法国当代作家保罗·霍尔特的《隐形圈》，国产推理界中坚作家时晨、轩弦、林斯谚、青稞、鸡丁（孙沁文）等的作品。当然，该类型产出最多的地方还是日本，例如绫辻行人的"馆系列"、《雾越邸杀人事件》，金成阳三郎和天树征丸创作的长篇推理漫画《金田一少年事件簿》，横沟正史的《恶魔的拍球歌》，东野圭吾的《大雪中的山庄》，夏树静子的《有人不见了》，北山猛邦的《爱丽丝镜城杀人事件》，今村昌弘的《魔眼之匣》等。近年来，悬疑推理类综艺节目和实景游戏风靡中国，暴风雪山庄和孤岛的设定，更是剧本杀和密室逃脱的必备题材。

那么问题来了：为什么孤岛、庄园、童谣、连环谋杀，会让大伙产生一种又怕、又爱、又怀念，仿佛回到故事"原乡"的感觉呢？

封闭空间：如光入水

空间，关联着故事的场景设定。只有合适的场景，才能让读者在体积、维度、触感等方面产生切身体验。笼统地说，本格派推理小说的典型空间便是封闭型的，如孤岛和山庄；而社会派推理小说的典型空间则是开放型的，如公路、城市和荒原。这种差异并非推理小说分门立派的专利，事实上，人类所有故事的发生空间，都可以分成这两个基本类型，因为生存方式的基本状态也就这两种：定居，或游牧；在家里，或在路上。

因此，在小说叙事学当中，也有两种最适合作为故事讲述者的角色。一种是长年定居村庄的老人，故事的开头往往是这样的："我听村里的老人家讲……""小时候，爷爷给我讲过一个故事……"另一种呢，故事的叙述人是漂泊流浪的旅行者，通常是这样的语调："我在旅途中遇到一个旅客，他看上去饱经风霜，我们寒暄了一会儿，他给我讲了这样一个故事……"如果把人类的故事大家族比作一棵大树，这两种口吻的故事一定栖息在树根，散发着馥郁的泥土气味。

在二十世纪二十到四十年代——欧美推理小说的黄金时代，阿加莎、安东尼·伯克莱等人笔下的经典故事，往往就是从一个小村庄的流言蜚语开始，直到引发了真正的谋杀案，这样的情节设定，被当时的文学批评家命名为"小骚乱"。与村庄、孤岛、庄园等这类封闭空间相对应的，是数量有限的嫌疑人，姓名、音容俱在者通常不超过12到15个——为何这个数字如此具体？不知诸君是否想过，这种封闭空间的规模与嫌疑人的数量，是否有某种规律性联系？要回答这个问题，得从另一个问题说起：人类群落定居时，最小、最稳定的单位人数是多少？

答案是，148到150人。根据英国学者斯丹迪奇在《社交媒体简史》一书中给出的实证，这是一个典型的狩猎采集部落的平均人数，也是英国古代最早的农业定居点的人数；采用公社生活形式的基督教社区只要超过150人，就要分出去另过了。为什么呢？因为超过这个数量，当群体发生纠纷时，就很难通过彼此都认识的朋友来内部仲裁，必须要有外来人的介入——就是说，要找"警察"啦！

这个规律是由牛津大学学者邓巴发现的，因此称为"邓巴数字"（Dunbar number），又叫150人定律。它意味着人类大脑皮层容量能够认知和把握的社交关系的限度：一个群体，要做到每个人都认识其他成员，并最大限度地团结一致，这个数字规模正是上限。

也正因为在这样的社群里，人人都认识，顶风作案者的行径才越发显得可怖、耐人寻味。所以，在阿加莎笔下的村庄里，会有《魔手》这样的开端：一封声称知道你家秘密的匿名信，打破了生活的宁静，寄信者必定是这村里的人儿……

同理可推，即使你的手机通信录里有上千人，也不能代表你是一个社交成功人士，因为他们不过是你的"僵尸粉"。过节时你认真发微信问候的，大概绝不会超过"邓巴数字"。而能够跟你每天微信亲密互动的人，也就是能进入你的核心朋友圈，与你聊八卦、传小道消息的那伙人，大概也就在15人上下——正是黄金时期推理小说中，最常见的嫌疑人数量呢。

　　推理小说当中，许多谋杀的导火索都是流言八卦。传播学学者告诉我们：谣言是世界上最古老的传媒，是人类维持社交关系的黏合剂，就像猴子以彼此梳毛来确认亲密关系一样。从这个角度来说，经典推理小说当中的封闭空间，在物理层面，是以农业时代的群居互助空间为基础的；而在心理层面，封闭空间，实际上也正是舆论空间。这也正是为什么，今天的推理小说开始打破本格的古典保守，向着"变格""脱格"大步行进——互联网完全打破了传统的空间认知模式，网络是无尽的，陌生人之间也彼此分享信息、传递八卦。这导致了什么？——在公共舆论事件当中，侦探无上限（人人皆是福尔摩斯），受害者无数（被网暴者层出不穷），同样，嫌疑人也无数。

　　回过头来，孤岛和暴风雪山庄作为比村庄更狭义的经典封闭空间，其设定的特别之处，就是游牧状态的人被迫定居，即所谓的"客居模式"。在孤岛或庄园里聚集的，是来自四面八方的人，却突然被迫隔绝，中断归程，迎接他们的是未知的死亡恐惧，这是一种充满压迫感的限定状态。

　　这种特殊情境，自然会导致特定的规则的临时产生。如光入水发生折射，人与人之间的社交距离一旦"短路"，读者很快就能看到"蜗牛角上的斗争"：人物彬彬有礼的社交面具逐渐撕裂，新的相处模式产生，如同现实社会照见了哈哈镜。例如英国现代作家威廉·戈尔丁受阿加莎和安东尼·伯克莱的影响而写出的名作《蝇王》（1954）。不同于《无人生还》中成熟的社会人群像，《蝇王》里是一群小孩流落到荒无人烟的珊瑚岛上，从最初单纯的恐惧、不知所措，很快就发展到分帮分派，推举国王，展开你死我活的斗争。两者正好可以代表社会群体在特定情境下的两种演变状态：一种是在受限状态下自然演变成新的相处模式，一种是预先设定好不同于外界的游戏规则。

　　尽管各类封闭空间的前情提要有所差异，却往往殊途同归，展示了类似的人性规律：封闭空间把人类社会的组织方式和社会关系伦理装到一个透明的盒子里，将文明社会被压抑的欲望和恐惧从文明社会的规则中释放出来，仿佛模拟实验室一般，供读者或观众去一一观察。

童谣：你怕的是什么？

华丽的封闭舞台已经搭起，接下来，那些装饰道具就该摆出来了：儿歌童谣，人偶面具，眼神呆滞的小孩或老人……这些推理小说与恐怖小说共享的符号，承担着营造故事仪式感的重要职能。如好莱坞著名的亚裔恐怖片导演温子仁的名作《死寂》（2007），作为一部具有本格推理元素的恐怖电影，古堡、人偶、童谣、老妇人、连环谋杀，样样齐备，胆小的朋友一定得坐稳了。

不过，需要思考的是：满脸皱纹、性格孤僻的老人，的确有时会给人疏离之感，这很正常，但为什么儿歌和玩偶这类常用天真烂漫、纯洁可爱等来形容的事物，也会让我们觉得可怖呢？

刚才提到，人类早期的故事讲述者往往是村头的老者，因为讲故事时整体的明线逻辑，往往需要生活经验丰富的人去把握头尾，建立上帝视角；另一方面，当故事想要给你暗线提示、寓示或是预言时，它便会抛出些小石头子儿作为引路牌，此时，就是儿童相关符号——英国鹅妈妈童谣或日本拍球歌登场的时机了。例如《金田一少年事件簿》之《天草财宝传说杀人事件》中，一群人刚到一个村庄，前方就出现了一群神色诡异的孩子，口称："不要接近这里，白发鬼会杀死你们……"

儿童为什么会被分配来担当这么恐怖的角色？实际上，我们一生中最接近于动物性本能的时段，就在儿童和老人这一头一尾。人生的中段，则是象征着文明、理性的社会人阶段。诚如精神分析学家弗洛伊德所言，文明即压抑。从童年的欲望性本我到成人的理性自我，失去的是童真型自信（"世界是围着我转的！"），学会的则是小心翼翼处理各种关系，衡量、判断、妥协，如卡夫卡所言，在你与世界的斗争中，站在世界那一边。

儿童的世界有问题，有答案，但缺少由相续性思维展开的、因果环环相扣的严谨逻辑链条。所以，成人世界的功利算计，往往是易于推断理解的；而天真的儿童在想什么，却是成人眼中的谜。许多民间习俗都对童言童语有敬畏之心，或许不完全是迷信的产物。理性计算其实是一种有限的分析，因为很难超出自我的功利衡量，儿童的直觉却可能超越这些计较——在很多事件将起未起之际，儿童的天真之语就仿佛已经看到了它的落幕。

作为生命另一端的老人也是一样：积累了丰厚的人生经验，是睿智的，但同时，大脑机能退化、活动空间受限；从惯于压抑的中年人视角来看，"老小孩"也意味着不可理喻和难以掌控。因此，老人和儿童往往都是恐怖元素故事的立言者，在本格推理小说当中，他们总是活在"谜面"的环节，要么负责抛出问题，要么就成为问题本身的一部分。

换句话说，从成年人的角度来看，老人和小孩这两种生命状态，是自我当中的他者。要问人类究竟会对怎样的事物感到恐惧？我想，正是那些既像我辈，又不是我辈的东西。老人和小孩有时令我们害怕，正因为他们代表了我们不再了解，或者还没来得及了解的那部分自我；而布娃娃、人偶、商店里的人形模特、机器人等让成人也觉得恐惧，也恰是因为，它们是人形的非人之物。

本格推理小说里，儿歌、童谣、人偶、格言警句等元素的出现，往往具有两重意义。一种作用于故事的谜面，只起到装饰作用，如同舞台上的干冰效果。例如，很多作品会在尸体旁边播放童谣，仿佛死者的心灵在说话，引诱着读者与之对视。对视，意味着沟通和理解，而跟人偶、面具或者死不瞑目的尸体相视，我们的目光会被反弹回去——他们似乎看透了我们，我们却对他们一无所知。而恐怖和神秘的精髓，就在于知与不知的信息分配，被无法理解的目光盯着，人会本能地产生原始的戒惧感。

童谣等元素的第二种意义，便是上文说的，用来提示故事的暗线逻辑或者暗示它的未来走向。童谣方便背诵和记忆，常用来浓缩保存社会事件和历史习俗，不仅很适合作为线索提示，也会把成人世界中的暴力和阴暗面重新编码。各国民间流传的很多童谣本身，如《鹅妈妈童谣》，其内容都是"细思极恐"。此外，语言的力量跟它的符号特征是有关系的。推理小说的理性推导要求一个完整的逻辑链条，而像童谣、谶语、格言、箴言、诗句这些体裁，其共同点就是都有逻辑缺失的部分，而人类的理性具有一种完形欲望，看到缺失就会想去补足，否则，空白就会形成悬念。恐怖故事要的就是这个：密封保存你的恐惧，让它永远新鲜；而推理小说则把这一括号当作障眼法，掩盖事件背后的完整的逻辑链条，谜底一旦揭开，括号也就合上了。

山庄，谋杀，还是连环的：
"有限华丽"的中产者，像多米诺骨牌一样倒下

在《金田一少年事件簿》的某集里，故事沿着阿加莎的套路展开：一位自称列都拉姆先生的神秘人物，通过信件和录音邀请高中生侦探金田一和十个陌生人来到他的城堡，盛情款待，直到客人一个接一个被残忍杀死。这时，活着的人发现，把"列都拉姆"（redrum）的拼写倒转过来，就是：m、u、r、d、e、r——谋杀。连环谋杀，是本格

推理最津津乐道的题材，也是高贵的文学评论家斥其低俗的原因。但，谋杀题材背后的哲学，可太值得探究了。

首先，谋杀是所有犯罪中最具有难度的事件。连环谋杀绝不仅是想象的设定：推理小说黄金时代的绝大多数作品，都是作者受真实谋杀者的启发而成。比如十九世纪中叶被控杀害了好友、兄弟、岳母和四个孩子的英国医生威廉·帕尔默，比如1878年著名的开膛手杰克的"白教堂谋杀案"。高智商的连环杀手以其可怕的罪行激发了同样强大的文学想象：现代生活如此复杂，要处理一具尸体谈何容易，何况是——多具呢？

正因如此，破解有难度的连环案，实际上是现代侦探推理小说最初的功能之一：彰显现代人的理性美学和信心。推理作家喜欢这种题材，一方面是因为它的骨牌效应：看一件事情如何触发另一件，这种因果联系的难度同时造成强大的快感（可以在美剧《基本演绎法》的片头曲画面当中，直观地体会这种快感）；另一方面，《无人生还》《ABC谋杀案》《主教谋杀案》《埃及十字架之谜》等作都表明，在一个连环谋杀案中，让读者猜测"下一个死者是谁"，与猜测"谁是凶手"具有同等的刺激性。

正因为现代生活逐渐走向成熟，这种题材并没有在柯南·道尔活跃的十九世纪末，而是在阿加莎、迪克森·卡尔等人的二十世纪二十年代以后才真正繁荣起来。这种被拥趸赞为"华丽"，却被现实主义作家称为"做作"的连环案模式，恰恰反映了现代"小说"与传统"故事"的距离。与福尔摩斯简短的探险故事不同，连续谋杀案最能体现西方长篇小说的体量规模与时空—伦理意识。来自文明世界的人们那不为人知的"过去"——往往发生在遥远的殖民地，被一个封闭的、"现在的时空"所揭发。那些互不相识的人背后的联系，往往是他们自身也无法明了的（如阿加莎的《大西洋案件》中，一位得了德国麻疹的粉丝带病去见她的偶像，完全不知这一举动十几年后会为她带来杀身之祸）。

　　长篇小说在组织这种复杂人物关系当中的功能，如同欧洲古典主义油画在平面上制造三维幻觉的奥秘。封闭的"山庄"就是透视法的没影点，它起到聚焦的作用，提供了建构、组织、描述人物联系的想象性的物理空间，回答了已经发生的事情如何是"可分析的"，如何在线性叙事中锁定一个创伤性事件。从社会历史背景而言，这正是英国殖民时代的缩微景观，凶手只能是"内部人"，其"深不可测"的前史，则代表了帝国的"世界主义"倾向；而连续谋杀案的发生与侦破，则成为诠释和证明社会理性力量的最佳方式。尽管死者像多米诺骨牌一样倒下，但华丽的大宅却以强烈的物质感将之兜住：冒险是有尽头的，这对于中产阶级——推理小说的主要读者群体——的意识形态来说极为重要。这是封闭空间的又一种功能，关联着英范儿和日范儿，两个都标榜殷实中产生活的国家的基本文艺风格。连环案带给读者的仪式感的心理基础究竟来自哪里呢？答案是，来自主体想要支配生活的欲望。在固定的时间做同一件事，就会产生一种"支配生活"的快感。具有强烈个人风格的连环案使读者对其中的行为规律激发起探索的欲望，故事的障眼法也往往用于此际：表面上抛出模式 A，实际上要掩藏模式 BCD。当侦探把众人召集起来，宣布凶手是谁，引导大家回溯整个事件的时候，作为障眼法的作案模式和凶手的真实意图同时呈现，像那烟花爆出一样的快感，正是你阅读推理小说最幸福的时刻。

　　即使小说中的案件因为剔除了种种意外，制造逻辑闭环而华美不实，读者仍然热爱它所创造出的虚假完美，只因为太想将对生活的支配欲寄托在两个角色身上，一个是凶手，一个是侦探。所有的文学都是读者自我的投射，罪与罚是一个人左右手互搏式的内心战争，凶手和侦探站在事件的阴阳两面替我们江湖恩仇，比如《无人生还》中的凶手给钻法律空子的罪人施加了私刑，对自己也没有放过。尽管小说中的侦探总是义正词严谴责犯罪，道德说教却从来不是侦探的闪光点，他们的魅力来自与罪犯相匹敌的支配欲和控制生活的能力，包括善于表演和洗脑（是的，大侦探们扬扬自得地揭露真相的过程，同样是一种洗脑术）。我们知道，无人能主宰生活，以上帝的资格去惩罚他人。可在内心当中的动物性本能，又是多么希望世界能够按照自己的意愿去运行啊。推理小说捕捉到了这种无法言说的渴求，让读者的主宰欲通过侦探与凶手的博弈和连续案件的侦破无害地释放出来。因此，不必担心有人看完了推理小说后会出去报复社会（更不用说为避免模仿案件而故意制造手法纰漏，是推理文学常用的行规），因为叙事的力学平衡早已消解了内心的戾气。

　　在孤岛、童谣、连环案所制造的恐怖气氛中，总是有东西接住了恐惧，让我们安心享受华丽谜题，那就是，空间的有限性、人数的有限性、答案的确定性。但今天，在这个"无限流"的互联网时代，空间无限、时间无限、嫌疑人无限、侦探无限、解答也无限！与其说这是空前自由的状态，不如说是空前恐怖：表面的敞开之下，人的认知仍然有限，这就意味着，在仍然旺盛的掌控欲之下，故事的未知性却增强了——这是一个更难把握，更难收放自如的世界，其伦理的压强，是阿加莎时代的小村庄、小孤岛的人们难以想象，也难以承受的。从2022年《开端》开始的《开端》，被那怅惘的、四六不着的情绪包裹的间隙，我们越来越意识到，孤岛、童谣、连环案，是最华丽、最恐怖，也最安全的故事蛋糕。

力场：当侦探恋爱时

I love you，Miss mystery!

（爱你，我的神秘小姐！）

——《名侦探柯南》第 33 号 OP 主题曲
《神秘小姐》（*Miss Myster*，BREAKERZ
乐队创作）歌词

"爱驱力"和"死驱力"，是弗洛伊德总结的人类心理中两种深层的本能冲动，是一切表层欲望的海底之根。爱欲与生死大事扭结在一起，足以掀起世间最狂暴的热浪，正所谓"情不知其所起，一往而深，生可以死，死可以生"。侦探推理小说津津乐道于各种复杂曲折的谋杀案，自然跟"死驱力"难脱干系，又关恋爱什么事？

你看，一个"恋"字，早已明白道尽了爱情的悬疑本质：亦心亦心，那像过山车一样倏忽起落的心，为了猜你的心而辗转反侧——爱情故事天生悬疑，不是吗？且看叱咤风云二十多年的动画片《名侦探柯南》，换了数版主题曲，无数次地在歌词里将爱情和谜题的语义拧至一处，歌手爱内里菜甚至直接唱道：Love is thrill,shock,suspense!（爱，是战栗，震惊，悬疑！）

显然，无论在现实还是小说中，情杀案本就十分常见。作为一种动机，它往往是自足的，是不需要加以思考的前提或基础事实。因此，如果仅去分析推理小说中的感情类案件，作为人类"原"动力的恋爱本身和故事之间的更深层、隐秘的联系，反而不大容易看得清楚了。那么，不妨换一个角度切入——侦探推理小说里，到底是谁和谁在谈恋爱？

此问何来？君不见，侦探推理史上黄金时代的古典解谜派，早有一条不成文的"恋爱禁行"守则——侦探不许谈恋爱。理由很简单：侦探是理性的，而爱情会让人冲昏头脑。尽管爱情美似谜题，亟待侦探破解，但当你为了追爱化身猜心侦探时，却很难保有基本的侦探素质，毕竟情场上处处陷阱，总是充满了错误答案。

正因此，黄金时代里那些标榜理性至上、逻辑严谨的推理小说家，从 A.A. 米尔恩、S.S. 范·达因到早期的多萝西·L. 塞耶斯，都继承了他们的前辈柯南·道尔和 G.K. 切斯特顿的意志，让自己笔下的安乐椅侦探"跳出三界外，不在五行中"。

通俗小说需要爱情与婚姻，但侦探总是洁身自好。福尔摩斯既不会与他的当事人发生案外的情感关系，也并不置身案件内部的爱恨情仇，他的助手华生倒是常常"中箭"。正因为不动凡情，侦探们才能准确地捕捉到那些为婚恋而苦恼的凡庸之辈犯下的罪业，不是吗？正因为他们隔岸观火，才能为情局中困扰的年轻人指点迷津，不是吗？

所以不难体会，我们的福尔摩斯大人在看到华生对某个案件当事人（即玛丽·摩斯坦，在"福尔摩斯探案系列"《四签名》中首次出场）

生出了好感之后，就忍不住善意地轻嘲了。众所周知，对于这位思考机器来说，所有的客户都是他观察人类的道具，用以验证他那举世闻名的"基本演绎法"的合理性和准确率。福尔摩斯诚然对这位女士的智慧和品德表示过褒奖，但在他眼中，其本质也不过是聪明一些的"小白鼠"吧，当她一朝从科研对象变成了华生的恋人，福尔摩斯立刻就对她不感兴趣了。

说到这里，你肯定会指出映在墙上的那抹"白月光"吧——是的，全世界的福尔摩斯迷绝对不会忘记艾琳·艾德勒。这位独一无二的女性，自从在著名的短篇《波希米亚丑闻》中出场后，就在不恋爱的福尔摩斯心中留下了深深的印痕。她是唯一一位跟福尔摩斯斗智不落下风，还能反将一军的人。这实在太具戏剧性，以至于所有的福尔摩斯同人作品和衍生剧都一定会在艾琳这条线上做足功夫，她也是读者或观众最期盼的常驻角色之一。

在侦探推理叙事学的历史上，"艾琳·艾德勒"几乎成了一个专有名词。然而，尽管她很特别，但作者道尔本人在《波西米亚丑闻》的开篇就再三强调：这不是爱情，不是爱情，不是爱情！福尔摩斯可以跟女性举止暧昧，但是绝对不能扣死恋爱这个帽子——事实上，这一点在福尔摩斯相关的各类同人作品中也一致达成了默契。尽管随着时代变迁，福尔摩斯系列也成了"IP宇宙"，衍生作品的想象力越来越丰富，但"宇宙"当中的基本公理——那些构成原作基础的核心元素还是要遵守的。例如，前些年颇受关注的美版福尔摩斯改编剧《基本演绎法》里，华生都被改编得变性了（由华人女星刘玉玲饰演），她和福尔摩斯以侦探和助手的身份同居，两人有时极度暧昧，但也仅仅是暧昧而已。

这一原则同样适用于其他作家的作品。正如福尔摩斯有艾琳这位

"白月光"，阿加莎·克里斯蒂笔下的大侦探波洛，也有一位落魄的贵族夫人深深藏在心底。"侦探可以有念念不忘的女性，但是绝不能有圆满的恋爱"，黄金时期的推理小说中，最有名的侦探角色几乎都遵循了这条守则。

为什么会如此？因为这符合讲故事的深层规律。别忘了马克思的名言："人的本质是一切社会关系的总和。"讲故事是在处理关系，而人物间的关系也一定是力学关系；让人物彼此投射，形成动态平衡的情节磁场，故事才足够好看。以此为前提再来看恋爱行为——恋爱是什么？是的，它的本质是占有！一切恋爱故事的内在逻辑，就是用目光去追逐另一个人，直到被对方的目光套牢，"眼里只有你"。用哲学家的话来说，我们所追逐的人与事物，叫"欲望的客体"；对于这客体，我们求而不得的焦虑如此炽盛，如同从心里伸出了一只手一样。而故事中的恋爱机制一旦触发，便是在人物之间射出了一支追逐之箭。

那么，侦探真正追逐和渴求的是谁呢？是敌人，或者说，是破案这件事本身。当故事里的侦探足够强大，强大到形成个人品牌，就更加需要势均力敌的对手了。从这个角度来说，本格系侦探真正的恋爱对象，其实正是高智商的案犯。

因此，福尔摩斯真正的"爱人"，乃邪慧的莫里亚蒂教授是也。在《最后一案》当中，他们相爱相杀地跳进了莱辛巴赫瀑布，要不是柯南·道尔爵士需要靠继续写作来为他的神学研究募款，失去了灵魂恋人的福尔摩斯绝无可能复活。同样，日本推理漫画《金田一少年事件簿》当中，少年侦探金田一的对手是实施完美犯罪的魔术师高远遥一，两个人就像光明和黑暗如影随形，或平行线永不相交，但永远在看着对方——这才是侦探恋爱的正面战场。

但是，光是正面战场不够精彩，还要有侧翼。一个侦探或罪犯念念不忘的异性，在二元对立的角力关系当中就形成了另一个方向。她／他不属于侦探、官方和犯罪方的任何一方，她／他既有魅力，又有能力，是一个特殊的欲望符号，一缕永远捉不住的香魂，如镜子迷宫里的镜像，永远被追逐，永远保持神秘，但是不能被定格的"带着主体性的欲望客体"，虽捉摸不定，却会反戈一击，打破已有的局面：这才是"艾琳·艾德勒"的角色功能。

从小看《名侦探柯南》的你忍不住抗议了？没错，高中生侦探工藤新一就有感情稳定的女朋友！毛利兰善良纯洁，是真正意义上的白月光初恋，她的气质与成熟妖娆的艾德勒截然不同，怎么可以"拆CP（couple）"？

那么，来重温一下童年记忆：我们熟悉的主人公——17岁的高中生侦探工藤新一，是日本漫画家青山刚昌先生有意仿照福尔摩斯创作出来的角色。这位少年正与青梅竹马的毛利兰约会，却意外被邪恶的黑衣组织灌下了药，身体变成了7岁小学生的样貌，头脑却还保留在17岁；他为了保护女友免受恶人伤害，只好对她隐瞒真相，扮演隔壁远房亲戚小学生，仿照名作家江户川乱步和柯南·道尔的名字，起了个化名叫江户川柯南，借住到未来老丈人毛利小五郎的家里，一边借着老丈人的私家侦探身份在幕后破案，一边寻找身体恢复的方法，过着一种奇特的双重生活——这就是长篇推理动漫《名侦探柯南》的基本故事线索。

是的，这里包含标准的恋爱元素。作者青山先生也说，《名侦探柯南》是一部恋爱喜剧。但我仍然要说，《名侦探柯南》当中的人物设定，恰恰能体现"不是恋爱，却很特别"这一侦探小说的叙事特征。不妨细想，在整个故事中，毛利兰实际上扮演着怎样的角色？是侦探助手，对吧？她的出场代表了华生式的普通人思维，其叙事功能乃是为了突显侦探超凡脱俗的思考力。同时，在柯南的世界里，她还有另一个显而易见的作用——她相当于侦探的身体。别忘了，柯南尽管有多不胜数的科技工具，但终究是行动能力和范围受限的小学生，在动作戏份多的案件当中，自然需要空手道高手毛利兰的拳脚功夫。

事实上，在流行的日本长篇推理作品当中，相对文弱的男性侦探和相对暴力的女助手是一个很常见的搭配。男侦探靠脑细胞过日子，女助手除了要贡献常人思维供侦探挑战，或提供不经意间的启发，还常常要担当他的拳脚，负责解决物理层面的麻烦。这般搭配依然是基于叙事动力学：精神可以天马行空，但是必须有现实中的行动力，而一个人物最好不要总是完美，所以侦探和助手一个代表头脑，一个代表行动；如果抛开灵肉二分的设定，本质上，我们总是可以把他们两人当成同一个人去看待。

既然毛利兰真实的角色功能相当于侦探助手，那么，谁是柯南故事里那个跟主角侦探既暧昧，又不是恋爱关系的"艾琳·艾德勒"呢？

答案是，在《名侦探柯南》当中，相当于艾琳·艾德勒的女性其实有两个：一个是正义的己方阵营当中的科学家灰原哀，一个是敌方阵营当中的千面魔女贝尔摩德。为什么这样说呢？

一个"被动小大人"式的侦探，可谓作者青山刚昌在二十世纪九十年代初构思漫画时的神来之笔。但，这类人物设定有个弱点：维系时间一般不会太长。儿童在核心人物群体都是成年人的长篇故事当中，通常只是辅助型的角色，因为小孩子的活动范围和能力值都有限，除非它是一个冒险型的成长故事。如果在一个长篇故事主线当中，你设定主人公一直是小孩子（一个不会成长的人物），却又想让故事有一个全年龄的读者群，那么当然需要添加其他的人物关系去补足它。而漫画连载之初，作者哪里想到这部作品会长寿至今？一晃二十多年，

《名侦探柯南》成为侦探推理动画史上连载期最长的作品之一，在商业资本助推下，背景设定越来越宏大，硬着头皮接续的线索越来越多，人物一个接一个地往外冒，一个艾琳式人物怎么够？

从叙事学的角度，我们常常可以把一个人拆成两个人，或者把两个人拼成一个人。变成小学生的工藤新一偶尔还会吃临时解药变回17岁的原形去破案，虽然是同一个人，但是在作品中，我们实际上需要将之当成两个人物去理解，所以才会有成人版和小学生版两种侦探形态。同样，"艾琳小姐"也会针对侦探而有不同的形态。贝尔摩德和灰原哀分别是敌我阵营当中的女性智商担当，各有鲜明的性格特色。灰原哀原本也是17岁，同样吃了药身体变小，从敌方阵营中叛逃出来投靠正义一方，她正是小学生柯南的"艾琳"，由于她的存在，柯南才避免了整日在真正的小学生群里孤独地尴尬傻笑，也得以宣泄无法与女友相认的难言之隐——这是毛利兰绝对无法承担的功能。另一位敌方阵营里的贝尔摩德，对应的正是高中生工藤新一，这位充分呈现了本格推理小说中"身份变换"之趣味的千面魔女虽然是罪犯，却屡屡给侦探放水，实际上相当于《福尔摩斯探案集》中莫亚里蒂和艾琳的混合体。作者青山刚昌显然是为了向福尔摩斯原版故事致敬，而让贝尔摩德说出了一句相当具有艾琳风格的名言："秘密让女人魅力加分。"（"A secret makes a woman woman."）

至此，侦探推理小说的"恋爱禁行"守则的逻辑论证圆满了吗？也许仍然没有。但就我有限的阅读经验而言，侦探故事里的侦探的确很难有成正果的恋爱。福尔摩斯的独身路线，也的确影响了黄金时期很多英美侦探推理小说。从十九世纪末到"二战"期间，许多作家都采用了独身的侦探和依照社会习俗结婚生子的助手的搭配，象征着"异常"与"寻常"的组合。阿加莎笔下的小胡子波洛每天想的是美食，却很少想起他的贵族夫人，另一位著名侦探马普尔小姐则是一生窝在乡间看尽桃色罪恶的老处女；而切斯特顿笔下的那位布朗神父就更不用说了，若不是背弃女色、献身神学，他哪来神一样的直觉？

本格推理如是，社会派亦如是。钱德勒等人笔下的硬汉侦探们不是已经离了婚，就是跟情人关系不顺，或者在破案过程中饱受露水情缘之苦。

什么？你说中国的公案小说中也不是没有婚恋关系？这其实是一个无须纠结的问题，高罗佩《大唐狄公案》中的狄公狄仁杰，无论流动到哪个地方去当官上任，只要一句话就可以交代好家庭的功能，那就是：在内宅安顿好了家眷。

你可能会再次反驳了：婚恋不圆满的侦探是很多，但反例也不是没有；阿婆笔下除了波洛和马普尔之外，还有汤米和塔彭斯呢——这可是一对非常恩爱的夫妻侦探！黄金时代的另一位重要的女性作家，多萝西·L.塞耶斯，不也在她后期的两部作品中，让男性侦探温西公爵和活泼漂亮的女侦探哈丽雅特·范内走到了一起吗？

那么，亲爱的对方辩友，让我们重新审视一下上面的案例吧。先来看塞耶斯。这位女作家起初明确地坚持侦探不能谈恋爱，后来终于没忍住，在《俗丽之夜》（1935）里让温西公爵和哈丽雅特·范内相识相知，又让他们在下一部作品《巴士司机的蜜月》（1937）中走到了一起。然后呢？就没有然后了——塞耶斯的侦探文学生涯从此告病而终。人物恋爱圆满的"happy ending"，竟也成了作者本人的侦探小说写作生涯的终局。原本她还有写作长篇的计划，让婚后的两位侦探合伙继续破案，但是，时局背景、改编剧的失败、作家自己的生活以及其他种种原因，使得一直到1957年作家去世，夫妻侦探故事都再没了下文。

这或许是巧合，但相当有典型性。另一位黄金时期最伟大的侦探小说家之一，塞耶斯的好朋友，英国侦探俱乐部的推动者安东尼·伯克莱，其侦探写作生涯的最后一部作品《至于女人》也没有走寻常路——完全抛开了解谜，专谈婚恋；尽管它不是一部严格意义上的恋爱小说，甚至可以说是对爱情的反讽，但仍然因为"触爱抛谜题"而彻底失败，被与他合作了一辈子的出版商拒绝了。这样的例子难免让我们产生一点宿命论的感觉：好像不谈恋爱的侦探一旦谈了恋爱，作品不是走向终结，就是走向失败。

你说我只是举了一些极端的案例？或许是。但我关注的问题的重心，其实并非"是否存在夫妻侦探"，而是侦探恋爱的时机问题，以及侦探的恋爱对于作者来说究竟意味着什么。

在硬汉派作品中，侦探最常见的情感状态就是：离了婚，有对象；婚姻几乎一定是前史。而本格派作品中，不谈恋爱的侦探基本上是不成长的。因为婚恋意味着时间的流逝，王子和公主一旦结婚，故事就必须结局，不然的话，就变成了啤酒肚的中年男人和家庭主妇的故事。想象一下吧：如果工藤新一和毛利兰团了圆，那么《名侦探柯南》的大结局也就一锤定音了。对于许多读者来说，侦探谈恋爱几乎是一种诅咒，相当于精神粮仓即将清零。

当侦探回避感情，似乎也因此回避了时间。永远一年级的小学生柯南不必说了，波洛在他所属的系列故事当中，一直都是一个处于初老状态的男性侦探，虽然随着作品的时间线会有些许的年龄浮动，却不影响读者对他的基本印象。马普尔小姐也是如此：出场是个老太太，一直是个老太太。

当然，福尔摩斯的地位比较特殊：他有一整套的年谱，从1854年出生，到23岁开办侦探事务所，直到53岁退休。我们已知他最后办案的年龄是 72 岁。

——但他永远是那个模样，不是吗？灰眼睛，大背头，棱角分明的钻石脸，鹰钩鼻，下颚突出，身材颀长，经常拿着烟斗、手杖或手杖剑，戴着猎鹿帽或鸭舌帽。所有这些特征，从未因年龄而改变。

侦探不谈恋爱，并非作者无情。全力以赴地探索谜团，才是我们这个文学类型得以成立的原始动能。一旦这股欲望被其他情节分散，故事会立刻显得笨重。情不知其所起，一往而深——爱情是永恒强大的文学主题，强到足以夺取谜题的光芒。在小说当中，主角侦探的恋爱只有在跟主线情节的谜题交织在一起的时候，力量的配比才能达到平衡。比如《史密斯夫妇》，这部由悬疑电影大师希区柯克导演的，1941 年首次上映的电影名作，提供了一个经典的叙事套路：夫妻双方各有秘密，他们彼此之间就是隐藏的对手，这样的故事会好看，因为谜题和爱情拧成了同一股绳。而一旦这两种叙事互相争夺、压制，就很容易产生失败之作，也就是说，侦探自己的恋爱，特别是与案件无直接关系的恋爱，对作家来说只会吃力不讨好。

实际上，强行让侦探在破案之外谈恋爱，多是出于作家的私心。阿加莎笔下的夫妻侦探汤米和塔彭斯夫妇，在她创作生涯的第二部作品中磕磕绊绊地走到一起。塔彭斯是位活泼热情、天地不怕的少女，这其实是腼腆的阿加莎内在的、理想的那部分自我；但现实中的阿加莎的两次婚姻都称不上幸福，她本人更像笔下的老处女马普尔，喜欢在聚光灯之外当一个旁观者。需要迎合大众的通俗作家那些满足理想自我投射的作品，往往不那么受到市场的欢迎，阿加莎的情况正是如此——英国读者更喜欢滑稽的外国人波洛所造成的意外感，这一系列的作品有三十二部之多，而汤米和塔彭斯系列只有五部就完结了。

同样的情况也符合塞耶斯：她笔下美好、睿智而独立的侦探姑娘范内与温西公爵结合的故事，是作者本人现实不幸婚姻的乌托邦版本；她原本策划了一部名为《国王与政治》的小说，好让这对璧人也能沿着夫妻侦探的道路走下去，但这小说从未完成，她大概本能地感觉到，侦探的注意力已经不在破解谜团、打击犯罪之上了。

你知道的，我没有也无法使用穷举法，所以欢迎举出有力的反例。但不管你从哪个角度反击，都别忘了：所有的故事，本质上都是天狗吃月亮。要勾画一个人物，不可能也不必面面俱到。有的人物是简笔，有的人物是工笔，站在后排的人可能连脸都不用画。侦探是不是结了婚，是不是有恋爱前史，常常完全可以省略，并不耽误讲故事。而真正值得关注的是，一旦要讲侦探的恋情，要怎么表现才恰当，给多少戏份才能让读者觉得舒服，以及这背后的心理机制是什么。换句话说，如何找到那个让故事燃烧起来的能量核？

你说恋爱是荷尔蒙，但对于侦探和侦探推理小说家来说，这个难题才是。

搭档:"佛系"侦探和"儒者"助手

先从陈凯歌导演的奇幻电影《妖猫传》说起。

电影改编自日本"魔幻文学第一人"梦枕貘的小说。梦枕貘曾以"《阴阳师》系列"小说和衍生影视作品红遍亚洲,其作品表面上华丽诡谲,但撇开仙魔神鬼的外衣,其实是以推理解谜的动机和线索为叙事核心,设定套路相当的"古典本格"。如《阴阳师》里有一对降妖除魔、破解奇闻灾异的搭档——平安时期的御用阴阳师安倍晴明和他的好友源博雅,《妖猫传》里也有空海大师和同来大唐学习的儒者橘逸势组成了临时的解谜团队。晴明之于博雅,正如空海之于橘逸势,双方的人物性格和功能也十分相似——归根到底,他们都是"福尔摩斯"和"华生"。

侦探和助手,这一本格推理"黄金搭档"背后的奥秘,在梦枕貘的设定里便能见端倪——不妨想想,为什么小说《妖猫传》里充当侦探的人物是佛家的空海大师,而助手的角色则属于儒者橘逸势呢？如果传统宗教哲学也有"人设"，那么简单来说，佛家的人格是否定性的，它倾向于解构现实——宇宙间的一切，皆系六尘缘影，如梦如幻如电；而儒家的人格是肯定性的，它倾向于认同现实，认为现实不仅是坚固的物质实存，也是精神实存、社会实存。在古典解谜派的本格推理作家看来，反而是那些倾向于解构现实、不走寻常路、想象力卓绝的人，更担得起侦探一角。

　　比如，《妖猫传》里有这样一个取材于中国古典怪谈的经典情节：一位术士在街上表演，众人眼睁睁看着他让种子迅速生长为藤蔓，结出无数西瓜，并当场分给大家吃。围观者惊叹不已，唯有空海大师但笑不语，知其是蛊惑人心的术。术士便走到空海面前，对他说："这瓜送你了，因为你破了我的咒。"空海愣了一刹那，再低头的时候，却发现这不是瓜，而是臭烘烘的垃圾。

　　空海这一次之所以大意中招，是因为他在得意的时候，思想未曾防备：那一瞬间，他理所当然地以为，手中的确是一个"瓜"。

　　——这就是"咒"。在佛家看来，现实并不像它看上去的那样"实"，这个世界的一切物象，皆是众生内心状态的显现，而众生用来托禀内心的方式是思想；思想的主要承载物则是语言。从本质上来说，"咒"就是语言—认知。很多以佛道为题材的东方怪谈、民俗故事，就建立在这一前提下。比如请术士为家宅驱邪，贴上符咒，小鬼就不敢进门，因为对于人类来说只是不明其义的文字线条的咒，落入小鬼眼中，却是坚固的墙壁。

　　从其作品来看，梦枕貘本人是典型的佛家唯心论者，一贯讲求"相"由"心"生，"怪"由"心"来。在哲学课上，我们都学过这种论调：除非你把它认知为一朵花，否则它就不是一朵花；如果你不把它听成一句话，那么它就不是一句话。看上去是无聊的绕口令，其实大有深意：

一句话只是波动的语音能量,如何会让你欢喜让你忧?那是因为你的心读取了它的意思,于是——你中了"语言"的咒。

如是,佛道怪谈或不无夸张想象,其原理却分明来自生活。比如,一人说"还有半杯水呢",一人却说"只剩半杯水了",仅这两句话,乐观主义和悲观主义截然相反的人生态度便跃然而出。我们无时无刻不活在由语言所建构的判断里,某种意义上,不正是中了语言的"咒"?所以,哲学家维特根斯坦才会说,语言的边界,就是世界的边界。

读解人心所中的"咒",既是佛家的修行之道,也是本格、新本格作家最钟爱的谜题建构法则。他们笔下的案件谜团和凶手也都像术士一样喜用"障眼法"。切斯特顿曾安排笔下的人物住在闹市中心的一棵树上而无人察觉,因为在现代人眼里,树就是树,不是家。福尔摩斯的名作《红发会》和《带斑点的带子》也运用了类似的简单而有效的心理陷阱。在这些例子里,破案的关键点,就在于能否洞察人们建立认知框架的方式。

本格派将事物的本质看作一张纸,而案件留下的奇怪谜面——比如诡异的血字、在杀人现场播放的恐怖童谣录音等——就像由这纸折成的鹤。侦探所做的,是将纸鹤还原成纸,或者"以毒攻毒",为了对抗、破解对手的"障眼法"而设置其他的"障眼法",好比将纸由鹤折成青蛙。京极夏彦的短篇小说集《后巷说百物语》当中的侦探团伙就利用这种招数拆穿恶人的骗局;而西泽保彦的轻科幻推理小说《人格转移杀人》最可爱的地方,也在它的结尾:你以为这个能让人的灵魂在不同人身上互换的神秘场所,真的如故事中的当事人们所猜测的那样,是外星人用来侵占地球的军事基地吗?不!其实它……出于保密原则,我们就此打住。

总之,要当本格派侦探,就要有禅宗六祖惠能"本来无一物,何处惹尘埃"的气魄，不拘一格、善于想象、击穿自以为是的现实——现在你明白佛家思想和侦探有多般配了吧。那么，侦探的好助手呢？为什么说，梦枕貘大师笔下的助手型人物通常更像儒者？

从孔子开始，儒家就主张"子不语怪力乱神""未知生，焉知死"。正统儒家一向讨厌言玄论怪，以中正务实的态度处理社会事务，以循规蹈矩、不出格、识大体作为集体常识。由此回到推理小说：在我们的刻板印象里，侦探助手的功能是用他们的愚笨来衬托侦探的聪明。但我们不能不为华生、博雅、橘逸势他们辩护：他们并不愚笨，只能说是——正常而已。你看，两者之间的对话往往是这样——

侦探：这扇门有问题。

助手：我觉得很正常啊！

侦探：你觉得门是用来干什么的？

助手：是用来开和关的啊。

侦探：啊，这就是我跟你的差别。在我看来，这扇门根本就不是用来开关和出入的。

——这是什么意思？用安倍晴明的语气来说：这就是"咒"啊！翻译一下就是：如果一个谜团不被认知为谜团，那么它就不是一个谜团；如果一扇门仅仅被认知为用来开关和出入的家具，那么你就永远不会发现它可能的其他用途。既然没有发现谜团的眼光，你就没有资格成为一名侦探——这就是本格解谜拥趸的看法。

很显然，侦探助手代表着被常识支配的多数人。他们从社会约定俗成的眼光去看待事物，看山是山，看水是水。而这种正常人的思维方式，恰恰是在为侦探的挑战常识提供抓手，让普通人也能于陡然间看山不是山，看水不是水。从福尔摩斯系列开始，助手往往是故事显在或隐在的叙述者，故事的摄影机通常摆在助手的视角位置，正是为了让读者的认同基本上与助手保持一致。助手替有着正常思维的读者们说出想法,好令智慧过人的侦探们一一反驳。华生视为寻常之物,福尔摩斯却总是看出不寻常;华生视为异常之物,福尔摩斯却认为没什么了不起:我亲爱的华生,没有什么怪力乱神,那只是你日常中最熟悉事物的乔装改扮罢了。

正是这组经典的人物设定,导致了后世作家的戏谑,比如,东野圭吾《名侦探的守则》和陆烨华的《助手的自我修养》都提到了"助手规则"当中必备的一条:绝对不能有想象力!——当然,这是后话了。

以上只是本格派主场的设定。当需要破解怪事之谜时,佛家的本格思维很是得力,但若要与社会人群打交道时,儒家式的社会现实精神更具优势。也正如福尔摩斯常对华生说:"我需要你,老朋友。"晴明也会对博雅说:"老伙计,你是我最珍贵的伙伴,你的本事,我没有。"

叙诡：那人就像正午的月亮

读者在他身上找凶手，而凶手却隐藏在我身后。

——罗兰·巴特《写作的零度》

叙述性诡计（以下简称"叙诡"）——一个令本格推理小说迷爱恨交织的主题，其含义从字面上就能理解：它是作者直接设置给读者的陷阱，而不是故事角色之间的PK。

很难理解？那么来看一则古老的神话。希腊克里特岛上有个著名的迷宫，迷宫的深处住着可怕的怪兽，国王每年都要向它供奉童男童女。终于有一天，王子忒修斯登场了，他拿着公主给的线团进入迷宫，一路走一路抛下线索，找到并杀死了怪兽，然后沿着线索原路返回，娶了公主，过上了幸福美好的生活。英国密码专家马丁·保罗·伊夫说，这位王子可能是全世界最早的黑客之一，显然，他攻破了一个加密系统，还用了不按牌理出牌的方法；也就是说，根本不需要理会这个迷宫本身的设置逻辑去进行正面破解，只要知道自己是怎么进去的，就能怎么出来。迷宫的设计者一定非常火大——他绞尽脑汁的创意被轻易绕过去了。

叙诡的特征，就在于作者反向利用了"忒修斯线团"，当读者的注意力集中在故事所讲述的内容——也就是作者精心设计的迷宫图景时，真正的破解线索却可能与该图景完全无关。

还是太抽象？这里有一个小建议：请首先阅读两部推理小说之后再回到本文，一部是阿加莎·克里斯蒂的名作《罗杰疑案》（1926），另一部是约翰·迪克森·卡尔的《女郎她死了》（1943）。在大学的"创意写作""非虚构写作"和"阅读心理学"课堂上，为了讲解叙诡策略的功能和意义，我曾请学生首先阅读《罗杰疑案》，并思考以下两个问题：

（一）第一次阅读后，上当了吗？能否准确分析，你是如何上当的？作者欺骗你的方法是什么？

（二）你有没有尝试质疑过侦探给出的最终答案呢？同样按照小说给出的案件线索，有无可能推导出其他不同的凶手？

之后的第二周，我留的作业是：

请阅读约翰·迪克森·卡尔的《女郎她死了》的前十九章，并且推导案件的真凶。同时思考，为什么说这两部作品有一种镜像般的奇妙关系，如同双子星座一样有趣？在自己得出结论之前，千万不要看第二十章的解谜部分。

以上安排自有用意，后文将抽丝剥茧，缓缓道来。这两部作品不仅是了解叙事学理论、掌握写作技巧的典型案例，也能帮助我们思考文学叙述背后所隐藏的哲学问题。特别是《罗杰疑案》一问世，便引发了很多哲学家和文学家的热烈讨论，其影响力之广，远超侦探文学的读者圈。加拿大学者罗伯特·弗尔福德在《叙事的胜利：在大众文化时代讲故事》一书中就提到了《罗杰疑案》的价值，说它不仅为叙诡这一技巧开启了先例，还直接影响了文学史上的后现代主义文学流派，包括法国作家阿兰·罗布－格里耶等人的作品。小说所延伸出来的问题，既包括了精神分析学的基础问题（它甚至激发了精神分析学者的同人创作），也可以引导我们分析大众文化时代的叙事特征，乃至今天互联网时代人们普遍的思考和交往方式。

接下来，就去盘点作品吧。需提醒诸位注意：以下将有剧透。

你是怎么上当的？

《罗杰疑案》的故事主线，是以一个英国乡村医生谢波德第一人称的手稿形式来讲述的，接下来，我会以第三人称口吻转述基本情节，简称叙事者"我"为谢医生。

谢医生说，村里一名他的女性患者弗拉尔斯太太（以下简称为"F太太"）自杀了，是他本人去给验的尸。F太太是位富有的寡妇，丈夫去世已有一年时间。接着医生描述了他本人和F太太共同的朋友罗杰·艾克罗伊德的情况。罗杰是村子里的大富翁，有一栋豪宅。F太太在死前寄过信件给罗杰，信件的内容似乎不同寻常，因为罗杰接信后的反应不同寻常。果然，F太太死后仅仅过了一天，罗杰就在家里遭人谋杀。警方认为，罗杰的死很可能和他知道了F太太自杀的秘密有关。F太太因遭到敲诈勒索而自杀，而勒索F太太的人，十有八九便是谋杀罗杰的人，或者至少两件事情是相关联的。

那么，讲故事的这位谢医生在故事里扮演了什么角色呢？作为村里唯一的医生，也作为死者罗杰的好友，他出现在案发现场帮忙验尸是理所当然的，而导致他写下这份手稿的缘起，是因为一个奇特的人物来到村里，正好搬到了医生的隔壁种南瓜，此人就是我们熟悉的大侦探波洛。波洛声称自己是一名退休侦探，偶逢此案，助手黑斯廷斯又不在身边，希望知晓不少案件情况的谢医生能够协助他一起走访嫌疑人，参与案件的调查。自认生性温和、不愿招惹是非的谢医生本想婉拒，但与他同住的姐姐卡罗琳·谢泼德却是一个热衷八卦的乡村老姑娘，平日里最大的爱好就是打听家长里短，一见到城里来的侦探，更是苍蝇叮蛋一样无孔不入；于是，谢医生在姐姐的逼迫下，只好当起了波洛的助手，并热心地将所见所闻写成笔记拿给侦探做参考，也就是我们读到的故事主线部分。

要知道，担任侦探助手以及身为故事的叙述者，仅仅这两个因素，就会让黄金时代侦探文学的读者放下警觉心，不会怀疑到谢医生身上。因为彼时的人们通常默认侦探和助手为正义的一方；况且也从未有人怀疑过故事的叙述者，就像很少有人会把摄影师当成所拍摄画面中的在场者一样。但是，阿加莎却打破了这个规则：最终，波洛指出，和他一起深度参与调查的谢医生本人正是谋杀犯。在当面分析之后，波洛给了谢医生一个自我了断的机会，于是谢医生花了一个晚上为自己的手稿进行了最后的补充。在故事的尾声中，读者有理由相信，医生的结局是服毒自尽，以保全他的面子和家庭的好名声。

本作发表于1926年，彼时，很多资深的推理作家和书迷都猜不出谜底，还有人对结局表示不满，比如硬汉派小说名家雷蒙德·钱德勒就带点嘲讽地说："只有疯子才猜得出来。"

正如法国哲学罗兰·巴特所说："读者在他身上找凶手，而凶手却隐藏在我身后。"阿加莎将罪名引到第一人称"我"的头上，只是钻了写作和阅读成规的空子，出其不意；这招数第一次用很惊艳，再用就不那么灵了。当今的推理小说爱好者早已经过各色叙诡的洗礼，看到"我"就会警觉起来，再读《罗杰疑案》恐怕无甚惊喜。但是通过学生的阅读反馈，我发现，非推理小说书迷在第一次阅读本作时，上当概率仍然颇高。

这正是我们的第一个下手处：小说诱导读者上当的主要技巧并不在于人称，而在于"话术"，这也正是谢医生感到扬扬自得的一点。

怎么形容"话术"的奥秘呢？先来读读这则广告语：

百分之八十的医生推荐高露洁。

这是一则著名的牙膏广告。我上中学的时候，还时不时能在电视上看到它，后来它在不知不觉间就销声匿迹了。英国传播学著作《后真相时代：当真相被操纵、利用，我们该如何看、如何听、如何思考》（赫克托·麦克唐纳著）中提到，这则广告因有误导受众的嫌疑而被取缔，尽管它并未说假话。如何用真话说谎呢？对了，就是"真话不全说"。实际情况是，百分之八十的医生不仅推荐了高露洁，还推荐了其他品牌的牙膏。而这则广告语却给人们造成一种联想印象：仿佛其他所有的牙膏品牌都可怜巴巴地挤在那另外百分之二十里，只有高露洁独占鳌头。

在叙事学和语言哲学当中，该广告使用的话术叫作"故意疏漏式谎言"。这种谎言在现实生活里随处可见，这也正是《罗杰疑案》中谢医生在手稿里运用的基本策略。作为叙述者的医生并没有在手稿中撒谎，他只不过省略了最要命的信息。手稿里至关重要的一个段落，是案发当晚谢医生最后与被害者罗杰分手时候的场景描述：

> 艾克罗伊德的性格有点倔强，你越是催他，他越是不做。我跟他争辩是徒劳的。信是八点四十分送来的，而我是八点五十分离开的。当我离开时，信仍然放在桌上未读。
>
> 我犹豫不决地扭动着门把，回头看了看，是否还有什么事情忘了。我想不出还有什么事情要做。我摇了摇头，走出房门，随手又把门关上。

——按照波洛的分析，晚八点四十分到五十分之间，正是谋杀犯下手的时间。手稿里被一句话一带而过的这十分钟，因之可以理解成是谢医生隐晦的谋杀自白。在波洛揭发了他的罪行后，谢医生在最后几页手稿里补充写道："我对自己写的东西感到很满意，这一切都是事实。但如果我在第一个句子后面加上几个省略号，情况又会如何呢？是否有人对这十分钟的空白时间里所发生的事情表示怀疑呢？"

明白了故意疏漏式谎言，这部小说带给世人的启发是否也就此止步了呢？并不然。1998年，法国后结构主义哲学家皮耶·巴亚德出版了一本小书，就叫作《谁杀了罗杰·艾克罗伊德？》，我们可以把它看成一篇长篇论文，也可以将之读成一部后现代主义风格的同人创作——这位哲学家实际上重新书写了《罗杰疑案》的结局。他并不是闲着没事，而是要探讨一个严肃、深奥的学术问题：故意疏漏式谎言的危险性和不稳定性体现在哪里？小说的人物关系是否还有更深层的解读可能？——它正呼应了本文开头给出的第二条阅读提示问题：你是否完全相信侦探波洛给出的答案？波洛的推理是否可能存在漏洞？难道在小说给出的嫌疑犯当中，只有谢波德医生是最合理的吗？

在此，巴亚德的同人文是我们的标月指。我需要首先转述他的故事和观点，才能谈我的理论。请原谅，这过程有点儿长。但只有如此，才能指向我心中的那轮月亮——《罗杰疑案》是否有油画涂层一样的底稿？卡尔的《女郎她死了》到底暗示了什么？叙诡的深层价值在哪里？为什么我会在"非虚构写作"课上讲叙诡这种看上去是虚构故事才用的梗？推理小说的文本宇宙与精神分析学的真正关联是什么？为什么我说，我们要像研究绘画构图一样研究小说的"构图"？……

你上当了？是的，再一次。

亲爱的读者，当你觉得被谢医生的手稿欺骗，而聪明的波洛揭穿了真相，一切都尘埃落定之际，你是否想过，自己很可能又一次地被作者阿加莎欺骗了呢？请注意：即使在最后的补充手稿里，谢医生也从来没有正面承认过他是凶手，不是吗？

这就是哲学家皮耶·巴亚德提醒我们去思考的问题之一。当侦探在一篇手稿当中指出某个地方使用了故意疏漏式谎言，从而推导出所谓的唯一答案时，这种论断可能存在着巨大的缺陷。对于读者来说，真正的危险还在后面。

我们说过，讲故事是天狗吃月亮，只要开口讲话，就一定有所疏漏。任何一句话都可能产生歧义，都可能语带双关，这就是哲学家维特根斯坦所说的"语言游戏"。举个例子，"今晚的月色真美"据说典出名作家夏目漱石，意思是日本人比较含蓄，要表白爱情，可能会用赏月来暗示。这类字面义和实际义不相符合的例子，在任何一种语言中都俯拾皆是。

既然只要讲话就意味着疏漏或歧义、双关，那么，我们对于讲话的信任感又是怎么建立的呢？其实，所有类型的故事，都有一个作者和读者之间心照不宣的契约，依赖双方共同的默契，交流才能进行下去。任何艺术形式皆然。毕加索曾用四根线条的简笔画就勾勒出了女性的臀部与美好的腰线，那么问题来了：我们凭什么来断定，这几根线条表现的就是人体的臀部呢？

——这背后不仅是知觉心理学的简化原则，更是文化共识的产物。只有在某种文化性的潜在共识下，某种解读才是成立的。所有的作品都有这样的一份契约，它是使理解得以成立的中间世界，通过它，我们能安心地打开一本小说，观赏一幅画，丝毫也不怀疑作者告诉我们的一切。而叙述性诡计之所以危险，就在于它打破了这个契约，从而破坏了整个文本的叙事稳定性。

——这就是著名的语言哲学悖论：克里特岛悖论。克里特岛人说："所有克里特岛人都说谎。"

这句话里包含着巧妙的嵌套结构，与《罗杰疑案》的问题如出一辙。波洛告诉我们，谢医生的手稿里有几处值得怀疑，于是我们不假思索地回到他所指出的段落去重新品味，果然察觉到一些被故意省略的言下之意。但致命的一点是，同样按照波洛的逻辑，谢医生的手稿里**所有的**讲述都应该是不可靠的。既然写下手稿的人会利用语言自带的双关性来说谎，那么我们的怀疑就应推而广之，颠覆整个文本的公信力。一旦打开这扇怀疑之门，就很难再将其关上。也就是说，谎言是双向性的，也是延续性的，即使谢医生在手稿最后承认了杀人，他也仍然可能在说谎。

然而仔细回顾侦探的推理过程便会发现，当波洛说手稿某处不对劲、案发现场几样物品摆得不对劲时，他并没有提供严谨的证据，而是以超然的自信得意地说："必须相信我，我波洛什么都知道。"

因此，叙述，归根结底是一种权力。你曾经不由自主地相信第一人称的叙述者，现在你不信了，但仍然有一种悄然运作的引导力，使你继续相信第三人称的大侦探，从而完全忽略作品本身可能存在的逻辑漏洞。为什么你会轻易上当？因为作者通过高光人物建立起叙述的威信，引导你的视线和判断，最终稳定地指向那作者设定好的、所谓唯一正确的答案。

就此而言，我们好像拆穿了推理小说界的某种行业奥秘：有时，表面上是推理，实际上往往是侦探指哪儿打哪儿的过程。与其说，阅读时获得的确信感的来源是理性和科学的力量，不如说，它更多的是来自作者的笔力之魅，来自讲述行为自身所产生的巫术。

《罗杰疑案》出版后在评论界毁誉参半，它的叙诡严重挑战了推理小说的公平性原则。这可是黄金时期的作家们炮制出来的最值得自豪的原则，事关本类型文学的尊严和叙事的道德性——读者拥有同步知晓信息的权限，怎可被冒犯！而叙诡却通过罗织语言的花样利用读者的信任，让读者无法拥有足够的信息去判断哪些叙述是值得怀疑的，哪些不是。后来也有不少作家努力维持叙诡和公平原则的均衡，比如日本新本格作家仓知淳的长篇《星降山庄杀人事件》，每一章开头都有用"【】"字符框起来的提示语，如"【本作的主角率先登场，主角是叙述者，亦担任华生的角色。换言之，他与读者共享了所有的情报，绝不可能是案件的凶手】"，不过，这种热心的忠告也可能是另一种暗度陈仓的陷阱。至于那些超越推理类型的文学大师，如博尔赫斯、艾柯等人则一向洒脱，不会刻意弥补公平性的不足，因为他们对于故事的本质非常了解，知道从来不存在真正公平的叙事。

这也正是为什么，还有所谓的多重解答式推理小说，即推理过程中会产生不同版本的推测。如与阿加莎同时代的安东尼·伯克莱的名作《毒巧克力命案》通过不同侦探对案件提出了二十多种答案；当代推理作家井上真伪也在几部小说当中利用侦探之间的较量对所有可能性一一检讨，它们的本质，正是叙事本来就拥有的多重面目。但这类小说在故事的最后，通常还是要由侦探选出一个最终的答案，来满足读者的解谜渴望。在阿加莎的另一部名作《东方快车谋杀案》中，波洛给出了两个完全不同的答案，最后选择了其中一个交给警方，隐瞒了另一个。被隐瞒的答案作为侦探交代给读者的真相其实并非更可靠，只是因为它是侦探告诉我们的，且格外具有冲击力，更能引发读者的阅读快感。然而，这部小说中的两个答案在情节逻辑推导的意义上其实是平等的。

后世很多作家由此得到了启发，将之呈现为一种新的叙事套路，比如 2022 年开始愈加火爆的日系奇幻推理轻小说——城平京的《虚构推理》系列和绀野天龙的《炼金术师的密室》系列。在这两组作品中，侦探会先后给出两个或更多的推理，它们都合情合理，然而作者仍然显示出其强烈的单一倾向性。

从象征的意义上来说，侦探小说本质上就是一种谋杀叙事：通过权威引导来谋杀其他的可能性，把唯一的意义钉死。就此而言，《罗杰疑案》还有它的另一个反向版本——日系新本格作家道尾秀介那令人气恼的所谓体验型推理作品《不可以》。当你习惯性地偷懒速读，一目数十行，略过所有费脑的细节，只想快快翻到答案，然后再回头对照过程……然而，并没有答案！就是得自己推！可惜推理完了，也没有人告诉你对不对！！作者只说：答案早已在文本之中……

从古典解谜时期给你并不见得靠谱的权威答案，到互联网时代随机性地消解权威答案，叙诡一直是在读者的心理红线边缘反复试探的危险工具。我们希望被高明的诡计欺骗得甘拜下风，而叙诡却稍不小心就会触怒我们："作者你出来，我知道你在家！"

解构之后，就开始建构吧：诚邀已经受够了作者欺骗的你，从现在开始，发挥主观能动性，摆脱侦探的"洗脑包"，调动自己的逻辑思维能力，来一次道尾秀介式的体验型推理。不妨想一想：《罗杰疑案》这部作品还有没有更好用的谋杀犯呢？这里的"好用"指的是：其一，在作品已经提供的信息基础上能够合理推导出来的；其二，能产生不亚于原作答案的阅读快感，从而满足推理小说应有的娱乐性。也就是说，请放下对侦探的依赖，亲自上阵，对《罗杰疑案》进行有限度的二次改编创作，把谢医生放在一旁，去重新推导凶手吧！

轮到"我"登场了

先复习一下《罗杰疑案》当中的人物关系——

（主要人物列表）

罗杰——乡绅（死者）

拉尔夫·佩顿——罗杰的继子

拉塞尔小姐——罗杰的女管家

帕克——罗杰的男管家

杰弗里·雷蒙德——罗杰的秘书

塞西尔·艾克罗伊德——罗杰的弟媳

弗洛拉·艾克罗伊德——塞西尔的女儿，罗杰的侄女

弗拉尔斯太太——富有的寡妇，与罗杰关系好

甘尼特小姐——爱打听的老太太

布伦特少校——罗杰的好友

厄休拉·伯恩——女仆，拉尔夫的秘密结婚对象

卡罗琳·谢泼德——谢泼德医生的姐姐，爱打听的老处女

　　按照皮耶·巴亚德的提示，第一个关键的分析要点是：当我们假定某嫌疑人是凶手，对于作品的合理性和娱乐性来说，其优势和劣势分别在哪里？明确了此项后，就可以使用排除法了。

　　还是从谢医生开始分析。阿加莎选定谢医生作为谋杀犯，最大的优势在于满足了推理小说结局的意外性。但巴亚德认为，选定他也是有缺点的：从心理分析的角度来说，此人似乎不具备杀人犯的性格特征。在我看来，所谓罪犯的性格特征太过笼统，需要限定范围：仅就阿加莎本人的作品而言，其笔下的绝大部分杀人犯都有着共通的性格，即行事坚毅果决、为人冷酷，带有表演型人格（通常以活泼开朗、潇洒不羁来掩盖自私残酷）。这种设定关联着作者自己的一个伦理判断：杀害同类，是一条一般人跨不过去的心理防线，反过来说，能轻易跨过这条线的人，其行为习惯和精神状态上一定有异于常人的特征。

　　按这条标准，从手稿当中，我们可以对谢医生进行心理侧写。他的叙述体现出来的自我形象是明智、安静、和蔼的，给人比较软弱的印象；内心戏多，会温暾地在心里吐槽，却懦于行动，有犹豫不决、模棱两可的毛病。总之，似乎是个惯于被他人牵着走的"M"型人，而非主控局势的"S"型杀人犯。此外，巴亚德敏锐地指出（这是他的分析中最具侦探眼光的部分），这件案子有一个特点：从产生动机到动手杀人的时间相当短，只有前后不到一天，这就要求杀人者有极为冷静的心理素质，处事果断，而我们在谢医生的行为当中看到的却都是相反的特点。

　　当然，你也可以说，手稿是具有欺骗性的，谢医生可以伪装人设，但我们在小说中缺乏相关的信息比照（比如手稿之外和手稿之中的谢

医生），因此仍然只能依赖于手稿。

此外要考虑的，是推理小说当中的"意外性和合理性原则"——凶手要具备意外性，但不能是不重要的人，否则读者不会买账。所谓不重要，指的是存在感微弱的角色，以及之于谋杀这一严重行为——如果我们把谋杀兑换成故事情节的重量，它在侦探推理文学中显然是最沉重的一种——来说分量不够的人。

这样一来，又可以在名单上排除一些人了：首先是弗洛拉·艾克罗伊德和她的母亲——两个在死者罗杰家里打秋风的穷亲戚。那母亲的形象在阿加莎的作品中相当典型：爱虚荣，自以为善良，毫无自省之心，一举一动时刻透露出自私小气——但绝不足以杀人。女儿则是阿婆笔下的"红鲱鱼"（注：典出多萝西·L.塞耶斯的《五条红鲱鱼》，指推理小说当中用来转移注意力、掩盖真相或真罪犯的嫌疑性事件、情节或人物）式女性：有心计、有胆魄、有动机，内心有座火山，性格里有丝残酷的成分，有时会被特定的机缘触发做出大胆举动，但因底色善良，与谋杀案始终有一线之隔。

接着可以排除的是聪明的秘书雷蒙德、罗杰的女管家伊丽莎白·拉塞尔、村子里爱八卦的老太太甘尼特小姐、女仆厄休拉等人，他们虽各有经济动机或情感动机，但不仅对谋杀行为来说显得分量不足，小说也没有提供足够的信息和足量的性格描述来突出他们。如果选定他们作为凶手，读者一定会觉得非常不满足。

巴亚德提供的下一个方向是动机。他充分调动了"逻辑流"的思考方式，用排除法进行了如下推理：已知F太太自杀前给朋友罗杰寄出过绝笔信，信中点出了敲诈者的身份。罗杰死后，信件也失踪了。根据已知的信息，起码有两个人——谢医生和罗杰的管家帕克——是见过这封信的；而故事中波洛与警方的推论之一，是敲诈者即谋杀者，即导致罗杰被杀的前提正是 F 太太敲诈案。在这里，读者和侦探一样可以认定，杀人的目的在于毁掉那封信和读过信的人。

经过以上推理，巴亚德的"前方高能预警"来了：凶手应该是 F 太太亲近的人，因为只有常住在村子里的本地人才有可能了解其家庭情况，从而对她进行长期的勒索。

我想，巴亚德在写作时，一定对这一有力推论感到得意扬扬。这样一来，他就又从名单中排除了几个人物，比如罗杰的女管家伊丽莎白·拉塞尔的儿子——老是找他妈妈来给自己的麻烦擦屁股的查尔斯·肯特和罗杰的好朋友布伦特少校,他们都有动机,却都不是本地人。

此时，男管家帕克和罗杰的养子佩顿仍在嫌疑犯名单上。巴亚德特别提到佩顿，他是原作当中被谢医生当作替罪羊的人物，不仅谋财动机明显，性格上也很像阿婆笔下的杀人犯。此外，还有其他证据，比如明显不利于他的证人证词和物理实证——他的鞋印留在了现场。佩顿其实也是现实案件中最合理的嫌疑犯，但显然，对于本格推理小说的结局意外性来说，选择他会让读者兴味索然。而且，如果选择佩顿作为凶手，在动机上就不好跟敲诈 F 太太联结起来了，这会让小说显得太松散。

由此可以说，阿加莎为了排除佩顿的嫌疑，特意设定让波洛坚持说那枚鞋印不是佩顿本人留下的，而是真凶做的设计。巴亚德在这里对读者进行了有力的质询：请问侦探这样坚持的理由是什么？倘若沿着侦探的思路，会发现如果是真凶给佩顿下套，那他要做的工作可太多了：他要在佩顿眼皮子底下去偷他的鞋伪造证据，为了保证能在现场留下鞋印，"还要祈求老天下雨，在窗子下面留下一摊水"。（听听巴亚德这讽刺的语气，哈！）

至此，推理小说迷一定想起了那句话："社会派推理累侦探，本格派推理累凶手。"根据波洛的说法，身为杀人犯的谢医生手上需要拿着一只包，包里面藏着一把匕首，一双偷来的鞋，还有一台经过自己DIY、带着闹钟装置的口述录音机，来到罗杰的家，把罗杰杀死，然后回到家，等客轮服务员打电话，接着再回到犯罪现场移动椅子——在这样追索了波洛想象中的医生的行动轨迹之后，我们不禁要咆哮式"吐槽"：这得多大一个包啊？！

之所以没有产生这样的合理怀疑，也是因为叙述者并未详细描述该包。不瞒您说，画推理漫画的难处也在这里：一旦画了，读者就会发现。因此，本格推理作品都会运用"红鲱鱼"，放出一些假性疑点或嫌疑人来鱼目混珠。

以上其实已经涉及了巴亚德提示的第三个重构凶手的方向，即案件完成的过程本身。当晚罗杰的家其实相当于一个半公共空间，因为人物进进出出，房子有落地窗，很多人都有机会拿到凶器——放在展示柜里的匕首，这个"很多人"既包括住在大宅里的人，也包括外来的客人或不速之客。那么凶手是来自罗杰家里，还是外界？我们已经假设医生不是凶手，"这样一来，一个波洛不看重的信息就突显出来了：当天晚上罗杰表示不想有人打扰，他委托医生吩咐管家帕克，而且很可能是他本人锁上了书房的门"。由此就可以推断，第一，罗杰可能会防备自己家里的人，接见来自外面的人，此人很可能为他所信任，我们也因之排除了名单上始终很显眼的男管家帕克；第二，关于犯案时间，假设医生没有犯案，那么罗杰在晚上九点之前还活着，谋杀是更晚的时候发生的，证人听到的声音不是口述录音机发出来的，而的确是罗杰的声音，那么，凶手就不再受到限定时间的束缚了，"在九点以后，凶手有很多时间下手"。

最后分析的一个要素，仍是犯罪动机。首先要强调一点：敲诈F太太的人并不一定等于杀害罗杰的凶手，只能说，两件事可能有关。

无论敲诈者是否凶手，他／她肯定知道 F 太太毒死了丈夫。就此而言，的确如波洛所说，担任 F 太太家庭医生的谢泼德是最可能掌握该信息的。

但别忘了，医生并非唯一能获得该信息的人。在阿加莎以乡村为背景的作品当中，传播小道消息的人物总是起到关键的作用。

此外还需留意一点，就是传播信息的渠道。如果杀害罗杰的凶手跟敲诈案有关，那么他／她是如何得知 F 太太寄了信给罗杰呢？巴亚德在此处的"逻辑流"推理，是他创作的同人小说中最后的一块拼图：谋杀者是否之前便得知 F 太太寄了信，是"一个具有决定性意义的问题"，而医生声称自己并不知道这一点，尽管他说自己有预感要出事。另外，还要考虑到：F 太太到底寄出过几封信？如果她传递敲诈信息的信件不止一封，那么杀害罗杰夺取信件就没有意义了。而医生似乎并没有消息源来证明 F 太太只寄出了一封信，巴亚德说，这正是波洛推理的最大漏洞：掌握了"信只有一封"这一条关键信息的人才是凶手。

那么，也就是说，存在着另一个人物：他／她能兼备选择佩顿或医生做凶手时的优势，却没有他们的劣势。这个人物可以像医生一样给读者以意外感，同时具备牢固的犯罪动机，拥有与犯罪行为更相符的心理特征，在作品给出的事实依据当中，也有犯案的可能。

再来看看嫌疑犯名单上，还剩下谁呢？答案已经呼之欲出了。

那人就像正午的月亮

> 如同正午的月亮，虽不见，却存在。
>
> ——《名侦探柯南》ED 曲《以你为名的光芒》歌词

好，当了这么久的沙发土豆，我们（代入了巴亚德的视角，再偷一回懒）终于可以自豪地挑战侦探，用他的语气说话了："我把我调查的事实讲给你听，你一步步跟着我走，最后你自己会看出，所有的事实都不可辩驳地指向同一个人。"是谁呢？

对，她就是谢泼德医生的姐姐——卡罗琳·谢泼德。

巴亚德庄严地宣布："她完全符合推理小说中凶手设定的优势，而没有明显的劣势。"

首先，从心理素质上来说，通过卡罗琳和弟弟相处的种种情景，可判断她是一个非常强势的人，与其说两人是姐弟，不如说更像是控制欲极强的母亲和懦弱的儿子。谢泼德医生本不想跟新搬来的邻居波洛有所接触，是卡罗琳带着强烈的好奇心撺掇弟弟去跟侦探搭茬的。若卡罗琳是凶手，她会想要了解案件调查的过程，甚至起了跟侦探较量的心思，自然顺理成章。

其次，从作案动机来说，将卡罗琳设为凶手还会制造更富戏剧性的情节：医生仍然是敲诈者，但性格懦弱，没有勇气去杀人，而知道一切信息的卡罗琳为了保护弟弟而杀害了罗杰，该假设不仅在逻辑和情感上都成立，甚至还比原作的格调高了一点，因为它成了所谓的利他谋杀案，"把一个肮脏的金钱故事部分地转化成了利他动机的情感故事"。这样一来，我们也可以把医生最后的手稿看作是反向性的对姐姐的保护，而医生并没有正面承认杀人这一点，也就能得到合理的解释了——他在手稿当中的另一些位置使用叙述性诡计，以双关语来诱导侦探。

再次，从犯罪过程来说，之前已经假设过，杀害罗杰的人物没有列席晚宴，但又不是偶然从村外来访的客人，而应该是同一个村里的熟人。因为晚宴是一个半开放的空间，所以他／她有可能拿到匕首；罗杰对他／她没有防备心，作案时间也可以在九点之后——卡罗琳完全符合这些条件。

最后，从信息的获取渠道来说，大约除了老小姐甘尼特之外，村子里没有比卡罗琳的信息渠道更多的人物了。小说多次指出卡罗琳是一个极爱八卦的女人，她眼观六路耳听八方，时刻窥探着她弟弟的生活，甚至第一时间就知道了 F 先生和太太的死亡情况。而且，还有一个细节呼应了巴亚德之前强调过的"知与不知的信息差"：卡罗琳通过送奶工人知道了 F 太太死前曾经寄出信件。正因为有这些私人关系组成的消息渠道，她应该比弟弟更有可能清楚：信件只有一封。

从这个角度来说，我们还可以反推出以医生为凶手时的另一个漏洞：无所不知的卡罗琳，喜欢窥探弟弟隐私的卡罗琳，在两人同居的情况下，居然不知道弟弟对 F 太太长达一年的敲诈勒索，这一点是非常不合理的。

那么，最有可能的案件复盘就是：姐姐猜到了弟弟冒出杀人的念头，但是没有勇气下手，于是当晚跟踪弟弟，偷听到弟弟和罗杰谈话。（原作中另外还有一处细节：罗杰说觉得有人在窥视，指的应该就是她）她可能在外面目睹了弟弟想用带来的刀杀人，但又退缩的全过程。她后来敲了窗户，"罗杰没有理由戒备她，因为控告信里写的不是她的名字"。

从侧面来说，卡罗琳是凶手也正符合证人的证词：她既可以是被屋里人听见与罗杰交谈的来客，也可以是被布伦特少校看见的那位在花园里的女人。这个假设要比自动启动的口述录音机更加简单，甚至也更符合阿加莎惯用的简洁式杀人方法。巴亚德指出，这样一来，包括医生重返现场、回家之后看到卡罗琳时的惊讶等细节性的描写都可以有恰当的解释，而且跟医生的手稿也并不矛盾，因为手稿当中的"我"并没有正面承认杀人，唯一的矛盾就是口述录音机。同样沿着双关语的方向去走，手稿的很多地方，都可以看成是医生在故意嘲讽侦探的推理。

　　——以上，就是法国哲学家巴亚德的二次创作思路。除了"信件"这一环节稍嫌缠绕之外，它近乎完美，不仅比很多沿用叙诡梗的推理小说高明，还用其人之道的还治法，强有力地将了阿婆一军，让我们看到了表面光滑流畅的叙述细部早已遍布的裂纹。

　　可一个哲学家为何非要跟一个通俗小说家较真儿呢？显然，他是为了向我们揭示，叙事行为在根本上是一种语言游戏，文本的精神分析学意义要远大于故事提供给我们的表面情节。就此而言，巴亚德所有的分析都是为了引出下面这个问题：

　　为什么在《罗杰疑案》这部小说里，无论是警方还是侦探波洛，都没有任何一个人怀疑到卡罗琳身上呢？

　　这才是重读这部小说最有趣的地方！的确如巴亚德所言，案件调查者对卡罗琳没有任何好奇心，所有嫌疑人在案发当晚的行动都被调查过，只有卡罗琳没人搭理。下面这个段落就非常有趣：这是医生陪着波洛走访了罗杰家的住客之后，两人一起跟警方沟通时发生的对话。

　　　　"厨师在这里已有七年，客厅女仆十八个月，帕克一年多一点，其余都是新来的。他们中间只有帕克有点可疑，其余的人看来都很规矩。""一张非常完整的名单。"波洛一边说，一边把纸条递给他，"我可以肯定谋杀并不是帕克干的。"他非常严肃地补充了一句。

　　　　"我姐姐也不可能跟谋杀案有牵连。"我插了一句，"她一直是很规矩的。"他们好像对我的话一点都不注意。

如今读来，医生插的话几乎有一种此地无银的感觉，甚至可以理解为一种暗语式指控了（即使他甘愿为卡罗琳背锅，想必也十分委屈），但是，根本没人注意他的话。要知道，阿加莎的小说走的往往是"契诃夫的枪"路线：但凡提到的重要细节都要回护和照顾到。医生这生硬的插嘴没有下文接应，是极为奇怪的。

那么，通过指出这一疑点，巴亚德想揭示的到底是什么呢？我们直接引用一下原话：

> 我们只能假设，是文本没有严肃看待这个人物，不把她当成百分百的角色。而这正是阅读小说的时候卡罗琳给人留下的感觉：一方面从虚幻而言，她无处不在，另一方面她完全不附从于传统侦探小说主角人物的具体现实性。

这是将叙事学和精神分析学当作方法论而建立的思路。它是在说：卡罗琳在这本书里有一个独特的位置：同样是作品中出场的人物，只有她似乎并不需要遵守与其他人物相同的规则，换句话说，她成了一个逍遥于书外的人，一个会让我们"跳戏"的人。一方面，她爱打听八卦，出场频率非常高，甚至很多穿针引线的工作都是她做的；另一方面，故事中的谁都没把她当回事。在我看来，她就像那正午的月亮，一直在那里，但你就是看不见。

为了更加形象地说明我的论点，同时也在推理小说和视觉艺术之间进行类比，请欣赏一幅名画：常常出现在政治哲学家（如福柯）文章中的画作汉斯·霍尔拜因的《两大使》（1553）。该画描述了法国派驻英格兰的两位外交官，他们站姿优雅、神情自信、衣着考究，两人背后的桌面上摆放着各种质感逼真的天文仪器和计时器具。画中的一切似乎都清楚、精致，体现了文艺复兴以降越发精湛的焦点透视技巧。但只有一样东西极为奇特，那就是前景处一个奇怪的变形物体。只有改变观察的角度，你才能发现，这物体原来是一颗骷髅头。

从绘画史的角度看，在画面上呈现骷髅头一向具有警世寓意。意大利和荷兰的静物画尤其喜欢在琳琅满目的珠宝、美食和鲜花等物品中不经意地安置骷髅，用以表达一切浮华都将随着死亡到来而烟消云散。但在这些绘画中，骷髅一般与画中的其他物品一样，平等地服从画面整体的透视规则。这幅《两大使》却不同：骷髅相对于画面中的其他人和物而言是变形的，它仿佛是一只以一定的速度被掷入画布的飞盘，破坏了整个画面的和谐。正是它，让观者意识到：这是一幅二维画作，尽管它一直在模拟三维立体空间。

可以说，骷髅处于一个微妙的边缘地带，即画面的想象空间与视觉空间之间。所谓画面的想象空间，指的是这幅画所讲的故事，也就是让我们"入戏"的部分。而所谓视觉空间，指的是这幅画用了怎样的画面组织原理，是散点透视的还是焦点透视的，它的尺寸、材质、边框、颜色等。也就是说，两种空间、两种视角同时作用于我们的观看行为，而骷髅正好处于它们的交接处，它既在画中，又在画外；但被故事意义（也就是想象空间）所缝合的观者很难理解它，甚至于会对它视而不见。

看到了吗？这与卡罗琳在《罗杰疑案》当中受到的待遇是完全一样的——**这个人物既在故事里面，又在故事外面。**

在《两大使》中，骷髅如同一种文字游戏，其警世力量也远远超出于一般的警世画，因为它既打破了画面的想象空间，又更加彻底地破坏了整幅画得以成立的视觉空间。它似乎告诉我们，人类社会所执

霍尔拜因《两大使》

着的政治与宗教意义和人眼所见的三维视野一样，都具有局限性，无法彻底展示上帝的超验真理。用哲学术语来说，这骷髅就是一个症候点。

同理，在《罗杰疑案》当中，为什么没有人怀疑卡罗琳呢？因为她正是如《两大使》中的骷髅一样特殊的存在。我们讲过，在叙事学里，常常需要把故事当中的一个人看成两个人，把两个人看成一个人，或者透过一个人去看另一个人，这是理解故事和精神分析学共通的思路。如果像巴亚德一样从精神分析学的角度去重释这部小说，我们就会在侦探波洛——谢泼德医生——医生的姐姐卡罗琳之间，找到一种三角关系。真正在精神上构成强力对抗的，其实是透过医生这个中介，发生在波洛和卡罗琳之间的能量场上。这两个人物的共通点是，他们都有一种强烈的自信，自以为无所不知，无所不能；对于案件的阐释有着强烈的主宰欲望。在叙事的精神力量上，这两个人物才是对等的。只有侦探和罪犯势均力敌，作品才好看，因为他们正是彼此的镜像。

可以说，巴亚德在《罗杰疑案》当中，看到的就是一种精神分析学意义上的下意识的布局，如同油画的涂层下面往往有不同的底稿。而这种布局，只有在将悬疑故事共通的隐在含义脉络、将阿加莎所有文本组成的整体脉络以及故事的表层角色与人物的深层功能都考虑进来的时候，才能得到理解。

从阿加莎的多数作品来看，与卡罗琳这个角色在叙事位置上最相似的，是老年女性侦探马普尔小姐。她喜欢在村里四处打听、静静窥探，却从来都是事件的旁观者，因为她的身份设定是侦探。但请诸君注意：马普尔小姐与具有正规职业身份的波洛不同，她只是一个普通人，她的侦探身份是由故事情节以非常不自然的方式赋予的，比如，要么将她设定为案件的目击者（类似于柯南的走到哪里都会遇到案件的所谓死神体质），要么是她那写小说的侄子给她带来种种消息，要么是探长在跟她聊家常时发现这个老太太很不寻常。读者急于看到真相大白，却往往忽略了这位老太太指点江山的尴尬之处。

而在《罗杰疑案》当中，有趣的也正是这一点：波洛和卡罗琳都是案件的旁观者，波洛是侦探，这自不必说，而卡罗琳则在被所有其他人物当成透明人的情况下，也想要积极地参与到案情分析中来，正像马普尔小姐常做的那样。

我们看到，这其实在故事当中造成了一种隐在的"双侦探"的尴尬局面。波洛占据了原本属于马普尔小姐的叙事合法性位置，尽管他是一个外来的、临时驻足的侦探，并不具有乡村老太婆的在地优势。

由此而言，从叙事力量暗流的角度来说，没有了侦探的合法性身份，却具有强大的窥探能力，与波洛同样强势的卡罗琳，原本应该就是凶手——这才是从叙事能量的角度来说，这部作品最有可能的底稿。

但是，作者阿加莎为了获得前所未有的结局意外性，强行将第一人称的叙述者设定成凶手，而为了不让读者怀疑到，这个叙述者的存在感／攻击力就不能太强——不能是卡罗琳，否则，就如同镜头的花哨玩得太多时观众就会觉察到摄影机的存在一样。如此一来，强势的卡罗琳就成了一个被叙事挤压出去的人物，正如那幅画中的骷髅。

从精神分析学的角度，既可把侦探和凶手看成彼此的镜像，又可把谋杀犯看成是雌雄同体的角色。谢医生姐弟就像光和影，在暗处的姐姐才是有雄性力量的那一位，而在明处的弟弟其实是姐姐的傀儡，姐弟俩构成一种施虐者和受虐者的关系，强势者（施虐者）在语言上折磨弱势者（受虐者），但双方又如形影不离的冤家一般，极度关心着对方。诸君或许注意到了，本格推理小说当中，侦探往往扮演着施虐者角色，喜欢在语言上调侃受虐者型的助手，福尔摩斯和华生、波洛和黑斯廷斯都是如此。在推理日剧《古畑任三郎》当中，因为侦探是一位官方人士，这种施虐／受虐关系，就演变成了警察上司故意欺负下属的喜剧梗。

以上，《罗杰疑案》完全解析完毕。我们将要进行下一个阶段：将该作与约翰·迪克森·卡尔的《女郎她死了》进行对读。前面说过，在学校的课堂上，我留过阅读作业：

> 分析了《罗杰疑案》之后，请阅读《女郎她死了》的前十九章谜面部分，推导凶手，写一个简短的分析报告：你认为凶手是谁？理由是什么？

在分析完卡罗琳这个人物在小说当中的独特性之后，答案想必呼之欲出。

让我们来简单回顾一下《女郎她死了》当中的故事主线。

作品在设定上与《罗杰疑案》最明显的相似之处，是它同样运用了一位乡村医生的手稿作为主线情节的叙述视角，只有在最后解谜时才跳出了手稿，呈现出侦探对手稿的分析。所不同的是，凶手并非叙述者本人，而是他的儿子。小说设定为"二战"时的特殊环境，在父子两人都于战争中死去后，侦探才向当年的其他当事人揭穿了真相。

为什么说，这部发表于1943年的作品与《罗杰疑案》构成了一种镜像关系呢？因为，虽然设定的凶手不同，但经过前述分析，你会发现这两部作品在叙事的力学关系上完全相同。如果说，《罗杰疑案》当中的那对姐弟是光和影的关系，那么《女郎她死了》当中的这对父子医生同样如此。

然而，同样是第一人称的手稿叙述，两部作品却有一个明显的差异：在《罗杰疑案》中，手稿的作者是**有意识**地运用双关语来误导读者，而《女郎她死了》的设定是，手稿的作者是真诚的，却在**无意识**当中透露了谁是真正的凶手，这种下意识的泄露，恰恰是因为人物的关系太近所导致的忽视。这一点，正是作者卡尔手法的高明之处——要知道，在《罗杰疑案》之后，如何创意性地运用同类策略，就成了侦探推理小说圈需要攻克的新高度。而卡尔运用了我最喜欢的一种诡计：不同于有意识的叙诡，而是在无意识当中泄露出，讲述这种行为本身就具有的歧义性规律。在日常生活中，即使是传达同样的事情，我们在面对不同的人的时候，也会下意识地运用不同的方式说话。这部作品就是利用了这一点。

　　换句话说，《女郎她死了》当中手稿的作者如实地记下了自己的所见所闻和所思所想，但是，我们却从中看到了和《罗杰疑案》当中的有意欺骗完全相同的叙事效果。故事里的侦探敏锐地发现，正是因为手稿的作者老医生是通过自己的视角去描述事物，那么身为手稿的读者，你就需要代入他的视角，去发现他的主观偏见是如何体现在讲述当中的。比如，老医生并没有将儿子汤姆当成一个案件中的当事人去看待，另一方面，他跟汤姆又是最亲近的父子关系。这样一来，汤姆这个人物在叙述位置上，就与《罗杰疑案》当中的卡罗琳恰好一致了：既无所不在，又被叙述者下意识忽略。下面这一段侦探所说的话，与我们在上文里引述过的《罗杰疑案》当中的那段话，构成了一种微妙的呼应关系：

　　　　有趣的是他在手稿中提及儿子的方式，汤姆在手稿中无所不在，不过医生并非有意写给我们看。从头到尾，他根本没有把汤姆当成故事中的一个人物来看待。对他来说，汤姆就像是家里一件备受珍爱的家具，理所当然地存在。他压根没有观察过，思考过汤姆在本案中的所作所为。他根本不了解汤姆，甚至可以说，他根本没有了解汤姆的意愿。

分析到这里，诸君是否早已发现，我想导向的结论是：叙述性诡计的深层意义，在于不管当事人的主观意图是说谎还是说真话，产生的叙事效果都可能相同。而这也就是为什么，我会在"非虚构写作"课上讲这两部作品——即使当作者声称其所写为真时，叙述本身的不可靠性仍然存在。

推理小说启发我们：叙述本来就是一种诡计。无论是在现实里还是在小说中，人们常常利用真话来说谎，反过来，谎言也可以引导我们走向真相。正因此，阿加莎和卡尔在作品中的理念成了二十一世纪后半叶文化的纲领性口号，用一句话总结就是："事物从来都不是它们看起来的那个样子。"

我认为，与阿加莎同为侦探俱乐部好友的卡尔，很可能是在读了《罗杰疑案》之后品出了阿婆小说中的妙意，从而运用相反相成的方法来讲述故事。不仅如此，卡尔还进一步把这种策略扩大化，造成了一浪又一浪的阅读快感，比如说：老医生的视角盲区，能够从其他人物跟他对话时的态度当中反弹和折射回来。在解谜的过程中，我们得知小医生汤姆其实是被杀害的女郎的前任情人，女郎的丈夫也知道这一点，而老医生却对这段情感关系浑然不知。那么请读者再回顾一下女郎和她的丈夫分别与老医生的对话，从这两个人物复杂的态度出发，就能顺藤摸瓜，找到那位被叙述者医生所忽略的汤姆了。这正是第一种阅读快感所在。

第二种快感则来自，作者设置谜面时，以人物关系来隐藏信息；推导案情时，则以人物关系来引渡信息。比如这个情节：凶手掩盖罪行的必要条件，是必须对高地的地形非常熟悉。警察和侦探曾经一度怀疑过手稿的写作者老医生，因为四处行医的人需要具备熟悉地形的能力。而侦探最后说，别忘了父子俩都是医生，既然父亲熟悉，要继承他衣钵的儿子怎么可能不熟悉呢？父和子不仅是彼此的镜像，也是彼此的盲点。不仅父亲误解儿子，儿子也因为太亲近而误解父亲，总之身份盲点这个梗在小说当中得到了全方位的利用，可以概括为：对于某某来说，某某是透明的／不可见的。

镜像关系也体现在其他人物关系上。比如，律师的女儿莫莉和小医生汤姆也是一对镜像体，其契合点恰如那句网络用语"口嫌体正"。侦探发现，这位叫莫莉的女孩总是不断讲述自己讨厌男性，行为上却流露出对男性的强烈关注；从而使侦探联想到，年轻的医生汤姆也正是一个把厌女挂在嘴边的人物——这或许正意味着他有情人呢！

事实上，这种镜像式的人物写法，在中国传统小说当中是相当常见的套路。中国的文学批评家深深地懂得各种因缘关系反射和折射构成的叙事网络，如金圣叹解读《红楼梦》的乐趣之一，便是透过 A 看 B，透过 C 看 D，把 E 当成 ABCD 的综合体，把 F 看成是 G 的放大版，看了阴面要懂得阳面，看了表就知里，看到事就要想到理……

太极阴阳八卦之道，本来讲的就是一切关系和关系的变位，这是一种成熟的认识论模型，包含了所有生命运动和叙事运作的规律。古代中国人基于这种生命观，从一开始就把叙事本身当成关系的棱镜来看待。尽管他们并不写侦探推理小说，却一直在玩弄叙述诡计，比如曹雪芹的"假作真时真亦假"，大观园和太虚环境，就是彼此的镜像。我想，中国本土的诡计流推理小说显得特别不"本土"，也与此有关：就像卡尔用《女郎她死了》的无意识欺骗向阿加莎的有意欺骗发起挑战一样，中国传统的叙事自觉也正如那正午的月亮，早已经在那里了。

反转：直到最后一行……

晚风中，飘来一声叹息——"最近的推理小说都没什么猜头"。

经过美剧探案热、日式新旧本格和社会派推理兴起，对柯南·道尔、阿加莎、卡尔、奎因们所属的古典推理黄金时代一而再、再而三地重新发掘，到近年北欧推理掀起小高潮，韩国推理圈结出了一批硕果，中国开始频频爆出《隐秘的角落》《开端》《狂飙》《他是谁》《漫长的季节》等现象级悬疑剧，这个负责喂养我们的智商获得感的通俗文学类型，似乎陷入了读者审美疲劳、作者创作瓶颈的时期。如果给读者们一个投诉的机会，呼声最高的答案几乎一定是："反转梗都看腻了！"

"不到最后一行，你一定猜不出真相"，这一推理小说腰封上常见的营销噱头，正标识了悬疑文类最常见的手法。反转，在任何故事当中都可能出现，但侦探推理小说无疑是它的重度依赖用户。百年来，东西方作家为制造反转惊喜而八仙过海、各显神通，读者们也跟着风声鹤唳、草木皆兵，越发难以骗倒。早在二十世纪九十年代，密室推理、时刻表推理和暴风雨山庄就已经要靠自嘲和戏仿来过日子了；福尔摩斯祖传的"基本演绎法"被演绎得越发离谱；曾经老树发新芽的倒叙推理自被日本天才编剧三谷幸喜的《绅士刑警》玩过名人效应后便很难让读者更兴奋了；怪谈推理、历史推理、科幻推理、奇幻推理等新题材虽有看点，惜难于驾驭，高手太稀；校园"小清新"的轻推理设定过于套路化，缺乏记忆点，至于美食推理和音乐推理呢？一个读来令人垂涎，一个写得悦耳动听，可到了推理环节，往往是一句"不提也罢"。推理动漫？"万年死神小学生"《名侦探柯南》系列电影已经靠同性"CP"营销和廉价的暴力美学奇观屡赚超高票房，在推理方面就只能得扫帚奖了；与之齐名的《金田一少年事件簿》日前推出了37岁中年版，老漫迷却深感失望，质疑作者老树已枯，"人设崩塌"。的确，推理漫画出于公平性原则总需要画出提示，但时间一长、次数一多，读者的眼力就得到了训练，专看画面里谁爱搞事、话多，谁有不寻常的小动作。如此一来，套路仿佛到了末路，惊天大逆转什么的，似难指望得上了。

即便现状如此，作为资深推理迷的您，作为推理作家的您，也请不要全盘放弃。至少，在这个生存压力极大的时代，推理小说作为装载反转剧情的最佳容器，是不会主动退出历史舞台的。在生活里，我们很少能翻盘，而故事里的惊天反转，不论是好的还是坏的，都是一种对掌控命运的想象性满足。

不妨一起来盘点一下推理小说当中的新、老反转套路及其变奏，顺便给处于瓶颈之中的作家出出主意吧。

（一）反转，是熟悉和陌生之间的转换，
是节奏与频率的调适。

  身份反转，是本格推理小说反转梗中的强音。从古典解谜派阿加莎、奎因们朴素的庄园聚会到新本格派奇幻或科幻设定下的升级版孤岛，从谁是凶手到杀人时的凶手是何形态，whodunnit 的魅力并未减少分毫。在方丈贵惠精彩绝伦的本格小说《孤岛的来访者》中，一种以人类为食、可变化为被害者的异界生物"稀人"与人类展开殊死搏斗，精致的拟态设定形成了全方位的、酣畅淋漓的身份悬念；在新本格派的大将歌野晶午的游戏推理小说《密室杀人游戏》中，几位用虚拟身份在网络上聚会解谜的玩家，通过亲身制造杀人谜案让同伴解答来获得变态快感。这些案件包括各类密室与不在场证明，尽管逻辑缜密、细节复杂，但本格派的资深读者和故事中的玩家一样，都不免吐槽，这些不过是"束手束脚、没有气度的诡计，看多了也就那么回事"。真正能带来反转快感的，仍在于这个以解谜为核心、互不相识的趣缘群体在现实中的关联。

  人的合作与背叛，既是博弈论各种模型的起源，也始终是本格推理的精要所在。由于理性的需要和认知范围的远近亲疏，只有那些能让我们切身代入的人、事、地、物的反转，才会带来"合理的惊讶"。在黄金时期范·达因等作家所遵循的推理小说法则中，早有凶手不能是来自外部人的规定。但登场的嫌疑人数有限，作家们很快便开始动摇侦探和助手的合法性位置，自此以后，背叛式反转梗逐渐升级，"友谊的小船说翻就翻"，闺密捅刀、亲妈成仇、侦探与凶手身兼二职，都很难再制造战栗和悬疑了。2018 年 5 月份热映的美国大片《复仇者联盟 3》中，"复联"宇宙出现了反派胜利却大快人心的情况；在当代

国产悬疑剧里，正反反转——"洗白"也大行其道。"洗白"和"被黑"之外，作者们还在反转的频率和节奏上打主意。美国高产作家杰弗里·迪弗最爱用这一招，其故事里出场人物的正反属性如同抛硬币，翻来覆去不亦乐乎。这种方法在英国的安东尼·霍洛维茨和法国的弗兰克·蒂利耶（如《两度》《未完成的手稿》）那里，又因叠加了戏中戏套层结构的互文性效果而变得更加复杂。

当读者担心身份反转的惊喜感会被消耗，作者们又会说："你能猜到会反转，但是却猜不到反转出现的时机吧？"的确，"意想不到"这件事，既包括想不到的动机、手法和犯案人，也包括想不到的时间和地点。比如中山七里的社会派题材小说《连续杀人鬼青蛙男》、民俗推理的强者三津田信三的"刀城言耶"系列，奇幻推理新人城平京的《虚构推理》系列等，都擅长于众人认为案件尘埃落定时再掀波澜。

值得注意的是，侦探召集关系人发表结论后故事再次反转的设定，在古典解谜时期就已经出现了。如埃勒里·奎因的后期作品中就常常出现这种情况：奎因发表了推理，案件或者出现新线索，或发现旧有线索是伪造的，原有的结论被推翻，故事柳暗花明。

然而，日本评论家却就此提出了"后期奎因性问题"：这类设定虽然达成了剧情的反转效果，却也造成了相当的麻烦。因为侦探全靠给出的线索推理出真相，但若其无法确认该线索的真伪，以及线索是否完备，那么推理正确与否，在作品中自然也无法证明。如果让侦探强行给出结论，公平性就会受到影响，并让读者更深刻地感受到我们在讨论"叙诡"这一主题时提出的根本性信任问题——叙述是一种权力，侦探指哪儿就是哪儿。

为解决"后期奎因性问题"，新本格派小说上了一道保险丝，形成了所谓的meta（高次元）设定。即，跳出故事，创造一个如神一般俯瞰核心故事世界的上位视角，从而保证作品中出示的证据都真实可信——也就是在读者与作者之间建立起新的信任关系。从"后期奎因性问题"被提出后，新本格小说使用 meta 设定几乎成了一种"政治正确"。比如方丈贵惠的"龙泉家一族"系列，就以麦斯达·贺勒这个人物来承担近似上位的角色——他如同时间之神般游离于故事外，也常常出现于故事之中。除了 meta 之外，自然还有更古典化的方式处理后期奎因性问题，比如绀野天龙的"炼金术师"系列就在案件线索自身的合理性方面下手，而并不破坏反转的新鲜感。

事实上，将叙事六要素的每个括号都打开来制造反转并不难，难的是如何使它们亲密无间地合作，有效地制造出涟漪般层层反转的叙事效果，如同高手跳舞，动作与动作之间无缝衔接，让人猜不出舞者下一步手往哪抬、腿往哪摆，才有惊喜。同时，配乐的旋律节奏还得贴合，如果在弱拍时出大招，呈现出"雷鬼音乐"的效果则佳，若一着不慎，在不恰当的时间点触发反转，妄想出奇制胜，便可能因为违反观众的心理节律而得不偿失。

那么，怎样才能找到合理的反转节奏呢？喜欢研究易学或星座学的爱好者们，或许颇有一些心得。这些"玄学"不仅提供了很多现成的谜题供后人发挥（比如河图洛书、推背图、梅花诗等），也提供了某种事物生起和消亡的模型，包含世界运转的基本节奏——这正是故事里的"元"。静极生动、否极泰来，到什么时候是"极"呢？六爻到什么时候变呢？那个时机，正是故事反转的良机。如知念实希人的融合系列推理小说《玻璃之塔杀人事件》（注：随着新本格派的发展，集本格派、社会派诸多诡计于一身的融合系列作品越来越多，作者不仅会向经典诡计致敬，还在作品中通过人物之口直接科普推理小说史和相关经典），方丈贵惠的"龙泉家一族"系列第三部，精彩的游戏推理《赐给名侦探甜美的死亡》，便是将各种反转的关节都打通，在反转时机上也令读者适应良好的新本格杰作。

（二）用故事和意义驱动反转：针，必须藏在雪里！

有人说，无论在身份反转上做文章，还是在反转时机上下功夫，最终都会因审美疲劳而失去弹性。饶是如此，不如思考一个更为根本的问题：反转的意义何在？

最好的诡计，一定是跟故事的主题骨肉相连。不论是物理型的多重密室，还是心理型的叙述诡计，再好的"骨"梗，如果剔除那些主题、人物、情节、文笔的"肉"，来个"一分钟推理"解谜，你的快感还真的没法维持到一分零一秒。

人类喜欢讲故事，而不是讲道理，是因为故事里面有某种具象化的魔力：它是个体的、单数的、描述性的、以有形寓无形的。为什么我们一定要给凶手或者霸道总裁起一个名字，不管叫龙傲天还是灭霸，都是因为人设要由人物血肉来撑；正如不能用维生素来代替吃饭，故事情节也不能是抽象的；它必定包含着某种真实的伤害或喜悦。推理小说的反转梗也是一样，它最好关乎各行各业、各种社会身份下的人类生存的痛痒之处，有着姓名、情节、情感、背景，更重要的是，其核心诡计最好是具备"只有在某种特定的生命经验下才能催发"这一特征。相信我，满足这一特征的推理小说诡计，会带给读者最大限度的满足感。

就此而言，我推荐早坂吝——在日本新本格派中，其作品的题材、人设和诡计都极其开阔大胆，风格轻松幽默（毕竟是轻小说），同时充满了本格派解谜的公平精神，且不乏深刻的哲学性和伦理关怀。比如他笔下从事特殊行业的女侦探"上木荔枝系列"，最能体现上文所说的"特定生命经验所催发的诡计"和"深刻的伦理关怀"这几点。有心的读者，请务必找来看看。

就题材来说，最具冲击性的反转类型之一就是反转历史。广义的历史，其实包含了诸多文学类型的历史，比如推理小说自身的历史。如上述《玻璃之塔杀人事件》这种将推理文化史上的诸多经典作家、文本和事件作为本作的元文本和源文本、借力打力式的融合类作品，在我看来，都属于广义的历史推理。怪谈推理亦然：设定经典童话、怪谈等作为谜面，在将登场人物、案件情节与谜面进行对号入座时安排反转。比如早坂吝的小长篇《爱丽丝罪恶奇境》以《爱丽丝漫游仙境》为原型；青柳碧人的短篇集《很久很久以前，某处出现了尸体》用推理小说重写日本人耳熟能详的数则民间童话，读者对原著情节的参照既方便了情节段落的划分和推进，省去了叙事麻烦，又能以暗合原著内在逻辑的方式来制造案件的身份反转，越是熟悉前置文本的读者，越能从这类作品中汲取逻辑快感和悬疑惊喜。

有些历史推理与正统的学术研究之间，只隔着娱乐和叙事方法这道樊篱。无论是关于整体的"历史"阐释还是聚焦于历史的碎片（如某位著名历史人物、某项公理、河图洛书或是达·芬奇密码），窍诀都是运用人们头脑中现成的东西——积淀的常识，以及由常识构成的偏见。动摇、推翻它们会给读者带来巨大的震撼，有多大的失落感，便有多大的获得感。在此要提及的两部作品，一是新本格派的资深作家、轻小说推理界的重要人物米泽穗信被誉为2021—2022年度的现象级（注：该作出版后引起推理迷的轰动，先后获得日本四大推理奖项TOP1）历史幻想推理小说《黑牢城》，一是新生代作家伊吹亚门的短篇集《刀与伞》。两作均为短篇连作法，在史料的字里行间爬梳，通过赋予经典历史人物以人格和伦理魅力，体现出对风起云涌的战国时代和江户幕末时代史料的深刻把控感，既想了解那几个历史时段的宏观脉络与深层伦理，又想获得逻辑推演与反转快感的读者，请绝不要放过它们。

为了满足越发贪婪的读者，新本格推理小说习惯于炫技式地使用反转。多重答案、手稿叙诡轮番上阵，还有人为了制造意外而对人物性格刻画进行滞后处理。然而豪华盛宴终究只是外表，最基本的反转，总离不开二元博弈。在土屋隆夫的短篇小说《密室学入门》里，密室推理小说家和上门催稿的编辑在同一个房间内，编辑得稿之后，惬意地喝着酒，和作家讲着"谷堆旁边的故事"。渐渐地，那故事开始显山露水，流出了讲述者的恶意；原来，这个用于叙旧的房间本身就是一间密室，难进又难出。这篇小说情节简单却独具韵味，只因其精准地击中了人类在极限状态下的生存心态。

聪明的作家总是在琢磨反转快感的深层逻辑。比如，婚姻中产生的倦怠感要怎样才能平复？一位妻子决定扮演另外一个角色，重拾新鲜感。在日剧《我的危险妻子》中，这个戏剧性设定经过多次反转，产生了华丽的骨牌效应。它真正的精彩之处，并不在于不到最后一刻很难猜出结局，而在于让人思考婚姻的本质，并认识到，人之善的确易化为恶，然而人性当中的恶意，也未尝不能再次反转。

（三）比易经八卦更有趣的反转，来自对政治哲学逻辑的运用。

堪称哲学家里的脱口秀大师的齐泽克讲过两个政治笑话：

（笑话一）东欧某国，三个政治犯被关进监狱。一个说：我因为反对波波夫而被判了五年。第二个说：后来政策变了，我因为支持波波夫被判了十年。最后一个说：我被判终身监禁，我就是波波夫。

（笑话二）被流放到边地的政治犯为了避过审查的耳目，和家人约好，如果寄回的家信是用蓝墨水，内容就是真实的，用红墨水，就是谎言。不久，家人收到了用蓝墨水写的信：此处一切都好，百业俱兴，安居乐业，欣欣向荣，唯一遗憾的是，买不到红墨水！

——可别小看了这两个笑话。推理小说如能将之合理化用，其立意格局当大有提升。第一个笑话中包含着一个错置式的反转。这并非一个自食其果的故事，它真正打动我们的，其实是抽象的大历史与活生生的个人的短路式相遇。常说一粒时代之灰落下来，便能碾压人海里的一株小草，而碾压者们却远在天边，对于脆弱的个人来说，他们是神秘无形的、高高在上的幕后黑手。但当那时代的标志物猝然来到面前，与你共同扮演受害者时……这个笑话的力量便藏在这种错愕之中：那碾压者原来也只是一具凡俗肉体，甚至连他自身也不能逃脱他所制定的残酷法则。

第二个笑话运用了信号式反转，让实际情况和它的代言符号（墨水）相互错置。它还提醒了我们：反转剧情与知情权，是永远绑定在一块儿的。这种反转模式由来已久，一个经典原型便是安徒生的名作《皇帝的新装》。该故事其实是则暗黑童话，可以衍生出两个交错使用的套路：一是装傻，一是真傻。就此，反转可以出现在任何一个人物身上。比如，皇帝是全裸的，这件事究竟谁真知情，谁假装知情？说真话的孩子命运又将如何？

当作为读者的我们将自己代入到故事情境中，便能体悟到简单童话的复合魅力。扪心自问，多数时候，我们不可能成为那个勇敢的孩子。与我们的心理身份认同最接近的角色可能是装傻者，即那些无法承担说真话后果的懦弱民众或随声附和的大臣。在生活中，我们可能很愿意承认自己是渺小无力的芸芸众生，会为了生存而被迫说假话，却绝不认为自己会上当受骗。但我们真的有这么清醒吗？其实，装傻者只是我们心中自认为理性的一面，比起孩子、大臣和民众，我们自己在现实生活中的真正角色，很可能往往更接近于——对，那个皇帝！他是如此以自我为中心、自以为是、自我陶醉！哪怕万中有一，他在台上突然醒来，感受到自己的裸体，也只能无止境地继续表演下去。

合理运用这些代入性的认同模式，你至少可以一气写出五部精彩的推理小说了！

（四）最高明的反转类型，是自我的反转。

只要仨人死了俩，秘密就能守得牢。谋杀者通常单独作案，以免被合作对象反杀，这种人性的规律早已是实验心理学和博弈学的常识了，它既为小说提供了反转的动机，也因此成为一种经典限定：杀、杀、杀，杀到最后，剩下的那个，就是你自己了。

在歌野晶午的《密室杀人游戏》中，最聪明的一位玩家发现了一个关于同伴身份的秘密，这秘密让其尝到了顶级美味的快感。对于一个始终以追求有趣为目标，一感到乏味就如置身地狱的人来说，品味了这种近乎极致的快感之后，剩下的冒险就只有那一种了——敬请诸君猜测。

总之，单纯的物理诡计之所以难抵心理诡计的魅力，原因就在于世上独一无二的"我"。最好的诡计必归于人性；最高明的反转，也是人的终极内面——自我的反转。正如希腊名言所说：认识你自己！因为我们并不能真正了解自己。我们的眼睛只能向外看到别人的全貌，却看不到自己的脸，因此，我们总是通过别人的故事来投射自我。我们的信誓旦旦、言之凿凿虽情真意切，但那可能正是自我对自身的背叛。你能算出来，一日之内背叛了自己几次吗？

自从阿加莎在《罗杰疑案》里运用了第一人称叙述性诡计之后，读者就开始意识到，"我"也是一个角色。时至今日，"我"自欺或欺人的诡计已显得有些陈旧，但其哲学意旨却能使它永葆新鲜，仍有延宕的空间。更好的反转可能是这样的：一个精神病患者幻想自己是枚谷粒，几经治疗，被认为已经痊愈；出院时，他仍然不无担心："我现在相信自己不是谷粒了，但是鸡相信吗？"

故事中设置自我反转的难点之一是，读者会认同故事中的哪个人，将谁当成是"我"，并不一定由作者说了算。叙事学理论说，在阅读时，我们的情感同时投射给了所有的人物，因为那个欲望化身的本我什么都想要，既想当男人又想做女人，既想无辜又想使坏，既想掌控一切又想小鸟依人，既想隐居高山又欲高登庙堂，是最强大的也是最可怜的——在内心深处，我们谁也不愿认同现实世界有得必有失、鱼和熊掌不可兼得。因此，你以各种类型的故事来进行自我代偿，看到出版社宣传腰封上的情节简介就蠢蠢欲动，然而，当你以为它是你所认为的那个故事的时候，它很可能却并不是！

在日本作家井上真伪的古典安乐椅逻辑流轻小说《恋与禁忌的述语论理》中，反转不是发生在故事之中，而是故事之外：侄子向身为逻辑学专家的小姨讲述案情，小姨一一侦破案件，此乃山鲁佐德给国王讲《一千零一夜》故事的变体，而反转的关键不在这些案件，正在于故事的设定情景。它不像《罗杰疑案》般让叙述者造反，而是成功地让故事本身造反，破坏了读者和作品之间的信任关系，让读者气愤之余，反而对自己的欲望主导模式产生了怀疑和困惑——这样的反转，的确防不胜防啊。

视角：拈起珊瑚枝上月

　　禅修打坐时有一种方式：在心里转过来，看看你的后脑勺。如果有画面的话，大概就是超现实主义画家马格利特的这幅画了吧。

　　这种方式是为了改变人类身体的惯习——比如只能朝前方看。将此含义延伸出去，可以得出一种常见的侦探思维：转换视角的话，生活处处是传奇。

　　观看是一种行为动作，而视角——狭义地说，就是观看这个动作的行为主体所处的位置和观察角度；如果将之放到文学艺术当中，它约等于故事当中的叙述位置。

　　视角的变换，不仅是推理小说开创流派和构造诡计的重要方式，也是故事悬念的基本来源，与故事风格和语调也息息相关。同一个情节内容，会因为叙述视角的差异而衍生出完全不同的调性。

　　你或许听说过那部公认的世界上最短的科幻小说——美国现代科幻小说家弗里蒂克·布朗的《最后一个人》。该作只有一句话：

"地球上最后一个人独自坐在房间里，这时，忽然响起了敲门声……"
（"The last man on earth sat alone in a room. There was a
knock on the door..."）在大学开设的写作课上，我用它给学生们留
了一个作业：以这句话作为开头，续写这篇小说。摆在他们面前的第
一个难题，就是如何锁定视角。写作者必须马上确认要以谁的视角来
讲述故事：究竟是屋里的世界上最后一个人，还是屋外的敲门者，抑
或是超越两者，站在第三者的视角去讲述？确认了这一点之后，我们
才能心安理得地敲定下一件事——人称。稍加盘点，至少有如下几种
可能：

    （一）延续原作的第三人称视角，如：
    "地球上最后一个人独自坐在房间里，这时，忽然响起了敲
门声。他 / 她打开门，看到你（们）/ 我（们）/ 他（们）/ 她（们）……"
    （二）改成第一人称视角，如：
    "我，作为地球上的最后一个人，独自坐在房间里，这时，
忽然响起了敲门声。打开门，看到你（们）/ 我（们）/ 他（们）/
她（们）……"
    （三）改成第二人称叙事，如：
    "你，这地球上的最后一个人，独自坐在房间里，这时，忽
然响起了敲门声。你打开门，看到你（们）/ 我（们）/ 他（们）/
她（们）……"

    显然，不同的视角和人称之下，同一情节的叙述语调就有所不同。
其中，我们比较熟悉和习惯的，是第三人称带来的距离感和安全感，
以及第一人称的特写，相较之下，第二人称"你"的特色在于它的抒

马格利特《玻璃屋》

情性，因此常被用于诗词和信件，而不是小说这类叙事体；也正因此，有些作者会在小说中特意使用第二人称，或者大量运用信件，如果驾驭得当，便能达到意想不到的效果，比如日本推理小说作家乾胡桃、凑佳苗和深木章子等人都爱这么干。

视角问题的精髓，在于"5W1H"六大叙事要素中的"who"，也就是"谁在看"的问题：讲故事的人、制造画面的人是谁？在观看故事时，读者或观众会下意识地寻找某个焦点人物，通过这个人物来为故事定锚，并借此衡量自我与故事中其他人物和事件的关系。我们会不自觉地给出判断：这个故事是属于谁的？这个问题，就意味着故事以谁熟悉的方式去看待和描述事物，并且更重要的是——受制于谁的认知局限。

谁，知否

侦探或者警方常常会给嫌疑人设置钓鱼式陷阱，诱导他们说出只有在当事人视角下才可能知道的信息。这种方法朴素而实用，各路读者都买账，是本格派、社会派和变格派咸宜的情节佳品。在歌野晶午的《密室杀人游戏》中的某个案件，一个惊人的手法就来自于视角的提示——凶手在怎样的位置，以怎样的方式，才能录制到尸体被发现时的特定场面？叙事规律中一个必备的机关——"知情者分配"。

古今中外，无论喜剧悲剧，推进情节冲突的亮点，常常就在"千金难买早知道"。比如宫斗电视剧《甄嬛传》中的高潮段落：皇帝在一些反派的撺掇之下，怀疑他宠爱的贵妃甄嬛不贞，所生皇子并非他的龙子，于是当众滴血认亲。从电视剧观众的视角来说，此前的剧情已让我们知晓这是真的，甄嬛确实与他人私通产子，然而，在当面锣、对面鼓的紧张时刻，她仍然有翻盘的机会，因为设局害她的反派人物少知道了一个关键的信息。此时此刻，观众虽然比剧中人掌握着更多的信息，却无法判断人物是否有机会、在什么时机得到它们，更不清楚人物会如何选择、如何利用这些信息。也就是说，观众和人物在掌握信息的内容和时机上是错位的，正是这种错位构成了精彩的看点。

经典的纯文学作品也常常利用视角错位来设置戏剧冲突。欧·亨利家喻户晓的小说《麦琪的礼物》中，贫穷的夫妻双方瞒着对方卖掉了自己最珍贵的金表和长发，买来对方最想要的表链和梳子。从物品的功能上看，他们买到的东西都失去了自身的价值，用当下的网络俗语来讲，真是"贫困的家庭雪上加霜"，但他们却因此更加确认了无价的情感——在物质上加倍失去，在情感上加倍得到，故事就因此构成了一个丝滑运转的能量闭环结构。作者的写作秘诀，显然在于对"谁知何""谁知否"的问题进行精心的分配，让故事在意义上形成此消彼长的动态平衡。

既然人类的视野天然存在盲区，就需要时不时转换它，获取更多信息。但通常来说，小说频繁转换视角却是会令读者不快的。毕竟，一种稳定的观看位置会维持故事的虚拟真实感，带来强大的缝合力量，即使一些特定的价值观藏在幕后悄然运作，读者却在放松沉浸的阅读中浑然不觉。

隐藏在视角当中的引导力量，不仅来自焦点角色人物，还来自焦点角色人物的身份属性。还是马克思的名言："人是社会关系的总和。"每个人身上都汇集着色彩斑斓的自然人身份和社会人身份，可能同时是国民、丈夫、父亲、老师、学生……但是只有特定的情境，才会激发我们某个特定的身份意识，以及相应的行为动作。同样地，故事里的很多情节或者信息，也只有在特定的身份视角之下才能显现出来。

一个成熟的阅读者（不管是阅读小说还是社会），往往懂得把某个人物看成是多重关系、多重视角下的投射物，能够从父亲身上发现儿子，从儿子身上发现父亲。但许多读者却因大意和天真，给了推理小说家利用视角切换和视觉错位来设置诡计的可乘之机。

第一种常用的视角切换方法，是利用故事的场景、介质的变化来实现的，比如现实视角和游戏视角、梦境视角和清醒视角，如加藤元浩在漫画《Q.E.D.iff 证明终了》第十七卷《白杨庄的杀人游戏》里就采取了这一方式。

第二种可以和各种物理性诡计相结合，比如与《金田一少年事件簿》并称双子篇的推理动漫《侦探学园 Q》当中的一则故事《神隐村的传说》就运用了空间上的视角错位，来模糊当事人的距离感。

第三种与视角相关的设定，也是我们在聊"反转"主题时讲过的，巧用人物身份和叙述立场来转换，甚至形成故事中的上位视角 meta 推理。小林泰三的《谋杀爱丽丝》，西泽保彦的《人格转移杀人》《人的逻辑，神的魔法》等作都运用了这类设计。《谋杀爱丽丝》当中的自我和分身的设定，可以称之为"阿凡达视角"，在故事当中，自我既是某个事件的参与者，又是旁观者。英国作家安东尼·霍洛维茨的小说《关键词是谋杀》，作者故意把小说的叙述者设定为与自己同名的作家，情节当中用了大量真实的名人逸事，著名导演斯皮尔伯格亦在其中。这种后现代主义小说家常用的、亦真亦幻的角色设计，旨在模糊虚构小说和真实世界的界限。

不过，成也视角，败也视角，故事的精彩之处源于视角和信息的分配，故事失败的原因也常出在这里。身为读者，总觉得纵享故事的丝滑是理所当然的，但当你"不幸"成为一个写作者，很快就会在实践中发现写作的难度所在：你必须把自己代入到不同的角色当中，去想象其所知与不知。若没有这种代入共情的功夫，笔下必定会出现漏洞。比如，本已选定了以 A 的视角为主导，讲着讲着，却随随便便钻进 B 的心里，洋洋洒洒一番剖白，这样一来，就违背了叙述视角所决定的信息分配的规律。如此，阅读效果自然一塌糊涂：普通读者虽未见得受过文学理论的训练，却会对与叙事规律相违背的一切操作表现出消化不良的反应。

让人物知道该知道的，不知道不该知道的，正是这一叙事法则衍生出了黄金时期的推理作家们所标榜的"公平性竞争原则"："故事中发现的每个重要事实都是互相联系的。而且要尽可能地给予读者和侦探一样的视角和触及真相的机会。"

既要设法保持故事情节的统一性和连贯性，又要兼顾视角和信息分配的公平性原则，从而引导读者在不知不觉之间上当——丝滑的情节链条里埋着硌牙的钻石，这样的故事谁都爱，当然也更难写。成功之作比如保罗·霍尔特的小说《幻影小巷》，除了利用人的视觉、知觉局限之外，也同样巧妙地运用了人物身份方面的信息错位；再如美国经典悬疑推理电影《非常嫌疑犯》（布莱恩·辛格导演，1995），将信息分配和获取的方式、叙述视角的陷阱和局限用得恰到好处，形成了酣畅淋漓的反转。

有的时候实在难以兼顾，作家们会干脆搬出一个神秘救兵——"小黑人"。看过动漫《名侦探柯南》的朋友一定非常熟悉他了：在案件还没有落幕，真相还没有被侦探揭发出来之前，动漫作品既要正面描写犯人的行为，又不能公开亮出其身份，就把人物在视觉上处理成全黑的样子。显然，如果是小说，直接用文字称"犯人"或者"某人"即可，但视觉媒介却天然要求疑点必须通过画面传递出来。于是，"小黑人"便成为推理类视觉作品衍生出来的特别角色，其本质是被叙述的视角规则挤压出来的人物。

"小黑人"并非《名侦探柯南》的独创，而是由本格推理漫画《金田一少年事件簿》的创作者们商量出来的，因为方便好用，很快也被其他各种推理动漫所采纳。近年来，"小黑人"竟然也成了一种独定的身份设定，拥有了大批粉丝和周边产品。比如《名侦探柯南》的官方同人作品，正在连载的恶搞漫画《名侦探柯南：犯人犯泽先生》，就是以一个名叫犯泽的"小黑人"作为主人公，这是今天这个"自黑"时代所产生的反推理故事。

只有"神"早已知情

让我们再换一个视角谈"视角"。

《俄狄浦斯王》，索福克勒斯的这部有着完美结构的希腊悲剧，被弗洛伊德认定是最早的推理小说。故事里的确包含了明显的推理成分，包括俄狄浦斯破解老国王被杀之谜和斯芬克司之谜，还具有推理小说常见的闭环结构。这个闭环实际上也是命运的闭环，总结来说，就是"怕什么来什么"。它是由以下几个因素组成的：（一）读者和人物事先知道命运结局；（二）人物为逃避命运而做出规避性动作；（三）规避性动作恰好导致了结局。

当事人的问题究竟出在哪里？就在于有几个关键信息点是他们所不知道的：第一，国王和王后并不知道亲儿子没有死；第二，俄狄浦斯并不知道自己是被领养的；第三，俄狄浦斯不知道所杀死人物和所娶王后的身份。就这样，知道和不知道的信息之间的不平衡，一起推动促成了人物的悲剧命运。

由此可见，"所知的信息"与"能知的视角"是相伴相生的。在故事当中，对俄狄浦斯的描述有两种视点位置，一为身在局中，一为身在局外。当他为了逃避神所预言的命运而进行一系列努力时，他的视角都是受限的局中视角，只知其一不知其二；但在他破解斯芬克司之谜的时候——什么东西早上四条腿，中午两条腿，晚上三条腿？俄狄浦斯说，是人类——他之所以赢，是因为他站在一个类似于侦探的旁观者视角去俯视整个人类从出生、到成年、老年的命运；在那一瞬间，俄狄浦斯把握了人类生命的整体规律。

俄狄浦斯跟斯芬克司的对决，是人与妖，亦即是人与非人、人与他者的对决，这个对抗框架旨在显示人类强大的理性思维，也正是它成就了古希腊的文明之光。但俄狄浦斯的最终悲剧，恰恰又说明了人类的理性终究无法脱离自身的视角局限。在解开谜题、战胜斯芬克司之际，俄狄浦斯把人类视为整体，就像在说："给我一个支点，我就能撬起整个地球。"冷静地看到人生的全部，只有在假定存在一个全知视角的前提下才成立。而全知视角实际上是虚幻的，只是语言意义上的，人，归根结底是一个被局限在自己身心经验当中的个体。一旦他回到自己的生活当中，自我的利益得失立刻汹涌地包围了他，身在局中、为局所困，陷入视野—认知—信息的盲点。用佛家的术语来说，正是"所知障"——你所知有限，构成了障碍。更激进地说，你正是为自己所知道的那点东西所困，在受限信息的前提下推导出的那点知识，变成了自缚的牢笼。

不妨再往深处想想：无论是为自己的行为所困，还是站在人类整体的角度去思考，俄狄浦斯的时间观都是线性的，它由过去、现在和未来构成。而代表着完成时态、永恒的时间观的，则是另一个很容易被忽略的、从来没有真正出场的人物——一个大写的他者（The other），或者说，神。毕竟，这个故事是从国王得到神谕才开始的；

在一切人类的行动还没有开始之前，结局就已经注定了，它用坚不可摧的命运的应然，早已击碎了线性时间所通向的无限未知与可然。

既然推理小说的爱好者弗洛伊德能发现俄狄浦斯故事所具有的视角冲击性，现代推理小说家更不可能忽略它。在早坂吝的女侦探"上木荔枝系列"第五部《MAILER-DAEMON 的战栗》里，就利用俄狄浦斯悲剧的舞台演出埋藏了令人惊叹的视角诡计（放心，剧透无效）。

俄狄浦斯最后刺瞎了双眼，在各种后续的神话和传说当中，他成为一个沧桑而痛苦的智者。意味深长的是，无论是东方还是西方的古典故事，都常常把智慧赋予给一个盲人的角色。肉眼虽然失明了，但是心灵的眼睛打开了。因为肉眼只看自己想看的事物，只认知自己想认知的事物，一个人不通过镜子，就看不到自己的面孔，但心灵是不受时空之局限的。

由是可见，人的视角局限、认知局限，既有物理性的，也有心理性的，而文学大师们往往会把这种身心世界的局限作为一个整体来探讨。比如作家博尔赫斯和卡尔维诺都曾对一个民间传说津津乐道：有个怪物的名字就叫作"躲在你背后"，无论你转身多快，它都会以比你更快的速度"躲在你背后"；你永远看不见它，但你就是知道它在。

因为背上无眼，所以永远害怕来自背后的目光——这是人的原质性恐惧。日本推理作家道尾秀介干脆就以"背后恐怖"为核心，写了一部小说叫《背之眼》。这部作品虽然打了怪谈推理的擦边球，实际上的关窍仍在于人由于肉身局限而产生的心理作用。再如，在著名的悬疑电影《沉默的羔羊》中，女明星朱迪·福斯特所饰演的克拉丽斯是一位聪明敏锐的探员，但她有一个致命的弱点：总是很晚才发现来自背后的敌人。这个富于象征意味的情节提示我们，内心和外物其实是一体的，要克服视角局限带来的困扰，首先要穿透观念的盲区。

　　高明的推理小说会反向利用观看视野的盲区，从而形成目光的"狩猎场"。比如约翰·迪克森·卡尔的《五盒之谜》，三津田信三的《如潴灵供祭之物》等都设计了由目光所构成的密室。在这种密室当中，观看与被观看的行为既促成了情感信息的交流，也造成了阻断：你我被彼此的视线圈禁，视线因此交织成了密室。另外值得一提的是紫金陈的成名作品《高智商犯罪》，其中就有一个精彩的监视器密室，试想一下：凶手如何才能从两端都有监控摄像，且摄像还很清晰的路段上成功地杀人逃脱，而丝毫不留下证据呢？

　　原本，倒视镜、监视器等就是人类为了弥补肉身缺陷而发明的视野补全工具，不过，物理的盲区可以通过技术手段来弥补，心理的盲区却终难根除，利用这一缺陷加以引导，遍布"蜻蜓之眼"的马路同样也可以是密室的一种。

　　正因为我们难以摆脱观念的盲区，所以恐怖故事的一个经典套路就是"未知的恶意"。比如主人公突然接到一封信，上面写着"我知道你去年夏天干了什么"；或者突然半夜响起电话铃，陌生的声音说出你心底的秘密……这类情节的恐怖性就在于："某个我所不知道的他者，知道只有我才知道的事，而这个事是我永远不想让别人知道的。"故事就在主人公的无尽尖叫中结束。

　　这种情节套路的心理机制，正源于我们心中对于生活、对于未来的恐惧，可能直到生命的尽头也不会真正消失。生也有涯，而知也无涯，只是个人目力所及太过局限，那生活该如何继续下去呢？

拈起珊瑚枝上月

　　你一定试过，或者至少见过一个流行的拍照姿势：手托旅游景点的朝阳或夕阳。这一老少咸宜的风景纪念照标准配置，正是利用了视角错位的戏剧性效果。古人也有个类似的说法用以描述这一现象，叫作"拈起珊瑚枝上月"。

该诗句源自佛教的法会仪式。大乘佛教为死者的亡魂举行超度法会，住持法师头戴五佛冠，打着精妙的手印，下面的僧众们铙钹齐响、唱念做打，场面恢宏；法会的仪轨当中既有经文，也有大段用来阐经释理的优美诗词和偈颂，其中就有一句"拈起珊瑚枝上月，光明炯炯照无穷"。它的本意其实是：佛菩萨度众生，无非真有众生可度化，而是众生活在如幻的境界里，自以为有真实的人生。在超脱了生死轮回的圣人们眼中，众生和菩萨的差别就好像珊瑚枝上月，只是一个视角的错位罢了。

在佛家看来，众生皆有佛性，但是众生执迷，菩萨觉悟，正是因为观察视角不同。佛家常用"如海一沤发"来作譬喻：大海和水泡本来是一体的，但站在大海的角度看水泡，和站在水泡的角度去看水泡，视野却是天差地别。若在水泡言水泡，这个水泡就是你唯一的世界，你将看不到整个大海，身为形役、为局所困。而若你的心灵有大海的认知，即便尚未摆脱这小小水泡的身体，仍相信肉身及被肉身所局限的认知远不是全部，那么你就冲破了我执——带着这样的认知回到日常的穿衣吃饭、柴米油盐中，虽然生活一样地琐碎，却仿佛有了局外人的悠闲心态；又如乞丐还在路上讨饭，但至少知道了自己是富人的私生子，正在返回豪宅的路上，那么即使面对饥寒交迫的此刻，也就没那么忧虑了——这或许是破解俄狄浦斯悲剧的东方式方法呢。

这番经义传到中国后，经过汉语的诗性润泽，便有了"拈起珊瑚枝上月"这类优美的汉家诗，呼唤着众生早日摆脱执迷：众生啊，别焦灼于水泡了，回到大海吧！众生啊，像用手指拈起珊瑚上的月一样，潇洒地看待人生吧！

由此再回过头看推理小说，不论是阅读还是写作，只要擅长转换视角、变通思维，山重水复疑无路时，也总能柳暗花明又一村。

香港作家陈浩基就是驾驭视角的个中高手，在他的短篇小说集《第欧根尼变奏曲》当中，有一篇精彩的故事，名为《加拉星事件》。详细讲解恐涉及剧透，此处仅简单提示：小说最妙的反转有两处，一处发生在核心案件的内部，可以用一句话总结为：如果没有某个视角，这个场景还成立吗？另一个反转发生在小说的结尾，通过一下子改变故事的焦点位置，把远的突然拉近，把近的突然拉远，令人眼前一惊，正是所谓"拈起珊瑚枝上月"了。再比如日本本格推理作家我孙子武丸的《弥勒之掌》，故事的震撼同样来自读者对焦点人物的认知在一瞬间被颠覆，就好像你正在餐厅优雅用餐，侍者却一下子抽掉桌布一样，你于获知真相的刹那，失去了稳定情境的支撑感。

推理小说带给我们的惊喜，经常来自这种视角切换所带来的颠覆感，好像窗外的风景，日复一日地看，早就腻了，但是突然有一天换了视角，才发现风景当中的一切细节，意义都已有所不同。

记忆：忘情水，孟婆汤

> 人的一生，是清醒地穿过梦境。
>
> ——卡夫卡

"警告：你只有几十分钟的记忆。只能想起事故发生之前的事。病名为顺行性遗忘症。要把想到的事情全部写进这个笔记本中……"

——这是日本作家小林泰三的科幻推理小说《关于那个人的备忘录》的开篇部分。

遗忘症、失忆，在所有的类型小说当中都很常见，"狗血"的言情故事常会把它当成煽情的噱头，小林泰三对记忆的把玩则高级得多。记忆有各种类型，比如虚假记忆、照相式记忆、潜意识记忆、创伤性记忆、群体性记忆等；不同类型的记忆的形成和遗忘机制如何影响了我们的感知、思维和个性，皆有其原理和规律，绝非一句"一觉醒来，前尘尽忘"所能概括。因此，小说家是否能够区分记忆类型，遵循科学规律，是其写作态度和功力的体现，对于科幻推理来说尤其如此。此外，还有一个更为关键的技术问题：如何将记忆相关设定与推理小说的诡计巧妙结合起来？

总之，需懂得记忆的意义。

记忆，是自我的巢穴

有一种说法：世上其实只有两样东西，"我"和"我所有的"。这两种认知的存在，都要靠记忆来维持。若记忆消失，自我和自我拥有之物的相当一部分感觉也就消失了。

在某种意义上，人就是记忆的产物。很多时候，与其说是肉体折磨我们，不如说是记忆折磨我们，比如幻肢痛——一个人的手指切断了，在已经不存在的那截手指的部位，仍会有疼痛感，难道是空气在疼痛吗？不，这是神经对曾经占有过的物理空间的记忆。记忆通贯于自主和非自主神经，常常让我们对自我身心的存在感到无能为力。

同样地，我们读小说、看电视剧，旁观故事中的人物因为记忆而大悲大喜：有时候拿不起，一杯忘情水求而不得；有时候放不下，到了奈何桥都不肯喝孟婆汤。正如哲学家齐泽克的那句名言，人的文化性总是大于生物性。一般的肥皂剧为了服务于情感主题，喜欢设定主人公忘记恋人或仇人，也就是与重要的他者相关的记忆。而推理小说为了营造悬念和诡计，更倾向于制造那些社会记忆彻底丧失的设定，比如当事人基本的生存能力还维持着，有关自我身份和社会关系的记忆却清空了。这种失忆症所带来的一定不是全新生活开始的清爽感，而是深不见底的恐惧。当事人会深刻地感到，自己被人生的履历表抛弃，再无法证明自我的存在。是的，在现代生活中，我们的一生竟然用一张表就能自证，表格上的那些内容——国籍、性别、年龄、籍贯、学历、婚否——无一不是基本的自我认知的支架，一旦抽空，就如同脚下站着的土地塌陷了一样。

小林泰三的这部《关于那个人的备忘录》即在此列，甚至更"虐"一点：主人公田村二吉并未完全丧失记忆，他记得自己的名字，并认为自己是喝酒"断片儿"被街头混混打了。但醒来后的他却对自己所在的房间毫无印象，此时，他发现了一个笔记本，本子第一页上就记着本文开篇引用的那段话。他开始尝试理解和接受所谓顺行性健忘症，不仅需要随时随地记笔记，还要在每一次记忆中断后，再重新学习接受这个认知，并将头脑里所保存的仅有的记忆碎片与笔记本上的内容一次次重新比对。更严重的问题是，他既不能完全相信自己残存的、支离破碎的记忆，也不能完全相信笔记本上的内容。当有人来找他时，他更不能完全相信这些人所声明的身份和与他的关系。

这让我想到了法国超现实主义画家和导演达利的名画《梦》。在这幅画里，如同麻袋一样的男子的头就象征着睡梦中的我们——在梦中，我们放松了对身体的感知，的确更像是画中那样随意的流体，而那些撑起梦中之"我"的脆弱的支架，就如同那些身份标签，哪一根倒下，梦中的人便会随时惊醒。

记忆和梦境这两个元素都关乎自我认同的主题。一个人在记忆中断之后，极尽所能回忆起来的最早的事情，或许最能把我们链接到"我是谁"这一终极哲学谜团。禅宗有一种修行方式，叫作"参话头"，比如让你不断试图去参悟一句话："父母未生前，我是谁？"这是对个体存在的最初记忆的探寻。但一般人其实不用追索到娘胎里那么远，只要偶尔尝试回忆，自己从梦中醒来的第一个念头是什么？从清醒状态到堕入梦境之前，最后一个念头又是什么？

很多人会认为，一觉醒来，不知我是谁、我在哪儿，只是个夸张的设定而已。然而在现实生活中，记忆与遗忘的效用却超乎一般人想象。顺着梦的回路去追本溯源，原来我们在生物学上有确定的开始（我们的出生时间可以精确到秒），在心理上却没有（关于"我"的意识，并非诞生于出生的那一刻）。我们找不到来到世上的第一个念头，也找不到梦境的开端。或许每日入睡，都是一次小型死亡。在清醒与睡眠、走神与专注、愤怒与喜悦等不同状态之间的切换，让"我"像蜡烛一样，有时生起，有时熄灭——这是一段无始而有终的人生。

"我"先于记忆而存在，而记忆所建构的"我"，似乎总是比肉身的"我"更短暂。这是存在本身的时间差，也是人生之谜的基本特征。生活是神秘的，因为记忆一直在跟我们玩侦探游戏。克里斯托弗·诺兰于 2010 年推出的科幻电影《盗梦空间》和天才导演今敏 2006 年的动画电影作品《盗梦侦探》（另译《红辣椒》，改编自筒井康隆同名小说），就是讲述人类如何通过仪器进入别人的梦境，通过改变梦境来改变记忆。电影设定虽有幻想的成分，却也大量运用了现实中记忆专家们的研究成果。事实证明，人的记忆会有大量的偏差，既会轻易被自我的暗示和认知所改变，也会在瞬间为外在环境、为他人、为各种工具所操控和干预。阿加莎·克里斯蒂在《大象的证词》中写到某个家族的人爱记仇，借小说人物的口吻道出了记忆的真谛——"一件事情能记好多年，不停回忆，好让记忆永远栩栩如生"，而"如果我们一定要让往事保持鲜活，我想，最终我们会扭曲它。我们会夸大其词，以一种错误的眼光去看待往事"。

细察史料，我们不难发现，在人类历史的暴行当中，参与过集体暴力的人们常常会轻易篡改他们自己的记忆，信誓旦旦地声称自己从未伤害过人，这正是为逃避强烈的良知本能的谴责而触发的自我保护式的记忆篡改。

其实，只要熟知记忆的原理，一个脑科学专业人士仅通过几次采访实验就可以严重扭曲志愿者的记忆，包括篡改他们真实的经历、制造真假混合的记忆、让没有受过外伤的人认为自己遭遇过严重的身体损伤、让从未被狗咬过的人相信自己被攻击过……这一切听起来不可思议，但是记忆专家却的确曾在不使用刑讯手段，也不进行催眠的情况下，就对志愿者植入了大量虚假记忆。

回过头来看小林泰三的这部《关于那个人的备忘录》，小说的妙处之一就在于把"植入记忆"这一设定同具体的人物性格塑造紧密结合。小说采用了正邪两方互相接近、彼此较量的情节架构。患有顺行性健忘症的田村二吉的生活主题是探索自己是谁，通过辨别现实中的蛛丝马迹来重新找回记忆。而站在二吉对立面，因为自己的行为而牵连了二吉人生的那个重要人物，则是一个名为云英的超能力记忆者。他的超能力，是天生就能通过短暂的身体接触为别人植入虚假记忆，比如进超市买东西从来不用花钱，只需不经意碰到收银员的手，改变其记忆，让对方误认为自己已经交过钱就可以了。更可怕的是，云英从小就因这一能力而自认是天选之子，傲慢至极，失去了与他人共情的能力。成人后，他并没有满足于利用记忆植入来占小便宜，而是形成了彻底的反社会人格，变本加厉去侮辱和损害他人，直到杀人放火、坏事做尽，甚至还利用记忆篡改让他人替自己顶罪。

云英这个大恶人虽然是虚构出来的，但正如上文所说，他的超能力设定并不比现实情况中夸张多少。记忆篡改之所以能够实现，是因为人类的大脑本来就习惯于按照一定的秩序进行思考，它会精简压缩信息，以关键词的方式来回想事件。这样一来，信息就容易被打乱，发生张冠李戴的错讹：本以为是初中时发生的事，其实是发生在高中；

以为是跟朋友 A 讲的话，其实是跟朋友 B 讲的。虽然我们的大脑总是犯这类错误，但有趣的是，它还往往非常自信地去内化外部植入的信息，与原有的自身记忆一起重新洗牌，拼接组织成一个完整光滑的故事。

云英正是利用了这一点，在跟别人身体接触的同时顺便说出一些话，比如"我是你的救命恩人"，相当于为对方头脑中的虚假信息施肥浇水，令其茁壮成长。这说明，对人脑进行信息植入是一个综合过程，需要物理和心理手段同时运营。云英骗取信任的方式，还包括话术的逼迫、强势的态度，甚至是暴力，而这也正是现实生活当中的传销洗脑骗局、精神控制"pua"常用的套路。

因此，记忆也关联着沉重的伦理和法律问题，而连通记忆的桥梁，正是我们的身体感知和外在社会文化语境所形成的复杂的套层结构。脑内信息被加固后，就会在想象中实体化。在上文提到的两部电影《盗梦空间》和《盗梦侦探》中，记忆信息与做梦者内心的欲望和恐惧相融合，被转化投射成梦境里的各种角色。有的角色象征着做梦者自己的记忆或防备心态的人格化，有的则是闯进这个梦境的外来者，如果被本体角色指认为敌人，就说明这个做梦的主体正在排斥外来的信息。在梦境中，记忆和自我的焦虑、恐惧、希望等情绪，除了会化身为人物，还会幻化为各种物品、意象和情境。因为梦境并非脱离现实的虚拟空间，它就像透明的触角，牵连着我们在三维空间当中对身体的感知。对梦境的记忆、对现实的记忆、对身体的感知这三者纠缠在一起，就构成了故事的复杂外表。因此，尽管两部电影的故事骨架都很清晰，但都经得起多次观看。观者在回溯当中寻找细节，调动所有讲故事的公式和套路，通过推理去分辨梦境中的宾主关系，分析哪些符号、哪些信息属于谁，这个过程才是最过瘾的。

香港推理作家陈浩基也在他的名作《遗忘·刑警》中利用了记忆

自动补全的特性。小说主人公对一桩陈年旧案展开调查的过程，也是他对自我身份和记忆的探索和重塑的过程。"人的大脑是很奇妙的器官，当我们看到彩虹，便会联想到曾经下雨，当我们看到玻璃碎片和石子，便会联想到有人掷石子打破窗子，我们无时无刻不在填补大脑中的空白。"

以上援引的几部推理作品都是巧用记忆设定的精彩之作，它们都没有把植入记忆作简单化和浪漫化的处理，而是将记忆的特性跟叙事学中的角色功能设定、PTSD 创伤后遗症和精神分裂症等领域的科学知识相结合；或是将记忆的功能转化成视听意象，并且设置种种符号标记，让人们通过"所见闻"的现象，去反推"能见闻者"的心理症结及过往经历；或是将每一个记忆信息最大化利用，以不同的力度分配在故事中的不同部位，让剧情得以一再的反转：这样一来，不仅丰富了故事的层次，还深度展现了记忆的魔力。总之，这些作家用文本激活了记忆和叙述，并启示我们，文学和心理学本身，何尝不是一种记忆的"招魂术"？

——请把你的记忆讲出来，不管它的成分中含有多少幻想。

——为什么？

——因为你并不真的拥有眼前这只杯子，是你的记忆占有了它。

自我的图画：心相风景

正因为有了不可动摇的港湾，人才能去任何一个地方。

——横山秀夫《空屋》

记忆在我们脑海中构成的图像，是否还有另外角度的文学表达？

在此要介绍的，是一位与宫崎骏、今敏齐名的日本导演大友克洋的动画短片《火要镇》（2012）。该动画只有短短十二分钟三十四秒，却将东方传统艺术当中的手卷画、立轴画、浮世绘和日本能乐、歌舞伎、物语故事等元素风格融会贯通。

中国长卷画和深受其影响的日本浮世绘，可以说是东方视觉文化传统当中极具特色的艺术形式。在《火要镇》中，导演正是将手卷画横向徐徐展开的观赏方式巧妙地与电影的运动原理相贴合，让画面看上去就像动起来的浮世绘。

这里面有什么特别的深意呢？

东方的手卷，强调在手和眼的运动过程中打开一幅画，这往往是在模拟梦境或者游览的状态，也就是所谓的游观式赏析。当画面是在观者眼前一点点显露出来时，欣赏画作的过程就有了特定的节奏，也有依据此节奏而产生的悬疑感。比如古人展开画卷，每次是一个臂展的幅度，观画者对于从上一个臂展到下一个臂展之间的开合，就有了情节进展的期待：下一次会发生什么？这就如同电影的上一帧与下一帧之间的关系。也就是说，观赏方式本身，也深刻地影响了画面的内容读取。所以，过去古人展轴欣赏《清明上河图》这样的长卷，跟我们今天在博物馆里一览无余地观看，媒介情境完全不同。这些美术理论知识，就会帮助我们了解到《火要镇》这部短小精致的电影中一幅立轴画里隐藏的玄机所在。

《火要镇》的故事发生在日本江户幕府时期，一对比邻而居的青梅竹马在庭院里围着石台玩过家家，在童言童语之中，这方石台被一幅中堂立轴画框了起来——这是电影运用蒙太奇的方式转场，立轴画的出现，显示着两个主人公的生命时间从童年过渡到成年了。此时，两人正当妙龄，男孩成了英俊潇洒的消防队员（江户时期最受市民欢迎的公务员身份），双方父母却并无联姻之意，反而禁止他们相互往来，女孩的家长甚至已为她另行定亲，两人只好背着亲人偷偷约会。有趣的是，电影中并没有直接描述两人会面的场景，而是只呈现他们对话的声音，同步对应的画面，却是这幅中堂立轴画。镜头由远及近，直推到石台前的特写：

> 小若（女）：松吉你已经忘了吗？
>
> 松吉（男）：什么？
>
> 小若（女）：小时候的约定。
>
> 松吉（男）：小时候的？
>
> 小若（女）：是的，小时候的约定。

接下来，女孩在即将出嫁的晚上坐在房间里哭，一气之下将扇子扔进纸糊的灯龛里，立时着了火。女孩本想呼救，却突然停了下来，想了一会儿，竟悄然关门走了出去，任由身后的火舌蔓延，烧向她那悬挂在衣架上、华美绚烂的新娘振袖和服。要知道日本江户时代是市民为主的商业社会，平民百姓住的长屋几乎都是以木材质为主体，一间间鳞次栉比，最怕着火。这暗怀私心燃烧起来的火苗，很快蔓延了整个街道和城市，全城的消防队出动也难以解救，最后，无数火球像核弹爆炸一样吞噬了整个城市，也吞噬了这对小情侣。那悲惨命运的象征——华丽的振袖和服嫁衣在烈焰中卷起，填满了整个画面。

大友克洋描绘的这个老故事，有其歌舞伎戏剧版本的原型——一位少女为了见到身为消防员的心上人，不惜制造大火，因为只有在火灾现场才能见到他；同时，也是对江户明历年间真实的历史事件——1657 年 3 月 2 日的明历大火（又称"振袖大火"）及其衍生的都市怪

大友克洋《火要镇》

谈的一种演绎。这可能是史载人类历史上最大的一场火灾，和罗马大火、伦敦大火一起被称为"世界三大火灾"，但另两场火灾远没有振袖大火的死亡人数多——十万人葬身火海。在都市怪谈中，人们将这场大火的起源追溯为一个贵族小姐的华丽振袖和服被风吹走，最终因心中怨念酿成火海。大火就这样连缀起日本怪谈文化当中的核心议题：引发灾难的，是人心的私欲导致的怨恨。

回到这个充满戏剧性的故事：女主人公在一念之间纵容了灾难，连带整座城市陪葬，很显然，是因为她深深困在了童年的回忆当中。时间流逝了，但她本人却并未真的成长，她的心魂，全部都拴系在童年游戏的这方石台上了。因为心中的画面太过深刻，"但为君故，沉吟至今"，她希望她的爱人能时刻记着童年的诺言。所以，在着火的一刹那，她做出了最可怕的选择。

我们一再重复：什么是故事？故事的内核，就在于主体如何面对困境，以及在困境中如何做出选择。人物在故事中做出选择的刹那，往往也就是这故事最惊心动魄的时刻——种下了如是因，必有如是果。而好的故事，一定不是用说教和阐述来告诉你人物为什么要那样选择，而是让情节自己说话。这幅立轴画，便旨在揭示女孩选择背后的真正原因：她被困于童年回忆，为心相风景所累。所谓心相风景，用佛家话来说，又叫"法尘"。佛家有所谓根尘相对之说：六根——眼耳鼻舌身意，与六尘——色声香味触法——相碰撞，就产生了六识——见闻嗅尝觉知。其中，意根所对应的尘，正是法尘。我们的记忆，就是法尘的一部分。它的本质，是吸揽色声香味触这前五尘，令其落谢在心中而产生的影子。比方说我们喝到咖啡，只有在舌接触吞咽的一瞬间，是真正尝到了咖啡，剩下的有关咖啡的全部信息就都是法尘，或者说，是记忆了。

记忆，构成了我们的自我运作和生活维系的核心地带，几乎决定了我们以怎样的价值观和幸福标准去面对人生。

与《火要镇》有异曲同工之妙的、同样以记忆为核心的作品，还有日本推理作家大山诚一郎的短篇小说《烈焰》和横山秀夫的长篇名作《空屋》。大山诚一郎的《烈焰》（收入短篇集《诡计博物馆》，台译《赤色博物馆·火焰》）是一个色调灰暗却相当巧妙的故事。它讲述了一桩陈年旧案：一个五岁的孩子上幼儿园，接她放学的不是预想中的母亲和小姨，而是陌生的保育员，她所回的也不是心爱的温暖的家，而是冷冰冰的儿童看护中心；直到上小学的时候，她才被告知，父母和小姨都被小姨的前男友在茶中下毒杀害了，童年的家也被一把火烧尽了；这位身世悲惨的女孩长大后成为一名摄影师，专门拍摄各式各样的家宅，动机很简单——想要在取景器的对面，用别人的家来追怀自己永远失去的童年之家。

横山秀夫的长篇名作《空屋》则以建筑行业为背景，以一名建筑师的童年回忆带出了作者对于一个时代的群像的回忆，那是二十世纪五十至八十年代，日本经济繁荣，建筑业的匠人群体以勤奋工作为人生唯一价值；后来通货紧缩，泡沫破裂，建筑行业受到巨大打击，每个人都在挣扎求存，人们对那登高跌重的时代的回忆都呈现出偏灰的色调。小说以个体回忆撬动大时代叙事，召唤着普通人对人生百味的抒发与思考，还借着建筑设计师的口吻道出了欲望与记忆的关联："人们对住宅的讲究，绝不仅仅是建立在兴趣爱好之上，而是反映出一个人的价值观和内心深处的欲望，而这些东西并不是面朝未来的，而是扎根于过去的。迄今为止的经历会在你的耳边低语，告诉你什么重要，什么不重要，可以接受什么，不可以接受什么。"

小说的主人公是一个离异的中年建筑师，因为父亲是修大坝的工匠，他的童年是在工棚里度过的，从小就跟着父母和兄弟姐妹在全国各地搬家，居无定所。男主人公没有所谓的故乡，因为所有的记忆都是不连续的、片段的、一地鸡毛的："戛然而止的生活，有头无尾的记忆，相互之间没有交集，只是毫无脉络地躺在内心世界的阴暗处。"直到有一天，突然有一对夫妇找上门来，请他设计房子，他们不像一般客户那样提出种种要求，而是对建筑师说，请您设计一栋您自己想住的房子吧！这位建筑师接受了这份奇怪的委托，拼尽全副心神，设计出了一栋他心中的房子，完全由他自我深处的东西凝聚而成——一个居无定所的人，心中同样是有定所的！小说的关窍之一，就是找到他维系自我的那个巢穴，它一定关联着他回忆中最致命的那些心相风景。

　　我们的记忆，我们的心魂，其实遍游十方世界，远远超出我们的身体。它们就像柔软的触手，能够寄居在任何东西上面，无论是《火要镇》里的石台、《烈焰》中的取景器，还是《空屋》中建筑师的梦中巢穴，作者都没有把记忆当成一个刻意的经营对象，但故事中所有的事物都关乎记忆。其实，真正一笔入魂的推理神作，并不一定在于精彩的诡计。像横山秀夫的《空屋》这类作品，文笔优美扎实，大量的专业知识因为被人物的经历、性格和情感所激活，每个人心中的法尘就像涓涓细流一样汇聚到一起，构成了一个时代、一个群体的怀旧背影。不同于那些将记忆当成商品的轻推理小说，如镝木莲的短篇集《寻找回忆的人》，讲述退职警察开起回忆侦探社，专门帮委托人寻找失落回忆，串联起各种温暖人心的短篇故事，后者虽然也有感人的细节，但总归是雕琢多于天然。

纪实：传奇与日常的辩证法

> 真实的生活永远比任何幻想更大胆。
>
> ——柯南·道尔《红发会》

这是老生常谈了：现实比奇幻更像奇幻，比戏剧更像戏剧，比小说更像小说，比怪谈更像怪谈。柯南·道尔在他的短篇名作《红发会》当中，便让福尔摩斯如此感叹："真实的生活永远比任何幻想更大胆。"

推理小说的黄金时代，与一个更长的真实犯罪年代相重叠。从 1850 年到 1925 年，是乔治·奥威尔所谓"伟大的谋杀时代"，匪夷所思的连环杀手和残忍无情的家庭谋杀案层出不穷，为侦探推理文学提供了丰富的养料。作家们以拾荒者划分地盘的劲头纷纷出手圈地，将帕尔默医生、阿姆斯特朗、比沃特斯和汤普森、克里平、塞登、开膛手杰克等著名杀手据为己有。此时，一个悖论常被提及：怪力乱神的故事有时让读者产生奇妙的真实感，而真实世界却会让他们体验奇妙的荒谬感。这大概是纪实写作者常常遇到的难题：当自己"忠诚"地记录了所见所闻，读者却毫不买账：骗子，你咋不上天哩？

或许正是为了对抗这种悖论，文学故事一般都隐藏着一种共情规律，让读者对虚构的故事产生一丝半缕的真实感。"一丝"就好，不用多，作者和读者之间心照不宣的契约就建立起来了。

这个契约对类型文学来说更加利好：故事里的戏剧性情节，只要符合读者对该类型的基本印象，读者就会自然地对那些脱离于现实经验的描述视而不见。比如唯美小说的读者会自动忽略人体的新陈代谢和肉身的污浊，美得不识人间烟火的主人公正是他们想看的，在沉浸式地代入故事时，他们会自动将这类描述识别为真实。当然，这些戏码必须放对地方，一把钥匙开一把锁——毕竟写实派小说的读者很可能宁可要一个充满现实感的大葱味的吻，也对言情文里"香甜如蜜的小嘴"退避三舍。

一言以蔽之，真实感的秘诀在于语境的营造。一旦语境更换，故事很可能就会因短路或接触不良而变成"事故"。阿加莎·克里斯蒂深谙此理，更擅长利用它做文章：侦探波洛跟着旅行团游玩，偶然间听到团里的一对男女谈话，从那以后就种下了疑心的种子；这段对话当中的戏剧性太强，表演成分太重，像是从某部浮夸的爱情小说当中扒出来的。侦探因此察觉到，对话双方中的某人或许正在有意识地扮演着一种浪漫小说里的人设，以此来引导旁观者跳入刻板印象的陷阱。这正是阿加莎最擅长的破案手段：从人格和文学性的关系，而不是实证性证据入手，找到与恶性案件同构的那颗心灵的种子。

文学作品中，真实与虚构的关系就是如此微妙。读者既想要噱头、冲突、巧合、因缘际会，又在此类要素过多时感到怀疑，其中的心理原因并不难找。读故事，就是看他人如何面对困境；既然读者是隔岸观火，困境当然越复杂越妙，人物越难过越好；可现实生活当中，我们每个人都在尽可能地大事化小，避免冲突。也就是说，虚构的故事以冲突为看点，而现实生活却是逆冲突的。这两种拧巴在一起的力量，就造成了读者面对戏剧性情节之时的复杂心境。此外，在一般人的生活经验里，大侦探和坏教授、天雷滚滚和好运连连都离得太远，读者们总是哀叹说，真实的世界里找不到一位真正的福尔摩斯，更遑论聪明得像魔鬼一样的莫里亚蒂。

但是，但是——万一有呢？转身一看，又是个悖论：总是感叹生活只是无聊的一地鸡毛的我们却又每每发现，原来生活中还真的会出现这么多的巧合、套路，多到连小说都不敢这样写。台湾著名编辑、作家詹宏志先生，就曾经在《侦探研究》一书中讲过发生于台湾的一起离奇事件：

> 一列行进中的火车，因为铁轨被人事先破坏而造成几节车厢出轨，车上有少数乘客受了轻伤，只有一位年轻妇人不幸在意外中死亡，跟她一同搭火车的丈夫却安全生还。死亡的女子是一位嫁到台湾的越南新娘，生前保有巨额的旅行意外险，搭乘火车的原因是要转搭飞机返回越南家乡。但审理赔偿的保险公司很快发现，她先生的前一任妻子也死于意外（系于自家院内被毒蛇咬死），这位前妻的身份，同样是越南籍新娘，生前也保有相当数额的保险。这是太罕见的巧合了。

詹宏志提醒我们：保险公司是不相信巧合的。它的生意基础，就是生命统计与事件概率，对巧合是"极度过敏"的。当保险公司和警方、大众一起扮演福尔摩斯时，该事件便高潮迭起，每当人们认为真相已经昭然若揭，反转便从天而降，引生新的线索。对此，推理小说的读者从中看到了许多推理文学的亚类型，如詹先生本人就联想到了一系列的虚构小说：前一任新娘被毒蛇咬死，很像福尔摩斯系列当中的《斑点带子案》；封闭的移动空间和火车案件引发的保险理赔，很像被希区柯克改编成电影的《小姐不见了》和詹姆斯·M.凯恩的《双重赔偿》；而警员的调查过程更是警察程序小说的现实写照。阅读量不丰的我，也联想到了法国作家保罗·霍尔特的许多本格系作品中的连续杀妻和骗婚事件……

您或许认为，一个纪实作家如果遇到这样传奇的现实事件，一定会心花怒放吧——并不尽然。如果换成虚构小说这么写，挑刺的读者一定会诟病：花哨太多啦！在一个类型故事里叠加那么多诡计，没完没了地反转，把故事节奏和结构的完整和简洁性都破坏了，这是推理诡计的特价大甩卖吗？！

并非作者声称"爱信不信，反正我所言为真"，纪实类写作就能成立。尽管作者对真实的承诺的确会使读者随之调节关于真实的心理标准，但任何有写作经验的人都明白，所谓的如实记录，只能是一种契约，一种妥协。因为叙述必定会遇到逻辑学所谓的"框架问题"：在讲述之前，需要锚定一个基本的问题域，剔除不相关的信息内容。也就是说，叙述是对事实进行筛选，不仅要忽视大量事实，还要进行逻辑和语言修辞上的调度。就如在一张白纸上点一个黑点，多数人会下意识地选择只注意那个点，少数人则会将注意力集中于空白部分——知觉的选择性，导致了每一个事实都可以有千种描述方式。身经百战的推理作家会比任何人都更加了解：整个世界就是一部由小说新手写成的、永远无法出版的大型本格派推理小说。

正因为叙述的选择性特征，纪实推理面临的难题才是双重的：既要在不伤害基本事实完整性的情况下进行叙事调度，又要照顾读者对戏剧性情节的要求。对于这两个问题的处理，通常会有两种写法：一种是作品被修整得很光滑，因为作者运用了所谓的"小说笔法"，把故事打磨得与虚构作品一样，删除了事实中大量不符合故事框架的信息。这种作品缺乏生猛感，并且由于太像规范的虚构文学，会使怀疑始终徘徊在读者心头："作者大概背着我动了不少手脚呢。"

另一种方法，则是刻意避免小说笔法，用研究报告的体例和叙述风格来增加客观效果，突出事实感，比如派翠西亚·康薇尔那部著名的《开膛手杰克的结案报告》。与此相似的方式，是纪实散文式写法，以及新闻写作常用的"客观叙述体"，比如日本作家牧逸马的《世界怪奇实话》。这些手法相当唬人，虚构作家也喜欢，如新本格派的扛旗人岛田庄司就常用这种叙述体来驾驭离奇的题材。

这两种手法，在小说的阅读观感和事实感的保存之间各有长短。那么，有没有既能适当运用小说手法来维持阅读快感，又尽可能地保持事实本身野蛮生长的状态；既维持相对客观的视角，又能提供作者的倾向态度的作品呢？

在此推荐美国作家戴维·格兰的纪实推理短篇集《魔鬼与福尔摩斯：关于谋杀、疯狂与执念的故事》。格兰是《纽约客》杂志的王牌记者，美国当代非虚构写作的代表人物，这部作品集汇聚了他多年来的中短篇非虚构精品，每一个故事都具有反复阅读的价值。格兰的成功秘诀有两点：一是找到事件适宜的叙事模式；二是在不同题材之间贯穿同一个主题。

首先，要处理好真实、虚构和读者观感之间的关系，作者需要具备发现好素材的慧眼和嗅觉，能轻易地在现实事件中找到可以被再现和复述的生长点，让作品由这个点生发开来，既维持小说笔法的合理性，又保护基本事实自然的戏剧状态。

不是所有特殊的离奇事件都值得被讲述，除非它具有某种可以被延伸的、普世的价值。掰开来说，其实就是将纷乱的原生态事件结构变为某种叙事模式。而叙事模式中最主要的一种，就是能找到明显的二元辩证结构。

比如，格兰作品集中的第一个故事"福学家谋杀案"，讲述了某知名福尔摩斯研究者神秘死亡、死因迄今未定的悬案；事件本身具有强烈的戏剧性——一位福学专家住在一座宛如暴风雪山庄的大宅中，从少年时期开始就研究福尔摩斯，中年的时候离奇死亡——听起来多么本格！但别忘了，它可是真实发生过的。身为纪实作家的格兰并非是被这个事件的本格味所吸引，令他着迷的，恐怕是那丰富得快要溢出来的、一对儿一对儿的二元关系：理性和疯狂、学术与创作、作者与人物、作者与读者、真实与虚构、文学与政治、不可能完美犯罪和偶然杀人事件……作者找到了一个单线的事件链条，让这些小主题、小对子以一种不疾不徐的方式逐渐展开，汁水四溢，美味无比。

除了发现二元关系之外，如果作家还能在真实事件中发现我们谈论妖怪推理时讲到的"辻的美学"，也就是二元之间辩证转化的美学，故事的味道就更香甜了。比如，福学家的死亡起初被判定为偶然的随机犯罪事件，但读者发现随着调查的进展，它越来越像无法被充分证明的完美谋杀，而到了作品的结尾，却又出现了一重反转的、颠覆性的解读。当然，这些可能性无法被定论，只能保持着鲜度和悬疑感被定格在那里，但即便如此，我们仍能从字里行间感受到作者的态度倾向性，从而产生一种答案呼之欲出的感觉。

可见，推理文学所依靠的叙事模式中，经常包含一种二元性的冲突、对立或悖论，以及它们之间的相互转化。如果真实事件中包含了这种模式，就会是非常合适的写作题材。其实，叙事模式必然关联着作者和读者共享的问题意识，关联着实然与应然之间的某种落差。比如，从犯罪动机的角度来说，我们看惯了那种为了各种物质利益而乔装改变身份、进行诈骗的故事，那么，你能想象现实生活中，真的出现一个可以熟练改变身份、性格、年龄、国籍、语言和经历，能够迅速融入陌生的环境中、跟他人打成一片的千面人吗（且这个千面人没有精神分裂症之类的心理疾病，其动机也与谋财害命无关）？这种落差型的叙事模式，自然会引发我们强烈的好奇心。格兰收在集子里的第三部作品《变色龙》就是这样一个故事。看了主人公的事迹，你会觉得日本动画《名侦探柯南》里，那位可以随时随地乔装改扮成男女老少的千面魔女贝尔摩德的人物设定，也显得没有那么夸张了。

格兰故事的精彩之处不仅包括了人物经历的传奇性，也包括了知识性。他的新闻写作笔法绵密而扎实，通过主人公的足迹，传递了丰富的社会背景方面的信息。他深谙，只有特定的环境才能生长出人类特定的行为：一个乔装改扮的骗子四处为临时组成的新身份寻找一个完美收容所，其之所以能够行骗成功，一方面当然是出于他的特长，却也是在欧洲国家特定的社会制度背景下和小国遍布的地理环境中才能实现的。

如果说，一种由心理预设的落差所引发的好奇，是我们进入一个真实故事的起因，那么从这个故事中总结出的某种教训，既可以说是我们的阅读成果之一，它通常也就是作品的潜在主题。单纯的传奇事件只会让我们关注一时，感叹一下世界之大无奇不有；只有当我们在传奇中找某种普世性意义的时候，才更可能记住它。

优秀的纪实作家都明白这个道理。作品的成功秘诀往往不是猎奇，而是让个案成为公案。这同样是格兰这部文集的价值所在：虽然每个纪实故事之间没有丝毫关系，但这集子内在的主题倾向是一致的：它们都围绕着"人类的执念"打转。无论是福家学的神秘死亡、千面人的故事、家庭纵火案的翻案调查、一生忙于抢银行和越狱的天才罪犯，还是从事乌贼研究的海洋生物学家的故事，将所有这些短篇串联在一起的，都是人类强烈燃烧的生命执念。正是这种执念，让本来在现实中发生概率不大的戏剧性事件被充分激活，成就了一出又一出的现实版"狗血"大戏。在这些事件当中，格兰发现了人类理解世界的努力和内心抑制不住的狂热，它有的时候带来毁灭，有的时候也带来希望。

今天，互联网带给我们一个规模空前的悖论大礼包：我们获得的信息越多，被遮挡、遗漏、转移、扭曲的就越多；成倍的信息，随之而来的是成倍的反转、成倍的怀疑和不真实感。在这一语境下的纪实推理，或许比其他推理文学类型都更值得我们深思。这早已不仅是真实事件比小说更离谱的问题了，而是所谓的反转型新闻——人人争当"福尔摩斯"，只要有个人或组织试图通过在公共平台曝光信息来达到目的，就必然受到"网络侦探"的审判。不论这些信息是刚冒个头，还是已经有了完整的"小作文"，网民们都像大侦探波洛一样，不仅期待"反转"，甚至断言"一定有反转"。而当反转式预判、设定文化、后真相时代的戏剧性成为新的思维惯性，真正让我们细思极恐的，是有人已经预判了"侦探"们的"预判"：各种舆论主体及背后的权力操盘手都将之纳入考量，在发布信息的节奏上故意施加引导，即使事实俱在、人证俱全，也照样可以无视它。于是，一场场大型推理辩论会每天都在上演，"罗生门"的趋势愈演愈烈，往往引发重大的伦理雪崩，完全改变舆论的走向。

推理游戏一旦照进现实，就再也刹不住车。一方面，人们似乎更加客观、更喜欢多角度思维，不再相信一面之词；另一方面，却又似乎更武断，更相信戏剧性，更相信自己想要相信的。在每一个真实事件当中，我们拼命地投入自己的情感和判断，却始终不能真正拥有"真相只有一个"的柯南式的坚定。这是多么怪异的世界和心理图景啊。

对于生活，我们想要的不是偶然，不是猜测，甚至不是个人的答案，而是某种不经确定，也能得到公论的东西——但这恰恰是生活最不愿意带给我们的恩赐。对于这种遗憾，奇幻文学大师尼尔·盖曼却另辟了一种新视角，他说：

"告诉别人真实事情最好的办法，是从他们想象不到会有真实东西的方向。信仰与梦想的庄严与魔力对于写作而言都至关重要。"

诸位热爱生活、纠结于真实的推理小说爱好者们，一定懂得这句话的含意吧。

游戏：狮子搏鹿

狮子搏鹿。

——乔达摩·悉达多

　　作为最富于游戏精神的文学类型，推理小说中自然少不了游戏题材。经典侦探推理文化的特色之一，正是它的竞赛性。活跃在各行各业的西方文化精英们，早在二十世纪上半叶就开始以推理游戏经营他们的社交圈了。他们主持杀人游戏派对，玩大型桌游，发行推理扑克牌，正是今天风靡中国的剧本杀、狼人杀的前身。这种解谜竞争，既包括了侦探（作者）之间、作者与读者的竞争，也包括了真实案件中残忍的游戏性。1888年著名的英国开膛手杰克案、二十世纪六七十年代的美国黄道十二宫杀手案之所以举世闻名，不仅是因为它们暴力血腥，更是因为凶手给警察局寄出了得意扬扬的挑战信。这实在太符合推理小说读者的口味了。"二战"期间的埃勒里·奎因在小说情节和广播剧中安排了与读者竞猜凶手的环节，在《埃勒里·奎因探案记》中，不仅请听众积极参与，还会邀请世界各地各界的名人组成陪审团一起来推理案件谜团，并感谢陪审团总是提供错误的答案。正如迪克森·卡尔所言，悬疑故事，已经成为这个世界上最声势浩大的游戏。

可见，作为一种新的社交方式和文化实景，剧本杀、密室逃脱产业的基础，乃是百年来侦探推理文学的积淀。然而，游戏与文学之间的关系一向缺乏理论和史学的梳理，加之以中国文学的性格来说，趣味性从来不是第一位的；讨论有趣，似乎就是讨论不够严肃的东西——理论不清，实践不明，便使得这些产业龙蛇混杂。

所以，我们需要严肃地聊聊游戏的本质。

为什么要玩游戏，是文化人类学、社会学和生物学的经典命题。我们知道，动物的游戏是一种生存技巧训练，无论是猫、狗还是狮子、老虎，母亲都会通过游戏手段来训练幼崽捕猎，潜移默化地开发幼崽的身体机能和认知能力——所谓游戏精神，天然包含了实用性的意义。

然而，虽然游戏可以达到这种功利性的目标，但一个有趣的矛盾点是，小孩子和小动物在无人教导之时，也会很投入地玩起来。游戏可以帮助我们生存，但我们却并非为了生存而不得不勉强玩游戏。游戏的特点之一是：它是自发、自愿的；它的过程就是目的。

关于游戏在人类活动中的定位，可以从精神分析学"三我"概念的角度来思考。简单来说，本我，负责欲望和本能；自我，负责理性思考，权衡利弊得失；超我，负责形而上的良知和深层的道德判断。就此而言，游戏对于生存技巧的意义属于深层的、无意识的领域，更多地出于"本我"的欲望和本能；它是功利心最少的、自发自愿的、充满快乐精神的人类活动之一，是人类的动物性呈现。从精神分析学的角度来讲，游戏可能关乎某种驱力（drive）——它是一种在某个场景中发生的、超出纯粹需要水平的能量。例如婴儿在用嘴吸吮乳汁时，手也在积极地帮忙，甚至发展出许多超出其缓解饥渴需求的探索性动作(他们似乎想借此在吸吮和吞咽动作中寻找更多的快乐感觉)。我想，人类从生命的初始，就显示出了强烈的、溢出生理需求的情感欲望，它是一种创造力，而游戏正是这种力量最精致的表现之一。

与游戏的快乐和自愿属性相伴的另一个特点，却是它的规则性。没有规则，就没有游戏。从这个角度来说，它是人或者动物自愿遵从的一种秩序，在一定的时间和空间局限之内争夺输赢的行为。

规则精神并非一开始就出现在推理小说当中。在推理小说的草创期，福尔摩斯总是从读者还不知道的信息当中得到灵感。让读者和侦探保持信息一致的"公平竞争"型小说的出现，是在使欧洲人饱受心灵创伤的"一战"之后的事情，因为那时的人们更需要从推理游戏中获得参与感和解放感。除了埃勒里·奎因的鼓动之外，范·达因、米尔恩和总是喜欢参与侦探小说讨论的诗人 T.S. 艾略特，都开始呼吁作家们建立侦探小说的游戏规则，于是有了诺克斯著名的侦探十诫。它既是小说家遵循的规则列表，也是英国侦探俱乐部那搞笑的新人入会仪式的一部分。只不过，正如现任俱乐部主席马丁·爱德沃兹所说，千万不要太把这些规则当真，它们当中有很多条从一开始就是调侃和反讽，其中有些不断被打破，或者从未被严肃认真地遵守过。评论家和推理小说正史的编纂者们，倒是比制定者本人更重视这些规则。

制定规则和打破规则，永远是同一个硬币的两面。游戏所关联的第一个辩证法就储存在这种现象里。游戏精神既是自由快乐、自愿自发的，又是被规则束缚的、严肃认真的。在游戏题材的新本格推理小说（如方丈贵惠的《赐给名侦探甜美的死亡》、早坂吝的 *PRG SCHOOL* 等）里，各种游戏设定的规则、条件，会自然地转化为谜题的一部分，或极大地增加案件的解谜难度——逻辑推理本来就是在限定条件下展开的，规则的束缚越多，故事就越烧脑。

对于自由与纪律的关系，我们常常听到一句话：认真地玩游戏。人喜欢寻找紧张与放松之间的心理临界点，在这个点上，也最容易考察一个人的性格和行为模式。小说家们也找到了这样的素材：从游戏中挖掘人际关系、展示人物性格。茨威格的小说《一个女人一生中的二十四小时》对赌徒手部动作的描写举世闻名；阿加莎·克里斯蒂的《底牌》，也在桥牌游戏中观察潜在的嫌疑犯。

但如果仅从自由和纪律的平衡来看待游戏，恐怕就会忽略其另一个特征，那就是它的狂热。

讨论游戏最著名的文化人类学专著，要数荷兰学者赫伊津哈的《游戏的人——文化的游戏要素研究》（1938）。他认为，人类所有事业当中取得的伟大成就都具有某种游戏性的成分。一个人在高度专注于解决难题的时候，会产生一种深层的快感，类似于阅读心理学中的"心流"体验，从而把起初非自愿性的、勉强的心态，转化成持续不断的、孜孜不倦的主动钻研的动力。规则的精确性与难度的升级，往往是成正比的：处理的问题越难，规则的限制越精确，人类的热情就越强。在今天的电子游戏世界，有专门为某部游戏发明的、具有严谨语法的架空语言；〔注：如塔语，Hymmnos 语（日语：ヒュムノス语），是在株式会社万普和 Gust 的原创作品《魔塔大陆系列》（PS2 和 PS3 上的游戏软件）中以及其衍生作品和关联作品中出现的一种架空语言。〕而推理小说中，也不乏这样富有游戏精神的创作。活跃于西方推理小说黄金时期的作家马瑟斯创作了一部《托尔克马达解谜书》，其中包括长达百页的"书中书"，页码的顺序是打乱的，每一页都在一个完整句子完结之际也恰好完结，可见创作的难度之高。类似的精心设计，还有意大利的卡尔维诺运用塔罗牌的规则和牌义所写出的小说《命运交叉的城堡》。要完成这样的作品，没有高度的游戏精神是不可能的。多萝西·L.塞耶斯也相当具有游戏精神，或许是得益于她本人在广告公司长期任职的缘故，她的小说创意点子频出：在创作出温文尔雅的贵族侦探温西公爵之后，她又开始兴致勃勃地给这位虚构的公爵的家族建设族谱；她与有名的族谱学家合作，一起创作出，或者不如说伪造出了厚厚一摞《有关温西家族的文件》。此外，还有一些作家不仅将狂热倾注于构思作品里的复杂情节，也挥洒到可怜的读者身上。比如J.康宁顿的《博物馆之眼》（1929）、F.克劳夫兹的《豕背山奇案》（1933），模仿论文的索引和文献综述，在小说结尾补充了一个线索一览表，通过脚注或表格的形式方便读者查找，证明某些关键信息早已在前文出现——其潜台词多半是请你意识到，你有多么迟钝……

　　另一个具有游戏精神的文学技巧是戏仿。当代英国作家安东尼·霍洛维茨以对经典悬疑、侦探推理和间谍小说惟妙惟肖的戏仿著称，作为柯南·道尔产权会授权的唯一一位可续写福尔摩斯故事的作家，他的《丝之屋》对道尔口吻的复刻达到了真假莫辨的地步。模仿上了瘾，他干脆开起了系列："鸟"系列（又名苏珊·赖兰系列）致敬阿加莎；"钻石兄弟"系列致敬硬汉派、谍战类侦探小说，特别是模仿希区柯克电影改编的那些作品（比如模仿希区柯克电影名作《西北偏北》，他干脆来个《东南偏南》）；"詹姆斯·邦德"系列就更不用多说了。

　　从马瑟斯充满机关陷阱的书中书、塞耶斯煞有介事的族谱考证到安东尼·霍洛维茨的严肃戏仿，都提示我们再次引出那个重要命题：真实与虚构的关系。显然，在严格的谱系学意义上去虚构族谱的难度，远非现实的族谱考证所能相比。自古以来，人类就喜欢搭建空中楼阁并常常能够成功，靠的不就是唯意志论意义上的游戏精神？这种精神之强韧，令生可死，死可生，让我们超越眼前的生存需要，去做一些在当下看上去不切实际、无聊无用，却很可能泽被后世的事情。

这其实违背了那句俗语：游戏中的英雄，现实中的狗熊。不少人认为，沉迷于玩游戏的人是懦弱的，他们只是想逃避现实中的压力和焦虑而已。或许如此，但游戏技巧越高，现实的应对能力越差，这一相关性却并不成立。对于一个已经深深扎根于游戏的玩家，你永远不能轻飘飘地对他／她说一句：这只是一个游戏而已。

游戏最神秘的力量，就在于它入侵现实的魔力。认真玩游戏，好比进入到了另一种介质当中，不知不觉，就令一些现实中的事情发生了变化。比如，大侦探福尔摩斯的研究者们。福学研究的规模和派别之多，所研究的问题之难，方法之复杂，现实牵涉之广，丝毫不亚于《红楼梦》衍生的红学。福学家当中的很多人都相信福尔摩斯是真实存在的人物，并以热切的实证精神百般考证。有趣的是，福学家们还有一个水火不容的对头，就是以福尔摩斯的创作者柯南·道尔为偶像的"道学家"。明明是因为同一个作者、同一系列的作品才聚集起来，福、道二派彼此却常常讳莫如深，对于研究当中重要的资料和线索你争我夺。这种势不两立的状态，在旁观者看来简直是不可理喻，但是，一旦深入去了解两种学派的观点和方法，我们会立刻感知到那深如黑洞般的游戏魅力，并开始怀疑自己——福尔摩斯真是虚构的吗？

正如法国哲学家罗兰·巴特的名言"作者已死"——一旦作者创作出作品，作品就不再受其控制。柯南·道尔一生的悲剧，就在于被他所创造的角色淹没。一个在脑海中诞生的纸片人，反过来却让他的作者以及千千万万人的命运发生巨变，创作者和研究者自身生存的痕迹和能量，都被虚构吸进了真实的地域。

正因为游戏和现实有这样致命的联系，我们在以游戏作为叙事主线的小说中，才会看到这样一个经典设计——激将某人加入游戏：你敢不敢下场玩？在美国作家威尔·拉凡德的文学推理小说《深夜的文学课》当中，女主人公就是被这句话改变了人生。

由此引出的下一个话题，便是游戏和它的现实代价。

玩游戏需要有一种内在的松弛感，这来自本我的快乐诉求。另一方面，游戏规则的精确性和困难度所要求的认真和专注，又会让参加游戏的人全身紧绷。在这里，还要加上更沉重的一击：为游戏付出现实代价。

在前文叙及的日本新本格派作家方丈贵惠的游戏推理名作《赐给名侦探甜美的死亡》中，八位业余侦探参加了由某大型软件公司新开发的虚拟现实悬疑游戏产品试玩会，然而，活动却突然变成了侦探和人质之间生死攸关的杀戮游戏。原来，活动策划者由于被侦探错误的推理导致家破人亡，而产生了以杀人游戏报复那些自诩为名侦探之人的想法。被报复的侦探们要让自己和在远方成为人质的家人活下去，唯一的办法就是彼此怀疑，解开同时于虚拟现实空间和现实世界中发生的谋杀案。

作者方丈贵惠出身于新本格派作家发源和活跃的大本营——京都大学推研会，较之前辈绫辻行人的"馆"系列，其"龙泉家一族"系列的逻辑更为严谨缜密，如该作中繁复苛刻的游戏条件设定，精彩的反证和断案环节，虽给读者带来了一定的阅读记忆障碍，却更符合现实中的电子游戏玩法，并真正带来了"游戏的尽头是尸体"的沉重感。游戏的代价，推理非轻，关乎人命。

但，由于珍视的家人性命受到威胁而被迫玩游戏，与游戏在根本上的自由精神是冲突的。就此，歌野晶午的《密室杀人游戏》则走上了另一个极端：几位玩家为了满足自己的解谜快感而制造了现实中的无差别杀人案，可以说彻底丧失了人性。

无论是在他人性命之要挟下被迫屈从，还是为了自己爽快而随意践踏他人性命，在我看来，都并非游戏故事之正道。那么，有没有一心执着于实践游戏自由精神而又兼顾伦理性的作品呢？

我首先想到的作品，是福本伸行的著名漫画《斗牌传说》。故事讲述了太平洋战争后十三年日本经济高速增长的时代，各种地下组织和帮派非常活跃，出现了许多传奇的冒险英雄。此时，一位叫赤木茂的少年闯进了某黑帮组织的麻将赌局中，开始了他的赌神生涯。这是典型的斗智类冒险故事，因为在麻将牌局的解局过程中具有充足的解谜和推理元素，也可归于侦探推理小说族谱当中的变格派。作者将游戏和赌博深深契合到一起，不仅对于牌局和人物心理有精密的分析，还通过故事主线中赌注的升级——从天文数字的金钱直到以生命为代价——对赌博和游戏的本质进行了深入探讨。

如果说，游戏精神的本质是反功利的，而赌博似乎是功利的。关于赌博，一个永世不变的金句是："没有人赌一块钱的。"赌博的代价、损失和收益都如此高昂，与本体论意义上的游戏所具有的非功利的、完全自愿的本能性快乐，似乎处于一个极端的对立面。因此，小赌怡情如何发展到惨烈的大赌博，是该题材的故事最普遍的套路。

那么，赌博究竟算不算一种游戏？正是在这悖论的交界处，《斗牌传说》建立了它的游戏哲学：说到功利心，或许，只有一次的生命本身就是最大的功利了。倘以生命为赌注，赌博便似乎成了反功利的冒险行为。《斗牌传说》的设定，因此呈现出了游戏精神和功利主义之间的张力。在此，赌博是否能称为游戏，完全由参与者自身的态度所决定。对于真正的游戏玩家来说，游戏的自愿精神至高无上，无论再高的代价压力或利益刺激，都不能取代源自快乐本能的动机。主人公赤木茂就是一个将自愿精神视为无上之道的独特人物：起初，他为了金钱参加赌博，后来随着游戏难度的升级，钱财之于他已轻如浮云。即使是在以生命为赌注的麻将局当中，他仍然将游戏的本我性快乐当成最高理想。

当本我快乐完全超过了自我之利益权衡的时候，人不是堕落成兽，就是开始走向自己想象中的升华，创造出独特的超我哲学。这可能会让我们想到犯罪心理学常常提到的快乐型罪犯，正如前述《密室杀人游戏》中的那些玩家，其思想和行为完全越过了游戏和现实之间那道脆弱的界线。

好在，纯本我快乐型的罪犯，无论在现实还是在小说当中比例都不太高。故事里更常见的高智商罪犯，总是一些伪装成快乐罪犯的人。他们将冷血的杀人游戏当成烟幕弹，其真实动机仍是普通人更容易理解的求财骗色。比如，绑架题材的推理小说中的常见情节是，绑架犯打电话给警方：来玩一个游戏吧！现在让你们的人带上赎金，在四十分钟内从东广场赶到西广场，不能准时到的话，每过十分钟杀一个人质。罪犯看上去很变态，其实不过是想通过折腾来制造不在场证明。这类情节，在推理漫画《金田一少年事件簿》和倒叙推理电视剧《古畑任三郎》等作中都有精彩的呈现。

一些自认为真正的游戏文学作者并非如此：他们视玩游戏为神圣之举，不会将之作为烟幕或面具。如福本伸行便致力于使读者充分感受到游戏的自足性和狂热。不管故事里的社会背景多沉重，游戏感才是底色，而人是在哪一种因缘际会当中才会将被功利心所主宰的理性动机转化成游戏的自由状态，是这类故事最精彩的部分。我们的人格的确是多样的，但它们中的一些只有在特定的氛围下才会被激发。比如，阿加莎《底牌》中的某个人物，其功利性动机的背后就潜伏着一种暗潮汹涌的快乐本能，因此成为阿婆笔下的罪犯族谱中极具特色的一位。

这让我想到了佛家那一句谶语"狮子搏鹿"。它比喻修行者战胜烦恼困境所必备的内心态度。表面上，狮子和鹿在激烈对抗，但两者的心态却完全不同。对于鹿来说，这是一场充满恐惧和绝望的生死搏斗；对于狮子来说，这只是一场认真的游戏。

显然，佛家这一比喻是要求修行者当一头狮子，拥有超脱于功利的智慧与精力，同生命中所有的困境相游戏，甚至与生死本身相游戏。修行者若能在日常生活中时刻保持内在的省察与觉照，那么穿衣吃饭、嬉笑怒骂、死去活来皆是道，皆是游戏；如若不能觉察，那么就无道，也无游戏，你将死在一个名为现实的概念中，永远被它牵着走，因为你把一切都当真了。

问题在于，在我们与困难、与死亡之间，谁是狮子，谁又是鹿，这是可以随时宾主易位的。当困境排山倒海而来，你敢有狮子的自我担当吗？或者说，死字当头，还能玩得起来吗？

从《赐给名侦探甜美的死亡》中的激烈反证到《斗牌传说》中的博弈情节，都让我想到，古代印度和中国的禅宗公案里，常有辩论经义的场景，并非如大学辩论会一般只是打一打文字机锋，而是真实以生死为代价的。辩论的内容，是双方对于根本世界观的理解，输了的人输的也不是一场游戏，而是对世界的根本看法。古人认为，世界观，也就是见地，才是关乎生死的。因此，输者会任凭赢者处置，被对方杀死也不能有怨言，这便是禅宗所谓的提头来见——它不是文学比喻，而是真的会产生一具尸体。

有趣的是，当提头来见——这样刚烈的、以死为觉悟的代价——被挪移到了文学、绘画等艺术形式中，却还是变成了一种纯粹的休闲游戏，一种美学修辞。而一些推理小说，如京极夏彦的《铁鼠之槛》，又反过来把这种美学化了的文字游戏再次挪回到它本具的生死语境当中，让死亡本身成为游戏。

从前有座山，山里有尸体

　　游戏种类多矣，但就原型而言，仍可分为两大类，一为对抗型，一为寻宝型。阿加莎就有一部以寻宝游戏作为案件缘起的小说《古宅迷踪》。寻宝，是英国乡绅游园会里经常玩的游戏项目，主办方会在广大的房子和花园各处埋下一些线索提示，玩家根据提示一步一步地找出宝藏。既然是古典解谜类小说，那么你多少能猜到，故事里的游戏过程中会真的出现一具尸体，引发参与者的骚乱，使游戏被迫中止。而当故事内的寻宝游戏结束之际，作者跟读者之间的推理游戏也就开始了。

　　可见，游戏推理故事往往包含了一个套层结构：只有里层的游戏结束，外层的、跟读者一起开展的故事竞赛才会启动。这样的结构在文学叙事学中具有某种原型的、象征的意义，当然并非只有推理小说才具备。

　　比如，中国现代的才女作家张爱玲那部著名的中篇小说《倾城之恋》（1943）。这是一个发生在太平洋战争期间的、悲喜交加的爱情故事。很少有人注意到，这个故事是具有游戏性的，它同时包含着对抗和寻宝两个要素。故事的前半段突显的精神正是狮子搏鹿：这是一场单方面的恋爱游戏，女方白流苏是旧式大家族里因为离了婚而在娘家地位尴尬的、焦急地等待着再嫁的大龄女青年，在与男方相遇时，她正处于严重的生存危机当中，并没有玩爱情游戏的心情。而男方是一个富二代花花公子，游于花丛中毫无心理负担，如同狮子操纵鹿一样操纵女方的身心。对白流苏来说，这场恋爱不啻一场寻宝游戏：首先是一种对抗，她要吸引男方，让他始终保有身为狩猎者的兴趣，不能对她失去新鲜感；另一方面，她又不能轻易委身于男方，因为，除了东方传统女性的矜持与受到现代新教育的价值观念糅合在一起的魅力之外，她那尚未被对方占有的身体，才是吸引男方的真正资本。作为这场并不平等的恋爱博弈中弱势的一方，她真正想要的，是婚姻这个宝。这种僵局最终是靠战争打破的——香港岛被日军入侵——倾了城，俩人的恋爱游戏也就结束了。正如 G.K. 切斯特顿的那句名言：隐藏尸体，就在战争里——个人的命运和宏大的集体历史事件之间的戏剧性冲突，在这个场景里仍然适用——隐藏个体的机运和成功，隐藏啼笑姻缘，也同样是在战争里。

《倾城之恋》中的恋爱游戏到了最后，抛出了一场婚姻，这和阿加莎提供的侦探故事——寻宝游戏最后，抛出了一具尸体——在结构上其实是一致的：它们具有同一种反讽性的象征意味。我们可以把切斯特顿的话再来一次变奏：隐藏尸体，就在游戏里。当恋爱中的某人说，这不过是一场游戏的时候，就意味着当事人持有一种玩世不恭的轻松态度：我们之间的恋爱游戏，并不应该打扰严肃认真的现实生活。

然而，所有的游戏推理小说与读者之间的那份共情和承诺，却是一定要依靠着某种现实因素来实现的。在这类故事里，为什么游戏总是会被突然冒出来的尸体所中断？就是因为，游戏和现实之间原本就只有一线之隔，当灾难大得像游戏，就好像隔着窗户看外面的狂风暴雨。观者把暴雨当风景来欣赏，是因为他站在一个安全的位置，但这种安全感是极为脆弱的，只要窗户破碎，风景就变成了灾难。反过来也一样：无论风雨多大，只要躲在屋子里，灾难又变成了风景。游戏推理小说就是这样，把我们潜意识里对生活的恐惧和期望转化成了阿加莎笔下的寻宝与尸体相伴的故事情节。

寻宝游戏的本质，是无止境地追逐欲望客体。东西方的经典叙事里，也常有原型化的寻宝故事，比如《西游记》取真经、基督教找圣杯。

关于后者，意大利当代学者小说家艾柯就曾经写过以玫瑰十字会为主题的著名推理小说《玫瑰的名字》，我们更熟悉的丹·布朗的《达·芬奇密码》，也是围绕着争夺基督教的秘密宝藏而展开的。寻找圣物是一个漫长的宗教传统，它不断地衍生出各种推理故事、冒险故事和恐怖故事。但真经也好，圣杯也罢，不论其在现实中是否真的存在，在叙事的层面上，它们都一定是一个空集合，需要作者运用情节来逼迫读者反复追问：宝藏到底是什么？我们所追寻的到底是什么？

就此而言，侦探推理小说的鼻祖级作家爱伦·坡的短篇名作《失窃的信》，就用解谜的方式作了回答。用符号学的术语来说，这个宝物是典型的"空洞的能指"：你所追逐的那个宝贝，其实不能真的被追上，一旦被追上，它马上就变成了空洞。魔术和谜题都是如此，机关一打开，魔法也就解除了。这就是为什么，作为一种欲望符号，所有的艾琳·艾德勒都必须处于神秘难解、无法被福尔摩斯掌控的状态。爱情的火焰，解谜的火焰，越是受到阻挠就烧得越旺，一旦失去阻碍，接到手里的爱情和谜题，就变成了尸体。

一说到"空洞的能指"，我就想到家里的小狗爱玩的游戏。把玩具扔给它，它接住，再扔给它，这是一个不断的失去——寻找、寻找——失去的过程。这既是寻宝游戏，也是对捕猎行为的模仿；有趣的是，小狗不仅仅满足于把东西接住或者找到，它还需要主人看着它玩。嘴里的玩具咬得正欢，主人一将视线转移，玩具立马"不香"了——游戏，既是追寻宝物的单线过程，又必须叠加一个情境，那就是目光的交流。既定的规则，需要以一种生物间的动态关系作为密钥来激活。如果没有这种即时性的交流，一旦主体达到目的，找到了宝物，游戏本身也就失去了意义。

可见，互动性，是游戏的另一基本特征。游戏是动态的展览，需要现在进行时的场域，而该特征则又引出了游戏结构最后的本质特征——重复。

一般的故事，往往按照一个线性的因果链条展开，因在前，果在后。时间如箭，射出去就不复返，主人公追求的目的达到了，故事就结束了。而游戏的结构逻辑，却是把线性的故事元素通过不同人物的现场演绎，转变成一个无限重复的图式。从本质来说，它是环形时间和线性叙事的纵横搭配，是一种十字架式的完美结合。

从这一角度来说，游戏，是无数次重来的人生。比如，日本新人作家木元哉多的《阎魔堂沙罗的推理奇谭》，走的就是奇幻加游戏的轻小说设定。故事中，死了的人要接受阎罗王的审判，上天堂或者下地狱，前提都是忘却前尘过往，开始新的生命。但总有一些人执念未了，既想知道自己到底是被谁杀害的，更不甘心莫名其妙地死掉。于是，阎罗王的女儿沙罗就给了他们十分钟的时间，让他们根据脑海中生前的最后回忆去推理出谁是杀害自己的凶手，或者推理出自己死前心中所执念的事情。如果推理得正确，就把时间倒退回他们死前的那一刹那，帮助他们重续生命；如果推理错误，就将他们打下地狱。这个设定与《斗牌传说》有点相似，其赌注都以生命为代价。由此也可以考量人物在生死关头的执念的超功利性：有的人积累了善行，本可以顺利上天堂，但他们仍然决心赌一把，哪怕错了就必须下地狱受罪，也想要知道真相，以原本的身份继续生存。

由此案例，我们再次看到了游戏的结构：由不同的人物将同样的规则演绎成独一无二的版本。这种重复性的行为，从反方向消解了推理小说从游戏抵达尸体的唯一性结局。

听起来又抽象了？那就重温这部名为《深夜的文学课》的小说。它是按照好莱坞式的简易戏剧结构写成的游戏推理故事，同样隐藏了寻宝加对抗的双重游戏情节。故事讲的是，有犯罪前科的文学教授带领一群优秀的大学生，通过阅读文学作品去寻找它背后的神秘作家（亦即可能的凶手）。这种情节的本质显然也是一种寻宝游戏，在这个过程中，追寻者之间、追寻者和被追寻者之间都构成了一种内在的、逐渐被揭发出来的对抗关系，尸体也在此过程中一具又一具地被抛出来。真实与虚构，游戏与现实形成了无止尽的迷宫。参与者要熟读这位作家的作品，甚至能倒背如流，随时随地与身边人在现实中演绎小说中的情节，然后通过对方能否正确回应来验证他（她）是否具备游戏资格。将某一个作品情节在现场演绎出来，就象征着游戏转化为现实，即玩家把故事玩成了独一无二的现实。可以说，小说虽然找到了真相，锁定了幕后的人物，在叙事的表层是有唯一结局的；但是，它内在仍然暗藏着这种重复性的游戏结构。作品的潜台词是：只要这位作家的作品还存在，"从前有座山，山里有座庙"的套层就仍然可能会吸引新的玩家，同样，也还会制造出新的尸体。

　　了解了游戏这一重复性的结构特征，就可以再讲一讲二次元文化的故事了。在新媒体时代到来之前，二十世纪初的文学作品已经具有了用小说带动游戏的商业模式。比如，柯林斯出版社宣传其"犯罪俱乐部"的时候，就推出过推理卡片游戏；1948 年英国的桌上游戏《妙探寻凶》则让我们看到了当今二次元文化的运作模式。只不过，那时还是小说给游戏提供基本的叙事线索，而游戏则是一种将人物从原著文本中挪移出来加以重新组装的衍生品。也就是说，在推理小说的黄金时代，小说是正统，游戏是附属品；而到了二十世纪九十年代以后，围绕着同一个基本故事设定的各种产品，比如游戏、漫画、小说、影视剧，谁先谁后，谁主谁次，就很难说了。这是一个被社会学和传播学学者称为"资料库"（东浩纪语）的时代：一个故事的形成，是先有一个封闭的游戏规则、一组基本的人物设定、一个基本的情节链条，然后，这一坨东西就可以在各种媒介和体裁如小说、动漫、游戏、影视剧当中被随物赋形，到了哪个媒介当中，就变身成适应哪个媒介的表现方式。

——这就是所谓的二次元文化的内在特性，也是互联网时代所有文化产品的基本特征之一。这些产品不是在完全做好之后再投放市场，而是从策划阶段起，就有读者或用户的想法和声音参与进来。这是一个彻头彻尾的、过程即目的的时代，游戏式的互动性体现在产品从生产到接受的每一个阶段。一部小说的故事，不仅有它自己的背景设定，还从属于某一个更大规模的文本网络；小说即便完结了，但其情节模式或人物的设定却没有真正终结。任何一个故事中的意义编码仍然可能在无数体裁中漂流重组；而这些意义，也在从生产到消费的整个动态传播过程中被不断地重新编织——这是赛博空间的特征，是游戏的结构特征，它的关键词只有一句：无尽的互动。

在人人满口"元宇宙"的今天，普通读者对二次元文化的无尽互动性也不再感到陌生。尽管玩弄时间循环的科幻、恐怖和推理故事由来已久，但是只有在这一时代才第一次彻底地侵入现实，深刻影响了大众的认知。对于每一个普通人，如是提问都不再是遥远：我们过的是元宇宙版本的现实生活，还是局域网版本的现实生活呢？谁的哪只手，能让游戏与真实在伦理的天平上得以均衡？从韩国电影《鱿鱼游戏》到中国电视剧《开端》，从宏大的《流浪地球》到黑色幽默的《漫长的季节》，在现实世界的戏剧性起伏带给人们一种游戏般的虚拟感的时刻，无限流的时代也正式开始了：古老的易经和佛学对于轮回无尽、生命无限的认识，与讲求逻辑的现代推理小说，在宇宙共同体的莫比乌斯带中，也真正地相遇了：让我们像在绝境中玩游戏的英雄那样，勇敢地承当这如梦如殇、亦真亦幻的人生吧！

时空：现代与传统，东方与西方

时间像个小孩子。

——安哲罗普洛斯（希腊导演）

聊推理小说的人，必不可少的话题，就是时间和空间诡计。从黄金本格到日系推理，到我们当今的剧本杀、密室逃脱游戏，绝妙的时空诡计可以酿造出种种"完美犯罪"。

先抛开具体作品，让我们回到一个"元"问题——时间和空间的本质是什么？

人类的一切学问，都依止特定的时空观而成立。即使在日常用语中，时空意识也无所不在——你看，前面这句话里的"即使"便是一种时间意识，而"无所不在"，就是空间意识；"进一步说""退一步讲""做过头了"，则既指向时间，又指向空间。

时间是什么？空间又是什么？本质上来说，是局限。

如今"元宇宙"成了熟语，然而这叙事再宏大，也不过是更长的时间、更大的空间罢了。古人说，一个有机生命，是由"寿""暖""识"三者组成的。时间——生命的长度，是"寿"；"暖"即温度，遍布身体所在的空间范围，也区隔着身体与外部空间。在推理小说当中，尸体温度与死亡时间的关系总是诡计运行之处，将身体当成物理空间的思路更是常被用于制造密室诡计，如爱川晶的《女巫馆的密室》、歌野晶午的《密室杀人游戏》、早坂吝的《双蛇密室》皆然。

但"寿"和"暖"又是由何产生的呢？这就涉及第三个要素——"识"，也就是俗称的灵魂、神识等。民国时期的著名佛学大师冯达庵先生在《心经广义》中说，众生"识力狭隘，不得不循序观察，递显其相。循及之际，若有物生。已循之后，恍若物灭。生生灭灭之间，物相交相变换；遂觉世间有生灭无常之法。"大体是说，时间是因为众生的观察能力有限而生成的，众生"因意识缘虑而有空间；依空间衬出种种幻象"。

虽然是深奥难懂的宗教哲学，但这种时空观却广泛地体现在古代文学当中，特别是笔记怪谈故事里。南朝梁文学家吴均《续齐谐记》当中一则名为《鹅笼书生》的故事曾为鲁迅所欣赏。该故事用俗语转述，大体是这样：一位手提鹅笼的人行于夜路，巧遇一位书生。书生请求道，天气寒冷，愿能入鹅笼中取暖。这人允诺了，于是公子走入了鹅笼。

讲到这里，一切都平平，但点睛之笔在后头：书生走入鹅笼，笼不见变大，书生不见变小。

很显然，这个故事令人细思难忘的内核，在于它实际上无法被人类的肉眼视觉化。对于已知的地球人现有的认知和视觉而言，故事中的最后一句是很难成立的，至少在三维空间的思维局限下无法想象。而从古人的角度来说，这毋宁说是一个暗示着"开悟"的故事，开悟者或许不是那位奇妙的书生，而是旁观一切的提笼者。

怎解？其实，所有的故事都由两样东西所支撑：能观察的"主体"

和所观察的"世界"。故事里的最后一句如蜻蜓点水般越过了"大"与"小"之间的致命矛盾，显然来自一个特定的"能观"视点：他所见到的世界，恐怕已经突破了意识—空间的牢笼，打破了老子"有无相生，难易相成，长短相形，高下相盈"这个无止境的二元模式，而进入到普通人所未知的神性当中了吧。如果转化成佛学术语，就成了《心经广义》当中的那句："空间若无，幻相无从出现；只觉一段清净法性，是谓无方清净；即会得第一义谛矣。"

宗教哲学跟侦探推理小说有啥关系？我们说过，本格派侦探打破常规的思维，其实跟佛家、道家的修行思想很相似。因为这些哲学所谓的"不垢不净"之类的概念，并非地板脏了的不净，而正是指二元对立思维。只要你受困于这些相对的观念：太黑，太白，太冷，太热，太大，太小……就是"不净"。

本格派，特别是新本格派作家笔下的不可能犯罪，恰恰是在打破这些观念："原来这里还能当作卧房来使用""仿佛有一千个人进到卧室来杀了他"……

可以说，推理小说的时空诡计正是以人类生命局限为赌注，历数在天然的或人为的时空牢笼之中能摆弄的招数，是人类戴着镣铐跳舞的成果。

那么，从时空这个"元"角度去考量推理小说的诡计，有没有能贯通古今东西的线索？或者说，推理小说作为一种尤其爱摆弄时空观的类型文学，它自身的时空观的沿革是否有规律可言？

很早就有人探索时空观念对于人类文学、艺术和科学的重要影响，例如美国当代学者伦纳德·史莱因的《艺术与物理学——时空和光的艺术与物理观》一书，就试图建立起一种言说的范式，一方面把科学、艺术和文学打通，另一方面把欧洲文化和东方文化的关系打通。这种范式，正是依止时间、空间和光线这三个要素而建立的。用这一范式去理解推理小说当中五花八门的时空诡计是再适合不过了。为了对这些诡计有一种"超越式的理解"，且让我们先按下小说，简述一下史莱因著作的思路（特别是两大类型的时空观和它们的历史沿革），作为阅读诡计型推理小说的前置准备。

有关空间的工作，是欧几里得进行的。

故事还是要从古希腊讲起。史莱因认为，古希腊人给欧洲人在空间观念方面的巨大贡献，就在于他们完善了几何学——最早的空间性学科之一。虽然更东边的文明，像埃及、巴比伦、印度都有几何学，但却是希腊的欧几里得把这门学问的空间理论明确地体系化了。他做了两件事情，让所谓科学的文明迈进了重要的一步：第一，给出定义；第二，提出公理（无须证明真实性）。

下定义、作判断，是人类文明的特长之一，也是侦探解谜的基本条件。那么公理意味着什么？我们从小就学习"平行线不相交""直角一概相等"，却往往忽视了这些公理的一个特征：它本身无须证明，却仍然有赖于某个假设才能成立。欧几里得的空间观处处建立在假设的基础上：它假定"空间必须是均匀的、连续的和各向同性的，不存在坑洞、鼓包和弯道，如果把直线当作一把尺子，那么想象中的空间就可以被编号，然后分成小块，这是可量度的欧几里得空间。"

正是以可量度的欧几里得空间作为基础，后世密室型推理小说才形成了它的主流派系。如约翰·迪克森·卡尔的名作《三口棺材》当中一段著名的密室讲义，侦探菲尔博士对罪犯常用的密室诡计进行了分类解析，其中一句话精准地向欧几里得的权威致敬："反正不管它们怎么变化，都是基本雏形的延伸。"

所谓的基本雏形，就是欧几里得对空间的假设："它必须是完全空虚的，放进去东西，它本身没有任何变化。"注意，行动变化，而空间本身没变化。这一点非常重要，因为它决定了某些密室诡计不管看上去多么复杂，本质上仍然是人或者物在不变的空间里进进出出，诡计的重点是利用时间差、人物乔装造成错觉或各种机关道具。从加斯东·勒鲁的《黄色房间的秘密》到卡尔本人的《犹大之窗》，欧美古典解谜派推理小说基本没有脱离过欧几里得的阴影。

把目光移到推理小说欣欣向荣的日本，以密室为主题的作品更是多不胜数。如被称为短篇鬼才的大山诚一郎的短篇集《密室收藏家》。集子里有五个年代不同、各自独立的密室故事，侦探却是同一位号称"密室收藏家"的神秘人物，他会突然降临密室案件和现场，破案之后就消失无踪。而尽管时间跨越百年，他每次出现时都是一样地年轻。显然，这只是一个人格化的象征符号，用来向不同时代、不同风格的密室推理小说致敬。比如 1937 年，正是日本人积极阅读和学习欧美黄金时代解谜派的年头，该篇故事当中的密室类型亦是此类风格，而密室成立的条件则是由那个年代的科技局限所决定的，我们可以简单地解释为："想想那个年代还没有什么。"第二个故事的背景是 1953年——日系本土的本格推理崛起的时代，该篇的密室风格也在向创造了经典侦探金田一耕助形象的横沟正史致敬。第三个故事发生在 1965年，日系本格衰落，松本清张们的社会派崛起，这篇故事中的密室只重人情伦理而不重物理技术；第四个故事发生在 1985 年，日本的新本格派崭露头角，恰如本作中的密室；第五个故事的背景是 2001 年，本格派和社会派的界限越发模糊，而本格派所喜爱的巧妙谜题和社会派探讨的深刻人性在这个故事中也更鲜明地融为一体……大山诚一郎的作品不见得多么高明，但这种悄悄地在短篇之间勾连出前后相继的关于过去、现在、未来的时间线的布局方式却别有趣致，也让我联想到接下来要讨论的时间问题：按照史莱因的说法，古希腊人的空间观是欧几里得改造的，那么，时间观又是谁改造的呢？

时刻表诡计的源头在哪里？

可量度的欧几里得空间有一个最佳搭档，就是亚里士多德时间。史莱因说，有关时间的工作，是亚里士多德进行的。正是这位哲人在欧洲历史上最早关注并阐释了讲故事的因果逻辑、情节和引发情节的动作，从而成为叙事学的始姐。然而很少有人注意到，亚里士多德之所以能够为叙事学奠定基础，乃是因为他首先做了一个重要的开创性工作，就如在中国道家的故事里有人劈开了混沌，让天地分开，从此一团混沌有了七窍，开始能看、能听一样，亚里士多德所做的工作，就是大刀阔斧地对古希腊神话的时间做了处理。

无论古今东西，神话时间的基本特点往往都是混沌的、不可考据的、暧昧模糊的。古希腊神灵众多，不同代际的神在一座神山上相处在一起，明明在一个空间里，却似乎有的神成长，有的神不成长，有的儿子比父亲还老；而神的时间和人的时间更是天壤之别。如小爱神厄洛斯（罗马名丘比特）似乎永远以长翅膀的小孩身份在天上人间处处捣乱，然而在个别故事当中，却又会成长为青年，与人间的女子谈恋爱。如果要把这同一个爱神的行动放置在线性时间轴上，又常常会发生先后矛盾的情况。

正因此，我们才会对神话留下一个基本印象：没啥逻辑可言。除了因为神话是古人的集体创作，更深层的原因可能还在于早期希腊人的时间观与现代人不同。史莱因特别举了一个例子：命运三女神。她们的职权超过一切，无论神还是人都不能违抗。在职责上，她们一个负责纺织生命线，一个负责分配生命度数，另一个负责收回生命线，而这三者的工作却是共时性的，并没有先后的秩序。

这就要说到亚里士多德的创见了：他认为，命运三女神的职能应该分别代表过去、现在和未来。于是，三个人的协作任务，就从共时性变成了历时性。

听起来多么地简单，但又多么地重要！一旦有了抽象的、线性的、连续的时间和可量度的空间，会发生什么？

——没错，逻辑学就诞生了！我们知道，作为研究人类思维模式，特别是推理和论证模式的学问，逻辑学可是推理小说之"推理"的核心法宝之一，如果没有它，所谓的侦探解谜就不能称之为"科学"，而是跟民间巫师的跳神相距不远了。逻辑学声称可以为特定的命题区分正确推理和错误推理、可靠论证和不可靠论证，其条件是什么？是因果论。而在因果论当中，时间是至关重要的。传统的希腊形式逻辑（Formal logic），无论是归纳法还是演绎法，都有赖于先因后果的三段式来展开，由各种连词衔接逻辑顺序，一步一步进行推理。可以说，亚里士多德的这一创见，不仅为逻辑学的蓬勃发展牢牢打下了根基，也为千年之后推理小说的蓬勃发展准备好了前提条件。

但是，我们不能因为亚里士多德对于逻辑的强调，就否认传统神话当中蕴含的人类经验和哲学智慧。运用逻辑思维的你可能会频频质疑：原版的命运三女神实在强大，连万神之王宙斯也无法抗拒，但是她们自己也不过是古神生的孩子，她们的命运又是谁给的？既然她们能决定万物的命运，为什么自己不当神王呢？……这样的问题在《西游记》里也有：孙悟空明明一个跟头就十万八千里到西天，直接把经取来就好，为什么非要陪着那几个人跌跌撞撞一步一步走？……

　　能提出这些问题的你，多么地聪明！你一定觉得神话全是漏洞？但可惜的是，它们并非我们用来质疑神话的合法武器，因为你的这些问题，正是基于后世在亚里士多德深刻影响下所形成的"常识"，是基于线性时间、先因后果的逻辑思考而产生的，而神话的时间观念本来就不是线性时间；神话学的宿命论更不能用先因后果的思维来解释。神话和宗教里的时间观，甚至往往会先果后因——俄狄浦斯的悲剧就是来源于这种时间观。《西游记》也是一样，不懂得其中道理的人，只会将猴子被迫步行西去的原因归于"神佛菩萨们出于情节进展需要而不得不变成故意折腾猴子的施虐狂"，实际上，这种神话的情节安排，乃是基于"共时性统制历时性"的时间观演绎出的理（可顿悟）与事（要渐修）的关系而展开的。

　　史莱因总结说，有了欧几里得空间和亚里士多德时间这对好搭档，逻辑学开始在古希腊产生一系列影响深远的后果：

　　第一，科学和宗教分离了。科学有了线性时间做支撑，就不再需要神灵那先果后因的宿命论预言了。那么，当时间摆脱了神话，又产生了什么？对，就是编年史！当我们说神话里的事件真实性不可考，并非因为其内容是怪力乱神，而是因为其时间不确定、空间不明晰。而编年史的基础之一，正是线性的时间轴。公元前五世纪的希罗多德，是第一个从神话中挣脱出来的欧洲历史学家，他按照线性的先后顺序来编排希腊历史事件，承认历史事件的绝对唯一性。

　　史莱因还说，几何学在采用字母体系的希腊如此发达，也并非偶然。因为文字内部的间架结构和它排列表达意义的方式，同样反映出一种空间调度理念和线性的时间秩序，而古希腊人使用的字母文字，正代表了"理解事物的抽象化、线性化和连续化"，这与现代推理小说的叙事逻辑是相符的。

逻辑学不仅影响了历史学科的进步，还影响了希腊的民主政治和法学体系，这两者都强调语言之术，主张真理越辩越明。希腊人爱辩论、喜演讲，成年的男性公民最好要懂得几何学和逻辑学，一个人如果逻辑混乱，就会受到鄙视。

同样，逻辑学也影响了希腊的美学。众所周知，希腊人崇尚理性的、和谐的、黄金分割的美学。而理性与和谐，亦离不开时空观。雅典卫城便是欧几里得空间观的典型体现，而古希腊瓶画上的人像则向着单一方向去运动，正是线性时间观影响的结果。

当然，这种影响也体现在文学叙事当中，如悲剧《俄狄浦斯王》。现代人对这个故事的了解，主要来自弗洛伊德对于"恋母情结"的命名和阐释，正因为"俄狄浦斯情结"的光环太亮，人们往往忽略了弗洛伊德以推理小说迷的身份对该剧的深层迷恋——该故事当中存在着两种并行的时间观：一种是过去、现在、未来的线性时间，简称历时性；另一种是"刹那即永恒"的多元时间，简称共时性。而剧作家索福克勒斯对该神话的加工，正体现在两种时间观的PK——他已经在用亚里士多德的线性时间来对抗神话当中的宿命时间了。

这两种时间跟推理小说有什么关系呢？首先，西方推理小说的叙事基本规律，就是以线性时间和由它所衍生的先因后果的逻辑作为组织故事的核心秩序。黄金时期解谜派推理小说的英文表述叫"whodunit"，注意不是do，而是dun——出了事儿再往前找，倒果追因，对谜题进行回溯性解答。

因此，线性时间是推理小说之"推理"行为的成立基础，是骨架；以此为轴心，它又可以包裹各种多元性的时间，构成"乱花渐欲迷人眼"的谜面，堪称推理小说的血肉。也可以说，推理小说正是习惯于用线性时间来统制多元时间的叙事类型。

那么，这跟弗洛伊德的专业——心理学又有什么关系呢？其实，用线性时间来统制多元时间，也正是现代心理学观念体系的建构逻辑。心理学的研究对象，是人类个体的潜意识和人类文明的集体无意识，它们就像梦境、沼泽和原始森林一样，混乱无序，是巨大而丰富的记忆仓库；而心理学的任务则是在无序当中建立秩序和意义，对没头没尾的梦境、混乱的行为习惯和莫名的病理表征赋予合理的解读。而这种秩序的赋能，仍然依赖于以线性时间秩序对事件和症状加以重塑，从而使之逻辑化。仅仅是从这两种时间观的差异中来看，我们就能稍微理解，弗洛伊德为什么会对推理小说那么感兴趣了。

回到推理小说的诡计类型上来。欧几里得空间是主流密室诡计的构成基础，而对亚里士多德时间的极度推崇，也产生了另一个重要的诡计类型，并发展成推理小说当中的一个分支，即所谓的"时刻表诡计"。

在推理小说的黄金时代，时间诡计的花样还不算太多，很多作家对时间的运用往往体现在讲故事的层面：把牌打乱，再按线性顺序码好。比如迪克森·卡尔的《天方夜谭谋杀案》，人物分别出现在几个时间段和不同的地点，行动和事件又多又密，但只要你有耐心，一点点列表整理时间线，会发现这个事件很简单，甚至有些无聊。

这类作品并没有故意在时间上玩弄复杂的手段，只是作者用花开几朵，各表一枝的方式来展示不同的人物行动，让读者和局中人看不清时间线罢了。真正的"时刻表诡计"，是指故事内的作案人为了制造完美犯罪、获取不在场证明等需要而在时间上玩的花巧。该类诡计最盛行的地方，还是日本。

日本在"二战"后经济腾飞的几十年里，一直以交通工具的准时而自豪。可以精确到分秒的交通计时，很快就被推理小说家用来制造谜题了。作案人利用火车、飞机、地铁时刻表在时间差上做手脚，而侦探则同样通过对这些时间差进行细致的分析来破解罪犯的诡计。这类诡计各派都爱用，从社会派的松本清张到本格派的鲇川哲也、高木彬光，再到新本格的岛田庄司、大山诚一郎、贵志祐介、早坂吝等人，时刻表越来越复杂，差异只在于该类诡计在作品中的轻重功能。但万变不离其宗，作品中时间的类型，多数仍然是亚里士多德的线性时间。

　　比如松本清张的作品《时间的习俗》，写的是警察盯上了一个拥有强大不在场证明的嫌疑人，要证明他犯罪，就要证明他能够同时出现在相隔 20 公里的两个地点。这是典型的以历时性解谜来碾压共时性谜面的作品。松本的另一部短篇《火神被杀》也是利用时间差来破案的作品，它既展现了强大的逻辑思维功力，又展现了一个社会派作家的历史知识和对人情世故的熟稔。

　　另一位本格推理大师鲇川哲也更是时刻表诡计的高手。他的作品属于老派日式本格，描述手法和写作风格与社会派相当接近，只是更加重视诡计手法和逻辑推理的过程。比如 1956 年的《黑色皮箱》被誉为日系本格的里程碑，常常被拿来同英国的不在场证明推理大师克劳夫兹的经典杰作《谜桶》相提并论。鲇川常用的技巧就是调整时钟，这是一个相当传统而有效的手法。到了二十世纪九十年代的新本格时期，时钟诡计的复杂程度更高，比如推理界多面手贵志祐介的短篇《推理时钟》，对于各类可能的计时方式都进行了精心的安排，是对时间调整诡计的华彩应用。

　　上述是以物理性为主的"时刻表诡计"。鲇川等人的作品，老派、朴素、扎实可靠，你只要充分相信作者提供的线索，沿着它去推理就行了。这对于喜欢逻辑分析的读者来说是很享受的过程：或跟着故事中侦探的脚步，或自己一点点组装信息，看着时间齿轮的咬合如何一环扣一环，每个衔接处都是爽点，最后，一切都归到亚里士多德的时间线上。

到了新本格推理盛行的时代，事情就起了变化。作家们不会仅仅满足于故事内部的物理时间，而是将故事时间和叙述时间结合起来挑战读者。众所周知，一切阅读都涉及两种时间，一种是阅读一个故事所用的时间，另一种是该故事自身的时间。比如现代主义的伟大作家乔伊斯的《尤利西斯》，作品那么长，细细读来恐怕要数日之久，但故事所讲的只是一天之内发生的事情而已。

新本格作家们为了增加谜题的难度，把叙述时间叠加到故事内的时刻表诡计当中，目的正是混淆读者的时间感。比如给出两条情节线、两组人马，一条按照先因后果的顺序来讲，另一条则是先果后因，但两组情节在故事主线的时间轴上却很接近，两组人马的遭遇也很接近，而且很快就会合了。身为读者，你会顺理成章地认为他们合作了，因为故事统一在同一根亚里士多德的时间线上了。这就是运用时间诡计给读者创造认知错觉的一种方法。日本作家我孙子武丸、深木章子等，都曾运用这种方法实行"欺诈"。总之，但凡小说的章节标题里直接标识了时间地点，诸君就要警觉起来，说不定作者正在玩蒙太奇剪辑呢。

实际上，所有的文学都喜欢玩弄时间诡计，只不过其无"诡计"之名，读者就会乖乖跟着走，沉浸在看上去丝滑完整的故事线当中。这反过来也说明了，我们对于线性时间的认知是多么习以为常。在这一点上，推理小说明晃晃地把文学的"里规则"变成了"表叙事"，让我们意识到自己的思维惯性之顽固。

正如希腊导演安哲罗普洛斯所言，时间是个小孩子，在海边玩沙包。种种的时间花样，其实都来自人的感知。读者真正想看的，也是各种时间观念是如何作用于人，或者人的行为如何体现出某种时间观。比如香港作家陈浩基的短篇《时间就是金钱》（收入短篇集《第欧根尼变奏曲》），就把人在不同情感状态下对时间的看法处理得非常巧妙；日本传统本格派作家高木彬光的中篇《零的蜜月》则运用了"法理时间梗"：犯罪者的动机关联着特定的时间点，人社会身份的变化，也会产生如亥子交接一般暧昧的"真空时间"。

即使物理时间和空间中加入了社会性成分，抑或是运用了时空转移这类科幻设定的作品中，亚里士多德时间和欧几里得空间形成的"欧亚组合"还是最常被使用的好搭档，常常起到类似规则底线的作用。比如，方丈贵惠在《时空旅行者的沙漏》当中，为主人公的时空转移设定了四条规则，其中一条就是，同一时空不能存在两个同一人物，否则就会产生时间悖论。如果一个人要穿越回三个小时前的世界，那么这个世界就会同时存在穿越来的我和三个小时之前的我，这样一来，就违反了欧几里得原则，结果怎样呢？就像玩游戏会死机一样，世界就会启动自净功能，让未来的那个"我"消失。

总而言之，古希腊的欧几里得空间和亚里士多德时间强强联合，构成了千年后现代推理小说最核心的时空观，以及它最重要的动作——推理演绎的基础。但是除了古老的神话之外，这种时空观在哲学、科学和艺术领域有没有它的对家呢？当然有的。而正是这些对家，后来才构成了推理小说的另一副面孔。

时空：欧几里得的"杠精们"

我于一念见三世。

——释迦牟尼

前文说，古希腊的哲人们把线性时间和均匀空间提到了台面上，影响了逻辑学、历史学、政治学等诸多领域，柏拉图还在他的著名学院门口贴了一句话："不懂几何的人不得入内。"后来的罗马也继承了希腊的时空范式，罗马万神殿与雅典卫城的设计理念有相似之处，罗马的民主制度和公民的辩论习惯亦然。

但是，我们已经为"欧亚组合"时空观可能的坍塌埋下了伏线：它们可以自洽，但是都需要假设。在现实中，没有什么东西真的笔直，但如果没有关于直线的设定，就没有几何学。看上去清晰而自然的逻辑学也一样，是依赖假定性才成立的。事实上，人的行为和意识常常不按牌理出牌。比如老师在讲课，脑子里可以同时唱歌。如果真的唱出来，恐怕会吓到学生——"疯子"这个概念就这样产生了。我们对疯子的基本印象，就是反逻辑的人。然而，很多看似癫狂的表现，不过是平等地将心中同时呈现的纷乱意识表达出来。在一刹那间，我们会产生各种念头，如同星际陨石从四面八方而来，甚至于弹指顷，脑子里就有了一个完整的故事——它哪里是一步一步、线性展开的呀？——比起整整齐齐的"欧亚组合"，多元性才更接近生命的真相。

这种观念在科学界有没有呢？当然！别说是今天的量子物理学，早在古希腊，就有一个跟"欧亚组合"对着干的人，他就是哲学家、数学家芝诺（前490—前425）。著名的芝诺悖论，简单地讲，就是芝诺出了道题：假设希腊神话当中的飞毛腿英雄阿基里斯跟乌龟赛跑，如果乌龟先出发一段时间，那么阿基里斯永远追不上乌龟。

——听起来如此荒谬，以至于亚里士多德认为芝诺是一个"杠精"。但是，这一悖论在科学界的生命力却经久不衰，它从背后给了线性时间和均匀空间的先验性插了快准狠的一刀。正是它，关联着后世物理学界普朗克、爱因斯坦等人的发现，也关联着另一个大家熟悉的科学"梗"——"薛定谔的猫"。当代政治哲学家齐泽克常常引用这些科学家的术语，什么"莫比乌斯带"啦，什么拓扑学啦，来讲述悬疑故事的叙事范式所包含的哲学架构。虽然这些理论有极繁杂的层次，但至少外行人也可以听明白的是，它们都包含着对均匀的、可量度的、把东西放在里面空间不会改变的欧几里得模式的悖反。比如，还是《时空旅行者的沙漏》，主人公为了赶在陈年惨案发生之前解谜救人而穿越回过去的时空，但时空转移会存在误差，如果要指定地点进行转移，那么时间误差就会增大；要指定时间进行转移，地点误差就会增大。小说中对时间和空间这种不确定关系的设定，其实是来自量子力学的素粒子特性，而人们对这种特性的认知与芝诺悖论是分不开的。小说正是根据这一点设置了主人公穿越时空的误差，包括正负5米的空间差和正负2小时的时间差，这就大大增加了案件的破解难度，从而左右故事里各种人物的命运。

芝诺提示我们，时间和空间不是客观的，它会有很多的范式。美国学者史莱因也就此接着把欧洲的故事讲了下去。

古希腊罗马的"欧亚组合"时空观并没有在欧洲顺利地线性发展，它被什么打断了呢？是一个漫长的时代，所谓的中世纪（约公元五世纪后期—十五世纪中期）。在罗马帝国后期，基督教的时空观已经开始逐渐取代希腊时空了，到了西罗马帝国灭亡，希腊和罗马的多神教让位给一神论的基督教之后，直到公元四世纪基督教文明的上升期，主流的社会时空观已经与希腊时代全然不同。时间，不再是过去、现在和未来的线性流动，而是上帝的创造物，是一个短暂的片段。上帝创世，时间才开始；到了最后审判日，时间就结束了。那在这之前和之后呢？就是所谓的"永恒"。

基督教体系中的"永恒"，并非人类靠身体能够感知得到的时间概念，在"永恒"里，是没有动作和事件的。此外，因为时间是上帝创作的产品，所以上帝不会存在于他自己所创作的东西里面，也就是说，"时间"属于人类，而"永恒"属于上帝和他的选民。但是，上帝为了体现他的权威，还是会想方设法进入到他"所"创造的人、事、地、物当中，因此，就有了我们熟悉的那位"人间体"：耶稣基督。我们的公元纪年，就来自耶稣在人间的诞生。

作为上帝代言人的耶稣进入了人类的时间，这意味着什么呢？诸君去欧洲旅行就会清楚地看到：那些中世纪流传下来的艺术形式，包括绘画、建筑和音乐，都体现出这样一种时空观：人类的时间，几乎完全是按照耶稣基督的人间行程表来安排的。在中世纪的欧洲，一个人从出生、受洗、结婚、生子直到死亡，所有重要的日子都塞满了耶稣的身影。在中世纪教堂的天顶画、圣坛湿壁画和各种基督教典籍的插图中，总是能看到这样的画面：一幅画中有很多组人物，但实际上每一组都是同一批人——耶稣、他的人间亲眷或他的门徒。他们在同一个画面空间里的各个位置反复出现，这是严重违反欧几里得空间观的——"一个点不可能存于多于一个的不相交的轨迹上"。

同一个形象在一块画布上同时占据多个空间位置，参与不同的行动，这也就是说，不同的时刻同时交汇在一起，这意味着什么？答案还是共时性。

共时性是很多宗教和神话共享的时间理念，如东方的释迦牟尼便说："我于一念见三世。"一个念头的瞬间爆破并不一定是先因后果，也可以是果后行因，这是一种"always already"的思路。就拿耶稣来说吧，被犹大背叛、在十字架上死去、死后三天复活，一切都早已预告过。佛教也一样。如地藏菩萨的口号"地狱不空，誓不成佛"，只要有人作恶，地狱就不会空，那么这位菩萨永远不能成佛吗？佛教的解释是：菩萨的本体早已是佛，他现在的菩萨状态，只是果后行因，是大学生扮演小学生。

我们看到，宗教和神话时间观的核心精神，在于全知性和预知性，这就构成了对逻辑与顺序的背叛。说到这里，你有没有想到本格推理小说常用的谜面？

是的，童谣、谶语和凶手的杀人预告常常搭配在一起，向在场的人们宣告，未来会有一系列的惨剧发生在这所大宅里。而不管众人如何不信、嘲讽或逃避，悲剧果然如预期一样发生了——经典本格推理的整个"谜面"部分都是按照"中世纪的时空观"来搭建的，到了"解谜"部分就正好相反：流畅的希腊逻辑又回来了。

如是，按照亚里士多德时间观，推理小说的叙事结构是"溯流而上"的。从这个角度来说，推理史上一个重要的支流"倒叙推理"，实际上却是正叙的。比如1954年希区柯克的著名电影《电话谋杀案》（由弗雷德里克·诺特同名原作改编），比如美国电视剧《神探可伦坡》（1968—2003）和三谷幸喜编剧的致敬剧《古畑任三郎》（即《绅士刑警》），都是从凶手布局杀人、为脱罪而布置现场开始讲故事，然后才派出警探破案。

历时性的时间观，打造了流畅、可读可解的故事，那么，这种"耶稣的活动填满人类所有的生活时间"的共时性特征又如何体现于文学作品呢？在此介绍一篇对此理念"完全还原"的纯文学作品：2018年诺贝尔文学奖获得者、波兰女作家奥尔加·托卡尔丘克的短篇小说集《怪诞故事集》中的《人类的节日年历》。

这里多说一句：你常说看不懂先锋艺术或者文学经典，或许只是不了解其文化语境和时空逻辑罢了。只要配合《艺术与物理学》这样的科普著作，先找到抽象之事——时间和空间的套路，再去了解作品的文化背景，那些过去困扰我们的艺术和文学"谜团"就会迎刃而解，艺术鉴赏之路也就柳暗花明，豁然开朗了。比如，在欣赏敦煌的佛教壁画和中世纪欧洲教堂画时，如果仍然惯性地以"欧亚"时空观来理解，就可能会产生迷惑，因为这些图像并不是依止这样的时空秩序来安排的。比如敦煌壁画中的大型作品《劳度叉斗圣变》，场面恢宏，人物多而密，要如何理解和欣赏？被称为"美术理论界的福尔摩斯"的学者巫鸿先生在《空间的美术史》一书中说，很多专业的美术史研究者犯了这样的毛病：将相关佛经原文中的故事情节和人物一一摆出来，在画面的图像上找出对应的部分，编写标号。但这样一来却产生了一个问题：尽管大部分情节能对上，却仍然有部分图像在原文中找不到出处，同时，也无法解释整幅绘画的构图逻辑。

巫鸿先生说，这幅画其实应该是按照佛家的一为无量、无量为一的中道世界观和六道轮回的理念来安排构图的，绘师优先考虑的是构图原则及其反映的佛学时空观，而不是经典当中具体的故事情节。因此，当经典里的情节或形象不够满足这样的图像空间时，绘师会自己发明出几个来。

看到巫鸿先生的分析，你有没有一种看《达·芬奇密码》的感觉？这就是学术研究到深处，必然会产生的侦探快感哟。

除了图像的内容，对欧几里得和亚里士多德的时空悖反，还可体现为建筑的形式。典型的拜占庭式教堂里美丽神秘的彩色玻璃窗和马赛克拼图画，都在试图传达一种不连续的、不均匀的空间感。为了什么？史莱因在《艺术与物理学》中说，是为了把实体的物质感给模糊掉，从而传达上帝那抽象的绝对理念。可以说，这是一种用来迷幻视觉的视觉艺术，证明了中世纪的艺术是非理性的、暧昧的、光影杂糅的，是与充满了人间理性和肉身感、明晰爽朗的希腊艺术截然不同的风格。前文提过，希腊字母文字方便我们产生清晰、连续、逻辑性的思考，而到了中世纪，一本《圣经》、一页书，看上去就像是一幅镶嵌画。史莱因说，这种由图画般的文字构成的书，与其说是要让人读懂的，不如说是让人去崇拜的——这就是宗教性的时代。

希腊人掀翻棺材板：终于来到了文艺复兴

　　说书人讲到，基督教的时空观统治了西方世界的思想达千年之久，直到欧洲历史出现了众所周知的转折——文艺复兴。所谓的"复兴"总是"复古"，是借助更古老的东西来变革当代文化。公元十四世纪到十六世纪的文艺复兴运动重新提倡了古希腊的时空观，并且还加上了一个重要的技巧——焦点透视法。它的构图原则就像一个躺倒的金字塔，观者的位置在塔尖这个点上。在一块平面画布上模拟人眼所看到的景象，展现立体纵深感，其实也就是在模拟人眼的局限性：我们只能看到被视物的正面。为后世所熟悉的欧洲油画的写实感就来自这里：于平面上复现的欧几里得空间。这种透视法的奥妙，不在于所观察的画面，而在画外的观察者的位置，正是这个"透明的在场"，决定了画的内容布局和意义。对比一下中世纪那色彩斑斓、画面暧昧的马赛克镶嵌画——神的共时性视角，很显然，文艺复兴抛弃了神的全知视点，而以人类的视角作为观看万物的中心。

　　在文艺复兴时代，人类不仅是观者，更是作者。我们说不出几位中世纪艺术家的名字，因为那时的人们认为唯一的创造者只有上帝，一切人造的艺术品，本质上都是献祭，创作者应该是匿名的、集体的，个体不应该强调自身在凡世的地位，而要消弭在教堂的烛光中。文艺复兴则不同，就像我们记得希腊先哲的名字一样，我们不仅知道"文艺复兴三杰"，也知道众多伟大的画家、建筑师和音乐家的名字。

即使这个时期的绘画题材仍然以基督教内容为主，以希腊神话为辅，但组织画面的方式明显不同。画面布局开始变得清晰可察，富有强烈的戏剧性和场面感；同时，文学作品也不再是宗教的附庸了。亚里士多德应该很高兴：从但丁的《神曲》、塞万提斯的《堂吉诃德》到莎士比亚的名剧《麦克白》，尽管宗教性的时空观仍然服务于作品的基本主题，但叙事的主要情节展开方式却是遵循线性时间逻辑的——正是共时性和历时性的并存才让文艺复兴的伟大文学作品如此复杂迷人，后世的探讨、阐释、解谜也经久不衰。比如《麦克白》中开首的段落，三个神秘的女巫在雷鸣电闪的荒原上，遇到了大将军麦克白。她们念道：

> "你我何时再度相逢，在雷声中，闪电中，还是大雨中？等到那硝烟平定，战争决出了输赢。"

在这部著名的莎翁悲剧中，麦克白正是受了女巫模棱两可的预言诱惑才起了谋反之心，杀害了国王邓肯一家，从而酿造了他自己的毁灭。英国天才文学理论家弗兰克·克默德在《结尾的意义》一书当中提醒我们，女巫的话里一开始就埋好了陷阱：雷声、闪电和大雨，看上去是不同的现象，其实几乎是共时的。而战争自然有输赢，我哪里说了谁输谁赢？亏得麦克白误以为一切都按部就班指向他本人的胜利，呵呵。

阿加莎·克里斯蒂有句名言"旧罪阴影长"，充满了莎剧的预言性的阴郁风格。前面讲过，推理小说通常会让逻辑推演的线性时间力量压倒那些宿命论的谶语，宣扬理性的胜利，如阿加莎的《白马酒店》里，侦探就揭露了以《圣经·启示录》来装神弄鬼、进行预言杀人的把戏。但另一方面,这些作家自身也会忍不住动摇,怀疑是否真有宿命。即使在案件本身清晰明了的情况下,"一切早已注定"的阴影,也还是若隐若现地笼罩在现代推理小说中。阿加莎的另一部杰作《长夜》便是如此。小说的第一句便启人疑窦,"终了也是开始",只有看到最后,读者才会明白这句话当隐藏的咬尾蛇一样的轮回感。常常有人说,阿加莎的推理小说,就是莎翁戏剧的现代低配版。诚哉斯言。

爱丽丝如何给希腊先哲背后插刀?

焦点透视法深深地影响了整个欧洲社会。就像一个古希腊人最好精通辩论和几何学一样,在文艺复兴时代,一个懂得透视学原理的人可以很容易找到工作,比如测绘、航海、建筑、制图、工程、军界。透视法也促进了近代天文学和航海学飞速发展,就此迎来了十七世纪的大航海时代。

文艺复兴的时空范式一直延续到十九世纪后期,历史又开始转弯了。每当时代变化,时空观变化,首先响应的就是视觉艺术。没错,你熟悉的凡·高、塞尚、莫奈、毕加索、康定斯基、马格利特,这些画面云山雾罩的先锋艺术,实际上又是一种复古——是中世纪时空观的复活,是对文艺复兴所建立的时空观念的再次抵抗。比如,维也纳分离派名家克里姆的名画《吻》很像中世纪教堂的镶嵌画。我们常提到的超现实主义画家马格利特,则直接把他的这幅画命名为《欧几里得漫步处》:

这是画框,还是窗口?是平面的街道,还是立体的塔尖?平面和立体可以这样糅合在同一个平面画面里吗?——超现实主义画派,正

马格利特《欧几里得漫步处》

是欧几里得的"杠精"。

还有很多人看不懂的立体主义绘画，如毕加索的名作《梦》，你是否发现了一个悖论——所谓的立体主义画派，竟是高度平面化的，它同样很像中世纪的艺术！

立体主义画家究竟想干吗？答案是：想要展现共时性和空间上的全知视角，从而牺牲了所谓的纵深感——我们前面说了，肉眼所见的空间有限，而立体主义画家如同上帝一般，试图在同一个画面中把人眼看不见的那些面也折回到前方来，超越人类视野的局限；同时，立体主义绘画不仅展现物质世界的人物和行动，还试图探测人物的内心。这幅名为《梦》的画就是如此：一个女人似在假寐，你仿佛既看到了她的正脸又看到了她的侧脸；那些斑驳的色块、几何状的线条，呈现了既像衣物又似肌肤的身体状态；画面中无法确认这是白天还是黑夜，因为它显得既像白天又像黑夜。女人瘫软在椅子上，又似悬浮在梦境中：对，这幅画不是让你**看**的，而是让你**体验**的，它把人类自我的身体感知清晰地呈现出来——当我们闭上眼睛去体会何为"我"的时候，我们的身体感知从来是不均衡的，它只是一堆似有似无的触感、重量、流动的气和能量，就像画中那斑驳的色块，在梦境中尤其如此。

从更深层的心理和感知层面来说，看上去抽象难懂的立体主义艺术反而是高度写实的。它打破了人类视觉表层的幻觉，对"欧亚"时空组合表示了强烈的质疑。前文已叙，文艺复兴时期和以后的古典主义时期的欧洲，对人类中心主义的理性有着高度的自豪，而现代社会一来，蒸汽机时代的科学和理性的另一面，却是对人类视角的某种超越。

这听上去是不是有些矛盾？当然。现代人类社会的复杂性是空前的，它首先体现在人类的自我认知这一点上。先锋艺术所昭示的复古

毕加索《梦》

主义并不意味着中世纪的宗教回归。尼采说："上帝死了。"尽管宗教的幽灵仍然延续，但现代宗教的势力不可能再重新恢复，深种于欧洲人心中的信仰之根，的的确确发生了前所未有的动摇。可以说，现代先锋艺术，是徒取中世纪之"形"，而将其宗教精神打上了重重的问号。

　　让问题更加迷人的是，欧洲先锋艺术不仅借鉴了中世纪时期的艺术形式，也借鉴了传统东方哲学时空理念。东方人比起线性时间来，更喜欢讲一为无量，无量为一，烦恼即菩提，刹那即永恒，葫芦里头能装天；东方人比起欧几里得空间和焦点透视法，更喜欢讲高远、深远和平远。中国山水画艺术的空间观正是一种多元的全知视角。除了史莱因在《艺术与物理学》中稍稍叙及之外，专事中国美术研究的学者如巫鸿和韦羲都曾详谈中国山水画中蕴含的时空深意，特别是韦羲在著作《照夜白》中提到北宋大画家范宽的《溪山行旅图》，与其说，范宽画的是一座具体的山，不如说，它是一座全息式的山。它不遵循近大远小的单一性焦点透视，而是给你如远似近的感觉，仿佛从各个不同的角度拍摄一座山，然后把它们在回忆当中拼贴到一起，成为一座超验的山，一座有着宗教神圣性的山——那是心中的山，如同中世纪的欧洲人用块块细小拼图拼出不可见的上帝。当我们通过画中的内容去反推作画者所站的视角位置时，便会发现这个位置飘忽不定，很像鸟儿在飞翔时不断变动的视野。

　　因此我们才说，中国传统美学重视的是总体性，是内在的、心理上的全知视角，所谓神游太虚，心游物外。而欧洲文艺复兴时的艺术，重视的是某个确切的时间和地点，是物质性、肉身性、外在性。如此，再来看现代艺术史，东方人开始学习西方素描，学焦点透视；西方人开始学习东方理念，诞生了立体主义、达达主义……这是多么奇妙的能量交换啊。

　　除了古今与东西这个时空象限之外，我们也注意到，人类历史的进程当中，科学和艺术的发展常常是同步的。如果你关注科学史，一定要看看差不多同一时代的艺术圈里发生了什么，反之亦然。早在希腊时代，就有芝诺这样的人跟亚里士多德对着干，到了现代，跟先锋艺术流派站在一起的，就是物理学界的大革命了。爱因斯坦会设想，假如人骑上光去旅行会发生什么呢？其实，把中国的书法艺术和毕加索的立体主义兑换成物理公式的话，大概还真的就是 $E=MC^2$ 呢。至于奥地利物理学家薛定谔那既死又活的猫实验，俨然是芝诺悖论的另一种版本，在反欧几里得空间的意义上延伸出了关于平行宇宙的诸多设想。尽管非专业的大众并不明其就里，却不妨碍近两年"薛定谔的×××"成为网络流行的一个前缀，形容某事来了又貌似没来，做了又貌似没做。

　　西方现代的艺术和物理学革命，同样发生在文学领域。英法现代主义意识流小说、拉美魔幻现实主义文学，如普鲁斯特的《追忆逝水年华》，乔伊斯的《尤利西斯》，马尔克斯的《百年孤独》，如果按照线性时间和逻辑学去读，怕是会累死。这些故事经常模拟人潜意识的活动，只有把它们兑换成我们自己心中的意识流，一股脑儿地化开来，才能感知其文学之美。中国的莫言先生在他的短篇小说《爆炸》中，用了450个字写了父亲打儿子的一巴掌，用得着这么长？代入一下挨巴掌时候的感受吧：六感炸裂，眼冒金星，脑中星屑旋转的记忆碎片飞扬满天——瞬间爆炸开一个大脑宇宙，这种写法，就是共时性的时间观。

　　——这是纯文学。推理小说能这么写吗？答案还是那一个：在历时性的主线叙事中叠加共时性特征。空间也一样：正如那幅《欧几里得漫步处》所喻示的，当华生走在路上时，福尔摩斯却可能把路看成塔。

　　两种不同的时空观，不仅为单篇推理小说提供灵感，更是影响到推理文学史的流脉家谱。之前说过，大山诚一郎在《密室收藏家》中曾分别用两种密室向传统本格派和新本格派致敬。那么，本格和新本格到底区别在哪里呢？推理界的"大咖"们曾经用一句精准的话来描述两者密室诡计的不同特征：本格派的密室诡计，是造一间密室，然后在里面杀死一个人；而新本格派呢，是先杀死一个人，然后在尸体周围造一间密室。

　　这两种表述有微妙的不同。前者是坚实的欧几里得空间，其重点是：人或物体进入某空间时，空间本身不会改变；后者呢，先杀死一个人再造密室，看上去人物和空间亦不变，只是时间顺序的不同。但大家还记得，在本主题的开端，我曾引用过民国佛学大师冯达庵先生那拗口难读的《心经广义》吗？冯先生从佛学视角讲时间和空间的形成，实际上是"意识"造成的，这是一种反实体论，却与薛定谔的实验有所呼应，更与新本格派的空间观有相似之处：与其说是物体进入空间，空间会发生变化，不如说，所谓的空间，原本就是由意识衍生出来的！

　　这种思想，把人和外在环境的实体关系拆解了，所谓人，指的不是物理实体，而是六根的功能和识力的作用，"根力强者，可以引发六境；境力厚者，亦可引发六根。""六识所演之相继其用。既须幻作空间，以志其虚假之形；复须幻作时间，以表其转变之况。""众生现身世界，法性互相机感，各呈活用，气分焕发，宛若物质之原子。循六根开出六种性光；彼此相若者，则互相和合而成境。境之所在，视气分力量而定。如甲之气分特强，则支配对境之力特大；故境独附于甲身。一切众生自觉各具身分，即准此理。若彼此力量略同，则不偏附于一身；而为诸身外之公共器物。但距离诸身远近，仍与力量大小有关（如器物隶属于某甲之类）。"

　　与这种佛学思想相类的，还有老子在《道德经》中的观念：

三十辐共一毂，当其无，有车之用。埏埴以为器，当其无，有器之用。凿户牖以为室，当其无，有室之用。故有之以为利，无之以为用。

这段话体现了老子的核心思想：一种空中生有的体用关系。这个"当其无"，指的是万法没有固定的本质，本体是空性，从空性中变化出各种作用。比如车轮，是由三个辐轴构成一个整体的车轮，它本体没什么意义，只是因缘和合，就产生了车轮这种功能。

如果说，欧几里得的空间是一种实体论，那么佛家和道家的理念就近似一种功能论，或者空性论，在哲学上，它与唯名论十分贴近：与其说空间是一个实体，不如说，它是一种随时会呈现出来，也随时会消失的作用。

这种理论是否成立，并非本文讨论的范围，但它在中国文艺史上影响之大，恐怕远超诸君想象。所谓全息美学，正是建立在这种理念的基础上。还记得前文叙及的那则笔记故事《鹅笼书生》吗？为什么大的物体进入小的空间，大者不见变大，小者不见变小？这不是让欧几里得气死的空间观吗？

综上，如果能从空间的功能、从空间和人的关系去思考，你将会发现，侦探推理小说的进化史上一直携带着巨大的哲学能量。"处理尸体"在本格推理中是极难的问题，这使空间变得异常重要。从建筑群、交通工具、城市阶级分化所导致的"荒野化的城市中心"，到蜂巢般的公寓房间的内在构造，都有效地服务于推理小说的各种"诡计趣味"，为其提供了无数设置谜题的空间基础。空间可以为杀人预先建好，也可以在尸体周围临时形成——物理性的空间虽然仍不可忽视，却变得像纸一样灵活多变，这就是新本格派对空间的基本态度。从岛田庄司的《斜屋犯罪》到北山猛邦的《杀人城系列》《雾切》，从孙沁文的《凛冬之馆》到台湾作家林斯谚的《冰镜庄杀人事件》，都将建筑物用于复杂谜题，洋溢着一种强烈的后现代主义的功能崇拜情结。连 2010 年徐克导演的奇幻剧片《狄仁杰之通天帝国》也明显受到这一小说流派的影响：建造一尊高达六十六尺的佛像，最终的目的却是让它倒下来（杀人）。

新本格派所谓的"先杀个人，再造个密室"，正是在强调功能，而非物理实体：所谓空间，可以是某个动作，某个事件自身产生的临时性状态。

这种异想天开和兴师动众，赋予了城市以"植物生长"般活生生的质感，对于"城市空间诗学"的发展有着重要意义。我们知道，现代城市经常被贬义性地比喻为石屎森林。如果说，在切斯特顿的时代，自然意象只是为唤醒人们对城市的美学体验而使用的隐喻，那么自二十世纪三十年代开始，在欧美日各国大都会兴起的城市先锋主义运动中涌现的行走城市、嵌入式城市、境遇主义城市、游牧式的瞬间城市、身体是移动的建筑和永恒之城等观念与实践，则直接将城市作为自然看待，而这些都市功能主义运动，与发生在诸多先锋派绘画和电影领域的实验在观念上也同出一辙。回到新本格推理，像折原一的《模拟密室》、西泽保彦的短篇集《解体诸因》、贵志祐介《玻璃之槌》《奇境杀人》等精心利用城市空间及其材质的作品，都模仿了身处于森林中的人的视觉经验，怀疑近大远小的透视法。它们的共同性在于体现"时空的相对主义"，通过"身份隔离"造成的超前与延迟来结构作品。如有栖川有栖的《魔镜》，侦探受到一饭店中"从外面看是镜子，从里面看却是玻璃"的"魔镜"的启发，猜到了凶手隐藏身份的戏法。

到了早坂吝的奇幻设定的游戏推理 *PRG SCHOOL*，薛定谔的猫更是在勇者斗恶魔的游戏空间中得到了充分施展。

反欧几里得的空间理念，既带来了新本格的发展，也打破了人们对现代城市的刻板印象：城市生活并非总是棱角尖锐的，它可以极柔软 Q 弹，并非一定是高楼大厦里均匀、整齐的空间，也可以是充满了断层、裂缝和偶然性。新一代的侦探小说家与未来主义的建筑师怀有同样的梦想：住宅不会比我们任何人的生命更长，一座城市会像沉积岩一样，由各个时代的故事—谜团的涂层累加而成。

有趣的是，从反欧几里得的全息山水画和意外丛生的自然森林意象中找到的灵感，不仅仅关乎犯罪和侦破的技巧，而且关乎其伦理难题的解决：一些本格派作家希望通过将城市化恶果的负面产品——隐秘的恶意、人与人的隔膜、焦虑与过劳等主题在空间中进行分配和重组，来呈现城市自身可能提供的"民主"的维度。如日本作家伊坂幸太郎的"城市周游主义"小说《金色梦乡2008》，描写一个平凡的快递员在新首相回乡巡游的当天，碰到了多年未见的好友，对方告诉他，他最近碰到的人包括自己，都是一个处心积虑的大阴谋。话音刚落，首相即被暗杀，而快递员马上成为警方缉捕的对象，在媒体宣传下成为十恶不赦的大恶人，被迫开展了一场逃亡与自卫之旅。这部作品几乎涉及了都市空间中所有的伦理动作——幻灭、逃亡、精神错乱和退隐。小说结构与情节设计显然模仿了都市"跑酷运动"对"森林"特征的征用。利用城市现有的一切几何结构落差：平面、凹陷、突起、变形、错视，利用人与人在境遇、身份视角的局限下偶然短路式的相遇，小说出色地完成了一种看似破碎、实则带有天启意味的迷宫结构。

这种精神更加美妙地体现在伊坂2002年的长篇小说《华丽人生》（原题为 *Lush Life*，*Lash Life*，*Rash Life*，*Rush Life*）中。小说的标题很有特色，单词的排列造成一种"接力棒"式的传递感，完美地实践了切斯特顿的"森林"隐喻：城市如森林，而"树叶"则是不同人物在相似性中的小小差异，通过这种"微差"，彼此不相关的都市人实现了一种"联结"：像被踢来踢去的啤酒罐一样，每个人的计划与思维在不经意间就进入他人的生命中。无形的功能性空间被利用到极致，恶意奇妙地发生了变化，给读者带来了正义终将战胜邪恶、悲剧乍然变成喜剧的美好惊讶。这是一种很适合在都市环境中施展的智性温情主义，鼓励人在复杂的现代生活中随遇而安，打破固定常规，为自己创造机遇。

到了更晚近的《白兔》，伊坂进一步使用了时空错位的星座意象，即那个著名的天文梗"已死去百万光年的超新星，其星光今天才到我们眼底"。这迷人的时间差被作者恰到好处地运用在一个当代都市绑架案里，造成"视觉暂留"一般的效果，叙述位置如鸟儿一样游踪不定，疑似同一组人物在同一个叙事画面的不同地点薛定谔地出现，让故事显得扑朔迷离。正如评者所说："《白兔》会让你联想到昆汀·塔伦蒂诺的电影《低俗小说》：现在叙述的只是过去的残像，如黑洞般让人无法逃离。"

空间的非实体论，或曰功能论，不仅被推理小说家用于制造新型诡计，也是今天互联网时代的虚拟空间的重要特征。如果把互联网仅仅当成一个欧几里得式的信息储存库，就绝对不可能理解今天的宅文化、二次元文化，更不用说"元宇宙"了。

若诸君仍然感到云里雾里，那便放轻松，去读童话故事吧！在讨论艰深哲学问题的时候，童话往往出其不意，给我们以重大启发。比如，德国著名作家米切尔·恩德的名作《嫫嫫》就是一部关于时间的严肃童话，它展现了现代人被效率观念所侵蚀的时间观。其中，时间大师霍拉和享有独自时间的乌龟等设定启发了很多科幻作者，一直影响到由当代科幻大师尼尔·盖曼主导剧本的烧脑科幻英剧《神秘博士》。该剧在世界观上融合了东方佛道时空观和量子力学的诸多成果，将侦探解谜、穿越重生与真实历史杂糅，把时空悖论梗玩到了极致。如果觉得上述功能论的空间观太难懂，可以注意研究该剧中一个迷人而恐怖的角色设定：名为哭泣天使（The Weeping Angels）的古老种族。这一虚构生物的存在方式精彩地呈现了薛定谔的猫和芝诺悖论：观者的注视足以改变所观物。在被任何生物（包括自己在内）的目光注视的时候，它们都会变成无法移动的石头。天使平时哭泣会用手捂着眼睛防止相互对视，因为一旦那样它们就永远不能动了。它们的外表看上去跟基督教中的各种天使雕像一样，但无法证明它们不被观察时的状态（你看不到它们的移动过程）。当观察者转头或眨眼时，它们就可以动了，并且移动速度会越来越快，直到来到观看者面前，将观看者传送到过去的某个时间点，而天使就吸取这种时间差的能量为己食。可以说，它们拥有的是"量子锁定"的防御系统，石头只是它们的生理特征，化用老子的话，就是"当其无，有石之用"了。它们很难死亡，只能被时间悖论抹杀或者饿死，其繁衍方式也很特别：所有记载过天使的东西，不论是书籍、录像带，甚至你看过天使之后脑海里的影像，最终都会再生出来一个天使，即"所有承载天使之物终将成为天使"。这些设定同样源于东西方都常见的宗教观：能所合一，真理的显现（用）即是真理本身（体）。

　　科幻推理作家的另一童话灵感宝库，是英国作家卡罗尔的《爱丽丝漫游仙境》，它像那则中国笔记《鹅笼书生》一样，以一种轻松的方式帮助你理解，什么叫作给亚里士多德背后插刀，以"小中现大""大中现小"来反欧几里得空间，以逻辑学的思维来反讽逻辑学。日本的小林泰三有两部以《爱丽丝》为原型的本格系科幻推理小说，一部叫

《谋杀爱丽丝》，一部叫《谋杀克拉拉》。两者都运用了现实／梦境的平行宇宙设定，叙述者的讲述方式也常常如梦呓一般，在时间上如同"南柯一梦"，瞬间即永恒，在角色的对话中则充满了逻辑和反逻辑的PK。全书四分之三的内容皆由对话组成，看上去都遵守逻辑推导的规律，效果却是荒谬绝伦，近似疯人之语，这正是原版童话《爱丽丝》当中引人注目的特色之一。有趣的是，它也的的确确是梦境的特色：我们在梦里说的话，做的事，都是自认为有理有据有逻辑，醒来之后一回忆，这什么跟什么呀？！

很显然，小林泰三希望做一个宾主关系上的突破，即借着推理小说的逻辑来反推理小说：芝诺和薛定谔的时空观不仅仅是作为谜面，而是在叙述主线上真正压倒欧几里得和亚里士多德。他是否成功了呢？这就需要诸君的实地体验，见仁见智了。

谈到梦境空间，自然少不了电影——这个二十世纪最大型的梦幻艺术装置。在日本天才导演今敏的动画电影《盗梦侦探》和《千年女优》中，你会看到故事如何运用了反欧几里得空间思维：一个主体在同一个空间中以不同的姿态同时出现。同时，故事也可以由逻辑思维的方式来分析，有确切的谜题和答案，是把两种不同的时空观调和得恰到好处的天才作品。

无论是欧几里得、亚里士多德还是芝诺、爱因斯坦、薛定谔、释迦牟尼、老子，都向我们展示了人类认知时空的多样性。所以今天，阅读推理小说的读者，最好先默念三遍：时间是假的，空间是假的。因为是假的，所以它们是可以被有心人设置的。在打开一部推理小说的时候，请你首先警觉起来：我已经准备好，再也不要上当了。

观世界

谍战：来者何人？

> 战争来来去去，但谋杀永恒。
>
> ——阿加莎·克里斯蒂《柏棺》
>
> （1940）题词

侦探推理小说史上的黄金时代，也是作家们各立山头、论资排辈、制定帮规的时代。一个门派的建立，不仅要明确自己是什么，还要划出界线，确定自己不是什么。著名的"范·达因二十准则"第十三条就这样写道：

推理小说中，最好不要有秘密组织、帮会或黑手党之类的犯罪团体，否则作者等于在写冒险小说或间谍小说。一件完美而悬疑的谋杀案，若被这么一大批人马搅和的话，那可就无可挽回地完蛋大吉了。当然，推理小说中的凶手仍应该有他正当的逃命机会，但如果让整个庞大的秘密组织为他撑腰（如无所不有的藏匿地点或大批人马的保护），那显然又太过头了。相信一个有自尊心的一流凶手，在与侦探对决时，不会让自己披上一身无法穿透的盔甲才上场。

很显然，在早先古典解谜派的"山头"上，间谍小说是被排除在以逻辑推理、连环谋杀案、侦探和高智商凶手对决为傲的正统推理小说门户之外的。然而，纵观现代文学史，我们也只能送范·达因先生一句：路走窄啦。作为通俗文学，若要想跻身世界文学之林，长长远远地发展下去，没有海纳百川的格局怎能行？后世的"武林盟主"们显然更懂这一点，于是，曾被百般质疑的谍战小说，被解谜、写实、变格这三大派别中的变格派收编，成为麾下一员大将。

从历史上看，谍战小说最初的诞生地仍然在西方。法国大革命之后，现代新型国家形态和国际间关系，让人们越来越多地认识到"专业的，有组织的间谍活动对国家安全所造成的威胁"（朱利安·西蒙斯《血腥的谋杀》），也越来越感受到间谍活动的复杂性和危险性。曾经在二十世纪七十和八十年代担任过英国侦探俱乐部主席的朱利安·西蒙斯认为，现代西方第一部间谍小说（还不能称作谍战小说）是1821年由美国作家库珀创作的《间谍》。小说的主人公是美国独立战争期间的英方间谍，他被美方少校斥责为卖国贼，但此人实际上是双面间谍，真正效忠的还是美方，他忍受屈辱，把忠诚献给了祖国——这是我们在后来大量的谍战小说和影视剧中最常见的情节。

在中国，谍战小说的渊源同样很深厚，从《林海雪原》《红岩》到《永不消逝的电波》，我方地下工作者和汉奸敌特之间的较量，都是故事最紧张刺激的部分。只不过，这些作品大多属于二十世纪五十到七十年代的红色革命战争题材小说，并没有特别突出"谍"的独特风味。直到2000年以后，出现了以麦家、龙一、小白等作家为代表创作的"新谍战小说"，中国谍战小说才算是真真正正地独当一面了。

毛泽东同志曾有一句名言："谁是我们的朋友，谁是我们的敌人，这个问题是革命的首要问题。"我们完全可以把这句话当成是谍战小说的"个性签名"。

没错，由谍战文学简史观之，这类故事当中最重要的元素，就是身份认同。"来者何人"这句话包含了两重内容：一是宏观意义上的敌我关系的确认；二是微观意义上谍报人员的心理身份之纠葛。

敌我关系，看起来泾渭分明、无可置喙，但人类文明史却用经验事实揭示了它的真面目，可谓波诡云谲。比如，"谁是我们的朋友，谁是我们的敌人"这句话的社会语境乃是阶级革命的需要，它让我们立刻就能想到马克思和恩格斯那句口号："全世界无产者，联合起来！"但我们也知道，现代战争的另一个主题就是国家。阶级的概念是横向的，它穿越了国族的地图，而国族概念则是纵向的，它相对于其他国家而存在。如果阶级的朋友，同时却是国家的敌人，那么又要怎么办呢？——仅仅是这两个概念，就足以说明人类社会史中敌我关系的复杂性了。

这些政治哲学层面的议题融合在谍战小说当中，便构成了种种戏剧冲突和陷阱谜题。人物身份的面具如同剥洋葱，一层又一层，常常形成具有观赏快感的多重反转。可以说，在侦探推理小说所有的亚类型当中，谍战小说是与现代政治史和战争史联系最为紧密的一类。故事中谍报人员的身份认同及其象征意义，往往映射着现代民族国家的核心理念。自法国大革命之后，新的国家形态模板便在世界范围内推开，并逐渐形成全球化的世界版图。康有为所谓的"万国林立"，即是讲全球国家都不得不面临一个新问题：在世界民族之林当中，我方处于什么位置？而所谓的国际关系、国族身份的确认，正是在彼此目光的正反打镜头中完成的。

这种宏观认知，使十九世纪后期以来的国际关系的变幻速度空前，上午还是朋友，下午就要"捅刀子"。开谍战小说之先河的英国作家威廉·奎克斯于十九世纪末写就的小说中，敌人都来自法国，等到了二十世纪初，千夫所指的对象就变成了德国人。整个现代世界史捋下来，不啻一部谍战小说！

当然，你可能会说，过去也是这样。的确，古代战争中，谍战是相当常见的智斗手段。比起神话里的特洛伊木马，被正史记录的真实事件或许更可怕。根据古希腊历史学家希罗多德的记载，公元前六世纪的波斯人佐皮洛斯曾以惨烈的苦肉计智取巴比伦。他割掉自己的鼻子和耳朵，向敌军假意投诚，骗取巴比伦人的信任，而后将前来佯攻的七千波斯义士全部杀光，以此为代价，佐皮洛斯换取了在巴比伦军队当中不可动摇的地位，后果便可想而知了。

然而，跟古代相比，现代社会条件有两处显著变化：一是通信技术手段升级，今人和古人在时空的感受上不能同日而语；二是官僚机构的现代化管理，也就是马克斯·韦伯所说的"科层制"——人类自己创造的、庞大的现代行政系统，开始反噬自身。正是这两者，催生了现代谍战不同于古代谍战的新特色：更狡猾、更富叙事性，反转更多，程序也更烦冗。

美国作家迈克尔·法夸尔在《骗局》一书中简要地回顾了"二战"期间那些精彩纷呈的谍战事件。如1943年著名的"肉馅行动"：同盟国军为误导希特勒对进攻地点的预判，用一具携带着假进攻计划和假身份的尸体诱导德军间谍"查明"了该人为"威廉·马丁少校"，是不可多得的登陆艇专家。当丘吉尔收到"肉馅已被一口吞"的消息时，行动便大告成功了。尝到了甜头的盟军接着又策划了更大规模的"保镖行动"——为了保住一个惊天秘密（即早在"二战"刚打响的时候，德军的恩尼格玛军用密码系统就已被破解）而展开的大型谍战行动，让"肉馅行动"瞬间沦为开胃小菜。其中，被法夸尔称为"最壮观的名堂"的"水银计划"打造出了子虚乌有的幻影战队——美国第一集团军，其以假乱真的种种操作，只能在蓬勃发展的好莱坞电影工业手段的加持下才能成立。

法夸尔有句话说得好：所有骗人之物，必有迷人之处。比起真实战争当中令人难以置信的残酷和戏剧性，现代谍战文学中那些或是虚构，或是真假参半的故事情节已经足够克制了。没有什么虚构故事能超越战争本身的残酷和荒诞。就此而言，阅读现代谍战文学的真正乐趣实不在于"法"，而在于对"人"的聚焦。我们不仅可以看到那些基于现代武器的快速更新和密码破译而生出的有趣情节，更会惊叹于人性在与抽象体制、观念相碰撞时，所遭遇的挤压和变形。

当侦探和凶手作为个体之间的较量被不同势力，乃至不同国家之间的角力裹挟的时候，我们首先感受到的是公与私的激烈碰撞。正如切斯特顿的名言："隐藏尸体，就在战争里。"早在 1922 年，切斯特顿就写出了《知道太多的人》，故事里的神探出身政治世家，所遇案件都与国家内政或外交危机有关，犯罪者或者是权谋场上的官员，或者就是那庞然无形的国家机器本身。切斯特顿本人是著名的政论家，且亲身参与了彼时英国的现实政治，这个短篇集也自然地把侦探小说的触手引向了错综复杂的政治领域。

正因为敌我关系的复杂性，现代国家制度、官僚组织形态与个体生命经验的盘根错节，使得"二战"前后的谍战小说越来越受欢迎。作家们开始把精力集中在人物刻画上，谍报人员的形象日趋超人化和戏剧化。前者的代表是大家都极为熟悉的英国白日梦英雄的典型，以冷战时期为故事背景的"007"特工系列:英俊潇洒的主人公詹姆斯·邦德先生既为国家服务,又是一个拿人钱财、为人消灾的杀手,他精通多种武器,熟谙各种帮派规矩和上下流社会的娱乐把戏,能迅速地同各类团伙打成一片;当然,他还具备硬汉派英雄人物必不可少的性感面孔、火辣身材,以及超人一样忍受严刑拷打的能力。

"007"系列将冷战时期英国的国家主义理念发挥到了极致,虽然小说细节复杂,移步换景,每个单元故事都发生在一个新的国家或地区环境中,但核心情节很简单:几乎都是邦德如何战胜对手,识破反间计,策反对方阵营的谍报人员,最后抱得美人归的故事。评论家朱利安·西蒙斯曾笑称,整个系列当中,英国人没有干过一件坏事。那么坏人都是谁呢?当然是冷战中的敌方阵营喽。

在这种泾渭分明的敌我关系设定中,最能体现其张力的就是所谓的"邦女郎"了。在这个长寿的单元系列里,我们的谍战英雄每次都能降伏不同的蛇蝎美人,谈一场火辣热烈却又没有下文的恋爱。"邦女郎"影射了在西方的东方主义视角下,身为他者的东方常常被女性化、妖魔化和物化的现象。她们或水性杨花——这种类型的女性间谍在"007"系列中被定位为不可救药者,被其所服务的国家机器毒害太深,通常最后会被消灭;或单纯天真——这种类型的女性常会受到邦德以性爱为主题的"人类正义和自由民主教育",从而"改邪归正",帮助邦德铲除异己。在"007"的故事逻辑中,各忠其主这种相对的伦理,只要经过了一场男欢女爱,就自然地转化成全体人类的正义与邪恶的这一宏大而抽象的观念了。在现代谍战故事里,性是如此有效的政治武器,当它熊熊燃烧起来的时候,怎样的逻辑和伦理漏洞不能被填补呢?当这些故事被影视化,在视觉意义上,性别、国家主义、人类主义符号和敌我关系是如何重叠在一起的,传达了怎样的冷战政治隐喻,只消去看看"007"电影系列《黄金眼》（*Golden Eye*）这首歌的 MV，就可以参悟个中一二。

如果说"007"是典型的、夸大了英国国家主义英雄梦的浪漫派作品，那么格雷厄姆·格林和约翰·勒卡雷的小说系列就是伟大的现实主义作品。它们讲述了官僚组织制度以及仍然像幽灵一样飘荡在现代西方社会当中的宗教意识形态，是如何对从事这个特殊职业的个体造成了全方面的碾压；而一个鲜活的个体，又是如何努力把自己改造成一个将敌我关系刻到 DNA 中、化身人类中的特别物种的故事。

特别值得一提的是，格雷厄姆·格林本人曾经在军情六处（即英国陆军情报六局的简称）工作，后来专事小说创作，曾 21 次被提名诺贝尔文学奖，被称为诺奖的无冕之王。1976 年，他获得了美国推理作家协会最高荣誉奖——大师奖，也是深受侦探小说熏陶的加西亚·马尔克斯最喜欢的作家之一。格林的几部重要作品，比如《恐怖部》《人性的因素》《布赖顿硬糖》《权力与荣耀》等都是经典的谍战小说。虽然他的作品不乏强烈的娱乐趣味，但从侦探推理文学的核心配置来看，它已经属于变格中的变格，对于本格推理读者热爱追逐的解谜乐趣，偏离得相当远了。在阅读之前，需要我们做好充分的心理准备，去接受娱乐的外壳下面沉重而深邃的哲学思索。唐诺先生曾评价道，格林笔下那 62 岁的叛国间谍卡瑟尔，将人性的复杂因素凝缩于一人。看了这类作品再去读"007"，难免觉得后者单薄可笑。

格林的晚辈、曾经在军情五处工作过的约翰·勒卡雷和写作手法受到勒卡雷影响的中国上海作家小白，中国新谍战文学的领军人物麦家，将这三人的作品放在一起读，会让读者充分感知到谍报人员心理上的挣扎，它不仅仅体现在双重间谍这类身份上，也体现于这些身份与个体的性别、年龄等生命属性的碰撞。

　　人人都是多面体。现代心理测试不论如何精巧，在故事中也难堪大用——我们的心理人格本来就会在瞬间切换。但是，谍报人员心理身份的切换频率和速度，却要比普通人快速得多——上一秒是情人，下一秒就是敌人；就像神箭手连续射箭，下一支打落前一支。如此频繁地摘面具、戴面具，自然会造成认知发生错乱，正如香港电影《无间道》里的主题曲歌词所唱："一路上演出难得糊涂，一路上回顾难得麻木，在这条亲密无间的路，让我像你，你像我，怎么会孤独。"

　　特工是人，有血有肉，有人的情感和利益诉求，这是一般谍战小说都会顾及到的；但更高明的作者不仅能还原特工的个人情感，更能写出谍报工作作为一种职场生涯的日常性。这便涉及我们常提及的传奇与日常的辩证法。战争，是与日常生活相断裂的特殊情境；而职场当中的营谋规划，则给读者带来对生活秩序连续而平易的感受。毕竟，谍报也是一份用来养家糊口的工作，尽管特殊，但是仍离不开人间烟火。这就要求作家对于特工这个工种有深切而真实的了解。比如，特工在潜伏工作中的消费报销问题，各种技术手段的经费从哪里来，特工有怎样的生活习惯：这些细节的交代不仅能让作品丰盈、厚实起来，也便于与谜题设置搭钩。

　　推理小说的黄金时期，有一些小说家如马斯特曼，本身就曾当过情报部门的双重间谍，而后来的格林、勒卡雷和麦家，更是在相关的部门实地工作过，非常了解这类行业的特点。上海作家小白也是一位知识广博、以博物学家的精细态度钻研谍战史的学者，能够将历史的故纸堆立体化呈现，栩栩如生地复刻某个特定时代的群体和个体的生活经验；他的作品如《封锁》和《租界》等虽然不是典型的推理小说，却以其游丝一般的悬念和历史主义的精雕细刻，独具一份本格派推理的精致和解谜趣味。

关于这些经典谍战小说，还有另一组关键词，即信息的保存和传播。人类历史上的第一个线上"朋友圈"，第一次虚拟交流活动，实际上就发生在电报员群体中。他们在发报任务结束之后会彼此发信聊天，每一个老电报员的发信手法都有自己的风格，只有同行才能感知其微妙；他们的婚礼和哀悼、八卦和笑话，都是利用"永不消逝的电波"来传达的。

电报员通过捕捉各种声音来组装对一个人的印象，推断事态的变化，如同春来花放，是看不见的风先送来了消息——正是麦家的名作标题《风声》的题中之义。这也提示着我们，悬疑故事的重点永远不是来者何人，而是此人是以怎样的方式存在。

电波形成交流，也一定会构成屏障。无论是冷兵器时代，还是今天的网络平台，人类的道路与墙壁，都是谍战小说的永恒主题，也是人类故事的永恒主题。比如麦家最擅长的技巧之一，就是利用封闭空间来表现人性中的扭曲和天才式的爆发，这种空间不一定是有形的空间，也可能藏在人的心底，且可能不止一个，如俄罗斯套娃一样迷人而复杂。

通信技术的发展让世界变得空前地小，也空前地符号化。很多时候，我们甚至感到自己已经成为人体芯片一样的虚拟存在。但跟机器和符号所不同的是：人，永远需要为自己的选择付出真实的代价。

法医：尸体也有生命

> 多剖开几具身体吧；迷雾很快会烟消云散——这是仅靠观察绝对无法得到的效果。
>
> ——（法）比沙《普通解剖学在生理学与医学的应用》

一个男人在家中的浴室洗澡，渐渐发现花洒里喷出的水变成了血。

一个爬到地下室修煤气管的工人，发觉自家的水泥墙里镶嵌了一只人手。

几个大学生在夜晚的校园里奔跑嬉戏，却跌进一个爬满蛆虫的沙坑。

一具尸体做过常规检查之后，被送入了冰柜。数分钟之后，尸体坐了起来，左右望了望。旁边的一具尸体和它做了自我介绍。

……

这些骇人听闻的场景，来自二十一世纪初美国著名的法医探案剧集《犯罪现场调查》（*Crime Scene Investigation*）。各种离奇古怪的案件，高度腐败、死相凄惨的尸体，这些心理上神秘、视觉上刺激的因素，让法医学题材在影视剧当中迅速流行起来，成为很多人认识侦探推理文学的入门题材。在过去十多年的时间里，东西方法医学类剧集可谓层出不穷，如《识骨寻踪》《尸研所》《科搜研》《法医秦明》等，多为引发广泛讨论的长寿剧集。在大众的猎奇趣味之外，更值得我们关注的，是其背后的历史背景——法医学。

现代学术体系的重要特征之一，就是学科分类的细化，现代法医学有着精微庞大的分类系统，牵涉到的学科如病理解剖学、昆虫学、毒理学、人类学、血清学、痕迹学等，不一而足。这些学问在十八到十九世纪取得了飞速进展，使人类社会一下子涌现了大量新知，足够启发作家们在故事中设置谜题。比如，十九世纪初的某位女性有可能使用哪种新型毒杀手法；摩托车手被爆炸波及会受到哪些伤害；女性会不会出现多指畸形；哪种伤害会让一位生活在十世纪的公爵受伤后十年才丧命；古罗马时代的杀手如何确保一个人死于一氧化碳中毒；在 1932 年，有没有可能把脊髓灰质炎传染给另一个人；一个人在冷冻柜里能活多久、被吊刑处死之后心脏还能运作多久……这些问题听上去有哗众取宠、无事生非之嫌，但其实很多都来自实际案例论证中的难题，也有些关涉历史悬案的考证。

对小说家来说，在故事当中适当置入一些专业知识和争议，可以有效提升叙事的结实感和说服力。如多萝西·L. 塞耶斯与医生罗伯特·尤斯塔斯合作的长篇小说《涉案文件》（1930）中，一个著名场景便是：在一次晚宴中，一场由物理学家、生物学家、化学家、牧师等专业人士参与的关于"到底什么是生活"的讨论，无意中竟让一个精心策划的完美犯罪的真相浮出水面。即便如此，该作仍然被一些人诟病科学性不够，可见黄金时期推理小说的读者已要求甚高。

当然，推理和科学的因缘，也有并不圆满的一面。当侦探推理小说作为流行的故事类型成熟之后，便出现了一种名为"模仿犯"的安全隐患——心术不正的读者在所难免。戴维·格兰的纪实推理短篇《真实犯罪：一出后现代杀人谜案》，就向我们揭示了一篇扎实的犯罪小说可能具有的现实威力。为了避免这种悲剧发生，作家们在强调自己的作品具有专业性和科学性的同时，常常需要故意设置漏洞，让笔下的"完美犯罪"成为可戏玩不可实践的空中楼阁。如《名侦探柯南》和《金田一少年事件簿》中的复杂犯罪手法，经过一些推理迷身体力行地做实验模拟，用百分之百的失败证实：谁干谁傻。

就读者的阅读快感而言，我们真正关注的并非病理学之类的知识，而是看这些知识能否与作品的主题、情节及人物塑造完美融合。就此而言，令人满意的好作品屈指可数。即便是由法医专业人士创作的知识丰富、细节到位的作品，若写作手法不成熟，也容易劝退读者。比如著名美剧《识骨寻踪》的小说原著作者凯西·莱克斯就是法医学界的资深专家，故事里的法医解剖是亮点，案件推理过程却相对薄弱；国产法医推理中知名度比较高的"法医秦明"系列，作者亦是专业法医，但小说细读起来，倒更像是加了点儿文字修饰的科研报告。

即便如此，我们依然可以对法医推理题材的未来充满信心。因为拨开表层的知识点缀，法医学和心理学一样，都是探讨人类自我的深邃科学。

如果说，心理学关注的，是精神的自我，那么，法医学探索的则是肉身的自我。步入现代社会以来，各学科领域都开始呈现出显著的**内在化**特征，医学也是如此。在过去，医生和病人都擅长等待，因为他们相信宇宙的天体循环，相信生老病死、日月更替都有自身规律，所以欧洲中世纪到近代的医学常常会依赖自然疗法，病人也信赖身体自己痊愈的能力。十九世纪以后的医生则开始强迫自己紧跟时代，与新兴的生理学和细菌学知识打起交道。有趣的是，医学上细菌的发现和心理学上潜意识的发明，在时间上几乎是同步的。人，既看不到自己的脸庞，也看不到自己的内脏，更摸不清自己的内心。而借助显微镜、心电图、核磁共振仪器，现代人却使不可见的幽微深奥的内在世界，变成了外在的、可进行科学实验观察的对象。借用奥斯卡·王尔德的书名来说——现代科学是"自深深处"的科学。

法医推理相关的经典影视场景"犯罪现场调查"（简称"CSI"）中，调查员们需要辨认、搜集、保存所有重要的现场痕迹，包括DNA、鲜血、纤维、指纹、足迹、毛发和各种物品。尽管各个国家的侦查系统并不相同，但所有现场鉴证人员的工作都依据同一个原则——每一次接触都会留下痕迹。法医学通过生物或物体所留下的物质痕迹来逆推真相，其实是一种模拟"时光倒流"的学问，而本书在聊"时空"主题时也谈到，这也正是侦探推理文学的叙事时态所在。

推理小说的英文名称之一是"Whodunit"，这个完成时里，就包含着追索过去之痕迹的意味。唐诺先生在其文集《那时没有王，各人任意而行》和《文字的故事》中启发我们，追寻事物痕迹这一行为，本身便蕴含着一种极为原始的情感。就像人类造字，字符最初的样貌并不是完整如某一只鸟、一头怪兽，而是鸟兽经过留下的痕迹，所谓"泥上偶然留指爪，鸿飞那复计东西"。如果你是一个有经验的猎人，根据这些痕迹就能回溯那些已经不在眼前的实体，推知它们的长相、大小，曾从哪里来、已到哪里去。唐诺先生特别推崇美国当代推理作家东尼·席勒曼塑造的两名印第安纳瓦霍族神探，一个叫乔·利风，一个叫吉米·契，两人都是一流的追踪专家，能够在岩山和沙漠之间发现蛛丝马迹，甚至只从灌木丛或者野草被踩踏过的痕迹上就能辨认出来者是人，是鹿还是土拨鼠。他们有足够的经验去辨别出这一事实：

每一种活物留下的痕迹都与众不同。

如果说，犯罪调查类推理小说的起点空间是留下痕迹的犯罪现场，终点是法庭，那么，中间站便是法医学家的解剖室。一谈到这里，我们脑海中便会浮现出解剖台上的那具无名尸体——裹尸布被缓缓拉开，露出死者青白色的脸和冰冷、僵硬的身躯。接着会出现一个睿智的法医学家，面对尸体，他或她的态度既尊重又专注，既平易又谨慎；解剖完毕，尸体会被重新缝合，除了留下那道"Y"字形状的缝线，一切都静谧如初。

外冷内热的法医形象是法医推理的一大看点，但法医推理故事真正的主人公，却是那具尸体。身为读者，我们可以建立一种叙事学的思维：小说当中的主人公不一定是活生生的人物；因为叙事力量在于角色性格和行为的投射所形成的力学场，有的时候，故事中一个死物、一个无机物所承担的功能，要远远超出人类角色。正像著名的英国悬疑电影大师希区柯克所执导的影片名作《惊魂记》中，真正的主人公既非金发女郎，亦非变态杀手，而是山坡上的那幢房子一样。要深入理解法医推理的主人公何以是尸体，还需要追溯至现代法医学发展的社会历史背景。

"尸体会说话"

法医学的著名口号是"尸体会说话"，以此为滥觞，许多小说的标题都会带上三个字——"尸语者"，亦即，法医是让尸体开口说话的人。这可不仅仅是法医学自我宣传的噱头，它本身是一个革命性的临床概念，折射了席卷欧洲大陆的启蒙主义风潮。哲学家们说，这场风潮是"在政体和身体上精雕细琢"。法国大革命使欧洲的政体翻天覆地，奠定了现代民族国家的理念和制度基础，而同时变化的，还有对人类身体的看法。欧洲学者开始了身体—政体的复调书写，或以身体隐喻政治，或以政治隐喻身体，如《身体的历史》《国王的两个身体：中世纪政治神学研究》等历史学著作题目都如是而起。政体和身体，一个是抽象的社会制度，一个是具体的生命物质，这一心一物，是如何联系到一起的呢？

此事与尸体的来源有关。在历史上，有两门学问需要大量的尸体，一是医学，另一是艺术。中世纪以来，欧洲大学里的医学院和艺术学院常常是同一个机构，因为没有摄影技术的加持，医疗用图都是医生与画家合作完成的，还有很多医师自身就是画家。要画出精确的人体结构，当然需要参考尸体进行写生实践。但问题在于，作为科学基础的尸体要从哪里来？

基督教的神学传统要求人保有完整的肉身，如是才能在最后的审判当中复活。在此类观念影响下，几千年来西方社会都缺乏尸体捐赠伦理和相关机制。十六世纪以来，科学和艺术对尸体的需要都越发急迫，社会观念和制度却来不及更新，供需严重不平衡，多数的实验用尸都来自社会底层没有任何权力与权利保障的穷人和死刑犯。即便如此，盗尸现象仍层出不穷，这不仅是伦理和法律问题，而且是追求科学进步和破坏死者逝后尊严之间的冲突，更是纠缠国家和个人、种族和阶级的梦魇。英国学者理查德·巴奈特有一个很有趣的说法，叫作"死者的启蒙式混合资源配置"，即十九世纪英国社会为解剖学提供尸体的不法勾当构成了一条龙式服务，是由法官、刽子手、丧葬人员、盗尸者和强盗杀人帮派共同完成的。日本当代作家皆川博子的长篇本格推理小说《剖开您是我的荣幸》及其续作《死之泉》便详叙了这个见不得光的地下产业链如何加持了英国社会解剖学的发展，乃至出现了"解剖书出版之春"——解剖学著作从图文相配的精美艺术品变成了相对廉价，也更加普及的出版物。

法国大革命不仅塑造了民族国家的新理念，也让巴黎医学成了现代性的象征。巴黎医学的一个重要革新，就是为鼓励尸体捐赠而对平民实行免费医疗。这种利益的交换和权利的让渡，实际上是把尸体转化为公共资源，一种为民族国家的进步而提供的服务。大革命时期的巴黎医院和太平间成了病理解剖学家的天下，尸体来源的难题也最终通过国家和社会的整体观念和制度的变革、现代尸体捐赠制度的逐渐完善而得以解决，由此才有了后世法医推理故事的繁荣兴盛。

根据巴奈特的观察，大革命时期的巴黎医学还滋养了一种与古典西方神学相对立的、全新的科学唯物主义医学思维。医师们开始把身体看成是由各种组织拼凑起来的一个物件，显然，这种唯实论的观念与文艺复兴时代的人们把身体看成一个完整神圣的整体，甚至是宇宙缩影的看法大相径庭。人的身体既精巧又脆弱，它的对称性与均衡性，它（相较于其他动物）对于上肢力量的革新式运用所带来的种种生理和心理后果，常常使古人将其当成神的肉身或者宇宙的符号性隐喻，达·芬奇的素描名作《维特鲁威人》就来自这种理念。而现代法医学开始关注作为物体的尸体与人性的关系，用巴奈特那严肃庄重的哲学——人类学术语来说，一种"非人"（abhuman）的概念诞生了。"非人"意味着身体剥离了人文属性而还原为物质实体，可以在学术、象征或实用领域被合法利用并免于伦理风险，这正是后世法医推理小说中最常见的法医专家视角的观念起源。当法医专家为了在头盖骨上提取凶器印记而把一颗人头放在锅里煮烂的时候，所触碰皆"非人"。

比起后来才兴起的法医推理小说，这种关于人体的新理念，更早反映在科幻和怪谈文学当中。最著名也是最常被哲学家拿来引用的作品，要数 1818 年由作家玛丽·雪莱创作的科幻小说《弗兰肯斯坦》（又名《科学怪人》）。主人公弗兰肯斯坦是狂热的生物学家，对于起源论式的进步主义的迷恋，混合着当时流行的优生学和人体测量学（背后的支撑是有利于殖民统治的帝国式种族主义观念），以及各种本能欲望和死亡冲动糅合而成的犯罪心理，支配着这位科学狂频繁出没于藏尸间，尝试用不同尸体的各个部分拼凑成一个巨大人体。从这个故事中，你还是能看到中世纪神学那超验的宇宙缩影的幽灵，但它已经成为一个由新的观念和技术统御的提线木偶了。当这个由腐烂尸身构成的怪物真的获得生命、睁开眼睛时，不出所料地，弗兰肯斯坦如见到真龙的叶公一般夺路而逃。而这位在尸体中诞生的新式"亚当"，却对着创造他的"上帝"索要起了"夏娃"，接踵而来的是一系列诡异的命案。

《弗兰肯斯坦》被认为是第一部真正意义上的科幻小说，也是科幻推理、法医推理和心理文学的滥觞之一。它的生命力如此持久，不仅有太多的文学作品向它致敬，而且它描述的那位怪物也已经成了一个专有名词、一个可怕的隐喻，在人文学界和科学界都影响深远。它的核心命题，正是至今都缠绕着我们，以后也将持续存在的我与非我、人与人造物、科学与宗教、异化与进步等二元对立所引发的致命的伦理问题。

正是这种把人体当成客观物品的观看方式和态度，才造成了冷静超然的法医人设。他们不仅要抽离情感，还要在一具充满个人特点的尸体上，看到一种普遍的科学公式。

正像谍战小说常常会用到地理图鉴一样，法医推理也常用到解剖图鉴。两者之间表面上没什么关联，其实是相互呼应的：它们是同一种现代国家制度、同一类科学主义思想的产物。法医学家和谍报工作者的目光之所及，都是为了阐释、命令、支配、控制。而这些动作的前提，是拉开一定距离去观看，也就是说，只有旁观者的、整体性的视角，才能让一个人成为客体化的对象，也就是我们常说的——被"物化"。

君不见，在现代国家的各类文化中，占据主流地位的都是视觉性—距离性艺术，如绘画和雕塑，而以触觉（如编织）、嗅觉（如香水）为主体的文化则是亚性的、相对边缘的。为什么视觉艺术会成为主流？因为"看"本身便意味着对客体实施象征性的、语言性的占有，类似于"我看到了，我就将之征服"，"征服"也就意味着"我能解读你"。——这不也正是"让尸体说话"的深层含义之一吗？征服一个国家与征服一具尸体，在语法上是一致的，它们都意味着对客体投放一种超然的、中立的目光。

如是啰唆了一堆，想必你已明白，法医推理小说所推崇的主题一定是科学，因为科学是现代社会的标志。法医学的口号——"尸体会说话"，正是来自现代唯物主义所推崇的科学精神：尸体是最有力的物质证据。

"狡诈凶手将因鸦鹊的玄奥线索事迹败露"

如果说，法国解剖学家的名言"多剖开几具身体吧，迷雾很快会烟消云散"，可以作为解剖学家的思想写照；那么，莎士比亚的戏剧名作《麦克白》中的那句"狡诈凶手将因鸦鹊的玄奥线索事迹败露"，也大可以被法医昆虫学家引为座右铭了，法医推理让人迷恋的另一个理由，就隐藏在这句话里。

万物有文，精确而美妙。正因为生命的规律是丝丝入扣、毫厘不爽的，冤情才可洗，罪孽才能揭。比如，法医病理学家会运用死后僵硬、温度变化、器官腐败程度等指标来判断死亡时间，而一旦过了四十八到七十二小时，这些指标就逐渐失灵。此时，由蚕食尸体的昆虫们所提供的线索便开始起作用：不同的昆虫有各自的就餐时间，抵达尸体的顺序井然，而法医昆虫学则能发现和阐释这些生理特征进入人类罪案时引发的独特现象，这就是为什么，《犯罪现场调查》当中的法医昆虫学专家格瑞森姆会那么受观众的欢迎。

东方的法医学也一样迷人。古代中国版 CSI 的传统构成，包括了县级官员和他手下的刑名师爷，而相当于法医专家的技术岗，则是现在古装推理电视剧中备受追捧、当时地位十分低下的行当：仵作。这个行当最重要的史学依据之一，也是影视剧的重要参考资料，是宋慈的《洗冤录》。该书出版于 1247 年，不仅是东亚验尸界的标准指南，也是全世界最早、最翔实的法医学专著，它收录了史上第一个刑事昆虫学的案例：被害人在路边被人捅死，仵作拿牛的尸体来测试各种可能的凶器，得出凶刀是镰刀的结论。但是，得知伤口的成因与辨认挥刀人的身份这个目标之间仍相距甚远，于是，仵作开始研究可能的动机。根据旁证，可能的原因是被害人没有摆平他的欠债问题。于是，仵作开始审问被害人的债主，而此人坚决不认罪。仵作便命令七十位嫌疑人排成一行，把自己的镰刀放在脚边。虽然每把刀上都看不出血迹，但是不到几秒钟，就有一只苍蝇直直落到那位债主的刀刃上。接着是第二只，第三只……最终，债主只有叩首服罪。尽管他曾经努力清洗过沾血的刀刃，但是，生物生理的精确度却超出了其想当然的努力。正是处理尸体痕迹的难度让现代法医学大显身手，很多自命不凡的罪犯也反被聪明误。

然而，在大自然的惊喜背后，我们也看到了，法医昆虫学的成立基础在于一个很简单的真相——人类的尸体不再是万物的灵长，由"他／她"变成了"它"，成了众多生物和微生物的美味大餐。

　　人家的美食，我们的尸体，这种认知上的冲撞，关联着法医推理小说吸引我们的内在本质。所谓森罗万法的极简版，便是自我和世界。就像微信开机图当中，那个站在地平线某切点上的小人儿提示我们的那样，所谓世界，实际上取决于我站在何处观看，观看之所得，构成了我所知的世界的主观真相。所以，还是那句话：我们是如何将万事万物关联起来的？答案是，全靠这个主语的我。我的父母，我的国家，我喜欢的，我讨厌的，还有吃了我的尸体，因而能够得知我的死亡时间的苍蝇。

　　我们对法医昆虫学真正的兴趣点所在，或许并不在于那些或奇形怪状，或日常相扰的昆虫，而仍在于昆虫如何反映了我们自身存在过的痕迹。很多发人深省的话都来自法医学，比如说，"猪最像人。"（注：法医病理学家比较了人与诸多动物的肌组织形态，发现猪与人的形态最相似。法医学常常用猪尸来模拟人的死亡过程，这一情节也经常被法医推理故事所用。）

　　法医推理揭发了人类对自身存在的那份终极好奇和悲伤，并催发了我们对身体的猎奇心理。无论是在文学中还是在绘画里，尸体都是独特的、神秘的，它既是我们，又不再是我们，它还会是未来的我们。这里同样包含着时态的错位和既熟悉又陌生的自我审视。一个人做了内脏手术，看着从自己身上切下来的器官，会有一种强烈的陌生和疏离感：诶，这东西居然是"我"的一部分？！

　　生有肉身，但是它的运行、它跟天地之间感应道交的奥秘仍未穷尽。故事当中的法医学家都有点像世外高人，动辄将解剖尸体和分析昆虫上升到人生和宇宙层面。这里涉及一个深刻的观念转换，就是既将一个人变成一件物品，同时还要尊重其身上曾经存在过的人性。一个合格的法医工作者，要在观念上能发现甚至能跨越"生和死，人格和物体，话语和沉默"（巴奈特语）之间的边界，而但凡跨越二元对立边界的理念，都涉及那句话：道可道，非常道。

虽然我们常口称三观崩溃，但并非所有的人都有能力真的拥有一个世界观。它不是上课背的书，而是我们所相信的、生命所依存的对世界的根本看法。法医学者的人设就连带着这类终极思考。尸体是人在有和无之间的浮桥，是情感在场和不在场之间的过渡。《犯罪现场调查·拉斯维加斯篇》某集中，一位调查员来到谋杀现场时，女性受害者的遗体已经被抬走了。调查员环视整个房间，喃喃道：我觉得她的灵魂还飘浮在这里。

这并非一个科学家的玄学迷惑。人类突然的死亡如同急刹车，曾经活着的那份惯性仍然顽强地燃烧着，正是这种氛围，感染到了那些来到现场的人。死者生前留下的痕迹，让现场成为一个处于人与非人临界点上的空间。在这一意义上，调查员和法医学者如同科学界的巫师，他们手里的工具也像巫师的法器一样，有着沟通阴阳两界、平怨镇魂的诸般功效，就如同宫崎骏电影《千与千寻》中著名的主题曲《永远同在》里的那句歌词："生也不思议，死也不思议，花朵，风和城市皆是如此。"

法医学者都明白，研究人体留下的痕迹并不意味着了解自身。越是研究越是会感受到，人是何物，何物是人，始终是一个疑问。解剖学可以精确地看到人体的每一个部位，却仍然无法完全得知，这些组织、细胞、神经、血管，是如何作用于心灵的；即使熟悉一切医学术语也仍旧难以明白，为什么你会感觉到疼痛；即使曾经有过濒死体验，也仍然无法和盘托出，究竟什么是死亡。死仿佛永远是一种折射：死的总是别人。

任何事件都难以像死亡一样，既如此确然、必然，又显得如此失真。

也正因此，观察他人的尸骨，就成了人强迫自己面对内心深处之恐惧和向往（对，还有向往）的一种方法。美国学者玛丽·罗奇曾采访田纳西大学的尸体农场，写下了纪实报告《僵尸的奇异生活》。在描述科学家观看尸体腐烂的心境时，她引用了佛教止观修行当中的白骨观：修行者在内心观想自己身体的死亡过程。从停止呼吸到膨胀、腐烂、分解，被昆虫和其他动物啃噬殆尽，直到化为尘土、被风吹散的全部过程，修行者都要观想得清清楚楚。或许，所有的法医学者都在心中有过类似的观想。在东西方的文化史上，也有很多绘画和文学作品以观照死亡和尸体为主题，比如，日本江户末年的画坛鬼才月冈芳年就特意到战场上进行尸体写生；意大利和荷兰的绘画传统中，亦有所谓警世画：在繁华富丽的珠宝和美食之间，专门画上骷髅和死神，提醒生者——你所拥有的一切享乐都无法带走，唯有死亡才永属于你。

很显然，这里一直贯穿着一对矛盾，那就是"空"和"有"。唐诺先生在《文字的故事》里说，在甲骨文当中，"死"这个字的象形，就是一个人跪坐在一具尸骨面前，这是人类共通的哀悼姿态。是以"有"来召唤"无"的姿态。你与一位老友多年不见，有一天，远方突然传来了他葬礼的消息。你的心会陡然缺失一块，所有与他有关的回忆都涌上心头。尽管在葬礼前后，没有见到面的事实都一样，但一个人死亡的消息，反而让他在你心中真正活了一次。我们一向如此：靠缺失来确认存在，靠生之痕迹来确认死讯，靠法医让尸体说话，这是生命自身的辩证法。

虽然侦探推理小说不一定要讲杀人，讲犯罪，但它的确是对人类的死亡关注最多的大众文学类型。观看法医推理小说和影视作品，总是会促使我们思考，对于活着的人来说，别人的死亡意味着什么。

心理：旧罪阴影长

自我是一个巨大的哲学谜题，原因很简单：我们是被莫名其妙抛掷到这个世界上的。现代生物学可以用细胞、遗传基因、神经元、碳基或硅基生物等术语讲述生命的诞生与死亡、此类或彼类，却仍无法彻底解答这个最致命的问题：世界上怎么突然就有了一个独一无二的精神体，叫作"我"？

正因为"我"乃千古未解之谜，心理学和心理故事题材总是覆盖着天生的神秘氛围和暗黑色彩，也构成了西方侦探小说初兴之时的基调。如现代侦探小说开山鼻祖爱伦·坡的恐怖短篇故事《泄密的心》《黑猫》《红死病的假面具》《一桶蒙特亚白葡萄酒》等，涉及近代欧洲复杂的宗教元素和多种流行传染病带来的心理恐惧，笔调诡异、深邃、悲观，迄今都是精神分析学者常常引用的文本。

两次世界大战期间和战后的二十世纪五十年代，心理故事大为流行。一部广为人知的经典作品，便是英国浪漫悬疑小说家达夫妮·杜穆里埃写于 1938 年的《蝴蝶梦》(*Rebecca H*)，小说将十七、十八世纪欧洲哥特小说里幽暗的庄园大宅、凄美的鬼魂、哀怨的情爱故事等元素借由新的婚姻和谋杀议题引渡于当代乱世，转化成新型的侦探推理故事，更因同人续作不断和希区柯克于 1941 年执导的同名好莱坞电影而畅销不衰。故事讲述了英俊多金的绅士马克西姆在前妻吕贝卡遭遇海难身亡多年后再婚，但和新妻的生活仍处处被亡者的痕迹萦绕，包括她留在曼陀丽庄园的画像、信件，管家仆人口耳流传的事迹。表面看起来，马克西姆仍然对前妻念念不忘，但果真如此吗？事实真相是硬币的另一面，是极度的厌恨和畏惧，阴魂不散的背后，是时时刻刻的监视和伺机而动的复仇……吕贝卡，这个强大、神秘的恶女和那美丽荒凉的庄园曼陀丽，从此便如同一个音乐旋律动机，一个悄无声息的幽灵，飘荡于"二战"后的诸多悬疑小说和电影中。

为什么那个时代会流行这样的故事？在战争带来的巨大的不安阴影下，人们实际上想追问的或许是：究竟是什么主宰了我们的生活？在《蝴蝶梦》中，它被转化成这样一个心理命题：为什么一个死去多年的人物，却对活人有着如此巨大的影响力？

如阿加莎引用的那句谚语："旧罪阴影长。"其意味深长之处，并不仅在于"天网恢恢，疏而不漏"这一点——马克西姆在谋杀诉讼中胜诉了，但吕贝卡一方仍然是故事真正的胜利者，她的存在感之浓厚，让读者深深明白，她从来都是、在死后也依然是这个庄园唯一的主人，忠实于她的女管家和情夫是她在阳间的发言人，而马克西姆和他的新妻则不过是受她操控摆布的配角而已。故事当中那股东风压倒西风的强烈的不均衡感，极致地展示了施虐者与受虐者的扭曲关系，它不是肉体上的，而是精神上的。活着的马克西姆和新妻二人都是饱受压迫的受虐者，甚至陶醉在死者对自己的精神折磨当中不能自拔（否则，他们早就可以离开幽魂幢幢的曼陀丽去过新生活了），几乎虽生犹死；而死去的吕贝卡则是强大的施虐犯，她的施虐精神已经超脱、穿透、战胜了死亡，她是真正的恶之花，也是这故事的生气之所在。类似地，在阿加莎的著名短篇《夜莺别墅》中，数次杀妻的男子以及实行反杀的妻子也带来一种宿命中的轮回感，仿佛这样的罪行会永恒进行下去。

当时的英美中上层阶级热衷于这类鬼宅幽魂罪案故事，原因在哪里？黄金时期与阿加莎齐名的女作家塞耶斯曾说：名望，是小说中最不常提到的动机，却是他们这几代人耳濡目染的真实犯罪当中最强大的动机之一，从谋杀到各种离奇古怪的小奸小恶都是如此。用这一点来诠释《蝴蝶梦》的表层情节，再合适不过了。马克西姆明明可以用强硬的手段对抗吕贝卡，却被逼着步步踏入她布下的陷阱，直到悲剧祸及第二任妻子，正是曼陀丽庄园所象征的家族名望在行动上禁锢了他。名望的表皮下，则是更深层的心理欲望，精神分析学范畴中的爱驱力和死驱力——人类内在的生命骚动之所在。小说当然并不直接呈现这些知识，却将它们变成大宅中湿润的、雾一般的空气，形成了一个文学与心理学心照不宣的磁场。

事实上，不仅是杜穆里埃这样的通俗小说作家，那些西方现代文学史上的伟大作家，如果戈理、陀思妥耶夫斯基、霍桑、安徒生、巴尔扎克、屠格涅夫、亨利·詹姆斯、史蒂文森等，都用他们的作品为后世的精神分析学、犯罪心理学打下了文本阐释的地基。他们的作品中包含了精神分析学几乎所有的要素：炼金术、白日梦、潜意识、偷窥、对象化……现代文学和心理学这对双生子，把人在潜意识当中支离破碎的感受和语言搜罗汇聚起来，如同布满了尘埃和黑洞的无限宇宙。而这一切，又和讲求精确务实的现代科学本身形成了奇妙的悖论。

犯罪心理学的能与不能

　　当代常见的心理题材推理作品，通常依靠犯罪心理学提供的现成知识来设置案件和破案手法，因为犯罪心理学作为一门学科已经相当成熟了。而早期的文学作品，如"一战""二战"之间的西方心理题材侦探、犯罪小说，则是伴随着这门学科一起成长的，它们更注重的问题是：哪些因素活跃于人物心理这个领域中。

　　1932 年林恩·布洛克的《噩梦》，讲述一位作家和他迷人的妻子被恶毒邻居折磨的故事。性的暗流充斥了全书，一位女邻居在谈论了弗洛伊德和节育、同性恋、图腾崇拜、异教徒等诸如此类的事情之后被一名中年男子强奸。类似的元素也贯穿在长寿美剧《犯罪心理》中。如果说精神分析学的功能是将这些犯罪症候搜罗起来，那么，破案故事则进一步从中拼出一个极简的完整模式和一个确定的结论，也就是决定论。

　　按照小说家张大春先生的说法，十九世纪以来，人类思想领域诞生了三大决定论：达尔文的遗传决定论、马克思的生产工具决定论，弗洛伊德的潜意识决定论。简单地说，决定论负责提供确凿和关键的答案，而心理学负责对人类神秘无边的意识大海给出分析和阐释——恰与侦探小说的运作逻辑相同。

　　心理主题侦探小说的兴起，除了心理学发展的助推之外，还更直接地受到了现实案件的刺激。十九世纪到二十世纪前半叶，西方社会发生了很多著名的连环杀人案，它们不见得是巧妙的高智商犯罪，却特别能吸引"吃瓜群众"的注目：凶手常是如《夜莺别墅》中的人物一般彬彬有礼的绅士和看似温柔婉约的家庭主妇。1921 年，英国唯一一位被判绞刑的律师阿姆斯特朗就是一位礼节无可挑剔的绅士，在自家庄园的下午茶会上，他一边礼貌地说着"抱歉，我用手拿给您"，一边把一块沾有砒霜的奶油烤饼递给律师同事——这正是典型的黄金时代小说中的谋杀场景。这类文质彬彬、富于魅力的中上阶层的杀人犯成了现代都市怪谈故事的原型，常常被冠以"蓝胡子杀手""浴室新娘杀手"等令人毛骨悚然的名头。

现实中的连环杀人案刺激了现代犯罪心理学体系的迅速成熟，也给侦探推理小说提供了可以无限变化的原型。暴力虽让人反感，但暴力当中的规律性和仪式感却会引发人们猎奇的兴趣。凶手在某方面的执念常导致某种特定的犯罪行为模式，在小说里再现时，就具备了一种病态美学的特征。黄金时期的主要作家，从安东尼·伯克莱、约翰·迪克森·卡尔、埃勒里·奎因等，都对描写好绅士、妙淑女表皮之下隐藏的犯罪人格兴致勃勃。比如，阿加莎一半以上作品中的作案动机都是单纯无聊的谋财害命，但对嫌疑人进行心理分析的部分却构成了作品中的亮点。

正如安东尼·伯克莱所说，未来的侦探小说会越来越重视人物心理，关于时间、地点、动机和机会的谜团虽仍会存在，其光环却会让位给关于人物性格的谜团。虽然，后来的推理小说题材和构成远比他的预言更加广阔，但心理刻画的确始终是作品的重要加分项。如东野圭吾《嫌疑犯 X 的献身》《圣女的救济》《恶意》《白夜行》等名作，在犯罪技巧和谜团的设置上不见得比岛田庄司、西泽保彦们的本格推理高明，但在人物心理刻画方面的口碑就远远好于后者了。

随着犯罪心理学的成熟以及纯粹解谜的本格派的衰落，"二战"后的侦探推理小说和剧集越来越呈现出心理化的趋势。海史密斯集中心力塑造出了富有人格魅力的罪犯，比如著名的《天才李普利》系列。到了二十一世纪，对连环杀手的心理分析成了犯罪类电视剧当中最出彩的题材，比较有名的是《犯罪现场调查》中的模型杀手、蓝漆杀手等，他们一出现，就会构建起本季电视剧的高潮。《犯罪心理》更是专门致力于此，整个剧集都以连环杀人案为题材，分析受害者类型、连环杀手的行为模式，进而侧写凶手的性格特征、年龄范围、性别以及曾经可能遭受的创伤性事件。

受到这股风潮的刺激，中国的心理推理在最近十年开始发展起来，如 2020 年大火的紫金陈的《坏小孩》，对少年犯罪心理的刻画便相当精彩。自古以来，中国人在个体和群体的关系中向来偏重于集体利益，对个体内在的心理体验缺乏关注；国产心理推理小说和衍生网剧的发展，对于打开大众对个体心理学的认知度来说是颇有贡献的。中国社会越发关注青少年的心理疾病和校园暴力等问题，这些问题并非新现象，而是方才受到专业的、系统的、心理科学意义上的重视。

现代医学是庞大的分类—命名系统，这一点对心理学来说至关重要。很多时候，比起得病，我们有时更害怕无名痛。反过来，很多我们从前不认为是病的现象，比如抑郁、厌食，若要被盖章打上疾病的标签，并让社会将之识别为一种病症，往往会经历相当漫长的过程。一旦我们将一些行为和语言表现读解为一种疾病，就自然会去思考它的种种症候，它与怎样的内在创伤有关，它是否像生理构造一样具有遗传性等问题，将这些命题跟解谜类作品的几个"W"结合起来，同样能制造心理推理小说情节的多重反转。比如运用精神分析学常见的话语疗法，让病人和心理治疗师聊天，在谈话中泄露秘密和掩盖真实动机的方式，在连城三纪彦的短篇《美丽的针》、今邑彩的《噩梦》等作品中，都有非常精彩的呈现。

然而，尽管心理学知识在故事中应用得十分普遍，我们却不能不承认一个事实：跟法医学带给人以科学实证感不同，犯罪心理学是一门饱受争议的学科。人的心像水流一样运转无定，在实际案件调查当中，所谓的心理侧写一般只能作为帮助缩小嫌疑人范围的辅助手法，无法如血迹等物质实证一样能成为直接证据，且如果使用不当，让探案人员对心理线索形成先入为主的模式，可能还会导致判断失误。心理推理小说往往会犯情节夸张的毛病，比如心理学家在做心理侧写的同时就把嫌疑人的肖像画出来了，这类情节常被诟病为骗子的玄学。

将心理学运用于文学，还有另一个困境。2009 年一部大受欢迎的美国剧集《千谎百计》（*Lie to me*），讲述一位人类学家通过微动作和微表情来分析判断人们是否说谎，从而协助破案。该剧有明确的学术原型，充满本格推理的味道，由著名电影《海上钢琴师》的男主角扮演者蒂姆·罗斯主演，彼时话题度相当高。可惜好景不长，才播至第三季就收视率下滑，故事也难以为继。很显然，这里有一个天然的悖论：这些所谓能够在无意间透露出真实想法的微表情、微动作，本身不就是演员表演出来的吗？

正是这种内在的自反性，提示了推理小说不得不面对的问题——决定论的适用边界在哪里？固然所有的小说都会涉及心理，但犯罪心理学运用到推理小说当中会存在更大的隐患，因为它要提供答案，而答案，往往就意味着简化。像二十世纪上半叶开始广泛流行的各类人格心理测试一样，推理小说的解答主义倾向使它常常建立这样的公式——A 行为一定代表 B 心理，而 B 心理一定会导致 C 行为。搭建这种链条，固然令读者爽快不纠结，却也意味着剔除、删减了很多实际上存在过的信息。

现代思想史上存在着两股截然相反的力量——多元化和一元化，正如纯文学的意识流小说和大众文艺的心理推理小说皆是现代文学的产物。意味深长的是，总体历史倾向于选择后者。一元化特别体现在那些影响国族政治研判的现代学科当中，比如曾广泛应用于司法进程中、与种族主义密切相关的人种优生学和犯罪骨相学。前者强调欧洲人的优越血统，后者则通过大量搜集罪犯的外貌和骨相特征来总结犯罪者的生理共性，如意大利学者龙勃罗梭的著作《天生犯罪人》便对1279名意大利罪犯进行了人体测量和相貌分析。这种"以貌取人"寻找统计学依据的方法难免引发质疑：真的可以仅凭一个人的生理特征判断其善恶吗？换句话说，在勾连人类外表和心灵之关系的时候，是否有可以量化的标准和界限？

如果龙勃罗梭的观点是对的，还会有更棘手的伦理问题产生，比如：社会应该为了自我防卫而对天生就具有这些特征的人采取暴力预防手段吗？就像欧洲历史上对待麻风病人、巫师和妓女的方法那样？

犯罪人种学不仅曾为纳粹反犹主义所利用，也为美国和欧洲的种族政策和渗入大众常识中的诸多歧视提供了所谓的"科学依据"。这门臭名昭著的学问直到今天仍有其影响力，并没有被打上"伪科学"的标签丢入历史尘埃。它看上去如此可疑，却同当代日常生活的绝大部分领域一样，是建立在统计学的基础上的。统计学数字决定论的气息十足，却丝毫不影响其庞大的应用范围。当你看了美国法庭科学和犯罪心理画像学家布伦特·E.特维的学术著作《犯罪心理画像——行为证据分析入门》之后，恐怕会有新的疑虑浮现心头——作为现代实证科学和社会科学基础之一的统计学的适用边界在哪里？它带给我们的踏实感毋庸置疑，但显然，它已经在很大程度上控制了我们。从出生到死亡，我们一直要填写各种表格，有些是被动地、不耐烦地填，有些是主动地、好玩地填。这些表格跟我们的幸福和不幸息息相关，却又时常与我们的实际经历和身心体验相违。在它们的裹挟下，我们常常需要被迫为那些从情感上完全不需要证明的事情举证，在性别、种族、年龄的限制下放弃很多东西。而统计学的野心却越发膨胀，不仅统计我们的肉身和社会身份，更希望统计我们的观念。大数据时代导致了这样一种逻辑：只要基数足够大，在看上去不相关的要素之间也能建立起意外的相关性。这也正是多数互联网平台搜集注册用户的个人数据的方式。"你实际上应当属于哪座城市？你应该是《福尔摩斯探案集》中的哪个角色？如果你是一种字体，应该是哪一种？如果你是一种元素，你应该是哪一种？下列几种食物，哪一种与你的人格最匹配？……"登录某个性化社交网站的冲浪者会被吸引着去做这些好玩的测试题，但，千万别小瞧这种由"你是×××"句式组成的心理测验！尽管填它们是为了打发时间，但只要你做了，这些异想天开的内容就开始与你的身份、年龄、籍贯等个人信息相关联，这些原始数据则成为网站的宝贵财富，它们的应用和读解范围之广将远远超乎用户的想象，当它们再次返回你的生活时，其作用早已改头换面。

尽管，直觉告诉我们，心理是不能被量化的，所有的数据都有孔隙，不能代替活生生的、肉体的生命，但是现实生活中，我们还是常常不知不觉地陷入统计学的量化套路之中，给别人也被别人贴上各种标签、人设，在社交网站上，我们不是单身就是已婚，非黑即白的算法反过来扼杀了我们读解现实的另类可能。而一旦被这种算法控制，你就很难想出高木彬光早在二十世纪七十年代发表的《零的蜜月》那简单而有力的创意了。

那么，小说写作应当如何处理心理量化乃至决定论异化的悖论和尴尬呢？

水面下的暗流汹涌

"请你用莎士比亚去讲述弗洛伊德，而不是用弗洛伊德去分析莎士比亚。"

——这是美国文学理论大师哈罗德·布鲁姆的名言，它提醒我们，把学术理论强行塞到文学作品里的后果是严重的。这将导致文学作品成为机械的知识报告，同时，也会让大众对学术的信心产生动摇，是一种双向伤害。

高超的文学作品能够润物无声地消化知识，让文学成为一种食疗而不是药疗。如约翰·迪克森·卡尔的心理主义本格名作《燃烧的法庭》，亦如《蝴蝶梦》一般描述了巫师般神秘的恶女，皆暗示读者从精神分析学的层面去阐释故事，但小说本身并未提供精神分析理论。又如，生于1929年的美国天才作家艾拉·利文在23岁的时候写出的名作《死前之吻》，与安伯托·艾柯的《玫瑰的名字》、约瑟芬·铁伊的《时间的女儿》一起被誉为"西方三大现象级侦探小说"。它不用任何心理学术语，却从视角到情节，招招印证犯罪心理学的观点。

如是润物无声的高质量作品并不常见，处于金字塔中间的典型代表，比如法医推理高手派翠西亚·康薇尔的震惊世人的那部《开膛手杰克的结案报告》（2005）。虽然它在叙述上更像研究报告，几乎没有现在进行时的事件链条，但其所提供的心理侧写却极具力量，读者能够真实地感受到作者康薇尔对自己结论的自信，她迫不及待地向世人宣告，这桩于1888年轰动世界的历史悬案的凶手，正是后期印象派知名画家华特·席格。与其他以开膛手杰克为题材的推理作品（如岛田庄司的《开膛手杰克的百年孤寂》、保罗·霍尔特的《血色迷雾》、埃勒里·奎因的《恐怖的研究》等）相比，康薇尔的历史实证精神压倒了本格推理的纯逻辑推演与戏剧化情节，呈现了审美判断、精神分析和物理实证融合在一起的力量。

在阅读这类以心理知识模型作为情节基础的故事时，最有趣的事情或许并不是那些我们能够分析把握的地方，而是我们分析了、把握了，"盖上盖子"之后，仍然从缝隙里跑掉的东西。人心的套路，当然有规则可循，却也同样有空间可逃。真正的故事，就算给你决定论的答案，也一定会把这个答案放在通风的地方。比如，民俗推理作家三津田信三就习惯于在给出答案之后，让故事的幽魂继续潜逃，好像车子已经刹住，你却飞了起来。

拿更经典的作家如阿加莎·克里斯蒂举例。众所皆知，阿婆的小说走的是观察人性的路线，设置马普尔小姐这样的人类观察家，通过大半生对乡里乡亲鸡毛蒜皮小事的观察，去思考人心运作的方式及其导致的行为模式，最后得出结论：江山易改，本性难移。于是有人质疑：凭什么把人性套到这个公式里来呢？潜台词正是：阿婆的作品也犯了量化人性的毛病。

但在我看来，阿婆之作自有其妙处。因为她并没有把心理规律当成一门学问倾倒给读者，而是运用一种软性的心理倾向来写作。比如"一个老太太很像另一个老太太"，这并非来自统计学，而是直观的、感性的生活经验。这种阿婆式的心理趋向公式法，尽管不能实现精准测量，但在小说的叙事语境中，却具有一种说服的魔力，会让我们感受到人类变幻莫测的心态中那股相对坚固、稳定的力量。这就是古典主义的心理技巧。

临床心理学让我们开始重视一些过去从未被当成病状的身心现

象，这固然是进步，却也是一柄双刃剑。比如人格分裂，即所谓的多重人格解离症，曾被许多作家化用，如美国作家丹尼尔·凯斯的《二十四个比利》，日本贵志祐介的《第十三种人格的恐怖》、大塚英志和田岛昭宇合作的著名漫画《多重人格侦探》等。在这种疾病被社会认知、论证的初期，这类作品是成功的，而一旦这种疾病成为社会常识，人格分裂题材的写作就必须寻找新的出路了。因为，在心理小说中有趣的、令人回味的主人公，绝不是极端案例，而是能够像水一样融入大众的普通人。我们每个人其实都是多重人格，代表了我们不同的侧面，却不至于使我们分裂成完全不同的人。因此，要把人格分裂这一话题把控好，秘诀还是在马克思的那句话：人，是社会关系的总和。它意味着，不同面向的自我，永远跟他人的目光的激发有关。设想一下，前一秒你还赖在床上跟老妈大喊大叫："帮我把手机拿来——"下一秒，接起电话："王院长啊，最近还好吗？"一切现象都是由刺激—反应这个结构组成的，某句话、某个行为的产生，都是因为面向不同的他者而触发的。所谓人格，在多数情况下，正是彼此之间的目光所构成的人性棱镜；与其说，小说家要写一个人格分裂的人，不如说，真正要写的，是一团关系。

所以，处理心理文学的一条重要原则便是：既然它是水面下的东西，那就让它在水面之下，静静地暗流汹涌吧。

往更深处看，现代犯罪心理学的重要功能之一，其实是要重新解释处理传统宗教时代的罪与罚问题。比如维克多·雨果的名作《巴黎圣母院》中的那位神父，明明是他违背自己的信仰，爱上了美丽的吉卜赛少女爱丝美拉达，却因爱之不得，又受不了心中背德背信的愧疚，反而把罪过推到少女身上，认为她是引诱自己犯罪的红颜祸水。这种扭曲的心态，在精神分析学中有一整套的理论阐释，但其原型在宗教时代就已经齐备了——如基督教里，耶稣那句发人深省的名言：你们当中谁是清白无辜的，就可以拿起第一块石头打这个妓女。

从这个角度来说，太阳之下并无新事，现代心理学或许只是现代人在用一套新的理论体系去阐释传统。现代侦探对罪犯进行心理分析时所运用的词汇，本就化用自传统宗教里与罪孽意识相关的词汇。朱利安·西蒙斯认为，侦探小说的衰落，从心理学上来说是罪恶感的衰落，这是有一定道理的。东西方都流行过惩恶扬善的道德小说，现代心理小说更是致力于表达恶意的普遍性和深不可测，特别是普通人的日常情绪中看不见的毒素。这也正是为什么，陀思妥耶夫斯基的《罪与罚》会被认为是犯罪心理学意义上的文学名作：它想描写的，不是极端的变态杀人狂，而是每一个现代普通人心中自以为合理的杀意，当它被放置在传统宗教的罪与罚的信仰、知识框架中时，读者所产生的荒谬感会更加强烈。

如果你觉得《罪与罚》太沉重，那么不妨试着读一读活跃在"二战"前的日本最重要的侦探小说家江户川乱步的短篇小说《人间椅子》。这部10分钟就能读完的作品，浓缩了现代心理主义对罪恶之理解的精华。小说描述了一种性欲意义上的心理变态，同时运用信件作为叙述载体，在人称和体裁上玩心理游戏。表面上，信件在作品中出现的方式消解了人物、读者的恐慌，而读完之后，我们却会发现，消解实际上又引起了更大的恐慌。它揭露了现代心理学和犯罪学的一个关键症结——他者的目光，亦即窥视。今天，在大众传媒的包裹之下，每个人都生活在无形的目光监督下，监督别人，也被监督。而侦探推理小说家们在二十世纪初期，便早已预见到了这个充满悖论的观看时代。

二十世纪日本最重要的文学家之一，恶魔主义和唯美主义的代表谷崎润一郎早年也写过不少侦探推理小说。他的主要作品都有侦探小说的内在结构，同时，他也将现代心理学，尤其是精神分析学的原型结构，巧妙地运用于对古典物语的重新解读中，让你看不出一点痕迹。普通读者完全可以将他的小说当成心理推理作品来看。比如《武州公纪事》《春琴抄》《盲人物语》，甚至最著名的风俗小说《细雪》，都在古典主义的静美表面上，泛着无数让人细思极恐的心理浪花。如果把谷崎润一郎配合着另外一位活跃在同时代的日本文化学者、小说家涩泽龙彦的作品一起阅读，再加上希区柯克的电影，那么，对于现代心理学在文学当中的运用方法会有更深入的理解。如何将心理学原型融入故事情节，让现代科学激发出最古老的故事的那种神秘而简洁的魅力，这些大师深谙其道。

幽默：一种长羽毛的东西

一谈到幽默，我就会想到一则逸事：英国女诗人艾米利·狄金森有一句诗，叫作"希望是一种长羽毛的东西"，于是，著名的美国文艺喜剧电影导演、二十世纪后半叶欧美文艺青年的偶像伍迪·艾伦先生，就把他的一部散文集命名为了《不长羽毛》。

这就是幽默。"不长羽毛"告诉了我们它的两个特征：第一，幽默必须有它特定的传达对象和语境；第二，幽默是一种具有挑战性，甚至颠覆性的表达，往往是从失望、否定甚至绝望之中诞生出来的能量。

那么，当幽默遇上推理，又会发生什么能量反应呢？幽默作为一种风格，一种口吻，一种叙事技巧，当然可以与各种题材的推理小说相结合；不过它们的缘分比这更深厚、久远。

我们已经知道，侦探推理小说的诞生有其严肃的社会缘由。其实，任何一种文艺类型在诞生之初都有它的对话对象，而当它开始衰落崩溃，同之前的对话对象的关系也就发生了变化。侦探推理小说携带着现代理性的力量，必然要与宗教、神学或神秘学对话，这构成了它成立的重要基础。换句话说，侦探推理小说这种类型的原始功能，就是从科学和神学、现代和传统的对话关系中生发出来的。而所谓对话，如同高手过招、惺惺相惜，是一种相爱相杀的关系，并不是像对付病毒一样消灭对方。正如柯南·道尔晚年醉心神秘学，侦探俱乐部入会仪式上弥漫着浓厚的降灵会气氛，这些充满反差的现象都透露出同样的一种幽默：你在窗子里看风景，看风景的人在桥上看你。

如果透过这句话去理解幽默的精髓，就会发现，高级的幽默往往有一种诗意。且看比利时超现实主义画家马格利特的这幅名为《乡愁》的画。天使和狮子分别代表宗教与自然，他们显然都与代表现代都市情境的大桥格格不入。对象与处境的反差透着一种幽默的感伤，与黄金时期的推理小说中弥漫的那一层朦胧况味恰有异曲同工之妙。

故事都依赖于二元对立的辩证，在阴和阳、此和彼之间，最有趣的其实是那个"之间"，也就是说，透过一个怎样的视野去看对方。

讲求科学和理性精神的推理小说，是从"窗户缝"里头看神学、宗教的，透过这个不整齐的视野，它看到变了形的、可笑的对手，而这个对手身上，又映衬着它自身的影子。正是这条"窗户缝"的视野，这个导致本体变形的媒介，构成了幽默。

可见，幽默的快乐根植于文化和知识的圈层基础。一小撮人的知，就构成了圈外人的无知。通过与幽默联手，推理小说作家们得以将信息差建构为谜题，四两拨千斤地挑战、颠覆和破坏既有的常识，重建逻辑和理性精神的新信仰，同时却又能稳稳地兜住现代人的好奇心和征服欲。黄金时期的英国侦探小说家都爱走幽默路线。安东尼·伯克莱是老牌幽默杂志《笨拙》的撰稿人，笔下常常透出典型的英式讽刺腔调，对于一

马格利特《乡愁》

本正经的暗示挖苦驾轻就熟。阿加莎笔下的比利时大侦探波洛更是一出场便自带喜剧效果，英国本土读者尤其能体会到个中神来之笔。

　　幽默的另一个伴生物是戏仿。黄金时期的推理作家们已经开始了戏仿：互相模仿对方笔下的侦探、主题和情节。比如，著名卡通形象小熊维尼的生身之父、英国作家米尔恩，在早期推理小说《红屋之谜》当中，便利用福尔摩斯和华生的设定来开玩笑了；阿加莎的《四大魔头》也戏仿了俱乐部同伴们笔下的侦探。但这类戏仿只是善意的玩笑与致敬，远未发展到讽刺的地步。

　　等本格推理发展到极盛，甚至开始僵化、衰落的时候，反讽型戏仿就出现了。比如，东野圭吾成名之前的四部"笑"系列小说——《怪笑小说》《毒笑小说》《黑笑小说》《歪笑小说》，以及《超·杀人事件》和《名侦探的守则》这两部有趣的短篇集，就对本格推理小说的经典亚类和套路进行了戏仿。《名侦探的守则》以本格推理当中常见的配角笨蛋警探作为第一人称叙述者，讲述自己如何屡次在案发现场按照程序进行了错误的调查，说出了愚蠢的台词，接下来就该准备让真正的名侦探"天下一大五郎"（名字本身就是一种戏谑）出场了。该系列中的每一篇作品都以不同类型的本格推理诡计为主题，对推理小说的"5W1H"——犯罪嫌疑人、犯罪动机到犯罪手法乃至时间地点等经典设定都颠覆了一番，对历代本格作家最得意的那些诡计和题材（如暴风雨山庄、童谣谋杀、时刻表诡计、公平性原则、密室诡计、叙述性诡计、临终遗言、无头案、分尸案……）进行了无情的嘲笑。推理迷常开玩笑道："硬汉派推理累侦探，本格派推理累凶手。"这一点在东野圭吾的戏仿小说里也体现得淋漓尽致。

　　从叙事逻辑来说，《名侦探的守则》还揭示了一些更深层的问题。推理小说行业内部的戏谑对象，往往是经典文本中那些被否决掉的答案，这样做实际上是在质疑侦探给出的唯一答案的合理性。可读者却总是自然地被侦探的答案牵着走，很少提出质疑。

中国推理作家陆烨华也有一部《助手的自我修养》，既是一部暴风雪山庄题材的本格推理，也是对本格推理的戏仿。小说从侦探助手这个角色的功能开始破题，反讽不断，如：身为一个侦探助手，绝对不能拥有"把伏线串联起来的能力！""就是那本有三百多个密室的小说？""对。平均每一页都破一个密室。""那岂不是没有空间写人物和剧情了？""本格推理小说要什么人物和剧情？"……

这部作品同样触及了推理小说的核心问题：这个负责给出稳定答案的文学类型那所华丽的大房子，其实是建设在一个地震带上，随时都可能崩塌。

幽默，破坏的是常识的稳定性，而推理小说追求稳定的正解——当幽默和戏仿遇上推理，玩的就是这个矛盾张力。幽默推理真正有趣之处，并不是指出推理小说这一文学类型有多么不堪一击，而是以诸种形式翻来覆去地启示我们：永远需要警惕讲述这一人类行为中所携带的话语权。讲故事本身便包含了一个巨大的幻觉机制，它的前提是读者和作者心照不宣的契约。一旦时过境迁，契约随时面临着失效的风险，所以故事才需要不断地自我更新。

《名侦探的守则》里的最后一篇《最后的选择》是对阿加莎·克里斯蒂的名作《无人生还》的改写，只不过，在华丽的大宅里聚集起来的并不是有罪的人，而是各路名侦探，他们一个个地死去，表面上模仿的是暴风雨山庄，其实象征着东野圭吾心中的本格推理正在走向危机，必须末路求生了。有破就有立，这样的戏仿作品既是对本格推理小说历史的回顾与致敬，也反映了作者对类型未来发展的忧虑。戏仿和幽默，就好比推理小说自我解毒的一剂药物。在苦涩的笑当中，寻找契机和突破的可能性。

　　幽默既让我们看到套路的无处不在，也让我们明白受骗上当是本能，是人性的一部分，甚至类型文学就是为此而生——即便我们不相信白马王子的故事，却仍然需要它。幽默推理也同样是作家与自己的欲望和阴暗面相妥协的方式。安东尼·伯克莱曾经将杀妻题材的小说《事实之前》题献给自己的妻子（小说后来被希区柯克改编成电影名片《深闺疑云》），从旁观者的视角来看，大概会觉得这是相当恶意的玩笑，但作者伯克莱是在借此表达对英国婚姻制度缺陷的不满，并希望能够消解自身的戾气。看，这阴阳怪气的英式反讽："有些女人生了杀人犯，有些则和杀人犯上床，有些还嫁给了杀人犯。丽娜·艾斯加斯在意识到自己嫁给了一个杀人犯之前，已经和丈夫生活了将近八年。"正像阿加莎·克里斯蒂在生活中体悟出来的：幽默感是我们这些文明人送给自己的一种社交手腕，是一种用来应对理想破灭的预防措施。当事情并不尽如人意的时候幽默起来，我们尽管失望，却不再有压力了。

　　把这个话题引向更深层面的，是写作学者型推理小说《玫瑰的名字》的那位意大利符号学家安伯托·艾柯。他曾经说，喜剧是人类特别的产物，因为喜剧内在的深刻本质跟人类对死亡的认知有关。他猜测，人类可能是唯一知道自己必定会死的动物，而别的动物，只在当下、即将死去的那一刻才理解死，因此，它们无法明白地表述出"万物终有一死"这类说法，而人类却可以。艾柯说，这种对死亡的深刻人知，很可能既是人类发明了宗教、有祭祀这些意义编码方式的原因，也可能是喜剧和幽默感的来源；从根本上说，幽默风格或许正是人类对恐惧死亡所做出的典型反应。

　　艾柯的说法启示我们，从表达死亡这个角度来看，幽默跟推理小说也具有一种天然的合拍性。能鲜明体现个中微妙联系的作品有很多，比如日本作家山口雅也的天才之作《活尸之死》。小说以一种朋克音乐的风格幽默地讲述了一个关于丧葬业和豪宅阴谋的故事，在嬉笑怒骂当中，藏着作者对死亡的深刻思考。

让我们将艾柯的话刻在心间：相比于美和丑，喜剧更令人惊叹。

妖怪:"辻"的美学

推理小说是举起科学大旗的文学类型，正因如此，它才离不开妖怪。

——这很矛盾吗？

在日本，有所谓的"狐狸窗手诀"：当人类遭遇狐狸嫁女、妖怪作祟等怪异现象时，赶紧用八根手指头搭成一个菱形的狐狸窗，置于眼前。传说，透过这手搭的狐狸窗，就能看见那些粼粼点点的鬼火其实是朝圣的狐狸们拿着提灯，列队前往狐狸王国的首都——东京王子稻荷神社。

推理小说的功能其实就相当于这狐狸窗：在人类与他者之间，开一扇可通可观的窗户。将东方的山海经怪、百鬼夜行、仙侠玄道，西方的塔罗牌、炼金术、卡巴拉数、魔法炼金术和其他神秘系统当作谜面来处理，是本格推理小说家最爱干的事情。在推理小说的各种亚类型当中，妖怪、民俗、奇幻、科幻等虽然常常相互交叉，却也有它们各自的地盘界标。这回，我们就来聊聊妖怪，请大家小心，坐好。

　　妖怪学是民俗学研究中的重要分支，也具有复杂程度不下于法医学和心理学的庞大学术系统。所谓妖、怪、鬼、灵、精、魈、魅、魍、魉……名称花样繁多，各有各的种，各有各的道，常常交错重叠，却不能任意混淆。在俄罗斯叙事学家普洛普总结的各种原型童话中，有一类"叫错名字的童话"，内容常常是被妖怪们帮助了的人类，因为后来叫错了妖怪的名字而被惩罚的情节。总之，姓名对妖怪们来说是极为重要的，而对这些（相对于人类而言的）异常事物进行命名、分类、整理和阐释的学问，就是所谓妖怪学。

　　显然，你要有充沛的游戏精神才能喜爱这门学问，但历史上的学者们之所以选择经营它，除了自身兴趣之外，也大有其功利目的。前文曾提及，法医学和心理学对于现代民族国家的建设意义重大，其实民俗学和妖怪学也是如此，甚至有着比前者更难于察觉的深层意义——别忘了，现代国家首先要面对它的过去，也必须明确，现代人要以怎样的眼光去看待宗教、神话和怪谈。因此，现代妖怪学对自古流传下来的妖怪谱系进行分类整理、考证和理论阐释，其目的与其说是给妖怪招魂，不如说同推理小说的功能一样，是为了用科学和理性的分析工具来"降妖除魔"，从而更有效地辅助现代国族实现政治转型和文化变革。因此，系统的妖怪学研究，往往都出现在国家的内在机制发生重大改变的时期。比如，日本明治维新时代的著名思想家和政治家南方熊楠，就把政治维新、中华儒学和来源各异的妖怪传说打包处理成一种野心勃勃的"博物学"；另一位学者井上圆了更是直接顶起了"妖怪学博士"的招牌，写了洋洋十卷的《妖怪学讲义》。视线转回中国，晚清、民国以来的学人志士中，也有很多人都钻研过妖怪学。比如，蔡元培翻译了井上圆了的《妖怪学讲义》；章太炎曾研究考证佛学、民俗和妖怪；周作人不仅对各种怪谈感兴趣，还对日本现代民俗学的奠基人、著名的"怪谈整理大师"柳田国男的著述有相当深入的分析；早年留学日本学习民俗学、回国后研究中国民间神话的钟敬文先生则成为中国民俗学的奠基人。这些著名人物研究妖怪学的动机，无不洋溢着五四运动后的"德先生和赛先生"（民主和科学）的味道。

推理小说对妖怪元素的运用，大半都可看出这种"进步的妖怪学"的意味。怪力乱神只是用来误导读者的谜面，侦探破解案件的同时，也祛除了人们心中的迷信。一言以蔽之："怪"，归根结底出自人心，把人心搞明白了，也就不再有妖怪作祟。

但实际操作起来，事情并没有上述结论那么简单。如果像切西瓜一样简单地一分为二，把疯子和妖怪一律划分到理性、启蒙等进步观念的对立面，妖怪推理就失去了一大半的营养。

世界各国的妖怪学谱系都极为庞杂，拿日本来说，作为妖怪文化最受关注、活跃度和持续性也最高的国家之一，它一方面受到来自印度诸宗教的万物有灵论的影响，另一方面又接续了中国从《山海经》到《聊斋志异》的丰富文化资源，再加上本土神道教的熔铸，可以说是集亚洲妖怪之大成。日本人对怪谈的痴迷和关注，首先表现在他们几乎为所有的现象都设立了妖怪名目。从人类自身的身（行为）、口（语言）、意（思想），到外在的世界万象，任何人类想得到的现象，背后都有其妖怪的精魂。如器物妖，一位手艺精湛的匠人用全副心血做出来的艺术品或者器具，因为凝聚了制作者的心意，可以成为精或者灵，也就是我们所说的"位列仙班"，然而一旦其最终完工前出现岔子，或者有了轻微的损坏，又或者被人搁置冷落，就会因为成不了仙的怨念而化身妖怪；同类地，还有和尚念诵佛经到某处，因受到打扰而没有被念到的那些句子或词语，也会化身文字妖怪出来作祟；一些拟声词，如洗豆子发出的声音，也有它的妖怪；甚至连想不到这件事本身也有名为"想不到"的妖怪——日本的妖怪，就是多而细到这种程度。

很多日本民间习俗都同妖怪有关。江户时期，老百姓一到夏天就喜欢逛庙会，吃西瓜，聚在一起讲"怪谈百物语"，那时没风扇、没空调，讲点儿让人浑身发凉的恐怖故事，家里再挂幅意境幽玄的妖怪画，便起到避暑神器的功效。在由歌曲《古书大宅杀人事件》改编而成的日本轻本格推理小说《女学生侦探与古怪作家》当中，便有一位家主在夏日烟花祭典举行之际，于挂满幽灵画的大宅中被害身死。日本长盛不衰的电视剧《世界奇妙物语》，可谓二十世纪大众媒体时代的"怪谈百物语"。日式百物语的规矩是，每上前来一人讲完一个故事，就要熄灭一根蜡烛；虽说是百物语，却要在讲到第九十九个故事的时候停止，否则，妖怪就真的出来了。

怪异背后，其实仍是人类的日常生活。有趣的并非作为异类的妖怪，而是日常与怪异之间的那道界线。九十九根蜡烛，只是人类与异类划定的、无数种象征性分界当中的一种罢了。

怪谈故事最吸引我们的地方便在于此。一个渔夫在河边走，走着走着就遇到了美丽的女子，与她成亲之后，才发现自己原来是不知不觉间走到了天河边上，那女子是仙女，再回首，人间的百年千年都过去了；陶渊明的《桃花源记》里，渔夫无意间穿过一条小隧道，就来到了另一个世界，生命的维度和介质都发生了变化。

这些故事暗示我们，在日常生活和另类世界之间，一直有一道门、一条缝，你不知不觉就跨了过去。柳暗花明，人生何止是下一村，还可能是下一个世界。有趣的是，你若在彼方流连忘返倒也无妨，若是再想要跨回来，再带别的什么人去找那异界，往往就要付出巨大的代价了。或许某一天，你真的可以穿过那扇窗，推开那道门，找到心中的理想世界，却永远不能指望同时拥有它和你所由来的那个过去。

由此可言，怪谈、妖怪的美学，其实是一种"十字路口"的美学。在亚洲的传统民俗中，有很多在十字路口给去世的亲人烧纸的习俗。这个场所，就象征着人心中设置的那道区隔阴阳的界线。关于十字路口，日本人还专门发明了一个汉字"辻"，本格推理小说家的代表人物绫辻行人的姓氏里就有这个字。这一日造汉字生动地体现出常态与异态并非不可跨越；阴和阳、明和暗、生和死、梦境和现实、人和鬼、人和妖，所有的二元对立之间都是一条不断移动的光谱，只要改变色差、调一下亮度，就可以从此岸滑向了彼端。

十字路口的美学

古代的中国人认为："天地之希情为阴阳，阴阳之专情为四时，四时之散情为万物。"万事万物都是有规律的，而怪异之事与其说是对规律的小小叛逆，不如说正是在乾坤阴阳的规律性运转中摩擦出来的。传统的日本怪谈有一半中国血统，却更着力于雕饰这种不对称的和谐法则。比起中国美学用"留白"来象征"言外之境""味外之意"的精神境界，日本人喜欢的"空白"，是物与物、物与非物之间的断裂或触点。请看下面这幅画，这是日本大街小巷都能看到的俵屋宗达的屏风画名作《风神雷神图》：

日本建筑美学家黑川雅之在《日本的八个审美意识》这部小书中提醒我们，这幅画真正的主人公，不是呈现出对称状态的风神和雷神，而是中间的空白。它并不是"空洞的"，因为两神从左右两方投来的视线，正是在这里交汇在一起。观者可以想象得到在这个临界点上即

俵屋宗达《风神雷神图》

将会发生什么——风雷交会，就要下雨啦。

想象空白处的隐隐风雷之声，体验无中之有，这便是亚洲美学的妙处，亦是怪谈的妙处。"辻"的美学是一种在异态与常态之间转化、切换的方法和认识，从某种意义上说，它也是两种现实之间的关系：一个是你见闻觉知到的外在的物质现实，另一个是你光怪陆离的心相风景。两者如同海水和波浪一样同体二分，"辻"的美学既能发现两者各自的层次，又能找到它们之间接驳交汇的触点。

在本来就充满怪力乱神信仰的传统时代，这种美学极为普遍，广泛地分布在世界各地的民俗文化之中。1981 年诺贝尔文学奖的获得者卡内蒂在他的人类学著作《群众与权力》中，大量地搜集和引用非洲、拉丁美洲的民间习俗，并为此提出了"转化"这一范畴。他在描述这些地区的民俗神话中，狩猎者和猎物在追捕和逃亡过程中会变化各种姿态，与我们熟悉的神话故事里二郎神追捕孙悟空的神通竞赛同出一辙。在这类故事里，最有趣的就是被追捕者在马上就要被抓住的瞬间，立刻随物化形变成另一种姿态，而追捕者也应之而变化，你变鱼我就变鸟，你变鼠我就变猫，天上地下无所不入。在很多仍保留着古代生活方式的人类族群当中，这种从一个界面到另一个界面的"转化"是生命中时刻都在发生的，而食物如何转化成食用者，生者如何转化成死者，死者又如何以另一种姿态延续在活人的生命中，更是许多民族集体生活的大问题。这些遗传自过去时代的世界观和认识论，经过了现代人的整理和剪辑，既是民俗学的重要养料，又在文学领域造就了大家所熟知的"魔幻现实主义"。比如，危地马拉作家阿斯图里亚斯的长篇小说《玉米人》，小说中的人会化成玉米，玉米也会转化成人；重要的是，对于这一类奇观，当地人却视之为常态，而并非虚构或想象。

话题转回到日系怪谈。日本的古典小说《源氏物语》第五十五章的标题，叫作"梦浮桥"，其字面即喻义在物质现实和心灵梦幻之间的朦胧桥梁；著名的奇幻动漫《虫师》则创造了一种名为"梦野间"的虫，这种虫在人类酣睡的枕边铺设了一条分岔的小径，悄悄地把人的现实篡改成梦境，把不同人的梦境与现实串联起来；日本奇幻文学大师梦枕貘先生的名作《阴阳师》和《妖猫传》，也都是典型的"辻"美学。这些作品虽然以奇幻怪谈为主料，却也具有解谜的成分，在广义上可以收归推理文学家族中的变格派。被称为日本推理文学国民天后的女作家宫部美雪也是一个喜欢经营"辻"美学的作家，虽然她以正统的社会推理小说闻名，却也有大量味道独特、清新淡雅的怪谈和奇幻推理类作品，如短篇集"怪谈百物语"系列、《幻色江户历》《怪》《本所深川诡怪传说》等。

大师如是云集，而我个人最钟爱的，还是当代日本女作家梨木香步的天才之作《家守绮谭》。这是一部将日式怪谈的轻淡、优美、哀愁和治愈都发挥得淋漓尽致的作品，虽然并非推理小说，连变格派也不能算，读到最后，却会奇妙地拥有近似推理小说最后一片拼图找回来时的阅读快感。它以四季的花朵为章节名称，铺展出清淡而美好的田园叙事。第一人称的主人公淡然地说，一位出了意外而去世的朋友，偶尔会从风景画挂轴上划着船来到"我"身边，与活着的时候没什么区别；只不过他每次到来，挂轴中的景物便有了轻微的变化，比如原本在画里静立水边的白鹭就摆出一副仓皇逃开的样子；朋友提醒"我"这个穷书生，院子里的百日红暗恋"我"；"我"表示，这是第一次被树暗恋；朋友却不耐烦地说：树不树的不重要，关键是第一次被暗恋吧。

简要的复述无法完全传达故事的妙处，妙在换气的刹那、在情节起承转合的呼吸和间隙，以及怪事的似有若无。一个好的怪谈故事，其节奏、内容和所传达的世界观是丝丝入扣的。故事当中的节拍就像日本和歌里的吟唱："鬼魂一般，婴儿一般。日本的三弦。松一下，紧一下。"这一松一紧的、不均衡的节奏，如同日本庭院当中的接水竹器"添水"（又名"鹿威"）。小说的细节处理也很微妙。一般的怪谈对于异物与人关系的处理，多是诸如"院子里的树变成美女，恋上了凡人"之类——这是梦枕貘的"阴阳师"系列和中国的聊斋故事当中常用的方式；而梨木香步则将那似变未变的微妙之界线传达出来：树没有变成美女，只是听"我"读到它喜欢的书，叶子的倾斜度有所不同罢了。

由是观之，十字路口的边界并不是泾渭分明的。我们与怪异事物之间的关系应是别而不隔：既非敌，亦非友，在差异万千的世界共同生活；虽然共同生活，又仍各有各的边界。

妖和怪，只是以人类理解的范围为中心才成立的。怪者不自怪，它们自有其存在的逻辑，而这种逻辑，并非人类所能完全消化和阐释。君子之道，不知为不知，不好强作解人。好的怪谈故事，也一定不会让人类自以为是的阐释覆盖每一个角落。

故事也是要呼吸的，要有透气的地方。有人说，科学把事件解释得合理，会让我们产生安心感，奇幻文学大师尼尔·盖曼却说，如果量少，恐惧其实是一件妙事。适当的恐惧和好奇心，才是人类一直保持进步的力量源泉。

如果你要质问，二十一世纪了，鬼魂和妖怪还有容身之地吗？我要回答：就像卡罗尔笔下那漫游仙境的爱丽丝所说的——当然有，多得很呢！鬼故事仍然在我们视野的边缘、在城市的暗巷里徘徊，甚至于加上科技的力量，事情还会变得更奇怪、更有趣、更神秘。实际上，在科学的新事物、新发明刚刚到来的时候，人们就是以看待鬼故事的态度去对待它们的。阿加莎·克里斯蒂在描写二十世纪五六十年代的厨房电器的时候，把还活在维多利亚情调中的英国老太太们的态度写得非常传神：她们听到这些电器的声响时，仿佛见了鬼。同样，北山猛邦的短篇小说《末日的玻璃瓶》向对达尔文进化论有重要意义的那艘船——比格猎犬号致敬，它将科幻和奇幻熔铸一体，生动地表明：科学在其刚诞生之际，就是那个时代的玄学。想想 2023 年的你对人工智能叙事新物 ChatGPT 的态度，是否如此？

总之，怪力乱神为我们留下的营养丰厚绵长就像是肥料，从中可以长出新的故事。比如，希腊罗马神话当中丘比特和普实克的恋爱故事，在现代神话中就变成了迪士尼的美女和野兽。对于怪谈，切斯特顿的观点是，它们本身不真实，却要比真实更真实。如果一个研究怪谈、童话和神话的学者在内心深处不相信这些故事的力量，而仅仅认为它们是人类进化过程中的废弃物的话，他／她的学术产品一定是死气沉沉的。

同样，我们读怪谈推理，亦需懂得其中玄机：妖怪不只是用来炫耀科学的烟幕弹。在很多时候，妖怪就是妖怪，魔法就是魔法。故事要写得有说服力，其秘诀，其实在诗人兰波的那句话：我相信所有的魔法。

赋比兴与形真理

聊完了广义上的怪谈美学，接下来正式聊一聊怪谈推理。

正如所有故事的重心都在于建立各种事物之间的联系，妖怪推理也一样，重要的不是妖怪本身，而是这个元素同作品当中的事件之间的关联是什么。也就是说，身为推理迷，真正打动我们的，是推理小说家运用妖怪元素的思路和方法。

现代散文家胡兰成曾借《诗经》中的赋、比、兴修辞来阐释三种思维方法，或者说，三种问答方法：

"赋"是正问正答。比如，春天跟友人去赏桃花，友人说，桃花开得真好！你说，是啊，这桃树的种类有×××，桃花的颜色有×××——就事论事，这就是赋。"比"也很好理解：友人说，啊，桃花开得真美啊！你说，是啊，像晚霞一样——这就是比。

那么，"兴"的问答结构是怎样的？"桃之夭夭，灼灼其华。之子于归，宜其室家。"我们知道这句诗用了"兴"法，其独特之处在于所问非所答，顾左右而言他：问桃花，答婚嫁。从表面上看，桃花盛开和少女出嫁，是完全不相干的两件事，然而仔细想想，桃花盛开的春天那繁华的景象，跟少女出嫁的热闹绚烂的场景，又是多么相似！不是本体相似，而是时间感相似、空间结构、氛围相似——这就是起兴。

现代诗人波德莱尔和庞德，将这种内在的联系称为"应和"。我们不能直接找到 A 和 B 之间的逻辑关联，但它们之间确实存在某种奇妙的吸引力。也正如爱尔兰诗人叶芝所说，想象力首先是找到事物之间的相似之处，而不是差异。

那么，推理小说家是怎样用赋、比、兴这三种方法来调用妖怪元素的呢？接下来就让我们正式请出妖怪推理坛场中那位当之无愧的大师——京极夏彦先生。

1963 年出生的京极夏彦原是艺术设计师、画家，二十世纪九十年代初凭借《姑获鸟之夏》《魍魉之匣》等小说一炮打响，后来陆续推出《西巷说百物语》《百器徒然袋》《书屋吊堂》等名作，硬是把妖怪推理打造成了一块响当当的本格推理招牌。他还打着笔下人物"京极堂主"的旗号多年经营，开发了一条包括影视剧、动漫、杂志、妖怪画等各种周边的文化产业链。他不仅专攻妖怪推理题材，也是将妖怪和推理的关系化用得最全面、最精微的作家之一。

首先是他对赋法的运用，可谓面面俱到，极尽考证之能。例如写姑获鸟这种妖怪，它曾经出现在哪些典籍中，在各国神话、宗教、民间传说中都有哪些呈现，从人类学、经济学、生物学、民俗学、词源学等各角度包抄讲解，同时还不耽误讲破案故事，这份功力，直令同行艳羡不已。

京极夏彦是一个走博物学路线的作家，读了他的《铁鼠之栏》，就相当于看了小半部日本禅宗简史；读了《络新妇之理》，对于日本儒学和中国儒学的区别也能有所了解。因为知识容量太大、篇幅过长，读者往往会产生一定的阅读障碍；加上日本作家一向喜用对话体和短句来增加作品的长度，京极夏彦也不例外，他总会把故事的谜面、谜底以及人物的世界观和性格描写等零敲碎打地散布在漫长的对话和细节中，为了知道谜底，读者不得不忍耐到最后，否则就白受这场折磨了。好在，京极并非简单地罗列知识，撒出去的网，最终都会收回到故事主题之上。

此外，京极夏彦的艺术设计师经历也使他对作品的视觉形象非常敏感，不仅常常亲自为小说绘制插画，也会用古典大师的妖怪画作来配合小说情节。日本江户时代狩野派画师鸟山石燕编纂的著名妖怪画卷《画图百鬼夜行》整理了平安时代的六百种妖怪，便是他常常引用的经典。

——这就是所谓的赋法谈妖，它不直接作用于小说的谜题，而是关于妖怪自己的学问，是小说在案件和妖怪之间勾画联系的前提准备。接下来的比法和兴法，才是重中之重。

适当的比法能给读者带来一个直观的印象，让妖怪的形象与案件信息产生联想。有些小说家将之简单地处理成比拟杀人，如摆一个妖怪模型放在尸体旁边，营造一种规整的本格式噱头。京极夏彦也会将这种方法用于渲染情节的戏剧性，但他更会向深处挖掘，把妖怪学考证出的妖怪含义作为喻体，将案件作为本体，让妖怪与案件的人物、场景、过程和内在性质都发生关联，比附的层次越多、越深，读者的阅读快感就越强。如在小说集《今昔续百鬼·云》中，作者对鸟山石燕画作当中的题诗展开了一番逻辑阐释，说妖怪"泥田坊"的原型是破产农民，而掌上有眼的妖怪"手之目"的原型很可能是赌徒。这层考证已经是在妖怪学的内部破解谜题了，而这个妖怪学的谜题本身又是作为故事当中的核心案件之喻体而出现的。此外，还有一种常见的京极式比喻：

　　　　"没有束缚，就没有自由。换言之，没有牢槛，就无从离开牢槛。想要离开牢槛的人，必须先建造牢槛才行。"
　　　　"什么？"
　　　　"这是比拟啊。明慧寺是宇宙的比拟，是脑的比拟。他因为想离开，所以建造了它。"

　　　　　　　　　　　　　　　　　　　　　　　　（摘自《铁鼠之栏》）

　　——是不是有点高深，如黑格尔的辩证法一般云山雾罩？从看山是山，到看山不是山，到看山还是山，这是一种怎样的解谜过程，还请诸君亲自去翻书探索。
　　最后，京极夏彦主要长篇小说的精髓，正在于兴。他擅长在妖怪的理念与案件之间建设一种深层次的呼应，如同桃花与婚嫁，看上去很远，却存在着似有若无的应和；同时，故事中的侦探又从事件外部将各方人物、各种势力划分成不同的力场，如科学家观察不同星系的长相一样，由此打通作品的世界观、人物、情节和核心案件，形成复杂的谜面。这样一来，妖怪资源被利用到极致，与案件之间形成了套层，彼此相互指涉，形成了乱花迷人眼的"京极宇宙"。

对于这类作品，只有读到最后，才会领略到其整体的结构美：祛魅和造梦相辅相成，因果与负债丝丝入扣——这是京极夏彦妖怪世界观的基本结论，也是构思之时就形成的图式。当把这种结论作为故事写出来的时候，一切都是倒着来的：以传统的怪谈或妖怪画当中的"典故"作为引子，为作品带来神秘的本格范儿；接下来，读者就会看到一团乱麻的事件表象：多线头的叙事，几个事件、几组人马之间各自为政，却有着日本纳豆一般细若游丝的关联；随后，侦探周围的固定班底会戏剧性地闯入各种事件中，这些人物包括懦弱到欠揍的倒霉穷作家、耿直到欠揍的警察、普通到欠揍的侦探助手，以及明明不会上天入地却又总有一种游戏神通之感的、英俊到欠揍的华丽侦探。几个"欠揍"的人物像没头苍蝇一般嗡嗡乱撞，却于不经意之间将一切线索汇聚一处，直到既是旧书店老板又是驱魔师的作者京极夏彦本身的理想化身——"京极堂"先生正式出场，施展他的嘴上功夫，画上最后的点"睛"之笔，让一切真相大白。

京极夏彦的妖怪推理，正是东方风格的心理推理。主人公京极堂和他的团队如同沟通阴阳两道的巫师，本质上做的是翻译工作——将无法彼此理解的人和各种专业领域的知识翻译成一种公共话语，让案件的所有当事人都能听懂，听懂了，很多误会也就解开了。

京极堂是本格推理中经常出现的那类清高孤傲的侦探，不管发生多么离奇或者悲惨的事件，都能看到柳暗花明的一面。风吹木落，云散水枯，一般人遭逢此种大难，便会心生动摇，而京极堂却会说，云散了，会怎样呢？月亮就现出来了；湖水枯竭了，会怎样呢？失落的明珠就露出来了。云散现月，水枯见珠，见我所见，勘我所勘——这个人物，是有点世外高人的淡定傍身的。他解锁事件的方法，让人想到大乘佛学中的"十如是"：事物的发展有十重连索，分别是相、性、体、力、作、因、缘、果、报和本末究竟等。正如西方叙事学用"5H1W"来组织故事的因果链条，而"十如是"则可以看作东方的叙事学智慧。

　　说到东方的叙事学，值得一提的另一组概念是"形、真、理"。它出自一部赫赫有名的日本动画《怪化猫》（2007），该作被誉为不世出的二次元怪谈推理杰作，正篇只有十二集，每两到三集讲述一个奇幻故事，制作极为精良，尽管动漫迷常年呼唤续作，却是佳作难再得。故事主人公是一个江湖卖药的郎中，能够自由地穿越日本各个时代，其真正的身份是除妖师。他常背着药箱到一些怪事迭出的地方登门拜访，为当事人斩除外在的和心中的妖孽。药郎还有把斩妖剑，只有在查明妖怪的三样东西之后，剑才能自动出鞘，华丽地斩妖除魔。这三样东西，就是"形、真、理"。

　　所谓"形"，即妖怪的外形，也就是"十如是"中的"如是相"；而"真"，就是事实本身，即扑朔迷离的表象之下到底发生了什么；所谓"理"，就是妖怪和案件当事人的深层的内在动机。查明三者即可斩谜团之妖。具体来说，故事往往是这样展开的：

　　卖药郎上门去，说你家这个事件背后有妖怪，接着引导当事人去探查妖之形与妖之类。接着就深入探讨：怪物其实是你们这些当事人吸引来的，尔等家中到底发生过什么事情？有什么见不得人的隐秘？——这就是案件的事实部分，往往最为复杂。当一群人中的每一位都做了一点事，又对他人所做的事情满是误会与无知，对自己所做的事情或假话全都说、真话不全说的时候，各种因缘汇聚起来，就是一团乱麻了。

　　此时，除妖师要做的，便是剥离这些丝缕纠缠，看清那些最质朴的、核心的事件单元。京极夏彦曾为了说明造成案件不可思议的原因打过一个比方：有一天，一只鹤飞来，一个爱奴人（日本原住民族，曾居住于日本北海道、桦太等地区）一看到它就落荒而逃，因为爱奴人认为鹤是恐怖的禽鸟；而同样看到鹤的和人（大和民族）却兴高采烈，因为鹤在和人的传统中象征着吉兆。

　　尽管实际发生的，只有"鹤飞来了"这一件事而已，但是和人与爱奴人却认为彼此的举动是不可思议的谜，由此引发了各种误会和后续事件。扑朔迷离的不可能的犯罪，原来不过如此。知晓这些，不仅是京极夏彦笔下的侦探破解案件的前提，也是动画《怪化猫》里卖药郎斩妖的必备条件。

　　当事实部分明了后，药郎背着的那把斩妖剑就蠢蠢欲动了，但它还是没办法完全拔出来，因为还缺最后一个条件："理"。妖的心中有它的道理；人做事，也有人的道理，若二者正好有相应之处，妖就闻着味儿来了。在传统东方的心学看来，心、思想、意识对于外在行为起着重要的引导作用，即所谓内魔不生、外魔不起，思前想后、意在理先。等"理"也明了，"形、真、理"三样俱备，就来到了动画中的高潮场面：剑威风潇洒地拔出来，斩妖除魔，不在话下。

　　这部动画的故事理念和情节、人物设置的方法同京极夏彦的小说非常相似，都是典型的妖怪推理文本，对照着看也十分有趣。卖药郎表面上是单枪匹马一人，实际上中间也有穿针引线之人，各种除妖工具都相当于侦探助手，连斩妖剑也是人格化的。而京极堂的侦探小团队也各有分工：京极堂主要负责"形"和"理"，即赋法和兴法所对应的部分，负责"真"的则另有其人，他不具逻辑思维的层层推导能力，却有抓住核心事实、不让舆论视线转移和焦点跑偏的能力。当所有当事人都跟着案件的表象走，或者被证据链和逻辑闭环绕晕的时候，他就站出来，当头棒喝，指出最简单明了的事实：一叶障目，这不就是一片叶子吗！刚刚发生了什么？不就是鹤飞过来了吗！此人是谁呢？便藏在上文罗列的那一群"欠揍"的出场人马中。

《怪化猫》也好，京极夏彦的作品也好，故事的核心理念都是魔由心起、怪由心生。这种观点在东方哲学理念中是老生常谈，但现代小说的魅力，恰在于如何将观念转化成具体的故事，使哲学和故事互相吞吐。

虽然妖怪往往是推理小说当中的障眼法，但也请诸君反过来想想：这么简单的骗局为何轻易就成功了？真正的问题就隐藏在这里，它可是人人看不见、人人心中有的大妖怪呢。

民俗：一个国家的地气

考察一个古老国族的文化性格，民俗学可是必不可少的学问。它包罗万象，涉及怪谈、神话、儿歌、谶语、祭祀仪式、节庆礼俗……其背后的政治和文化逻辑，不仅显现在知识精英所讲的、被记述在官学经典中的完整光滑的叙事里，还藏在那些丰富的民俗习惯的碎片中。不同于悬浮在社会上层的单一化的宏大故事，混杂了各家各派思想碎片的民俗，是真正热闹沸腾的浮世景象。比如，中国南方很多地区，每日晚炊之后都要在房后撒一些食物；连云港海州区附近的一些县至今还有新娘出嫁时怀中揣面镜子的习俗，开始时镜子正朝着新娘自己，到送亲、迎亲交接时，便转镜向外……这些都是系统的官学和宗教伦理在平民社会下沉的产物。在民俗学者以毕生之力搜集而来的故事中，残酷的生存经验和平民的娱乐精神总是奇妙地交织在一起，既有诗情画意和怪奇诡谈，又有沉重的迷信和世代束缚的伦理深渊，也有轻盈浪漫的美好想象。

所谓民俗推理，顾名思义，就是利用各种民间传说、习俗或宗教仪式作为推理小说的主要情节织体，或者将民俗学者的考察调研作为一种侦探行为来看待。

从推理小说的发展史来看，民俗推理最发达的地方仍然是日本。该类别自带神秘光环，所以更受本格派作家的青睐，较为重要的民俗推理作家有横沟正史、三津田信三、小岛正树、高木彬光等；京极夏彦的主打作品是妖怪推理，但妖怪学本身是民俗学的一部分，融合化用民俗元素更是顺理成章；此外，二阶堂黎人的《吸血之家》、樱庭一树的《赤朽叶家的传说》等，都是民俗推理的经典之作。在推理漫画界，重要的民俗推理作品有《民俗学者八云树》；长篇推理漫画《金田一少年事件簿》和《侦探学院Q》中的名篇《飞弹机关宅邸杀人事件》《魔神遗迹杀人事件》《雪夜叉传说杀人事件》等均是相当精彩的民俗推理作品；日本国民动画《名侦探柯南》中也有许多民俗推理名篇，如《人鱼传说杀人事件》《镰鼬宾馆》等等。当然，民俗推理并不仅仅是本格派的天下，比如星野之宣的名作《宗像教授异考录》，讲述民俗学家和考古学家宗像教授去往日本各地破解民俗民风之谜，是相当严肃中正的社会派漫画作品；而加藤元浩的长篇作品《C.M.B森罗博物馆》虽包含了推理小说诸多流派，其更多的单元故事都是综合了本格派和社会派风格的民俗推理杰作。

此外，民俗推理也可以跟奇幻题材相结合，如漆原友纪的漫画名作《虫师》是融合了民俗和怪谈元素的奇幻作品：介于生物和非生物之间的所谓"虫"，虽然是一种想象性的设定，却具有强烈的现实感；故事的主人公是名为银古的虫师，是以考察和破解虫对人类的影响之谜作为职业的人，在叙事功能上既是医生——治愈人因虫而生出的烦恼——又相当于推理故事当中的侦探角色。《虫师》诞生在二十世纪九十年代日本漫画创作频出精品的时期，其漫画和动画版本都堪称杰作，作品中贯穿着日本民间故事中一脉相承的哀伤情调和厚重的地方性历史意境，是了解日本民俗、日本文化性格的绝佳文本。

典型的日系民俗推理小说的常规情节往往是：某民俗学者在进行田野调查时遇到了难缠的民俗相关案件，破解民俗谜题的同时，也就必然需要破解案件之谜。这一核心情节如果与本格推理的孤岛——暴风雨山庄模式结合在一起，则会进一步演变成如下模式：

一个民俗学者到远离都市的深山、滨海、孤岛等地考察当地独特的民俗仪式，结果卷入了当地的奇异案件。案件的当事人群体通常来自古老的、叶茂根深的大家族；其大家长往往冥顽不化、阴森残酷，子一代则性格经历各异，每一位都代表了传统与现代、东方与西方这四象限坐标系中的不同面向。关于这个家族的恐怖传说或诅咒萦绕不去，并在外来者进入之后，在某个事关重大的仪式祭典上一一应验，演变成神秘恐怖的连环谋杀案。民俗学者变身成侦探展开调查，而当地人对家族的秘密守口如瓶，却仍盖不住流言四起。最后凶手被揭露，多为家族内部成员，目的是毁灭为繁衍兴盛而劣迹斑斑、罪恶满盈的家族自身。

——听起来不过是暴风雨山庄模式的民俗版本，但仍有一些微妙的区别：暴风雨山庄是一种相对狭义的空间模式，而典型的民俗推理是将整个地区本身当成一个广义上的封闭空间。它的基本逻辑是：一个陌生人的闯入动摇了该空间的稳定性；为了保护本地共同的秘密，当地人往往联合起来，共同对抗外来者。

地方民俗之所以具有神秘色彩，原因就在于，它是一个特定地区的一小撮人所共享的文化习俗。一个地区要保护它自己的文化性格或某种世代相传的法则（往往与家族当初建立时的合法性有关），自然就具有一定的排外性。通过一系列的仪式、特定的语言或符咒、家族秘密的渲染，此一文化空间自带防护罩，当地人就像神龙守护匣子里的宝珠一样将神秘兮兮的行为代代相传。时间长了，匣子里还有没有宝珠，甚至是否真的有匣子都成了问题。然而，"有秘密要守护"这个命令本身，却仍然像咒语一样扎在每个后辈的心里。

——这就是民俗推理的奥义。其真正的内核，是一道不能与外界通约的心理墙壁，而非墙内的所谓"秘密"。正如魔术师一旦暴露机关，观众就会大失所望一样，当陌生人闯入，很可能发现匣内早已无珠，守护者长期以来的坚持只是刻舟求剑。在秘密被译解的同时，这个为了守护共同秘密所建立的共同体也就轰然崩塌了。

没错，民俗推理实际上通向人类社会共同体的核心本质——语言的建构，故事的编织。古书里讲，仓颉造字，神鬼夜哭。为何文字被发明会引来鬼哭神号呢？因为语言有一种魔力，可以在并无实物支撑的情况下，单凭其衍生的仪式符号就激发人们的共情。如哲学家维特根斯坦所说："语言的边界，就是世界的边界。"说着同样的话，保守着同样的习俗，是一个群体获得向心力的基础，而群体向心，也就意味着对外排他。这些抽象的理论在民俗推理的故事情节当中体现得相当直观。如三津田信三的"刀城言耶"系列即是如此：当地村民虽在衣食起居上热情款待外来者，可一旦提到某些话题，便会立刻警惕和排斥起来。

由此而言，民俗推理当中的广义封闭空间，是一种彰显地方特殊性的符码，外来的闯入者实际上携带着文化翻译的任务，是作为地域性符号的对立面而出现的人设，他们所代表的那一面，往往影射着现代国家的内涵。

　　倘若考察东西方的历史，会发现在法国大革命所主导的现代国家模式形成前后，世界各地陆续发生的国族性质转型都经历过一个类似的过程：语言的变革和重构。在我国有著名的白话文运动，倡导言文一致——所说的话（发音）要与所写的话（文字）精准对应。这意味着超越了以声音表达为主的方言所表征的狭隘的地方性超越了特殊的空间封闭限制，在统一语言的意义上，发明了直接与整体国家相匹配的现代公民主体。

　　现代国家讲述的是有别于传统时代的新国族故事，塑造了一个唤作"人民"或"公民"的新主人公。不同于过去广大的平民百姓被拴系在血缘、地域的特定时空系统的束缚当中，其观念思想由传统宗教、家族传统所塑造，世代交替、陈陈相因，现代传播手段的进步，已使意识形态运输到每一个民众的头脑中。现代国家不仅有统一的、最大公约数的语言，同时也形成了超越地方民俗的思想理念，这一切把个体从血缘和地域性的生命经验中抽离出来，演变成对应于国家共同体的公民个体。公民的头脑即是新战场，国家不仅争夺和分配物质资源，也争夺和分配思想资源。因此，现代国族建构不仅意味着经济和政治革命，更包含文化观念上的革新。近代日本学者们如柳田国男、南方熊楠、小泉八云等人，之所以收集、整理、阐释和研究民俗怪谈，绝不仅仅是出于个人爱好；同样，晚清以来的章太炎、蔡元培、周作人、胡适等人之所以会对民俗学、妖怪学感兴趣，也是出于时代变局的激发。

　　如果说，妖怪推理强调人与异类的界限；那么，民俗推理强调的往往是地方性与国家性、现代性与封建性的关系，更根本的，是边缘与中心的关系。将这些沉重的家国命题转化为叙事艺术的内在结构，正是现代民俗推理小说的要义之一。不论是"二战"前后横沟正史沉重的《犬神家族》还是三津田信三写于新世纪的《如山魔嗤笑之物》，代表现代人的侦探或学者所闯入的山川水泽，总是以某种方式指向国族历史的核心建构逻辑。经过他们的考证，当地人世代相传的古老仪式实际上的形成时段可能非常近，它们不过是现代人在用仪式去承载某个时代繁荣记忆的想象。如日本平安时代末期，源氏与平氏两大家族长达六年的大战，便成为众多日本民俗故事的源起。传说中，失败的平氏一族散布于广大的民间，形成了多种多样的"后裔"传说，也构成了地方大族"世代守护的秘密"中相当常见的一种。而民俗学者的考察与其说是这些历史秘密被重新曝光和发掘的契机，不如说是一种解魅式的"平怨"：昔日荣光早已不再，别空守旧梦了，这是新的时代，新的国家。

　　除了站在国族中心的视点去考察和收编所谓的地方、边缘，民俗学的核心思想也包括了对"二战"史进行清理，从战后视角来尝试驱散战争的阴云。一个有趣的现象是，日系民俗推理小说作家们不论描写哪个时代的故事——哪怕故事背景发生在二十世纪八九十年代甚至是当下，也会千方百计追索到第二次世界大战。

　　日本民俗学研究曾掀起过两个高潮，一个是"一战"前后，另一个在"二战"之后的十年。在战后的重建时期重新考察国族的地方性民俗，本来就是极富象征意义的文化行为。如同浮世绘画家葛饰北斋的《富岳三十六景》，无论展现什么人物、什么题材、什么位置、什么角度，都会在画面中把观者的视线引导向富士山一样，这是现代日本民俗推理小说非常值得品味的一点。从高木彬光的《诅咒之家》(1949)、京极夏彦的《姑获鸟之夏》(1994)，到三津田信三的《黑面之狐》(2016)、《如幽女怨怼之物》(2012)，作家们之所以心心念念不忘"二战"，一方面是因为彼时乡村的固有风俗与国家战争所需要的普遍动员、战后风云变幻的土地政策之间构成了物质和文化上的双重冲突，才需要有外来的闯入者这样的故事角色来"祛魅"或"收编"；另一方面，对岛国日本而言，民俗推理中封闭的地域秘密和排外模式，陷入宗教性迷狂、制造血腥杀人惨案的村民，也正是整个日本在"二战"中的自我投射的缩影：一个笼罩在军国主义魔影中的封闭空间，一个打着亚洲主义的旗号去对抗西方中心主义，以为空匣子里装着宝珠的狂热"守护者"形象。

"二战"之后，日本不得不重新整合国家认同，此时，传统的民俗又混合了现代的战争债务，推理小说当中的谋杀案的象征意义，也就变得更加意味深长了。一定程度上，关于战争的反思，民俗推理小说同样做出了巨大的贡献：那些从未被真正解开的结扣、从未化解的罪恶，都以故事的方式被打开曝晒在阳光下。如由京极夏彦授权，由多位作者共同撰写的京极堂系列同人小说《蔷薇十字丛书》，就将京极致力于讨论的民俗学、叙事哲学、"二战"及战后日本国族议题中的历史和伦理问题在充满神秘色彩的凶案中爆发性地展示出来，是一套主动说明民俗推理的深刻与沉重本质的轻小说。

当然，并非所有的怪力乱神都能够被完全阐释，在柳田国男和小泉八云的民俗怪谈研究中，也保存了很多不可通约、难以翻译的民俗，这些搁置在学科中的谜团，不仅成为民俗推理作家取之不竭的养料，也为他们时而打破本格推理小说封闭性、唯一性答案的叙事惯性提供了心理基础。三津田信三便最擅长玩这种花招了：他的小说在给出答案之后，一定会延展出一个引人疑窦，甚至完全破坏此前答案的"尾巴"，让故事就在这种"崩坏"当中戛然而止。

民俗推理小说留下的那些孔隙，是比它的答案更有趣的地方。而这种编篓编篓留豁口的特征，也是一种现代社会空间轴上的时间拼贴。

每一种过去的文化都曾经是一个有机的生态系统，即使它所扎根的特定时代的语境已如大树无根，但其枝叶花果却仍然存活。现代生活的复杂性就在于，哪怕现代社会的伦理最具合法性（因而往往是一部小说的核心视角），它也仍是一种把携带着不同时间感的多元伦理混杂在一起的综合征。

我们可以在很多优秀的民俗推理作品中找到所谓"世界的参差"，这种参差既有时间上的，又有空间上的，它们都鲜明地体现在大家族子女后代的不同性格、经历和所做的人生选择上。如今，这些设定不仅融化在封闭乡村与现代都市的时空隔膜这类较旧式的情节中，也反过来开始向都市中心蔓延。实际上，越来越多的民俗谜团都不再需要远涉荒村去探寻了，可能一转身，它就找上了在城市中挤地铁的你了呢。

是的，民俗怪谈的碎片，不仅发生在田园乡村，也发生在现代都市里。法国的哲学家热拉尔·马瑟就说过，日本人传统的地方性、民俗性，与它的西方化、现代化和都市化是并行的。在日本都市中，往往会突然遭遇某种前现代社会的景观，比如在公寓大楼后面突然出现一片静谧的墓地，拐过一条商业街的街角，突然看到一尊长满青苔的地藏菩萨像。正因此，日本民俗推理不仅会到深山峡谷当中去找民间习俗，也会在现代城市当中追索传统民俗的蛛丝马迹。日本作家久生十兰（1902—1957）就在富于奇幻色彩的小说《魔都》中写道，越是昼夜繁华喧闹的大都会，越会有它奇特的一段"时间外"：

> 凌晨三点，站在四丁目的十字路口往新桥方向望去，街灯的光线暗淡朦胧，银座的空隙也都沉入深深的黑暗当中，四周一片黑暗，万籁俱寂。这些之前都被人来人往与交通工具挡住了，现在完全不见人影，因此可以看到很令人惊讶的景象，微微闪着光

的路面电车轨道延伸到远处，描绘出寂寥的透视图后又渐渐消失。在宽阔的马路上徘徊的，只有从各处小巷里被吹来的诸多纸屑而已。简直就像活生生的东西一样，栩栩如生地动作着。乘着疾风迅速往旁边移动的，翻着筋斗跑向车道的，爬上路树在树枝上垂吊着，挽着手开心地团团转着，一下贴紧一下分离，又飞又跳，挤在这没有人烟、静悄悄的大马路上，当成是自己家似的活蹦乱跳。这些正是大都会里的魑魅魍魉，在东京的深夜里尽情嬉戏着。

在日本的都市怪谈里，看到"舞动的纸张"和与自己相似的人，都意味着死亡的到来。这种将民俗神话附着在科技理性主导的大都市之中的传说，尤其受到印象派画家、诗人波德莱尔笔下的游荡者和侦探小说家的欢迎。从阿加莎·克里斯蒂的《万圣节前夜的谋杀案》（1969）、约翰·迪克森·卡尔的《阿拉伯之夜谋杀案》（1936）到二十一世纪的保罗·霍尔特向阿加莎致敬的《赫拉克勒斯的十二项丰功伟绩》（2005）——古老的民俗，一旦在"平淡"的都市生活中陡然现身，便会更加令人心悸，令人着迷。

文学：推理文学与文学推理

内行人看门道。很多职业都可以把行业故事发展成推理小说，比如，以艾玛·拉森为笔名的两位女性经济学家便合作写出以银行业、金融业为背景的推理故事；在松本清张的短篇小说《热空气》当中，家政清洁妇也因为职业之便成为窥探他人家中秘密的侦探。实际上，有很多职业从根本上就类同于侦探，比如律师、记者、历史学家、考古学家和文学研究者。

无论是对作品进行术语所谓的"文本分析"，还是寻找作品和作品之间、作家和作品之间的关系，都是侦探式工作。基于《红楼梦》的红学研究，本质上就是一种文学推理。如王熙凤的女儿巧姐儿的年龄之谜，"红迷"们依据于原著、续著的不同版本，从"5W1H"的不同角度切入，可谓派系林立、观点众多。而文学侦查学的研究范围，远不止于《红楼梦》这类经典名著，通俗文学中也有规模庞大的文学侦探。比如，福尔摩斯爱好者所构建的福学研究会遍布世界各地。经过百年发展，福学研究也成了一门学问，有它自身的理论体系和学派分支，也同样产生了许多门户之见，并衍生出以福学研究为背景的推理作品。如中国作家梅絮的科幻推理《受限福尔摩斯机》(2021)，就是精彩的"福学谋杀案"。除了虚构小说外，福学研究还曾经引发了现实生活中至今未破的案件，如世界首屈一指的福学专家理查德·兰斯德·格林 2004 年的死亡谜团，他的死好似一桩完美犯罪，自杀还是他杀，至今未有定论。

　　文学研究与侦探工作的性质如此接近，推理小说当中衍生出"文学推理"这一体裁，自是顺理成章。文学谜团所涉极广，文学作品、作者、文学史、读者等要素，皆可成谜。比如，英国作家安东尼·霍洛维茨的《喜鹊谋杀案》是将文学家和文学研究者会遇到的研究困境转化成了谋杀案。从类型交叉的角度来说，文学推理、日常推理、时代推理、历史推理也常常横向联合。比如约瑟芬·铁伊的《时间的女儿》既有历史推理，又有文学推理的成分；京极夏彦的《书屋吊堂》也可以归入文学推理加时代推理的范围当中。

　　文学推理的独特魅力，往往在于双重结构：一是故事里的侦探要破解一个文学谜团；二是我们身为读者，还要将侦探和他所破解的文学谜团又当成一个更大的谜团来看待。就此而言，我想介绍一个意味深长的事件：日本当代作家北村薰，依据日本大正时代伟大的文学家芥川龙之介的一篇小说而写出的文学推理小说《六宫公主》(又译《六之宫公主》)。

　　先来介绍北村薰。在当代日本推理作家中，他是最喜欢描述大正古典风情的作者之一，亦常常在日本古典文艺如歌舞伎、落语(类似于相声)和文学等领域发掘悬疑成分。长篇小说《六宫公主》是"圆紫大师与我"这一文学推理系列的第四部，讲述落语大师春樱庭圆紫和文学系女生"我"配合解谜的故事。虽是虚构推理小说，其中的核心事件却并非虚构，而是来自作者在早稻田大学第一文学部读书时所写的传奇性毕业论文。论文虽然精彩，然学界往往很难容纳某些过于新颖或尖锐的东西。毕业后，走上推理作家之路的北村薰就干脆将论文改编成了推理小说。

学术观点一旦转化成故事，其传播力就不一样了：观点是干涩的，故事是多汁的。在我看来，北村的这篇小说是其文学推理系列中最精彩的一部，它精确地体现了"书志学推理小说"的含义。故事里的女大学生埋首于文学史料，揭发出文学鬼才芥川龙之介的创作与生平中幽微的隐情，她围绕着芥川与他的文坛好友菊池宽的关系环环相扣地推理，实际上重新回顾了现代日本文学史。

值得一提的是，以日常推理作为拿手好戏的当红作家米泽穗信，正是因为读了北村的这部论文改造的小说而大受启发，开始了推理小说的创作生涯，他的日常推理成名作《冰菓》系列，就是受北村影响的最佳写照。该系列当中的一个故事讲述了一群参加文学社团的学生，通过解读社团杂志中留下的线索，推理出前辈校友的陈年往事，摹写出两代人之间的心灵对话，可看作日常推理与时代小说的交叉之作。

此处能发现两条清晰的影响链：第一，是作家之间的多米诺骨牌，如芥川龙之介影响了北村薰，而北村薰又影响了米泽穗信；第二，是学术研究和文学创作之间的关系。文学作品引发了对作品背后谜团的研究，而研究领域盛装不下的奇思妙想，又导致了侦探推理小说的创作。

有趣的是，芥川龙之介的《六宫公主》引发了北村薰的研究兴趣，只是这条影响链的一小部分，实际上，就连芥川龙之介这篇小说本身也非绝对原创，而是对同名的日本古典物语故事进行再创作的结果。

请记住芥川龙之介本人的一句话：《六宫公主》是撞球，不，是传接球。

这句话有什么深刻含意呢？它实际上关系着文学爱好者应具备的敏锐感知，有了这种感知，就能明白人文科学的妙趣所在。所谓文本（text），有"编织"的含义，它意味着，作品不是一本孤零零的书，而应该是一个动作，一团关系，人与人、人与时代、时代与时代的对话就像打台球，一只球撞击另一只，产生各种美妙的路线轨迹。

比如，被誉为世界上形式最短小的诗的日本俳句常常被用作触发推理小说情节的引子，原因就在于它的对话性，以及创作时被严格规定的文化情境。它只有 17 个字音，以 5—7—5 的顺序排列，受到"季语"的严格限制，看上去很简单，但创作起来却相当困难：俳人们在一起彼此应和，要与当时的场景、前人的诗句和对方的意图联系起来，还要符合声韵节律。而异域学者对俳句的解读又叠加了复杂的跨语境翻译问题，又是一次新的侦探之旅，要把语言所未尽之物——情境，尽可能地考虑进去。

举个例子，"寂寂古池边，蛙跃入水音"是俳人松尾芭蕉的俳句名作，有许多汉语译本，法国诗人和语言学家们也非常迷恋它，并常常就其译法和原诗的意境阐释而争论。诸位化身福尔摩斯，可以发现哪些疑点？

我暂且只举一个：关于蛙的数量。在这首俳句当中并没有体现量词，那么蛙是一只，还是多只？对这一点的判读，会直接影响对整首诗的意境理解：它是在讲述亘古般的沉寂（如果是一只的话），还是热闹的田园夏日（在夏日的乡村，常会听到蛙声一片，不是吗）？

同类的争议，还体现在"枯枝鸦歇止，秋日暮色沉""岩端坦荡荡，月下客一人"等案例中：那乌鸦是一只还是一群？那月下的客是观者还是被观者？……

就此，中外的俳句研究者不约而同地想到：在侦探推理小说那环环相扣的因果联系当中，仍然有无数空隙和孔洞，而俳句就是从中逃出来的物象痕迹。

在怎样的语境中、由谁来阅读某部作品，又对作品的内容和形式进行怎样的解读，这些都是导致文本变幻莫测的元素，也是文学的迷人之处。对于充满文学侦探意识的读者来说，俳句绝非一行半或者两行半的简单断句，而是可以无尽展开和收拢的、活生生的文本宇宙。

从这一角度来看，一切伟大的文学作品都是有待开启的密码箱，文学推理的精髓，就在于激活文字里面曾经存活过的经验，若无通关密码，所有的文学经典都是尸体，跟你我一点关系都没有。

那么，就让我们围绕着芥川龙之介这篇小说所开启的文学推理之谜，开始文学的还魂术吧。

第一层：不动的六宫公主

首先要开启的，是我们的文学侦探之旅"背景篇"。

芥川龙之介活跃于大正时代，那是明治以后、昭和之前的现代日本最为光怪陆离的时光。彼时，日本的文化风格东西杂糅，一方面强调西化，从饮食到建筑处处要体现欧洲的华丽；另一方面，日式美学的幽雅和忧伤在欧洲文化的衬托之下也更加突显。在思想上，这也是一段百家争鸣的时期。正像英国人会怀念维多利亚时代，日本人怀旧总是会怀念大正，因为短短数年之后，就是日本军国主义的污糟历史了。

彼时的大正文坛上很多人都学习西化风格，芥川却依然钟情于古典文学。他是写作短篇小说的天才，几乎一半以上的作品都是对日本、中国、印度和欧洲古典文学的故事新编，其素材从中国的志怪文学到基督教东传日本的稗史无所不包，但化用最多的还是佛教故事典籍，比如他的《往生绘卷》《蜘蛛丝》《孤独地狱》《地狱变》等小说名篇，都是取材于日本佛教净土真宗关于来世"往生"和成佛修道的作品。

日本文学的爱好者稍稍留意就会发现，包括谷崎润一郎、夏目漱石、菊池宽、森鸥外、志贺直哉等人在内，那个时期的日本文学巨匠大都是喜欢"故事新编"的。生活在新旧交替时代的作者们总是借旧瓶装新酒，往往大有深意。与芥川等人差不多生活在同一时代的鲁迅先生亦如是，大刀阔斧地让眉间尺、嫦娥、吴刚们的神话变成现代中国的寓言。

芥川的古典改编，在风格上与鲁迅不同。他会不动声色地调整原作的节奏和语调，左边稍增一点，右边稍减一点，许多细部的动作，不仔细是瞧不出来的。不明就里的人，甚至会认为"芥川氏有抄袭之嫌"。然而，好作家不仅能够识别他人作品中的小机关和通盘的历史、思想经脉，更有敏锐的文学嗅觉。古人传说，高人会从《易经》闻到玄味，从《春秋》中闻到血味。那么，芥川的故事新编是什么味道？川端康成曾这样评价他的《六宫公主》：这是日本古代王朝常见的故事，而芥川替它打上了近代的冷光。

我特别好奇的就是，这道冷光是指什么？

别忘了，有一个问题意识，有探索的欲望，就可能有侦探行为了。为了解开这个谜，我曾经找出芥川所改编的故事原文，一行一行去对照，留心去看，芥川到底对《六宫公主》的原文本做了哪些改动呢？

原来，芥川版的《六宫公主》写于大正十一年，即 1922 年的 8 月，取材于日本平安朝（794—1192）末期的佛教传说故事集《今昔物语》中的两则故事，一则叫《六宫姬君夫出家语》，一则叫《造恶业人寂后唱念佛往生语》。从标题即可看出其受到中国佛教的影响之巨。的确，

《今昔物语》几乎可以说是大乘佛教经典《法华经》和净土宗的修行验证集了。有趣的是，它也同样是后世文学家取之不尽的素材库。

我们说过，在讲求科学的现代社会，现代人对于宗教古典物语的故事新编，无论是增添还是删减，都有深意在其中。芥川龙之介新编的《六宫公主》，大意是这样的：一个长在深闺的小姐（日语的"姬"，可视情境译为"公主"或"小姐"）在父母双亡后与奶妈相依为命，若不委身于贵族男子，生活就难以为继。在相守的男子离去之后，小姐苦候不来，最终在穷愁潦倒、愤懑忧恨中死去。九年之后，回乡寻觅小姐的男子只来得及见到小姐临终时的样子。

故事梗概简单，读原作也只需十多分钟。但若对东西方文化史的大环境有所了解，便会发现这篇小说叠加了许多丰富的层次，在宁静优美的风格当中孕育的冷静与绝望，让人背脊发凉。

原来，对这个古代故事的基本情节，芥川没有大的改动，只是增添了几个细节，轻轻点染，便让原作的整体结构变化了。比如说，他特意在动作上下功夫，突出了"动"和"静"的对比，使故事的情节形成为一种"众星拱月"的形态。其实，很多文学作品，都是从一个单独的画面开始构思的。在我看来，芥川的改编灵感很可能就来自这样一个画面：所有的人和事都在变化，只有坐在中间的那位公主是不动的。这些变化，包括了情节上的宏观动态，如小姐的家境是如何中落了，又如何短暂地兴隆了，小姐的乳母和家里的各路仆人，是如何忙里忙外，进进出出，为小姐、为自己的未来做各种打算，小姐所委身的那位贵族男性，又是如何来了又走了……连接这一切情节的，都是变化，都是动作。

所谓的小姐不动，指的是什么呢？就是不选择。

我们一再说，故事，是看主体面对困境时如何选择。因为人要为选择承担后果，引发种种悲喜，因此，人的选择往往是故事当中最为惊心动魄的部分。而在这则故事里，不论别人怎么主动积极地去做事，这位小姐却几乎什么都不做。相比于原作，芥川特别增添了两个情节，仔细看来，它们都是决定小姐命运的重要转折点，即乳母两次帮小姐牵线，让她委身于男人：第一次，小姐被动地接受了依附于男子的事实；第二次，这个男人走了之后，本来好转的家境又衰败了，乳母再次打算给小姐找依靠，但是这一回，小姐拒绝了。

小姐一次接受一次拒绝，怎么能说是不动、不选择呢？文学作品的微妙之处就在这里：芥川小心翼翼传达了这样一种感觉——小姐的接受和拒绝没有区别。她的每次选择，如同一个人在发怔。她点头，或摇头，都不像是人在做出重大决定之际那种燃烧生命的姿态。对于猝然遭遇到的世态炎凉，她并未"接受"，也未"拒绝"，而是处于一种持久的怔忡中，看自己的命运如同雾里看花。她并非淡定潇洒，而是通篇都在唉声叹气。

小说的难懂之处，也是其所谓"文学的深渊和魅力"，正是在这里：小姐没有"我正在生活"的代入感，就像水中静处的石子，听着水面上涟漪的声音，像是生活在不同的介质中一般，对于其日渐悲惨的命运，有着微妙的隔膜感。

此外，芥川的版本通篇都是连接词："即使，也……""毕竟，然而……""不知如何是好，那就"——彷徨、犹豫、让步、无所适从。

正是这些因素，让芥川版的《六宫公主》成了与古代平安版完全不同的东西。在《今昔物语》这部物语集中，不论是英雄还是美人，似乎都有着临泰山色不改的力量，他们能轻易做出重大的选择，也做好了准备为选择付出代价。正是人物的选择，支持起古典故事的戏剧性。这种古典故事逻辑，其实源于一种世界观上的自信，即是说，无论成败，人并不畏惧选择，因为故事背后有一套强大的信仰体系，是构成故事稳定性的真正地基。因此，平安版《六宫公主》中，只是轻描淡写地写到了小姐死去，重点在于小姐的情人因为她的死而悟道。而芥川的改编，则是先把故事的重心挪移到小姐的选择行为上，接着，又悄悄地改造了她的死亡结尾。

故事的结尾到底发生了什么呢？这里有一点复杂，要稍涉佛教教义，方能解读明白。

在破庙里，男子、奶妈和一位僧人守在临终的小姐身边，齐声诵念佛号。在日本古典小说当中，这是很常见的情景，因为按照佛教的说法，人在临终的时候，会面临六道轮回的选择。活着的时候，既行善也作恶，也有不善不恶的所谓"无记"时刻，三者各有各的业力，死亡时，潜意识的闸门敞开，天堂和地狱都可能在眼前过走马灯，临终的人认同哪个画面，就会像我们点击进入页面游戏一样，走进这个情境——也就是走进了来生。

正因为这种"临终业力观"，才导致佛教净土宗的目标：一生修行，只争临终。即，信徒必须有定力，放下对世间的贪恋与执迷，"不思善，不思恶，不住于无记"，只能在心中保持"正念"，等待佛现身接引，往生到极乐净土，在莲花当中化生，离开生死轮回的痛苦。

这样的宗教信念，在日本文学自吸纳了佛教之后，自然成为渗透于各种体裁和情节中的套路化内容。芥川小说的结尾也是这样：临终的小姐眼前开始浮现各种场景，她一会儿说看到净土的莲花，一会儿又说看到地狱的火车，不顾僧人在一旁严厉提醒"不要管，只管念佛"，过了一会儿，她说，什么都不见了，"只有风，只有冷飕飕的风在吹"。说着，就这样死去了。故事的最后补叙了一段内容：此后多年，这个破庙的夜晚总能听到有女人的叹息声。那位僧人评价说，这是一个没出息的女魂，上不了天堂，也下不了地狱。

显然，芥川版的结尾，仍然强调了小姐的无从选择，无论是生前还是死后，她见到什么就是什么，对于别人指给她的道路模棱两可，眼前一片模糊。

——故事的可怕之处，或许就藏在这里：这是一种多么窝囊的活法和死法啊！不上不下，没有霸王别姬的悲壮，甚至于比林黛玉的死都难忍多了。林妹妹是求而不得，而我们的六宫公主连求都没有求过。

在文学解析当中，我们管这种场景叫作"无救赎的临终"。芥川的小说真正要表达的深意，就是处于传统与现代过渡时期的人们的集体惶恐，它表现的，是失去了稳定的信仰系统之后，严重的恐惧和焦虑。

从这个角度来说，六宫公主的状态，是不是很像"宅"和躺平的生活态度？的确，换作今天，六宫公主大概就是"宅女"了，在隔绝于社会的真空里长大，失去了家族的依靠之后无法独立生活。在小说发表的当时，就有人认为，小说的主题是在探讨女人自食其力的问题。不过对于作者芥川来说，这是难于忍受的误解：这种角色的代入，只能触及作品最表层的那层膜。他专门发表文章，辛辣地反驳读者，说这样理解只是一知半解的感伤主义。他想要表达的是更深的东西，关乎整个现代社会的恐惧，他用古典物语如梦如幻的语调，去背负时代的焦虑、困惑和诅咒。

这种态度背后，便是川端康成所谓的"近代的冷光"。它在大正时代已见端倪，不仅让芥川本人因对未来的恐惧和绝望而自尽，经过了军国主义的惊涛骇浪，更成为战后学生运动的内在因素。而那个时候，曾准确读解了芥川的川端康成，也已经像许多敏感的作家一样，因为时代的寒意而自尽了。

想要理解这些作家死亡的深意，需要考察大约同时代的东西方文学都发生了什么：在前后大约半个世纪的时间跨度里，世界上最好的现代文学作品当中，都有大量无救赎的临终场景，包括法国作家福楼拜笔下包法利夫人的死、左拉笔下娜娜的死、巴尔扎克笔下高老头的死、鲁迅笔下祥林嫂的死、卡夫卡笔下饥饿艺术家的死、托尔斯泰笔下安娜·卡列尼娜的死、伊万·伊里奇的死，以及契诃夫笔下小职员的死……这些人的死亡共性，都是不上不下的、窝囊的死，迷茫的死。这是现代性的死亡，是不知道何去何从的时代之死。

正是人类生存方式和世界观的大变革，在文学领域挤压出了很多经典的象征场景，在西方，有了卡夫卡的地洞和萨特的墙，在东方，有了唠叨的祥林嫂和无法决断的六宫公主。在陀思妥耶夫斯基的小说里，没有痛快淋漓的罪与罚，杀死一个老太婆是不是有罪，这本身并不是一个能探讨出来的问题，你看到的是人物的心理纠葛，看到的是现代小说中的普通人与日常的麻木战斗，没有终止与结局。

你知道，类型文学是要帮助我们来消解痛苦的，在一篇圆满光滑的侦探小说里，正义会战胜邪恶，聪明的会战胜不那么聪明的，罪与罚会相互抵消，看完一部解谜小说，我们像喝了可乐一般畅快，在短暂的时间里，又一次与现实和解了。而在芥川的小说里，痛苦无法消解，因为连导致痛苦的那些行为都看不太清楚，不知不觉，她就活成、死成了那副模样——这是类型文学和纯文学在追求上的区别。

第二层：《六宫公主》是传接球

以上，是我对《六宫公主》的文学侦查，它相对简单，只介于芥川版的《六宫公主》和平安时代《今昔物语》集中的那篇《六宫公主》之间的对比。

那么真正的专家北村薰在他的文学推理小说中的侦破，又是怎样的呢？他有日本文学近水楼台的便利，其突破点在于芥川的人际交往，而缺口，正是从芥川那句谜语般的解释：《六宫公主》是撞球，不，是传接球。

对于这句话，北村的调查结论是，《六宫公主》是一部双调小说，是芥川与文坛好朋友菊池宽的作品唱和的结果。其次，更加复杂的是，它是一个"多重的空间"：所谓的传接球，第一个投球者，并不是同时代的菊池宽，而是一位古人——日本镰仓时代的僧人无住和尚。这位和尚写出了净土宗极乐往生的佛教故事《沙石集》，而菊池宽写出了一篇关于死亡问题的小说，叫《自杀救助业》，在写出这篇小说后，菊池宽读到了那位古人的《沙石集》，产生了一种心理的反弹，又写出一篇名叫《吊颈上人》的小说。那么，这就是一组传接球了。另一方面，芥川刚刚写出一篇同样讲净土往生的故事《往生绘卷》，之后他就看到了菊池的两部作品，同时又读到了那部《沙石集》，也同样在内心产生反弹，从而借用平安版的《六宫公主》写出了这篇《六宫公主》。

——有没有被绕晕？这就是所谓的撞球引发的复杂难缠的文本网络。作家对其他文本的阅读导致的心理反弹，会直接引发他自己的新创作。而找到这个影响的链条，恰恰跟推理小说当中寻找证据链是一致的。文学推理要写得出色，就要把链条的意义和价值翻译给大众。北村薰说，原来，六宫公主那个"不上不下"的结尾，正是芥川与菊池较量的结果。

在纪实性的文学推理中，选择怎样的人物或者事件更是至关重要：要看谁能撬动更大的话题，谁能牵一发而动全身。芥川和菊池在日本文坛上地位崇高，他们分别引领日本现代文学走向"纯文学"和"大众文学"，还是彼此可以交托后事的亲密朋友。日本纯文学界有名的芥川奖，就是菊池宽在芥川逝世后倡导创立的。这两个文坛好友都没有什么佛教信仰，何以会因为佛教的救赎故事暗中唱和、各不相让？相当地耐人寻味。为什么菊池看了古人的《往生集》会产生反弹？而菊池的写作又是哪一点冒犯了芥川？这里的复杂分析，正是北村薰小说的精彩之处。在我看来，它是一部成功的跨界作品，在学术上和推理叙事上的效果都值得重视，此处不再泄底，只想先简单地说，芥川与菊池其实代表着两种生死观，而时代的秘密、日本文学的未来的秘密，就像时光胶囊一样，被封存在这段鲜为人知的往事里。

好的文学作品多数都是传接球，它的力量，就在于能牵引出一个时代的氛围和脉络。北村借用书中文学系女大学生的口吻，讲了自己为什么会被芥川的小说打动："我第一次读时是在初中。那时只觉得是个身世凄凉的贵族千金的故事，看过就算了。可是，高三那年重读却发现，原来，芥川在那种地方发出了呐喊。在暗夜里，可以听到作家无声的喊叫，无法超脱的悲哀。"

妙的是，我自己的阅读经历，与北村非常相似：第一次读芥川，是在大学一年级，完全不懂，只觉是一个很美的故事，就像北村一样，看过就算了。后来再碰是在读研究生时，才发现它鬼气森森，用意无限，与读莎士比亚的《麦克白》一样，令我一整晚坐卧难安。再后来，偶然发现北村的这部推理小说，"他乡故知"之感，更是难以尽述。

这就是故事的力量。在实证的意义上，很多东西都无法论证，但这些有趣的巧合就像益生菌，放到严峻的科学情境中，只是玄学尸体，放到一个温度适宜的故事里，就生机勃勃，吸引更多的同道中人。因此，请永远记住爱尔兰诗人叶芝的话：想象力是发现事物之间的相似性，而不是差异。

　　你看，正是在如梦如幻的大正时代，西方舶来的侦探推理小说恰好开始在日本发展；所谓世界现代文学的体系，也是在那个时代形成的。现代都市怪谈和民俗传说，科幻文学和侦探文学，科学与宗教的诸种特征，都集合在一部作品当中。当一个文学爱好者把芥川龙之介、泉镜花、梦野久作、小栗虫太郎、爱伦·坡、波德莱尔、柯南·道尔、切斯特顿、兰波、奥登、T.S. 艾略特这些东西方小说家、诗人的书放在一起看的时候，就会发现，妖怪学、民俗学、侦探术、科学，是在同一幅画面上展开的。很多作家从未看过彼此的作品，却有着完全相同的主题和描述方式，在现代的科学和光明到来的时候，他们的文本反而充满了旧时代的神秘气息。

　　实际上，最难把握的，就是当下发生的事情。当时代在变化，只有少数人能将其以寓言的方式准确描述出来。因此，在文学史上，值得纪念的，总是那些以富于想象力的方式回应时代危机的文学。《六宫公主》是芥川凝聚痛苦又缓解压力的作品，它像一束光，映照出空气中的灰尘——它其实有一个尼采式的主题，就是所谓的人类的自由意志；它逼迫所有的读者去看，我们究竟在多大意义上能控制自己的命运和环境？

　　对这个问题，芥川是有答案的。

艺术：先观看，再说话

艺术，是推理小说当中最有魅力的题材之一。我如此断言，是因为它揭示了图像和文字之间的奥妙关系。二十世纪英国著名左派艺术理论家、画家、作家约翰·伯格的一句话，就揭示了我们在艺术推理小说当中感受到的快感之源——

观看先于言语。儿童先观看，后辨认，再说话。

这句话涉及观看和语言的哲学本质，以及它会对人类的审美和伦理判读起到怎样深刻的影响。意大利作家卡尔维诺在其编纂的《怪诞故事集》中，把怪诞故事分成两大类，一类是视觉怪诞，一类是心理怪诞。它同样对应着约翰·伯格的这句话。要理解其深意，我们可以回看基督教的原罪故事：上帝创造的第一对人类亚当和夏娃，本来在伊甸园当中享受着永恒的生命，没有生老病死的痛苦。

直到有一天，夏娃受到一条蛇的蛊惑，吃了上帝禁止他们触碰的善恶树上的苹果，又劝说亚当也吃。此后，他们再看到彼此的裸体，便感到了羞耻，开始用树叶编成衣服，遮挡身体。上帝看到了，就叹息说，你们必须被逐出伊甸园，从此男耕女织，代代繁衍，女性更要忍受生产之痛，人生苦短，受尽折磨。

这个故事尽人皆知，现代人却鲜有思考：产生了羞耻心，怎会是一种罪过呢？其实，这里的重点，就是观看与认知的关系。将裸体当成羞耻也好，视为自然也罢，都是什么能力在起作用？答案是，判断力。基督教以此来暗示，所谓的上帝领域——绝对真理所在的伊甸园，是不受认知判断之苦的世界。亚当和夏娃裸体生活，但并没有将彼此认知为"裸体"，也就是说，善恶树之前的裸体这一状态没有被特意命名，它并不是一个被观看，进而被判断的对象。如同东方哲学中的"道可道，非常道"，此处的"道"亦是指绝对真理，它同样是一元论的境界，没有能（能观者）与所（所观境）的二元对立，因此非言语可传达，因为一有语言，就落入了二元对立。禅宗所谓"天真自然我家风"，亦是此意。待吃了善恶树的果实，就代表着能观者与所观境——二元对立的产生，亚当和夏娃彼此将对方当成了所看的对象，紧接着，语言上的判断就出现了：裸体成了羞耻。

回过头看，人生的苦乐，多数并非来自生理的感受，而是来自认知，而认知当中最常见的，就是判断。对此，在东方佛教的唯识学，也有一个专门的术语，叫作分别。有了分别心，羞耻与文明，善与恶，好与坏，生与死，男与女，快乐与痛苦，就不断地相互转化。正因为相互转化，才会乐极生悲，再也不可能回到伊甸园——那"道可道，非常道"的极乐境界了。

那么，这又跟艺术有什么关系呢？在哲学家康德的三大批判中，所谓的"判断力批判"对应的学科正是美学领域的问题：我们把什么东西当成艺术？判断艺术美与丑的标准是什么？它会怎样变化？对我们的生活有怎样的影响？……这些问题，不仅是艺术哲学的基础，也是艺术推理的谜题之所在。只要善于提问，去博物馆、美术馆参观时，身为外行也能看出点门道，比如：凭什么说，我看不懂一幅画？又凭什么说，我能看懂一幅画？最重要的恐怕不是眼前这幅画，而是它背后隐藏着一个怎样的文化系统——那个让我懂／不懂的常识机制是什么？……

这就是侦探思维。日本后结构主义哲学家柄谷行人就从这个视觉问题发明了两个哲学用词，一个叫"风景"，一个叫"颠倒"。他说，阿尔卑斯山是在十七世纪之后才被欧洲人当成风景的；在此之前，当地民众从未将之视为审美和休闲的观视对象，登山也不是运动或者旅游项目。十七世纪后，欧洲出现了关于旅游和风景的认知机制及产业链条，人们则迅速地忘却了，他们从前是如何看待这座山的。

一种新认识常会屏蔽甚至完全取代旧认识，令你忘却了所来之路，甚至为后来的故事发明新的起源（"从一开始，我们就是这样欣赏阿尔卑斯山的！"），这就是柄谷行人所谓的"颠倒"。在后结构主义哲学家看来，一直有一个无形的装置在操纵我们去认识世界，重点就在这句话：不是某件东西**是**什么，而是**谁**把它**当成**什么。

以上，只是对所见之物的表层判断就引发了这些问题，一旦进入艺术史，在一个盘根错节的文化系统中去定位一件作品，事情就更加复杂了，也一定会引发"传接球"：怎样的作品激发了怎样的传承或抗争，怎样的作品在怎样的语境下会被当成艺术。比如，现代先锋艺术史上最有名的例子，就是杜尚把一只马桶命名为《泉》，引起了艺术界的地震，成为后世装置艺术潮流的肇端。这并非社会风气哗众取宠的结果。一件艺术作品的定位之所以重要，因为它引发的是整个历史的阐释方向和方法的问题。不同的视角、不同的括号一旦打开，错卦、综卦、复卦、杂卦……种种的阴阳辩证便森然显现，成为推理小说的宝贵素材——在优雅的艺术界，兵不血刃，就有无数题材可发掘。

推理小说家运用艺术梗，亦有深入和浅尝之分。在画像里埋藏暗号密语是最浅显的一种——现实中的绘画，本来就会借助符号优势去埋机关，在不同的文化传统中，绘画中的各种形状、颜色、构图等都有特定的意涵。欧洲绘画中，圣母常常出现在杏仁形（或称鱼镖形）的构图中，因为该形状是两个圆相交后形成的地带，如同宇宙的阴道，象征着初始和开端，正是圣母所代表的含义。至于用怎样的视觉符号来表达对某一教义的不同理解，甚至暗度陈仓，讲究更是不计其数。这类象征义，便可以发展为推理小说中的机关。又如，日本古典绘画中的很多景物和布局是日文假名的变体，所谓诗中有画，画中有诗，是很常见的图文互换的机关。关于这类美术史解谜的科普类书籍很多，更令艺术推理作家信手拈来。从成果上来看，日本艺术推理小说产量极高，与跟西方的同类题材并驾齐驱，如小林英树的《凡·高的遗言》、一色小百合《神的标价》、依井贵裕的《肖像画》、门井庆喜《天才的价值》等都是很不错的美术推理作品。在漫画领域，加藤元浩的长篇漫画推理《森罗博物馆》和《神通小侦探》当中，也含有大量的艺术理论和文化史谜团。

美术推理的野心和魅力

还有一些推理作家并不满足于在美术史上借一两个有趣的小梗，他们有更大的野心：希望美术推理文学能指涉到历史、文化、政治、军事上的宏大问题。在此之前，先来说一个美术界的真事。

英国当代画家大卫·霍克尼，某一天对新古典主义大师安格尔产生了怀疑：安格尔的画有个特点——即使画的尺寸很小的时候，诸如衣服的皱褶等小细节也能画得极度精确，充满自信。霍克尼从而推断，盖非人眼所致，定是使用了光学仪器进行"卡景"。于是接着研究，果然在许多古代绘画中发现了使用仪器的痕迹。他激动得肝儿颤，因为这类光学写生技术流行的时间比美术史学者们的定论要早得多。

只有"将心比心"，进入艺术史内部，才能对霍克尼的激动有所体会。欧洲绘画艺术史的主流价值标准，是倾向于将单点透视法指导下的写实主义绘画看作文艺复兴时期的意大利贡献给世界的大礼，此前和其他地区的艺术都是"朴素的土老帽"。而霍克尼认为，首先，意大利文艺复兴这一时间地点并不足以代表欧洲古典艺术的核心；其次，单点透视也没啥了不起，对于真正的大师来说，运用光学仪器让画作更逼真和运用透视学原理去构图不过是辅助性的观察手段，都不会使画作具备决定性的审美价值。

以上，是一个画家以他的经验和眼光进行的侦探式推理，与艺术史家从文献当中找证据的思维模式截然不同，也遭到了艺术史学者的严重抗议。从霍克尼的角度来看，一旦他的假说成立，权威们就要受到挑战，艺术史所带给我们一系列的关于"观看"艺术的方式和标准常识，就需要被打破重组了。

这场激烈论战要是被推理作家拿来，恐怕就要改成"透镜杀人事件"吧——艺术品具体可感的视觉经验，和由艺术圈、市场、画家、研究者相互碰撞衍生出的利害交织的关系，正是欣赏艺术的爽点所在。

谈完了真实的事件，就来谈一谈虚构的作品。在安利两位日本作家以同一个浮世绘画家为题材的作品对决之前，还是先来简述一下文化背景。

　　我们知道，"浮世"是一个佛教词语。认为所谓的现实世界是无固定本质的，是心所变幻的虚像，它生灭无常，虚伪无主，"浮生若梦"。受到佛教文化深刻影响的日本人，将以描述世间百态为题材、面向大众传播销售的通俗版画类型统称为"浮世绘"。在艺术史上，只要提到浮世绘，就一定会讲到那场著名的"东西方文化交汇"，即十九世纪中期到二十世纪早期，凡·高、莫奈、塞尚等新崛起的欧洲"印象派"画家是如何受到了东方艺术的吸引。彼时，这些新生代画家正想挣脱已经僵化已久的学院派艺术的束缚，转头一看，就发现了印在进口日本商品包装纸上的浮世绘。于是，东方绘画的观念和技法开启了西方现代艺术的新大门，引得印象派的后继者们向着立体主义、达达主义、超现实主义、波普拼贴的道路一路狂奔，这是美术史上"划时代"的事件，也让后世的日本人为之骄傲。日本的凡·高热和莫奈热自此经久不衰，"向日葵"系列有数幅收藏在日本，推理作家和悬疑电影导演更是没完没了地拿凡·高说事。

　　实际上，文化交汇都是双向和多向的。闭关锁国长达数百年的日本江户幕府（1603—1867）仍然留出了神户、长崎等几个地区作为"豁口"，与荷兰等西方国家交流通商，从而衍生了促成明治以后向现代转型的"兰学"知识体系。在近代，我们今天所熟悉的全球化图景已经若隐若现，凡·高等人所迷恋的浮世绘画师，本身也早已受到西方画风的影响；待日本敞开国门之后，又有大批日本人赶赴欧洲，深入学习文艺复兴以降的古典主义绘画……如是循环往复，明里暗里不知发生过多少次能量交换，与其说是先有鸡还是先有蛋，不如说，东方和西方，早已都镶嵌在"近代世界一体化"这幅大型绘画当中了。

　　当然，这交流并非平等：现代以来，决定好和坏、高和低的艺术评价系统，主导权都在西方。日本画师（不论作古的还是当代的）必须出口转内销，得到"外人"的认可，才会在本国被确认为"艺术家"。美术界是一个等级森严的密室，许多外在于画作的力量决定了观者最终能看到什么，以及总是会忽略什么。

同样不公平的评价标准也适用于文学。一提到世界文学名著，脑海里浮现的都是哪些作家作品？托尔斯泰、莎士比亚、巴尔扎克、狄更斯、福楼拜、马克·吐温……嗯，埃及作家您知道几个？埃塞俄比亚的呢？

——视觉史和文学史的背后，与其说是全人类共通的艺术标准，不如说处处是评审霸权和价值观念的盲区与陷坑。国家与国家、文明与文明靠彼此打量的目光来定位自身，在目光的交织和反馈当中，常常存在着时间差（time-leg）。日本浮世绘的确得到了西方的欣赏，但是，这种欣赏要过一段时间才能反馈到日本国内，而彼时走全盘西化路线的日本，反而看不起自家土产的浮世绘艺术……

这些文化背景当中的错位点，正是推理作家组装案件谜题的上佳材料；浮世绘，也因此成为一个兼具历史性和梦幻性的推理主题。只要以史料为基础，让读者产生信任感，再加点修正历史的雄心，就可能变成这样的"梗"：伟大的浮世绘画家葛饰北斋频繁地更换"画号"（画家的雅号，相当于品牌），原来是当了幕府藩镇的间谍；歌川广重画了那么多的风景画，原来他是以了解城市地形的消防队员和画师的双重身份来策划"倒幕"革命运动……

北斋和广重，是一早成为日本文化象征符号的重要画家，当然适合成为推理小说的材料，但要论起身上的谜团之多，戏剧性之强，恐怕没有一位日本画家能比得上东洲斋写乐。他的肖像画跟北斋和广重的风景画一样，被视为能够象征日本的国际化文化符号，出现在全球各种媒介平面当中。随便"百度"或"谷歌"一下，就可以见到写乐所画的面目夸张、风格强烈的歌舞伎演员的"大首绘"。

然而，写乐的真实身份，至今仍然是艺术史上的未解之谜。研究者们能定论的只有：他是生活在十八世纪末的画家，以"写乐"这一画号在十个月之内发表了大约一百四十幅作品，题材和风格相对于当时的画坛来说都十足叛逆，在引发大争议、刮起风潮之后，作品又彻底地销声匿迹。受到写乐画风影响的画师不计其数，欧洲人更把他跟伦勃朗、委拉斯开兹一起，并列为"世界三大肖像画家"。

探索写乐的身份之谜是日本美术学者的常规课题，因为围绕着他可设置的问题多如繁星：为什么这个人爆发性地创作，又突然停止？为什么掩盖身份？当时的江户第一大艺术出版商茑屋重三郎为什么要挑战自己的生意原则，自掏腰包、疯狂力捧一个名不见经传的画师呢？为什么写乐专画不入流的演员肖像，还逆时风而动，把人画得那么丑呢？……

所有这些问号，又因为美术界行业的相关知识而变得更富悬念，以下，我们罗列出一个问题清单，感受一下写乐之谜的戏剧性：

第一，浮世绘是版画，这意味着什么？答案是：多人合作。浮世绘有三道大工序，分别是画、刻、印。从画作绘制到投入市场，原画师、雕版师、拓印师、画作的出版商和发行商形成了完整的一条龙生产链。也就是说，在无法进行大规模远程合作的时代，这是一个人多嘴杂的行当，加之法规政策的限制（浮世绘要成功出版，必须能过经营娱乐性书籍出版发行的机构——"地本问屋"的企划、出资、全程监测和层层审核），一个具有强烈话题度的版画家几乎不可能是一座孤岛。那么，是怎样的力量，让所有相关人员都缄口不言呢？单单是这一点，就已经让推理作家展开脑洞了：写乐这个画号下面，究竟是一个人，还是一群人呢？

第二，日本画号的讲究和花哨——一位画家可拥有无数画号，一个画号可由弟子"袭名"或代笔——这又意味着什么？一长串的"嫌疑犯清单"啊！可以说，当时任何著名的日本历史人物，甚至与日本有关的外国人都可能是写乐本人，而如山如海的史料本身，就是让嫌疑人无法走出去的"暴风雪山庄"。

第三，画中人物的身份——写乐以何人作为模特，他与模特之间的关系——又是一笔大乱账。这个话题下，包含了主体和对象、在场和不在场的关系，可以将之翻译成：所观的是画，能观的是人。

要知道，一个画家的基本素质和魅力所在，就是引导观者视线的能力。比如，伟大的浮世绘画师葛饰北斋最著名的系列版画《富岳三十六景》共三十七幅作品，都有一个共同的特色：无论单幅作品当中具体描写了哪个时间地点、哪个群体或个人的生活，画家都会以特定的构图、笔触或情节安排，巧妙地引导观者的视线最终落到那个唯一的、真正的主人公——富士山之上。

对于观者来说，光是画中事物之间的关系，就够研究一阵子的了。更何况还要反向思考：我们在看画，画中人又在看谁？在谁的目光注视下，画中人物才能呈现出那样的姿态？当画师在绘制时，预设了怎样的观者和怎样的观看位置？

比如，古典主义绘画中女性常为卧姿，男性常为站姿，这正是因为将购买者预设为男性——男性在画作中投射的是力量和欲望，而女性则展示自己的曼妙柔弱姿态，沐浴的是男性充满欲望的目光。

如今，我们去美术馆，在场的是画，不在场的则是画家当时设定好的观众。而所有的艺术作品，都是以它的在场来指涉某种缺失，无论推理小说家还是艺术家，都可以将这种辩证设计成谜团，比如超现实主义画家马格利特的名画《受威胁的凶手》（1926）就是如此。

第四，关于艺术史的永恒主题"真品和赝品的关系"，这一条也值得说道说道。在艺术领域，"伪造"的性质与生活用品造假和金融诈骗都有所不同。正统艺术史当中有相当多的大师与伪造难脱干系，艺术市场甚至还经常发展出崇拜赝品的时尚，大英博物馆也有赝品的展示，如皮拉内西花瓶就是由罗马古物的碎片构成的赝品。为了得到一些"大师制作的大师伪作"，人们常常愿意支付比原作更高的价格。

那么，究竟什么是艺术赝品？什么是伪作？答案是，难说。因为"艺术伪造"真正的起源，正是艺术本身。按照柏拉图、亚里士多德和庄子的看法，绘画、雕塑、文学……这些人类的艺术形式原本就是对大自然的伪造，是所谓神灵、上帝、天地等抽象"终极真理"的低配版；从原始人在山洞壁上的"涂鸦"到埃及木乃伊的黄金面具，都是人类对大自然、对自身存在的模仿与投射。

正因为艺术和文学的本质天然与"模仿"相关，艺术伪造在模仿与剽窃之间的那道界线就在不断挪移。古往今来，有很多妙趣横生的艺术伪造事件，其妙处正在于伪造活动中的独创性。高级的赝品比真品更有趣，因为赝品的制作比我们想象的要困难得多。在这里，首先要区分另一个概念，就是复制品。二十世纪伟大的思想家瓦尔特·本雅明有篇著名的文章，叫作《机械复制时代的艺术作品》，他认为古典时代的艺术作品是有灵光（aura）的，它来自古典艺术作品的独一无二：特定的时代，特定的作者，特定的情境。而到了现代，当凡·高、莫奈们的画作出现在你的床单被罩和手机屏保上的时候，原创艺术的光晕就消失了。

很显然，赝品这个概念与复制品不同。赝品的野心更大——它真的想要替代真品。伪造者要复刻的不仅是原作，还有让那已消逝的因缘情境重现的场域，为了具备原作的灵韵，要复原所用的工具和材质的年代性、艺术史记载的所有细微瑕疵，更必须揣摩原作者的心境。也就是说，一个成功的造假者，不仅要模仿原创作品看得见摸得着的形，更要模仿它看不见摸不着的像。这是一个难度上与原作不相上下，甚至有过之无不及的过程，其本身就是一个艺术过程。举例来说，在具有本格推理色彩的英剧《飞天大盗》（Hustle）中，一位受雇造假的画师要伪造风格派抽象画大师蒙德里安的作品，他首先尝试恢复了蒙德里安当时的创作情境，甚至房间的摆设，画家吃过的鱼、用过的东西，就是为了尽可能地贴近原作者创作时候的内心状态。可以说，高级伪造者是有艺术追求的。在布拉德福德·莫洛的小说《伪造者》中，对柯南·道尔的福尔摩斯探案手稿和诗人叶芝的作品进行伪造的艺术家，其"造假"行为的动机就不光是为了混饭吃。赝品，最终是对真相的挑战，它甚至可能是一种思想革命，迫使人们重新审视固有的机构、价值观和技术。

视觉艺术的伪造难度也通用于文学界。英国学者伊恩·海伍德在《造假：艺术与伪造的权术》一书中提示我们，十八世纪是英国历史上的文学伪造最猖獗的时期，因为这是知识分子大行其道的所谓"理性时代"，对文学艺术的探讨和研究十分兴盛，一个学者要想揭穿精致的文学伪作，至少需要同样专业的目录学知识。正是伪造和鉴别伪造的专业性导致了一种令人捧腹的"鬼打墙"现象，比如伪造诗人雪莱信件的梅杰·拜伦被另一位专家怀斯揭穿，但是，怀斯本人也是一个技术高超的伪造大师。

我们看到，真伪之争导致了一种奇妙的"套层价值"，可以让人们在**同一件物品中得到多层次的历史意义**。海伍德举出另一个例子：二十世纪八十年代对希特勒日记的伪造是现代社会最具寓言性的伪造事件之一，因为希特勒本人是一个"大说谎家"，即使他的日记是真实的，也无法逃脱真伪辩证的错综复杂的逻辑谜题。

正因为在艺术和文学中，原创和伪造之间的关系充满了悖论性，所以，只要在小说中出现了真品和赝品的关系，就会看到复杂有趣的叙事织体。精致的赝品和让著名艺术家、文学家、出版商和鉴定大师们卷入丑闻的真实案例，都是艺术推理的重要题材。比如连城三纪彦的短篇集《无颜的肖像》，就是相当精彩的例子。在写乐之谜当中，自然也少不了真品和赝品的关系。

以上四点问题清单，已经足够丰富了。其他相关的问题还有不少，如浮世绘的内部分级问题；浮世绘与其他绘画类型的关系问题；浮世绘画家在其他领域的身份、人际关系，国内外政治势力对美术界的利用……再将这些元素重新组合、按情节之需来分配，可想而知，会搭建出多少丰富的故事情节？

最后，一场擂台戏

写乐之谜引发了两位推理作家的同题异梦。一位是高桥克彦，他在1983年凭着小说《写乐杀人事件》摘走了江户川乱步奖；另一位是岛田庄司，他的同题材作品是发表于2010年的《写乐·闭锁之国的幻影》。

岛田庄司是推理迷无人不知的日本新本格派推理的旗手，而高桥则是走社会派路线的天才作家。观其同题打擂，正好品鉴本格派和社会派的差异。

观察两位作家列出和排除"写乐嫌疑犯清单"的方式，会发现两者的推理原点是一致的：都认为美术界现有的写乐假说存在漏洞，写乐应该是浮世绘这个画种的"外部人"，如此才能避免触及清单上所列的诸多"地雷"而保持神秘。两位作家的分析和结论都像煞有介事，恐怕正统的美术史家也不能等闲视之。

但是，在这个原点之后，思维差异就出来了。若先看岛田，会觉得他有很多妙招，自圆其说的能力超强，看了高桥再回视岛田，则难免感叹：岛田走的是脑洞路线，而高桥走的是笔力路线。

脑洞和笔力，是作家必备的两大技能。如果脑洞是点与线，笔力就是骨和肉，两手都硬的作家极为罕见。岛田写推理小说，常常力图破解历史上真实的谜团，有极燃的历史野心，但他的笔力始终是一个问题，往往导致"谜团上了天、解谜却入了地"的高开低走现象。这部作品在岛田的历史推理系列当中属于较为出彩的一部，读者可以感受到它试图将单一案件和日本历史直接相连的热情，但是跟高桥的作品相比，读起来会有一种短路的感觉：历史线索未免连得太快太急了。

走社会派路线的高桥笔力扎实，也没有犯社会派脑洞平滑的毛病。当然，高桥除了两手都不错之外，还有一个行业优势：他是一个"真美术学者"，还曾经出版过《浮世绘鉴赏辞典》。

我们知道，专业知识在推理文学界是一柄双刃剑：无论是阿加莎的药学知识、东野圭吾的工科知识、北村薰的文学知识还是紫金陈的化学物理，用得好了，哪怕是伪科学都会出招见血，反之就成了"作者你咋不上天呢"。所幸，高桥"用好了"他的知识：他对写乐出身的设定让作品有了丰富的内在层次，处理难度也更大——诸君可以想象一下在同一部作品当中处理上述清单上多数问题的情况。总之，读了高桥，不仅可以学到浮世绘行业内的一些"真东西"，更能在真与假的博弈当中获得解谜的快感。此外，他还恰当地融合了旅行小说的特征，解谜过程虽然难免写实风格的烦冗，最后三分之一却充满了本格式的惊喜。

可见，美术行业细节与大历史的关系是否成功，在于脑洞和笔力的相互支撑，以及知识和情怀的底蕴。高桥写出了这个行业的悲剧性，也写出了日本人的某种历史执念：点燃欧洲现代艺术的日本浮世绘，在艺术之林当中却仍然有一种"吊车尾差等生"的自卑感。在这种行业气氛里，故事里的螳螂、黄雀和蝉，都有各自的智慧和绝望，而小说结尾最后一片拼图的冲击性补全，又展示了作者的"中心思想"：我辈身与名俱灭，不废艺术万古流。历经人事而光芒无损的，是浮世绘本身。

最低是职业，然后是艺术，最后是打造了某种世界观，这是完美的"艺术推理"的价值体系。这样的体系贯穿了高桥整个浮世绘推理小说系列。

归根结底，艺术推理之所以有趣，因为它诉诸直观的视觉。越是直观，我们就越容易上当。画家留给后人的只是孤零零的作品，而观众看作品，却仍然是为了找到它背后曾经活过的人，和它现在仍然能激发出来的人际关系和社会关系。所以我们才说，唐诗宋词是活的，历史上留下来的绘画和雕塑仍然在不断地改变。亦如海伍德所说："铁会生锈，银会失去光泽，铜会变绿，文字会改变意义，这就是作品的真相。"在这里，我的观点与高桥有一点不同：人文领域从来没有真正不朽的物质，甚至浮世绘也会消亡。重要的永远是人们的观念和思考方向，只有它的变化才真正左右了历史。

思想殿

切斯特顿：给推理小说镀了金的人

真正的创意，来自严肃的哲学思考。

——G.K. 切斯特顿

接下来，我们得谈谈几位对侦探推理这一文类有着特殊意义的 VIP。他们分别是：英国的阿加莎·克里斯蒂、G.K. 切斯特顿（1874—1936）、阿根廷的博尔赫斯（1899—1986）和意大利的安伯托·艾柯（1932—2016）。

在本书序言里我们就聊过：在现代，哲学就是政治，艺术就是哲学。这三者之间套娃一般的神秘联系，恰恰可以在侦探推理小说这个以解谜为核心的类型文学当中得到消释。而我们选出的这几位人士，则分别是：启发了哲学家的通俗文学家；哲学家中的通俗文学家；纯文学家中的通俗文学—哲学家。

——先别晕，慢慢来：从那位最大的功臣开始。

文艺复兴式的巨人

活跃在二十世纪头三十年的切斯特顿，在英国文学界有着举足轻重的地位。他被称为英国文坛的祭酒，是英国人心中可以冠名为"伟人"的文化巨匠。外表上，他就是一个"巨人天才"：身高 1.93 米，体重 134 公斤，仿佛走路都会震三震。英国文学界流传着一个著名的笑话：切斯特顿拿剧作家萧伯纳的瘦小身材开玩笑说："看到你，人们会以为英国有饥荒了。"萧伯纳的反手一击更厉害："看到你，大家就会明白饥荒是你造成的。"

笑话归笑话，说切斯特顿伟大，当然不是因为他身材伟岸。在欧洲文化脉络中，有一种人被称为"文艺复兴人"，即跨领域、综合型的创意与实践大师。在公元十四到十六世纪，如达·芬奇这样从绘画、雕塑、建筑到武器制造无所不包的超人类全才很多，他们共同造就了彼时欧洲文化的辉煌。切斯特顿亦然：他是重要的作家和诗人，也是世界所公认的哲学家、神学家、历史学家和社会评论家，在政治上有很强的影响力。同时代的人评论说："太阳底下没有一种题材是切斯特顿没写过的。"他写过八十本学术著作、几百首诗、二百多篇小说、四千多篇论文，办过个人报纸，提拔新作家不遗余力。在英国侦探俱乐部策划成立的时候，安东尼·伯克莱请他来当俱乐部的第一任主席，让俱乐部有了极强的号召力。当他于 1936 年去世时，人们说，没有一个英国人不是在切斯特顿的影响下成长起来的。

我们总是会感叹，人类当中怎么有能量这么强大的人呢？或许，除了天赋之外，造就这类人的是一种世界观。人们总说要培养跨学科人才，但如果头脑中先有学科的栅栏，再去"跨"、去"破"，便难免匠气。或许，真正的"文艺复兴人"对于自我和世界的体会，本就是天人合一、思修交尽的，正因没有"跨"的概念，反而能轻易地发现风马牛可相及。

切斯特顿就是。1905年，柯南·道尔的"福尔摩斯系列"爆火，切斯特顿看到了这个文艺热点，从而在侦探小说这一新兴的文类当中发现了很多可供哲学家和社会学家思考的切入口。作为知识精英，切斯特顿对于"人类进入现代"这一空前的大变化具有极敏锐的问题意识，他帮助后人开拓了学界那个重要的论域——"现代性"。关于"究竟什么是现代生活的本质"的话题，显然不仅仅是工业革命、技术变革等套语就能一言以蔽之的。切斯特顿将他所发现的现代和传统的关系、对彼时英国社会的赞美与批判、对人类未来的展望，都放到了自己的侦探小说"布朗神父系列"里。　虽然，侦探小说只是他诸多成就中的一朵浪花，但《布朗神父探案集》却是一个精致的原型宝库，孕育了很多后世侦探推理的亚类和流派的胚胎。他的作品，打动了博尔赫斯，也打动了艾柯，并构成了英国奇幻文学大师尼尔·盖曼的童年文学梦。

印象派的小说

切斯特顿侦探小说的风格如何？我将之概括为：用印象派大师的笔法"画"小说。

以画喻文，并不新鲜。加之，在推理小说的黄金时期，也正是印象派、超现实主义等先锋绘画在欧洲流行的时期。现任侦探俱乐部主席马丁·爱德华兹在他向黄金时代伟大作家致敬的本格推理小说《嫌疑人聚会》中，就运用了绘画隐喻来谈对案件性质的看法：当你以为此案是凡·高的笔触，却发现遇到了莫奈。

如是，我们来看切斯特顿的小说"画"法。人如水流，没有完全固定的面貌，这是切斯特顿的信条。他认为，只有在特定的环境中，人才能触发出特定的行为，这种观念，也使他成为早期侦探小说家中最喜欢描写和渲染环境气氛的一位。他的作品画面感极强，环境色彩浓艳，对人物的外貌和衣着极为关注。比如《绿人村》对于花园、房屋、海边的景色以及故事发生时的环境光的描写，定会让读者留下深刻的印象。

因为切斯特顿拥有画家般的眼光，我们甚至可以在近现代艺术界找到与其文学风格精准对应的画家，比如莫奈那些哀伤如梦却色彩鲜艳的肖像画，修拉的点彩画和透纳狂暴的海景画。它们既浓烈又即兴，同时追求心理真实和身体感官的即时性体验，还能令观者深刻感受到作画颜料本身的存在。

这种视觉化的文学功力极为难得。要知道，切斯特顿只写作短篇小说——一般来说，以短篇的容量，要完成案件主线的叙述篇幅已经相当紧张了。而这正是作者的高明之处：他不惜花费笔墨加以渲染的环境描写之于案件核心诡计和作品要表达的主题来说并非冗笔，还往往起到关键的作用。

我们知道，印象派绘画同样是欧洲文艺进入现代的产物——摄影术的发明将绘画的功能从逼真模仿现实世界当中解放出来，绘画开始变得天马行空，想入非非。而切斯特顿小说的风格与印象派绘画的相似性，实际上也暗合了他书写侦探小说的动机，正在于描述人类进入现代生活时的震惊感。他用了很多反向、错位式的描写来勾连现代和传统的关系，比如，《强盗乐园》讲一群人遇到了在古风小说里才会出现的强盗，但这只是一个噱头——真正的强盗，在现代社会早已改头换面了。

此外，切斯特顿的故事具有童话和寓言的强烈意味，这也与上述绘画风格一样，富含童趣、疯狂的想象力和一种内在的秩序感。对于切斯特顿来说，这种秩序感一部分是他本人的某些神学信条带来的，一部分由辩证法带来的。拨开那些色彩斑斓的表象，找到支撑起某篇小说的内在秩序，就是阅读切斯特顿作品的奥秘和快感所在。比如某篇小说中（此处就不透露标题了），被害人在某哥特式教堂的外面，被一把小锤子以不可思议的大力量狠狠锤死，如同受了天罚一般。在整部作品中，作者都在有意把玩大与小的辩证图式：死者旁边的凶器是一把小锤子；两个嫌疑人，一个是身材高大的巨人铁匠，无法用它使力砸人；另一个娇小的女性嫌疑人倒是可以使用锤子，却没有大力能将人锤成这般惨状。这里的大小之比只是巧合，是作品的噱头，而案件最后揭发的另一层大与小，才是犯罪动机之所在。当读者感受到了表象和主题共振的形式感时，再回头看作者对那座哥特式教堂的描写，就应有所悟了：

> 恐怖的透视和不成比例的画面，令人头晕的远景，一瞥之下，大的变小、小的变大，半空中混乱的石头，石头的每一部分都显得硕大无比，但在与田野和农场的对照下，就显得遥远而渺小了。角落里雕刻的飞禽走兽看起来有点像行走和飞翔的龙，踩躏着下面的牧场和农庄，整个氛围是令人胆战而危险的，仿佛人躲在体形巨大的妖怪那回旋的翅膀中，被举到半空中；整个古老的教堂和大教堂一样高大、富丽，像一场暴雨突降在阳光明媚的乡村。

神学的意义

神学讨论是那个时代英国绅士的日常话题。至少在二十世纪初，英国人结交新朋友的时候都会考虑到对方的信仰——你是一个怀疑论者？是基督教中的哪个教派信徒？或是一个美国式的新派人物？……这类身份认同在切斯特顿的侦探故事中相当重要。其实，整个现代英国文学，都是在这一文化土壤中生长起来的。切斯特顿很擅长让笔下的英国男士们在客厅或酒馆里进行神学和哲学辩论的过程中，就不知不觉地解决了案情，从而避免了作家常犯的"说教时就忘了讲故事"的毛病。这不仅显示了他身为资深文章家的写作功力，也体现出他进入侦探文学领域的初心——借这个新兴的文类去宣扬他的哲学、政治和神学观点。当然，二十一世纪的中国读者也完全不必担心会有文化隔膜：这些神学面具的内里，仍然是对人性的探讨。

切斯特顿希望通过弘扬侦探小说来极力破除的，是一种"提到神学就是封建迷信"的偏见。他借用虔诚信仰宗教的布朗神父当侦探，本身就会让人感知到科学与玄学之间的有趣辩证：即使在神学系统当中，也仍然有科学和迷信的分别。布朗神父的金句之一是："我一直喜欢狗，只要这个字不是倒着拼写的。"单词 dog 倒着拼写即为"神"（god），布朗神父的意思是，他不喜欢异端邪神。表面上看，这是一个基督教徒的排外心理，但并非意指其他宗教，而是人们心中真正的狂信和迷信。切斯特顿坚持，对事物进行合理解释，发现自然规律，就是上帝的旨意——一个正统的基督教神学家理解事物的思路，本来就不是怪力乱神，而是尽可能按照事物的本来面目去进行判断。也就是说，一个真正的神学家是绝对不会随意发表讨伐异端的言论的——除非这异端指的是迷信。在某篇小说里，布朗神父正是通过这种内行人的视点揭发了一位伪装的神父。再比如，某篇作品中，一人被谋杀，他的狗在很远的地方于大约同一时间吠叫，其他人难免产生"狗感知到主人死亡"这样的玄学感慨，布朗神父却是从情境、从人的反应和狗的习性出发，给出了自然合理的解释。

切斯特顿的这种观点，与马克斯·韦伯的社会学名作《新教伦理与资本主义精神》恰可互参。韦伯认为，现代资本主义工作伦理的产

生正是从基督教新教中的努力工作、厉行节约、重视效率等伦理品质
当中孕育出来的。因为上帝眼中的人类要以辛勤工作来获得认可，人
在世俗中所获得的商业成功，是上帝的天堂准入证；劳作和节约下来
的成果并不应该用于享乐——享乐是上帝眼中堕落的标志，而应该用
于投入新一轮的生产。正因此，资本主义扩大再生产的原理才在技术
的加持下滋生出来了。也就是说，正是神学，孕育出了西方现代生活
的核心内容之一：资本主义。

哲学家韦伯的思想与神学家切斯特顿的观点都直面神学与现代的
关系，是同一棵思想的大树所结的果实。而在侦探推理小说家的光谱中，
切斯特顿则与同样爱讨论哲学和神学的日本作家京极夏彦的观点一致，
他们都呼吁，不滥用科学解释，也不滥用神学阐释，是最尊重案件的
方式，而很多案件的发生和难以破获，反而是滥用各种解释的结果。

博尔赫斯提醒你注意老切

事情还可以再反转。布朗神父身边有一位大盗贼弗兰博，他曾是
被神父揭发的罪犯，但因为神父理解偷盗的逻辑，从本体论的层面上解
读了盗贼这种身份，弗兰博便引神父为知音，扮演了神父的侦探助手的
角色。切斯特顿将欧洲传统文学当中的绿林侠盗罗宾汉等浪漫主义英
雄的基因接驳到这位盗贼身上，用他来承担作品情节当中华丽的谜面
部分。比如有一次，弗兰博在深夜把一整条街的门牌号码全都重新漆过，
仅仅是为了把一个旅客引入他设置的圈套。他还曾发明一种轻便邮筒，
放在僻静的郊区角落，等待着有人往里边投入汇款单。这种描写的用意，
正是切斯特顿身体力行在侦探小说中发掘现代人的生活美学：让古代
的侠客和盗贼成为能表达城市诗意和情趣的背包客和探险者。

　　阿根廷大作家博尔赫斯正是为这种浪漫派的解释所吸引，成了侦探小说的爱好者。他从小对切斯特顿、狄更斯和斯蒂文森笔下的伦敦充满向往，对英国的犯罪史和冒险小说尤其感兴趣，实际上，博尔赫斯文学生涯中的第一部短篇小说集就是向这些作家致敬的产物。切斯特顿笔下的各种盗贼和罪犯和后来好莱坞电影的黑帮匪徒身上的诗意和浪漫，在博尔赫斯那些享誉世界的文学脑洞中发挥得淋漓尽致。

　　博尔赫斯提醒我们注意：切斯特顿虽然能对恐怖或者迷人的超自然现象给予合理的解释，但是，或许这些华丽谜面本身，才是吸引他下海写作通俗小说的深层心理动力。在布朗神父身上，你能看到一个相信科学，却永远热爱神秘主义的天真少年的姿影。尽管其每一次都能用一种合情合理的说法来解释一个怪异的事件，但是，就像装过咖啡的杯子中仍有咖啡之香，那些或怪异或恐怖或华丽的气氛，也不是一经科学破解就能被抛弃和遗忘的。博尔赫斯在暗示：切斯特顿用侦探小说的体式规则给怪异现象赋予合理答案的同时，也是在用基督教的正统信仰来压抑自己心中旁逸斜出的神奇想象。也就是说，侦探推理小说这种形式正好给了他一个降妖伏魔的魔术盒子，但是他心中对神秘主义的兴趣从未真正死去，它们只是在破解谜团的叙事结构中暂时休眠了。所以，博尔赫斯说，切斯特顿的每一个故事都是一个谜，从中可以看出"切斯特顿的历史密码，他的象征，他的自我的镜子"。其实，切斯特顿留给后人的启发，就在于这种压抑、驯服模式当中，仍然丝丝缕缕逃窜出来的那些想象力，那真是色彩斑斓，风日洒然。

　　总之，切斯特顿在"风马牛可相及"这一理念方面的妙想堪称一绝。他的横向性思维的跨度，可以从字母 A 跳到中国书法，又从中国书法跳到扑克牌杀人。但无论如何发散，最后都会导入某种图式当中。因此，博尔赫斯才说，尽管切斯特顿是一个虔诚的基督徒，将人生视为上帝的奇迹，但若仅仅用神学信条去评价他，就太可笑了。

博尔赫斯本人也讨厌说教，而喜欢用寓言来评论其他作家。在一篇散文中，他用两则寓言巧妙而深邃地传达了自己对切斯特顿的看法。一则取自卡夫卡的著名小说；另一则取自西方经典神学小说——约翰·班扬的《天路历程》。两者都涉及西方的神学传统和复杂的文学隐喻，我将之作为本文的附录。诸君在阅读了《布朗神父探案集》之后，不妨再回来读读这两则附录，品咂一下博尔赫斯富含无限深意的评价吧。

附　录

我记得两个相对立的寓言故事，第一个是在卡夫卡作品的第一卷中的。这是一个要求被法律承认的人的故事。第一道门的看守对他说，里面还有好多道门，每个大厅都有一个看守把守，他们一个比一个强壮。那人就坐下来等。日子一天天、一年年过去了，那人就死了。临终时他问："在我等待的岁月中，居然没有一个人想进去，这可能吗？"看守回答他："没有人想进去，因为你也只能进这道门。现在我要关门了。"

另一个寓言故事在班扬的《天路历程》中。人们贪婪地望着一座许多武士把守的城堡；门口有一个看守拿着一本登记簿，谁配走进这道门，他就把名字记下来。一个胆大的人走近看守，对他说："记下我的名字，先生。"接着他抽出佩剑，向武士们扑去，你砍一刀，我刺一剑，杀得鲜血淋漓，直至在厮杀声中杀出一条血路，最后进入了城堡。

切斯特顿毕生致力于写这第二个寓言，但他内心里有些东西总是倾向于写第一个故事。

阿加莎：永恒的女王

> 侦探小说的完美结局，是一种美学与伦理合而为一的优雅状态。
>
> ——W.H. 奥登

送走了切斯特顿这位大前辈，我们来迎接欧洲推理文这界当之无愧的女王大人——阿加莎·克里斯蒂，推理迷亲昵地称她为"阿婆"。早在二十世纪八十年代，她的小说在全球已有几十亿册销量，作品改编的影视剧、戏剧、电子游戏和二次元动漫不胜枚举。阿加莎的作品在中国出版界的宣传力度也一向强劲，但凡外国女性作家的推理小说出版，宣传腰封十有八九会打出她的旗号，如"阿加莎之后，又一位女王""堪与女王阿加莎并肩的推理天后"之类。与其说是给作家"抬咖"，不如说是一次又一次地宣示了阿加莎在推理文学界不可撼动的地位：无论是从侦探推理小说的历史来说，还是就读者对作家的了解程度而言，阿加莎一向是侦探推理小说的标杆之一。

推理迷或多或少都读过阿婆的作品，想必早已心照不宣：她的套路确实"旧"了。哪怕是当下流行的剧本杀，也可能比她的小说更"聪明"，更复杂。但当我们翻开重读，却一再被她击中。现任英国侦探俱乐部主席马丁·爱德华兹曾提出过一个值得探讨的问题：为什么众多优秀的小说家都在人们的记忆中消失了，而阿婆的名字仍然经久不衰？

科技发展至今，黄金时代推理小说里的很多技术设定早已被淘汰。然而，当我们阅读小说时，并不总是在意谁用的破案解谜技术更先进，而是借以进入某种特定的时空情境。马丁·爱德华兹本人，以及坚持扛起黄金时代风格大旗的"最后一位骑士"、当代法国作家保罗·霍尔特，都有意将大部分作品的背景设定于十九世纪或"一战""二战"期间，来造就以假乱真的黄金时代风味。

爱德华兹和霍尔特的坚持是一种典型的怀旧情结——读过去的故事，在想象中建构历史之于当下的投影。所谓传统，其实是现代的发明。正是怀旧的集体文化心理给阿婆的作品镀上了一层迷人的、老英国的陈旧光晕。但是，她本人和她作品的魅力却不仅如此。爱德华兹和霍尔特的作品糅合了所有黄金时期的经典范式的，却仍然缺少阿婆那份灵韵；与阿加莎同时代的伯克莱、迪克森·卡尔和奎因的作品在谜题创意上各有千秋，其笔下的英国特色却无法像阿婆的描写那般简洁而丰盈。一提到她，我们便会想到英剧《唐顿庄园》那般鲜明的生活感和布景风格：秩序井然的餐桌，擦得锃亮的银茶壶；透亮的深褐色的咖啡从壶嘴汩汩涌出，注入精致的咖啡杯或者红茶杯；小巧的时钟静置一旁，叠得整整齐齐的《泰晤士报》放在桌面上……我们常常自然而然地将阿婆和这些英伦意象关联在一起，在这样的环境中发生的谋杀，正是乔治·奥威尔所谓"英国式谋杀"里弥漫的精致主义元素。

　　不过，奇妙的是，细心的阿加莎读者会发现，其实她并不是一个喜欢经营环境和物质细节描写的作家。爱德华兹和霍尔特用大量类似的环境描写极力搭建黄金时代的氛围，但上述物质意象在阿加莎本人的作品中出现的频率却并不高，即使有，也只是最朴实的陈列。比如名作《底牌》中的这一段：

> 　　"晚餐摆好了。"波罗的预言完全准确。晚餐很好吃，上菜的规矩也十全十美。灯光柔和，木器擦得雪亮，爱尔兰玻璃泛出蓝光。朦胧中坐在桌首的夏塔纳先生显得比平日更狰狞。他客客气气地为男女人数不均而道歉。

　　——这样朴实的场景描写是阿婆小说中的常规操作，丝毫够不上精致，至多接近于情境速写。在某种意义上，你甚至可以把环境描写看作阿婆作品中的一个短板。同时期的女作家中，约瑟芬·铁伊在环境、物质细节以及心理描写方面的细腻程度远远超过她，加拿大的后起之秀露易丝·佩妮也以文笔细腻胜于阿婆而著称。

　　那么，将那些英式范儿的意象符号嫁接到对阿加莎作品的阐释解读里，是否一种一厢情愿呢？并非如此。正如法国作家普鲁斯特的长篇巨著《追忆逝水年华》中，主人公的漫长回忆是由他童年吃过的玛德莱娜小点心触发的。点心只是一个触媒，在那之后，作者并没有抓着它不放。阿婆也是一样：她写生活中的事物都是点到为止，但读者的思绪却会顺着它延展下去。这样朴素的、未经用力经营的描写，却自然而然地搭建了一种心理上的怀旧中介，激活读者记忆中的知识储备，帮助我们提取相关的声音、气味、色彩以及物件的质感。

　　这就是女王的魅力之一。她擅长向大环境借力，杠杆一般撬动你的怀旧情绪，让你自然地、下意识地把一个时代或者国家的文化意象倒灌到她的故事中。她能把抽象的理论和"主义"溶解成生活化的东西，这有赖于一种超越于故事情节本身的、对于时代氛围变迁的敏锐知觉，使得作品中的日常感和时代感在不经意间泄露出来，浑然天成。这的确是一种近乎玄学的魅力，或者说，一种作家的天分。

说得玄乎，也并非完全不可分析。阿加莎作品中的怀旧机制都有迹可循，她会与时俱进地为不同的时代背景适配不同的人物群像和案件风格，大体可分为三类。首先是"一战"后的英国人对维多利亚时代的怀旧，比如与波洛并驾齐驱的乡村女侦探马普尔小姐，便是一个代表维多利亚遗风的典型女性。其次是"二战"后的人们对于战前和战后维多利亚时代的怀旧，典型作品如《伯特伦旅馆》（1965），故事发生在一座"二战"之后仍在经营的、具有爱德华时期（1901—1910）气质的旅馆，管家总是先一步猜到顾客的需求——锃亮的银壶和涂满黄油的、热腾腾的英式松饼，咬一口，黄油会流到下巴上。在这间旅馆里，时间变得如此之慢，受害者直到故事的四分之三才出现。"人们永远不能回到过去，甚至不应该试图回到过去——生活的本质就在于进步。"阿加莎在故事里发出这样进步主义的哀叹，实际上是对怀旧主题的绝佳诠释。

第三类是对于所谓欧洲文化精神的怀旧。阿加莎笔下的比利时大侦探波洛之所以受到英国人的欢迎，就与此相关。身为英国的客居者，他有法式的精致和英式的克制，其审美趣味讲究极致的对称：强迫症式地打理工作室的摆设和他的两撇小胡子，认真品味每一餐饭，这种华丽夸张的生活方式，令喜欢不经意流露优雅的英国人侧目。阿加莎正是通过对这个老外的滑稽塑造，通过他与英国人的彼此嘲讽，让读者看到了所谓的"欧洲鄙视链"。在英国人和波洛的微妙相处和彼此间的高傲态度中，蕴含着对欧洲文化传统既怀念又调侃的心情，联系到故事发生背景正处"一战""二战"之间这个时段,实在是妙不可言。

正是通过种种巧妙暗示,而非事无巨细的物质细节描写,阿婆嫁接了人们对一个时代的观感。只要我们对那个时代的印象和解读仍在,她的作品就还有生命,可以启动一连串的联想,在融媒时代的每一个关于异国想象的碎片中反射出来。

阿加莎在小说生活感营造上的第二个特点,是她绝不让专业知识喧宾夺主。在侦探小说的"5W1H"当中,喜欢在哪个点上下功夫,往往最能体现出作品的时代特色。黄金时代的作家常把悬念设置在"whodunit",也就是"凶手是谁"这一点上,但是推导过程就各有千秋了。迪克森·卡尔擅长密室类诡计,埃勒里·奎因的物理诡计和心理诡计各占一半,亮点在于逻辑推导。

阿婆的风格同样明显:作品以谋杀案为主,重点却很少放在具体的谋杀手法上,而是带着一丝浪漫主义的遗痕——省略详细的犯案过程,读起来一点都不血腥——正如她的一部小说的命名:《杀人不难》。只要你有杀心,杀人就不难,难就难在如何在事前诱导目标,以及事后如何躲避侦探。从前辈切斯特顿那里,她继承并发扬了一个鲜明的特色:从来不用复杂的物理诡计,而是运用心理伪装和角色扮演作为主要的障眼法。她唯一的一次让专业化学知识唱主角,是在其第一部真正意义上的侦探小说《斯泰尔斯庄园奇案》中,药剂学知识相关的线索让案件有了突破口;唯一一次使用密室杀人诡计则是在《波洛圣诞探案记》当中,起因是她的姐夫抱怨她的小说不够刺激。于是她为他呈上了一座密室,还附赠了一大摊血,显示谋杀现场的暴力性。但这部作品仍然表现出典型的阿加莎特色:密室手法极为简单,血腥味不但毫无现实质感,反而靠着躲在莎翁名言背后,成了一个优雅的文学象征。

事实上,阿婆主要作品的思路均可以概括为:侦探看穿人性,便能柳暗花明。比如《尼罗河的惨案》中的情感陷阱，普通读者都能够推理到某一层，却可能想不到把它再次翻转过来。对作者来说，相同的陷阱可以反复运用，只要陷阱的位置不同，用同样的设定也能让读者再上一次当。比如"汤米和塔彭斯"系列作品，夫妻侦探的配搭方式在《长夜》这部小说中也再次出现，但人物的位置和功能却完全不同。

　　后世的推理小说经常借用阿加莎那些手心翻到手背、从旁边刺来一剑的思路，可惜往往显得匠气，难有一发入魂、一击必中的畅快感。原因在哪里？

　　与阿加莎同时代的诗人奥登认为，侦探小说的完美结局，是一种美学与伦理合而为一的优雅状态。这种平衡感被阿婆发挥到了极致。她在《魔手》中也借人物的话道出了这一点："一个人要达到足够高的文明开化程度，才能呈现出这样一种状态——既老练又简单的绝妙平衡，对吗？"

　　很多作家对于犯罪手法和犯罪心理具有一种强烈的宣讲欲望，在作品对话当中加入大段的诡计讲义或哲学讨论，这当然会打断小说营造情节幻觉的连贯性，感觉作者不是在讲故事，而是在给我们上课。从黄金时代一直到日系本格，从梦野久作的《脑髓地狱》到笠井洁的《哲学家的密室》《俄狄浦斯症候群》，喜欢炫学的作家们很难摆脱知识与哲学的说教语气。阿加莎却始终如一，只采用一种方式：简单、不依赖专业知识的心理误导。

　　如果读者了解一点弗洛伊德精神分析学的基本原理，以及它在彼时欧美诸国的流行盛况，就可以轻易在切斯特顿或阿加莎的作品当中辨认出其影响的痕迹。比如，波洛会说："每个人都说了谎，但要把无害的谎话和关键的谎话区分开。"重视语言破绽，特别是对话当中的口误，是典型的精神分析学观念：下意识的口误能够揭示人的深层无意识，而无意识往往比表层意识更真实准确地说明问题——人类依靠理性来伪装，却会因为习惯而暴露。

精神分析学所谓的"投射"，也是切斯特顿和阿加莎的关键词。比如，当你要了解一个人的时候，要首先了解他的朋友，将这种简单的心理话题加以巧妙处理，就会使人物关系像镜子一般彼此映射；利用戏剧性的表演情境对于"不在场的在场"进行发挥，能表现人在自我认知时的盲点（比如，人在特定的情境下甚至认不出镜子里的自己）；利用真相来撒谎，或在撒谎时说出真相……这些方法简单却有效，是流传后世的本格古典诡计的核心奥秘所在。

再比如，侦探破案时，拨开一切表象，先回到死者性格的思路——"被害人的性格特征总是会与谋杀有些关系"；或者，在一个家族系谱中去看待和把握人物关系。这是一种家族遗传学的思路：家族里的父系和母系特征如何体现在子孙后代的思考方式、相貌、神态、行为和语言习惯当中？侦探常常如此设问，并通过辨认这些要素来揭穿人物的隐藏身份。如下发问，便是波洛在探访案件相关人士时，自然而然萌生的典型问题意识：一个冷酷、自私、花心、控制欲强、以折磨妻子为乐的男人，一个年纪轻轻就被丈夫的残忍折磨死的可怜女人。当他们叛逆的、满怀怨恨的孩子们长大成人后，这个家中的局外人——比如，儿媳妇是怎么看的呢？

这类对人物形象的刻画方式，明显地带有流行于英国维多利亚时代的面相学和骨相学味道。固然，从面相上划分地域、种族、阶级甚至性格和伦理特征很容易导致偏见；但不论这些知识是真还是伪，当它们出现在她的故事中，就剔除了知识的面貌，完美地与情节融为一体。还是举《底牌》为例。作者用牌局去展示人的性格和行为习惯，固然涉及桥牌的专业知识，但她能通过自然的情节设置来化解晦涩，为不懂桥牌的读者建立起友好界面。就此来说，约翰·迪克森·卡尔在《四种误证》中刻画的赌博场面就显得不够圆滑流畅了。

阿婆作品易读的技巧，既包括传递知识的时机，也包括控制知识的体量。所谓时机，在阿婆来说，往往就是把握对话的节奏。现代英国小说本就以巧妙机敏的对话著称，对话的写法对于营造悬念、生活感和展示人性的深层维度有相当重要的作用。阿加莎虽不擅长工笔式的环境描写，却极擅写对话，所以其作品极易改编成戏剧和电影。她的第一部小说是爱情故事，投稿虽然失败了，一位当作家的邻居读了之后却说，你对人物对话有一种非凡的感觉。试看《波洛圣诞探案记》中的一段对话：

> "她一直忍耐到最后——没有一丝抱怨。"
> "她要是一点儿都不曾抱怨，你就不会知道这么多了，戴维。"

这种对话中埋着的小刺，单看起来没什么，在描写人物群像时使用，便会有"层峦叠嶂"之感。《底牌》就是如此：在巧妙的对话里适当地传达知识之后，故事很快就让我们聚焦于案件真正值得关注的地方——人物在叫牌时候的语气。这类场面描写是如此简单，却可以在读者头脑中唤起一幅戏剧性极强的油画，如同那幅《最后的晚餐》。

这种来自生活经验的、很可能充满了偏见的心理障眼法，反而比精准的专业知识更贴近读者的心态：你得在我了解的范围之内，给我新的东西。一切故事成功的奥秘之一，就在于熟悉和陌生的搭配。如果读者因为不懂得数理化知识而猜不到核心谜团，故事的魅力值便会大打折扣。

阿加莎从来不让专业知识压过故事情节，与她的生活经历和教育背景有关。在英国侦探俱乐部的朋友圈里，她显然不是塞耶斯、辛克莱或 D.H. 劳伦斯那种以高学历自豪的人。她没有受过多少正规而系统的教育，相比学院派出身的作家感兴趣的专业探讨，她对这些知识与普遍流行的人性解读和流言八卦相结合的方式更感兴趣。在她笔下，我们可以认出各种不带学院腔的学界观点，比如西班牙人（英国人会称他们为"南部人"）和英国人生气的样子不同这类国族文化性格比较，显然来自那些带着学术味儿的饭桌谈资。中年以后，她经常跟着考古学家丈夫一起去世界各地进行古文明挖掘，写了不少以考古现场为背景的作品，甚至还有一部直接以古埃及为背景的幻想故事。即使是在这些作品中，专业知识也同样是靠边儿站的：它们只是故事发生的背景，是营造氛围的需要。

同样，她也会在作品中引用各种经典，莎剧和《圣经》中的种种情节和谶语箴言都会被她设置成解码案件的关键符号；但与日式新本格推理小说式的刻意为之不同，这些文学符号在她那里都相当日常化，会自然而然地从人物的对话中流露出来——生活是她全部知识的一手来源，学术则是二手的。那些绅士淑女的散漫聊天，总是让她的读者在舒适中丧失警惕。英国作家凯瑟琳·哈卡普有一部专著名为《阿加莎的毒药》——花园就是花园，毒药什么时候出现，要看人心。对于阿婆来说，毒，是信手拈来、无所不在的，因为能杀死人的，与其说是植物的毒，不如说就是人性的毒，内心的毒。

"三十六计走为上"——阿加莎记录的中国格言

"人性无非那么几种，与之相比，大海都更加富于变化。"这是阿加莎最经典的人性公式。这种理念是如何形成的，仍要从她的生活中去寻找。

　　作家的生活和作品之间的关系，是文学理论的经典难题：两者无法切分，却也难以精确量化；但是，无论作者在作品背后藏得多深，你一定会在故事里找到他／她的分身。比如，充满滑稽感的女侦探小说家奥利弗太太，就是阿加莎用来自嘲的一个漫画式形象。在她的自传或纪录片中，很难在表面上找到奥利弗太太这个人格，只有在读作品时，才会转身发现传记中掩藏的奥利弗太太，她就栖息在各种生活逸事涂层下面的幽微之处。或许，把马普尔小姐这个有点儿一本正经的老太太形象翻过来，就是聒噪滑稽的奥利弗太太；也或许，她们二位正是阿加莎对自我性格隐显两面的映射。

　　前文曾叙及，黄金时期英式侦探推理小说的标准模式是平静庄园中的谋杀，是所谓的"小骚乱"，这也正是阿加莎生命经验的写照。她的家庭是二十世纪初期英国乡绅生活方式的典型：父亲在世界各地有实业投资，把财产托付给身在美国的代理人打理，完全不必工作就有年金收入。这位绅士一生当中从未有过举手之劳，日常的行程就是同妻子一起举办家庭聚会，参加各种俱乐部，与同阶层的人维持社交关系。这样的生活带给小阿加莎的影响是温柔而愉快的，在童年生活的庄园里，花园、室内装饰、食品、游戏、书籍、女性的悄悄话，给了她无尽的想象空间。

　　很快，她的故事来到了"阻碍"环节——主人公要离开她的生活舒适区了。父亲不善经营，财产被代理人骗取，在阿加莎八九岁时，家里的经济状态已每况愈下，他们不得不四处旅行。这是维多利亚时代末期开始很多英国中产家庭的典型遭遇：住着大房子，却很穷。他们会把房子租出去，自己旅居在法国南部或埃及等地，其实是一种更省钱的生活方式。中上层英国女性成年时就要进入社交季，她们的家庭条件决定了社交季的质量，对未来的婚嫁有重要意义。而家道已中落的阿加莎的成人社交季是在埃及度过的。这些经历，正是《尼罗河上的惨案》《死亡约会》等作品的背景来源。

由此可以清楚地看到，阿加莎小说当中的核心模式之一——在异域场景当中发现人性的共性——的灵感发自何处。定居和旅行——这两种人类基本的生活模式在她的作品中结合得十分均衡：她一生热爱旅行，同时也对家庭有一种强烈的需要。庄园作为家庭空间，在她的故事中总是起到定心锚的作用。即使是像《第三位女郎》这样描写城市公寓生活的小说里，也一定会有一座位于郊外的庄园与之遥相呼应，那才是她的原乡——正是在庄园里，栖息着主人公社交面具下的真实人格，也正是在那里，你能找到犯罪的图谱和根系所在。她的大量小说都用充满感情的语调去写庄园，比如，《长夜》《大象的证词》《畸形屋》等，而《空谷幽魂》中的安斯威克庄园更有一个鲜明的原型——她永远回不去的童年的家。

从文学风格的角度去给侦探推理小说归类，我们可以说它是浪漫主义文学的分支——试图解开生活的谜题，这个欲望本身就浪漫至极。而身为本格推理核心精神的先驱，阿加莎是最坚定的浪漫派。那些出其不意的脑洞，是在庄园里度过一个又一个昏昏欲睡的漫长夏日之际，在胡思乱想中酝酿的。这是一种天生的浪漫倾向，而与此同时，她的小说中又有一种秩序感和条理性——与切斯特顿的风格在内在理路上一致，却又在表达上各有千秋。

她的作品是秩序和浪漫的鸡尾酒。这种均衡感不是源于现代主义革命流浪生活的浪漫，而是古典主义的浪漫：庄园生活的稳定感，讲究的礼仪，各阶层的人各司其位。围在童年的阿加莎身边的，是我们在英国电视剧里熟悉的、带着职业自豪感的仆人，阿加莎把他们跟百货商店里站柜台的营业员严格地区分开来。在她的一篇小说中，侦探推导出一个仆人正确的死亡时间，依据就是：如果当时她还活着，一定会前往客厅上第二盘茶点。这种情节设定对于不了解这个阶层的职业规范和尊严的读者来说，是很难想象的。

另一个相关的范例，是阿加莎对于女性生活的描写。在她的少女时代，英国女性依据很多格言式的信条来处理她们的社交和情爱，比如，"永远不要和一个单身男人上火车""绅士们都很有礼，但是一句话也不要相信"。这些信条由祖母和母亲传给女儿，潜移默化地构成了女性的思维习惯。阿加莎浸淫其中，由它们酝酿出描述人物差异、创造悬念和犯罪动机的方法。比如，当一位西班牙女郎来到英国时，对于火车上盯着她瞧的男士并不会感到介意（而英国女郎就会），并且猜测这位男士也是从国外回来的；或者，当波洛观察一位女性嫌疑人时，他"并非欣赏她的美，而是欣赏她知道如何利用她的美"。

她听着长辈们的平凡交谈长大，从而养成了在生活的私语中汲取人性特征的习惯。刚刚进入现代的欧洲，在公共和私人、现代生活和传统习惯之间的矛盾，以及女性对于两性关系的困惑挣扎，她都在作品中提出过，但不会把它们喊成口号，或者处理成某种主义。她喜欢把观点融化在趣味中，供读者自行提炼。正因为她长于叙事而倦于说教，当侦探俱乐部的作家们在 BBC 进行悬疑剧广播接龙的时候，虽然她的声音表现力不算上佳（她很害羞，不喜欢当众演说），但她的故事却是最能吸引听众的。

如果一定要贴标签，她当然是保守主义的，不会冲破社会为女性、婚姻、阶级而设置的既定框架。她认为婚姻是一件很特别的事，任何局外人——甚至包括他们的孩子在内，都没有权利评判；她注重隐私的程度，则体现于某人因为侵害他人隐私而被杀的情节之中。

静塘事件及其他

　　谈完了田园风光、自然风景、幽雅庄园这些宁静平衡的意象，我们该来到"打破宁静"这一关键场面了。由于习惯了庄园聚会式设定，阿加莎的人物群像描写总会有某种人性展览的意味：在铺了新亚麻布的餐桌和坐在桌边的人们的内心之间，有一种无声的张力，对于这种宁静平衡的描述，同时代的作家几乎没有能超过她的。这或许就是为什么日本作家都很喜欢阿加莎，也常常改编她的作品——日本文化中的"中二"感，即一种带着夸张色彩的、戏剧性的表演性质，与阿加莎的人性展示有着异曲同工之妙。

　　从阿加莎的生命轨迹中，也可以清楚地找到这种戏剧性的来源。父亲死后，她尽管有强烈的经济焦虑，最后还是"为爱放飞"，拒绝了很多有钱人的求婚，嫁给了一个穷军官。这让她内心深处产生了一种长期的金钱压力，也导致她的小说中直接的犯罪动机总是与财产有关。而在她生命中形成更强烈波动的，就是初婚的失败：丈夫出轨女秘书，宣布分居并提出离婚，导致阿加莎在 36 岁那年，即 1926 年 12 月 4 日起长达十二天的出走。她的失踪引起了全英国的瞩目，搜寻她的踪迹耗费了大量的人力物力，人们在整个过程中评头论足，发起各种善意或恶意的猜测。这是一个持续发酵的舆论事件，在当今回看会有非常熟悉的感觉：网络时代的流言传播只是技术进步了，在集体围观这一点上，人性的本质还真没什么区别。

　　综合她的几种传记和纪录片，我们简要复述一下这个事件：

　　阿加莎于夜晚开车出去，不知所终。早上，一个男孩子在郊外发现了她的汽车，车里空无一人，只有她的皮大衣和小手提箱。在当时，阿加莎已是名人，媒体很快像鲨鱼群一样围上来；公众纷纷议论年轻的美女作家和她帅气的战争英雄丈夫之间被第三者插足的风流韵事，更多人怀疑她被丈夫和丈夫的情妇一起谋杀了，如同她笔下小说当中常有的情节一样。此外，在阿加莎抛车的地点附近，有一个名叫静塘的湖泊，传说曾有农家女受惊被淹死在湖里。有不少人怀疑阿加莎在湖中自杀，于是，人们抽干了湖水，用拖拉机和轻型飞机巡视了周边的村庄，却一无所获。每一天都有新猜测，还有人认为这是阿加莎为了宣传她的新书《罗杰疑案》而采用的策略。后来参加了英国侦探俱乐部（俱乐部到 1932 年才正式成立）的很多著名作家也都给出了他们的猜测，包括多萝西·L.塞耶斯和埃德加·华莱士，其中，华莱士的猜测很接近现在公认的事实，即阿加莎可能是在报复丈夫的出轨。一年多以后，华莱士以此为原型写出了《桑宁戴尔谋杀案》，而塞耶斯将女人从车里失踪的梗也用到了她的小说《非常死亡》当中。彼时，年事已高的柯南·道尔正醉心于唯灵论，他把失踪后辈的一只手套交给灵媒师，向其丈夫提供了充满玄学感的建议。对阿加莎的大搜索有两千多民众参加，整个活动就像一场大型户外派对，还有商家向围观群众销售冰点和热饮。而我们的当事人却在这个地点向北两百多英里的一间水疗旅馆（即现在的老天鹅酒店，还保留着一块纪念这次失踪的铭牌）里用化名住了下来，静静地关注报纸上的报道，做水疗、打桥牌和台球，看音乐和舞蹈表演，过得很是潇洒惬意。过了几天，几个在旅馆演出的乐队成员终于注意到有位客人很像失踪的女作家，于是，在他们报警 48 小时之后，她被丈夫和警察找到了。

一切尘埃落定，但是阿加莎对于整个过程到底发生了什么、对于她出走的动机都缄口不提，被问到关键处，就声称"不记得了"。

——这就是史称的"静塘迷案"。该事件已公开的过程细节在《英伦之谜：阿加莎·克里斯蒂传》当中有很详尽的描述，作者劳拉·汤普森根据已知的信息，按照线性时间的顺序详细地描述了作家出走的动机，想象出她种种的心理状态。这是一种典型的纪实文学笔法，作者想象性的心理补完具有通顺的情感逻辑，她认为阿婆的出走动机可能非常简单，只是一个人短暂的角色逃离和放飞自我罢了，就像日本歌手中岛美嘉那首著名的歌曲之名：《曾经我也想过一了百了》。

这正是阿加莎的信条：人性都差不多。

在这次轰动全国的事件之后，阿加莎与丈夫正式离婚。前夫很快娶了"小三"，在世人看来，阿加莎成了一个被抛弃的可怜女人。然而，她在中年所经历的这场婚变，正体现了那句话：祸兮福之所倚。在此之前，虽然她已经出名，对自我的认同却仍然只停留在一个业余写小说补贴家用的家庭主妇角色；在此之后，写作才真正成了她的职业，是她谋生的需要，扬名的需要，也是治愈伤口的需要。作家身份，正式成为她躲避大众视线所必备的、终身佩戴的面具。

孩子尚年幼，阿加莎知道自己不能长期颓废下去，却又无法立刻调整到写作高质量解谜小说的状态，只好先写了几本活泼的惊险小说作为过渡。这些作品的历史评价都不高，比如《四魔头》《七面钟之谜》《蓝色列车之谜》（一部差到阿加莎本人都讨厌的作品）和"汤米与塔彭斯系列"的第二部《犯罪团伙》，其中的很多设定都是用现成的套路和某种刻板印象拼凑起来的。比如《四魔头》讲了四个幕后黑手（其中包括一个在英国冒险小说中被妖魔化的中国阴谋家）如何暗中掌控世界而被波洛挫败，实在是一部"中二"得要命的故事。轻松、荒诞的冒险类、惊悚类故事只是阿加莎这类推理小说作家创作低迷期的一种调剂——毕竟，侦探俱乐部在吸收成员的时候，可是严格排除惊悚小说家的。

靠着这些精神复健，阿加莎重新"活"过来了。安东尼·伯克莱邀请她进入新的社交圈子，也就是后来构成侦探俱乐部基础成员的那些人。在她的传记作者们看来，她始终是一位内秀的女性，不多说话、文静、善于观察，会以一种安静的方式悄悄地对周围的朋友和某些案件进行评断，然后把她的答案转化成小说。她所塑造的无视周边氛围、戏剧感极强的奥利弗太太的形象开始频繁露面，正投射了她本人些许闷骚的性格，用当代的网络语言来说，就是"内心有座火山""时时播放小电影，刷弹幕，万马奔腾"。

"静塘事件"是她唯一的一次角色逃离，从那以后，她在生活中就再也没有"爆发"过，只在作品中悄悄地"塞私货"。晚年的时候，一位主演她的改编戏剧的名演员离奇死亡，著名的作家和记者欧内斯特·海明威也因为曾经出现在案发的船上而差点成为嫌疑人。案件成了悬案，而阿加莎可能一直在悄悄推理事件的真相，她的后期作品如《怪屋》和《清洁女工之死》，都以不同的方式（或者是人物，或者是情节）影射过这个事件。但是，经过了"静塘事件"，她绝不会公开猜测，让自己陷入可能的麻烦当中。

常有人质疑，写作侦探小说的人是否心态扭曲，想要报复社会。其实，从本质上来说，所有的写作都是报复。正是为了报复活着的艰难和荒谬，才驱使我们去写作和阅读。作家确实会将他们的生命体验以象征投射的方式在作品中宣泄出来："静塘事件"之后，阿加莎的作品就多了一种情节——人言可畏，大众的悠悠之口很容易给私人生活造成毁灭性的影响，如著名的《东方快车谋杀案》所呈现的那样。如果读者不了解阿加莎在静塘事件后的崩溃程度，可能就会仅仅把目光聚焦于这部作品新奇的犯罪手法上，而忽略了让这种手法成立的乃是强烈的情感动机，它是阿加莎亲身经历的结果。

当年，在她本人安全健康地被找到后，公众的议论没有停歇，很多人指责她浪费公共资源——就像我们今天常常听到的对娱乐明星的指责那样。而阿加莎面对质问时对隐私的保护态度又引来了更多的批评。"静塘事件"是一个典型的舆论事件，其价值在于牵引和折射了很多社会语境中的问题，比如阶级对立。而阿加莎陷入的麻烦之一正是两个政客在她的问题上的敌对，一个是代表英国工人阶级的议员，强烈指责内政部为了一个有产者花销巨大；而另一方英国右翼鹰派的代表迅速篡改了数字，声称寻找阿加莎的花费控制在一般警察预算之内。

显然，阿加莎的情感事件被卷入了英国大罢工失败后的社会余波之中。不管是谴责还是维护，声量都是巨大的，让她在一段时间内处于完全无法工作的状态。她失去了对人性的信任，从而终生厌恶媒体。在自传中，她承认她想到过自杀。为了抚平伤痛，她只好去国外休养一段时间，她所到之处的旅游宣传至今还用她当卖点。

经历了这些，一个作家当然会在作品中报复。除了《东方快车谋杀案》，在《啤酒谋杀案》和《魔手》中，她也写出了饱受舆论和谣言折磨的当事人。在《底牌》和《波洛圣诞探案记》中，我们还看到了另一种典型的阿加莎式罪犯，《无人生还》中作为审判者的凶手则是这个形象的一种正面表现方式。此外，《美索不达米亚谋杀案》中的那位控制欲极强的、女王人格的女性，其原型也正是阿加莎自己旅行经历当中的朋友。这一切告诉我们，请不要得罪小说家。

财务危机、婚变、战争，在阿加莎内心投下了长久的恐惧的阴影，打破了庄园式的宁静，也强化了"小骚乱"的故事结构，这是她作品的主干。身为商业作者，她需要固定的品牌套路，在与第一任丈夫决裂后，她仍然没有改变克里斯蒂这个姓氏，也是因为它已经在读者心中扎根了。当她想要满足另一种创作欲望的时候，就会采用笔名（作家的笔名功能之一,就是处理纾解自我和商业需要之间的冲突)。她的爱情心理小说"马科特韦系列"没有了制造谜题的压力,从中可以更直接地看到她对于情感的看法。她始终是一个很传统的、需要婚姻的女性,在不排除对方贪图她的名声和财富的前提下,她还是与小了她十四岁的考古学家马克斯再婚,这段婚姻陪她走完了后半生。

那个时代的英国女作家正在经历女性平权的斗争,她们的写作带出了许多关于职业女性的谋生和家庭婚姻的议题,侦探俱乐部中的另一位名人塞耶斯的经历也是如此。与这位友人不同,阿加莎能够在家庭和工作之间无缝切换,且并没有弗吉尼亚·伍尔夫所称的女性写作需要"自己的房间"的心理压力。多数时候,她可以一边带孩子一边写创作便条,正因此,她始终保持了高产。她是侦探推理类型最主要的开路者之一,从犯罪预告、叙诡、合作犯罪到暴风雨山庄,她的作品套路都能走得很长。像《罗杰疑案》《无人生还》《东方快车谋杀案》《ABC 谋杀案》等,都是富有原型价值的作品。

再次特别提一下《罗杰疑案》:它是一系列创作相互影响的结果。阿加莎在安东尼·伯克莱的《莱登庭神秘事件》当中的核心情节设定基础上又增加了一个巧妙的转折。而我认为,约翰·迪克森·卡尔的《女郎她死了》正是与《罗杰疑案》进行对话的产物,我们在"叙诡"这个话题中详细地聊了这件事。著名英国诗人和剧作家 T.S. 艾略特读了《罗杰疑案》之后,感叹这是"伟大的马斯基林式的诡计"。"马斯基林"指的是一个代代名人辈出的英国魔术世家,比如,第三代是皇家天文学家,第五代是炼金术士,第八代是现代魔术发明家。生于1903 年的第十代贾斯帕·马斯基林则是一个著名的战争魔术师,对于"二战"英国的胜利有很大的贡献。据说,在北非战场上,他曾经以魔术般的手法"搬走了"亚历山大港,让苏伊士运河消失,把希特勒气得半死。而艾略特把《罗杰疑案》当中的关键诡计与他的成就类比，不仅评价极高，也精准地提示了本格解谜派作品的浪漫主义特征。

经历了婚变，阿加莎很快就靠自己的文学魅力重建了比童年居住的房子更美丽的庄园。从公众的视角来看，她后半生名利双收，家庭稳定，过着人人羡慕的生活。果真如此吗？她永远不会多说一个字。人们说，她恬静温顺，又神秘复杂。就像她的崇拜者马丁·爱德华兹说的一样，她的"核心理念是，从本质上说，任何地方的人性都是一样的，但当我们谈到克里斯蒂时，没有什么是和表面上看起来一样的。"

最后，还是再来谈一谈阿加莎的人性公式。她相信江山易改、本性难移，认为人的性格当中那些自己也难以觉察的最固执的一面，会在危机考验来临的时候充分展示出来。正是这种观点创造了《底牌》这样的作品。波洛说："没有人会做不符合他性格的事情！一个人跌倒之后，就习惯性地一再跌倒。"

有评论家认为，相比于雷蒙德·钱德勒或约瑟芬·铁伊对人性的观察，阿加莎的人性公式太稳定，也太简单了。但我支持阿加莎：不论怎样强调人性当中变幻莫测的一面，也无法否认它的稳定性。阿加莎找到的公式，在某种意义上即是命运、即是历史、即是规律。就像曹操说出那句"宁教我负天下人"之时，我们对这人物和他所牵动的未来充满了宿命般的确认感（他一定会干出什么！）和不确定的恐惧（他会搅动出怎样的腥风血雨？），那是我们阅读故事时一定会寻找的东西。

本格派的阿加莎与硬汉派的钱德勒对人性的观察都极为精准，只是使用的模型不同。有趣的是，正像《三国演义》对人物的脸谱化刻画仍然值得我们探究一样，在阿婆笔下，即使是充满偏见的人性观点也有其可信度。对于很多我们不熟悉的人与事，我们所依靠的正是偏见和武断。阿加莎充分体会到了这一点。她承认，她置身于各种偏见之中，但多少会分出一双眼睛来旁观自我，从别人的只言片语中找到灵感。比如，她写出《东方快车谋杀案》中的那个惊人诡计，乃是受到伯克莱一句话的启发：他们是不是全部参与其中？

众所周知，现代社会的一个内在特征，是窥视他人的生活，像看电影一样，在全黑的、隐蔽了自我的空间里，他人的生活为躲藏在暗处的观众亮起了一扇窗、一盏灯。这里的他人包括陌生人，也包括我们的家亲眷属。阿加莎笔下的庄园英伦范儿就同时是现实和文学影响的结果：她的姐夫住豪宅，把自己的家打扮得跟狄更斯小说当中的英国情调一样。她的姐姐喜欢 Cosplay，乔装打扮，这显然也帮助妹妹打造了作品中的惯用手法，即罪犯会通过乔装改扮来瞒天过海。再比如，她作品中的很多男性都有兄长的影子：一个败家子，在女性更强势的家庭环境中，成长为花钱如流水、擅长吃软饭的男人。只有长期相处的家人，才能知道在这些明显的性格弱点当中仍然有一种吸引人的魅力。这正是阿加莎会写出来的句子："有时候，温柔、顺从，会激发男人身上最坏的东西。然而依旧是这个男人，会因为勇气和决心，变成完全不同的样子。"对于这种难以言传的魅力，阿加莎会用简洁的人物形象传达出来，如《哑证人》《长夜》中的坏男人，都是如此。

她写人物的技巧不仅来源于观察，也来源于共情能力。阿加莎的母亲从小被送给姨妈养，这种寄人篱下的生活对其一生的性格和行为都有决定性的影响。阿加莎本人并没有经历过这种生活，但是，她却能够在《捕鼠器》《奉命谋杀》《破镜谋杀案》等很多作品当中，传达出这种原生家庭所造成的微妙的人格特征。

这就是我对女王的总结：她成功的终极秘诀，在于共情能力。探索人心和人心的套路尽管是一种浪漫主义的想象，却是她本人和她的作品长久魅力的来源。

博尔赫斯：掀开侦探小说的裙摆

死亡是活过的生命，
生命是迫近的死亡；
生命不是什么别的，
而是闪亮的死亡。

——博尔赫斯
《布宜诺斯艾利斯的死亡》

中国读者不一定听过切斯特顿，但一定听过博尔赫斯的大名。他与加西亚·马尔克斯一样，是能够代表二十世纪世界文学高峰的人物，也是现代以来影响欧美文学的第一位拉美系作家。有人说，这个外国人的出现足以改写现代美国的文学史。值得注意的是，博尔赫斯也是二十世纪八十年代以后的中国文坛上飘浮的众多国际"背后灵"之一，是中国作家心中的文学偶像、高校文学系课程里不可或缺的名字。

博尔赫斯用英语和西班牙语写作，他与切斯特顿一样，是只写小文章的大作家。人们说，他的散文像小说，小说是诗，诗歌又像散文，这三种体裁，是在他庄子一样神秘、超然又潇洒的哲人思想当中贯通一气的。

这样一位在文学史上"又纯又经典"的作家，其小说处女作却是发表在美国双人组合作家埃勒里·奎因创办的推理文学杂志上。有趣的是，曾任英国侦探俱乐部主席的朱利安·西蒙斯那部著名的西方侦探小说史《血腥的谋杀》初版本漏掉了博尔赫斯的名字，遭到了读者的严厉批评。西蒙斯很伤心，赶快在后来的版本当中弥补。这则小逸事再一次让我们看到了雅俗文学之间那道约定俗成的鸿沟，它的存在，让人们难免这样去定位偶尔写作通俗文学的作家：鹰有的时候会飞得与鸡一样低。

这样的说法自有其道理。类型文学为了大众某些特定的心理需要而服务，如果作家有更高远的追求，自然不会甘于受其制约。因此，如博尔赫斯、米兰·昆德拉、卡尔维诺这类作者，尽管会触及侦探小说的解谜神经，却绝不会止步于满足读者那份消费谜题的购买心态。这也正是为什么，他们的"类型写作"常常会触怒推理小说专业人士。比如，后现代主义文学大师阿兰·罗布－格里耶的小说《橡皮》曾经参与英国犯罪作家协会年度长篇"最佳犯罪小说奖"的角逐，一位评审员强烈抗议该小说参选，甚至因此退出了委员会。

我同情这位专家：小说提供了强烈的悬念，每一个细节都意味深长，但当你问：然后呢？故事结局怎样了？格里耶可能会天真地反问道：你在说啥？

相似的例子，还有米兰·昆德拉的《告别圆舞曲》。小说里出现了本格推理经典的元素——封闭空间和谋杀案，即刻令读者联想到阿加莎的暴风雨山庄。可是，作者虽然提供了嫌犯名单，但你绝对没办法带着阅读《无人生还》的那种期待去读它。

对于博尔赫斯跟侦探小说的关系，西蒙斯的评价是很精准的：他是侦探小说裙摆下的一名偷窥者。也就是说，他借用侦探小说的结构和内在的叙事动力，让《虚构集》中充斥着来自古典解谜派的梗，却从来没有一个决定论式的单一答案。

别误会：这些借梗者并没有嘲笑通俗文学的意思，相反，他们提起侦探小说的时候常常充满深情。东野圭吾的"黑笑小说系列"是一种来自本格推理文学类型内部的自嘲，而纯文学作家或许觉得，对谜题的探索可以被用于更伟大的目标。

雅俗文学之间的根本区别，就在于主题——这故事在说什么？昆德拉把他对世界的结构主义态度、把他从音乐当中体会到的世界的律动与现实政治和历史记忆糅合成一种哲学；而博尔赫斯的文学野心，则是将阿根廷的国族历史文化记忆拿来做天问，归于对人类存在本质的探讨。因为这种根本的疑问是他整个创作的动力，所以，他终生热爱这个类型，并与另外一位作家合作，以布斯托斯·多梅克为笔名创作了大量的侦探小说。

博尔赫斯写于1935年的第一部短篇小说集《恶棍列传》是受到斯蒂文森和切斯特顿的启发而写成的。斯蒂文森是英国怪诞和奇幻小说作家，而切斯特顿是古典解谜派的先驱之一，博尔赫斯同时具备了两人的特性，他感兴趣的侦探小说实际上都局限在黄金时期。比如，1942年发表的短篇《六个问题》，不仅向切斯特顿致敬，让布朗神父这个人物出场，主人公还设定成了坐在牢房里破案的安乐椅侦探。

尽管博尔赫斯绝不会严格遵守侦探小说的类型规则，但他身上始终附着一小片切斯特顿的魂魄。对读两位作家，可以看到风格与思想上明显的亲缘关系。以《恶棍列传》当中的一个小故事《难以置信的冒名者：汤姆·卡斯特罗》为例。故事讲，一个叫卡斯特罗的人接受了黑仆的主意，冒充遭遇了船难的贵族子弟，对其母亲说自己是她的亲生儿子。看上去只是普通的行骗故事，然而有趣的是，冒名者和他所顶替的人物之间没有一丝一毫的相似之处，而这位贵族的母亲却真诚地相信了，冒名者就是她的亲子。

这是一种反常识的操作吗？卡斯特罗为何敢于冒充并能成功，我们不再剧透。只能说，博尔赫斯运用此情节的深意，会很容易让你想到切斯特顿。切斯特顿被誉为"悖论王子"，博尔赫斯显然深谙此悖论之道。骗子之所以成功，是因为我们愿意去相信；这篇小说的深意还不仅于此：骗子是如何在贵族的母亲死后，在众亲戚的环伺下继续行骗的？开始时为什么顺利，后来又为什么失败？这些因果当中隐藏着人性的深渊，将安徒生《皇帝的新装》逻辑发挥到了极致，其结尾的神来之笔则涉及精神分析学当中的经典母题：自我的分身和影子遍布于西方的神学传统、怪诞小说和哥特式恐怖小说里。

这类带着寓言色彩的解谜故事充满了哲学和文学的穿透力，其精髓仅在于悖论吗？博尔赫斯作品最鲜明的特点是什么呢？

先换一个问题：博尔赫斯为何只写作短篇小说？

或许，是因为他有这样一种理念：短篇小说可以具备长篇所达不到的完美形式。

关键词是形式。或者说，结构。这是结构主义思想的精华。结构主义者认为一切文明、一切故事的表象都可以被化约为某种形式，或用某种图式表征出来。博尔赫斯便是如此：他甚至会想到，人一生的时间和经历都能连成图形。他还说，上帝会直感到图形。从基督教的圣三位一体，古希腊到伊斯兰教的神圣几何，再到佛教密宗的曼荼罗，各种宗教和哲学神秘主义系谱中的宇宙图式，都将各自认知当中的真理和世界加以结构化和图示化。

生命怎能简化为图式？博尔赫斯却说，人的本能一直在帮助我们简化生命，如果我们无法删除记忆，实际上连马路都不会过。人类记忆的简化、逻辑化构成方式，早已是推理小说诡计之一种。

简化并不意味着不够丰富。博尔赫斯沉迷的，正是那些在简单形式下包罗万象的符号：镜子、面具、魔术盒、水晶球、万花筒、俄罗斯套娃、沙之书、曼荼罗、小径分岔的小路……它们也都是本格推理小说喜欢用作谜面的意象。对此，博尔赫斯可能会说，其实没有放大，也没有缩小，只是"显得"魔幻罢了，正像我们长久地凝视一样物品时会发生的视觉扭曲一样。事实上，某些所谓的"常识"根本经不起长时间的打量，而让这个充满漏洞的观念世界得以平滑运行的，是一些潜伏更深的"常识"。就此而言，博尔赫斯总结、概括、提纯出世界的结晶。他所写的，是小说界的《易经》：比起具体的生活经验内容，他更关注这些内容的属性和归类。恰如我们永远看不到太极阴阳，却一直在其中生生灭灭；恰如一般人会直接被画里的情节吸引过去，而博尔赫斯却首先关注边框。

借由推理小说的解谜动力和对这些意象的共享，他找到了一种在短篇小说当中容纳壮丽史诗的方法：不仅将"一沙一世界"的思想浓缩于单篇故事，而且尝试建立起小说与小说、小说与诗歌和散文之间的互文关系——读博尔赫斯不能读单篇，一定要读全集。比如，两篇小说的背景和故事完全不同，但一篇当中的人物或者某个梗却会在另一篇当中变位出现；在散文当中给某篇小说以一种解释，而另一篇小说又沿着这种解释写下去。他的作品正是这样彼此互相指涉，如同山中有庙，庙中又有假山盆景，道士到了夜晚，就在盆景的大海里降妖除魔——这是中国式的魔幻故事，只不过，博尔赫斯将布景换成了阿根廷。

像藤蔓一样，博尔赫斯的故事不断延展，能展开一千零一夜。文学研究者习惯将作品称为"文本"(text)，正是因为它显示出了作品的藤蔓性质：一部作品不是写完读完一次就行了，而是每次打开时，阅读的场景不同，读者不同，阅读的方式不同，作品本身就会被改变。博尔赫斯说，他的作品是结构语言学家的狩猎场，每一次被读就又被修改一次，这是**文本的联动宇宙**；它通向古今东西的各种哲学和神秘学流派和民间传说，甚至世界文学的经典情节融合在一起，构成了一座超级镜迷宫。

许多年前，人们尚且惊讶于博尔赫斯的写法，而今天，我们则眼看着这种写法成为日常性的虚拟现实：一个梗可以在各种平台上被反复改装，各种类型文学也早已有了各自的文本宇宙，它们借着 IP 文化的助力，不断生成裹挟着商业、故事和梦想的龙卷风。在这片资本汪洋里，推理圈的宇宙们（比如电影《唐人街探案》系列的"唐探宇宙"）还只是小浪花罢了。

博尔赫斯的宇宙里，独独缺少资本的气息。他在生活中深度介入彼时阿根廷的政治现实，其作品的真正目标却仍是展现他的世界观。《虚构集》《杜撰集》，听上去如梦如幻，却并非虚无主义：博尔赫斯讲，现实虽然像梦一样虚幻不实，但"做了梦"这件事可是真的。而且，梦境是有规律的，每一个单独的事件、个体与超验的真理之间都有一种神秘的应和，这是博尔赫斯的作品真正带给你满足感的地方。

这种万物关联的世界观与西方古典哲学当中的斯多葛派理论非常接近，同时，博尔赫斯又对中国和印度的哲学相当迷恋，同样是因为世界观方面的天然亲近感。我们在《西游记》和《红楼梦》中都能看到假作真时真亦假，葫芦里面能装天，而博尔赫斯的文本宇宙也正如佛经所言："是故于中，一为无量，无量为一，小中现大，大中现小。"他的作品没有决定论式的单一答案，却有终极的世界答案：世界一定有法则可依，只是显密不二，答在问中。

文学天才并非总是怀才不遇。博尔赫斯足够幸运，在二十世纪三四十年代处于政治高压中的阿根廷，年轻的他已受到文坛同人的一致拥戴。他们联合推翻了权力者把控的文学奖项的黑幕，逼迫作家协会承认了这位青年作家在全国文坛的霸主地位。1946 年，博尔赫斯因为批判庇隆政权，被当权者赶出了所任职的图书馆，官僚们侮辱性地任命他为市场上的家禽稽查员。所幸他的作家同行又一次集体拥戴他，让他当选作协主席。1955 年庇隆下台后，博尔赫斯担任国立图书馆的馆长，一直到他晚年双目失明。

书籍是博尔赫斯身体的组成部分，失明后，他仍然离不开书，一闻到书的气味，就感到亲切。晚年博尔赫斯最遗憾的一件事，就是没能来到心心念念的中国。他对于中国传统的生死观或许正是通过这首诗映照出来：死亡是活过的生命，生命是迫近的死亡；生命不是什么别的，而是闪亮的死亡。

在沉思录一样的随笔集名作《声誉》里，唐诺先生讲过这样一个故事。1975 年，另一位著名的拉美作家马尔克斯厌恶当时智利的皮诺切特独裁政权，遂公开宣告，在该政权下台前，他将无限封笔。这是所谓的文学罢工：谁要想看我加西亚·马尔克斯的小说，谁就要为这个腐朽政权的坍塌助力。

马尔克斯哪来的自信？《百年孤独》售出了五百多万册，而独裁政权人人喊打。然而，在文学声誉和世俗权势的正面决斗的战场上，伟大的文学艺术仍然失败了，而人人鄙视的政权却依旧赢了。

对比博尔赫斯赢过专制政府的生平事迹，你会发现，马尔克斯的失败其实更常见：作家个人无论取得怎样至高的荣誉，也无法真的战胜那些暴力、阴谋和权术。为什么？这是一个需要毕生思考的谜题。

身为图书馆的馆长，博尔赫斯相信，世界就是一本书。与其说，这是书呆子的幻想，不如说，它仍然指的是这样一些真理：生活就是由认知组成的。我们并非活在身体里，而是活在对身体的反应和判断里；我们建立起了一套关于成功和失败的标准，然后与之生死相随。表面上，我们是在现实世界中博弈冲杀；本质上，却只是在观念当中博弈冲杀。而一个社会、一个时代的大众认知的建立，离不开特定书写者的传输。每一本书背后，都是活生生的人类心灵；安静的图书馆或许是世界上最拥挤吵嚷的地方，充满了无声的厮杀与争斗。

世界本身是一本书，这在世界文坛上是相当典型的浪漫主义观念。法国伟大的文学大师福楼拜也曾经在他的长篇小说《布瓦尔和佩库榭》里展示世界本身。他用编辑百科全书作为情节主线，来讲述认知的牢笼是如何困住了人类。这部写于十九世纪七十年代的巨著并未完成，但就其主题——百科全书而言，"未完"或许更妙。

博尔赫斯则喜欢用已完来写世界的未完。他的世界图书馆思想将切斯特顿对神秘主义的爱好彻底铺展开来，并与日本的奇幻作家和思想家涩泽龙彦、电影奇才寺山修司等人相互呼应，甚至启发了时下流行的克苏鲁文学。此外，博尔赫斯对日本推理作家阿刀田高和北山猛邦等人也有影响。北山写过《千年图书馆》，而阿刀田高也在他的短篇当中深情而恐惧地写道：图书馆里，所有的书都在低声交谈。

博尔赫斯热爱神秘学，他说，因为他在自己的生命当中，总是能感受到冥冥的宿命指引。他还说，在自己年轻的时候，在写下第一行文字之前，就有神秘的感觉，知道自己的命运一定是从事文学。正像佛经上说，一个罗汉有了神通，再去看三千大千世界，就像看一枚掌中的果实。被任命为国立图书馆馆长的时刻，他写了诗："我心里一直都在暗暗设想／天堂应该是图书馆的模样。"

艾柯：把世界当作符号

> 一个符号越含糊难懂，就越受重视，越有魔力。

> ——安伯托·艾柯

在这几位引领现代解谜潮流的作家里，这位更年轻：他是切斯特顿和博尔赫斯的综合版，也是可以给通俗文学直接进行学术手术的神奇人物；他的作品，既能带给诸君本格推理小说的阅读快感，又具有博尔赫斯关于宇宙和存在的本体论野心。这位神奇的人物，就是我们多次提到的意大利符号学者和小说家安伯托·艾柯（Umberto Eco，1932—2016）。

与切斯特顿和博尔赫斯不同的是，艾柯是写长篇小说的。他的作品量少而质精，《玫瑰的名字》《傅科摆》《昨日之岛》《波多里诺》都有侦探推理的成分，其中最负盛名的，还是我们多次引用过的《玫瑰的名字》。艾柯快五十岁时已是颇有名气的大学教授，他的一位编辑朋友正在策划一套由业余作家书写的侦探小说。艾柯说，我不会写侦探小说，但是如果要我写，我一定会写一部长达 500 页的中世纪僧侣的故事。回家之后，他就列出了一份虚构的僧侣名单，脑海中也出现了一个僧侣被毒杀的画面，于是，这部名作的创意之路就一发不可收了。

《玫瑰的名字》是艾柯的小说处女作，1980 年一出手就获得了意大利两个最高文学奖，销量超过 1000 万册，是既畅销又保持了纯文学高度的出圈型侦探小说，也是集侦探、哲学、历史和艺术知识于一身的超级文本。我常常想，如果切斯特顿穿越时空，再把短篇发展成长篇，就可以跟艾柯组合出道了。

小说讲中世纪某修道院的僧侣们因为探索被正统教义所封禁的知识而遭到连续谋杀，负责调查事件的是一个博学多闻的教士——这是典型长篇本格推理小说的情节设定。艾柯显然没有满足于谋杀案本身的猎奇趣味，而是运用了丰富扎实的中世纪史学知识，将这一连续杀人事件与基督教神学当中的玫瑰骑士和寻找圣杯的梗结合起来。侦探推理界有一个炫学派，喜欢在故事里大篇幅地展示学识，《玫瑰的名字》也在其列。好在，它将学问和谜题的关系处理得相当和谐，尽管普通读者仍会有阅读困难，但这种"难读"并非来自故事表述的技巧处理（这只能怪作者），而是来自故事的主题和内在含义（读者把知识水平继续提升就能解决啦）。

第一次写侦探小说的艾柯，为什么能如此熟练地掌握其叙事策略？我想，这是因为，他是一个真正的符号学家：怎么讲故事，怎么跟读者较量、游戏，怎么让读者走出一座迷宫又陷入另一座，怎么最终赢过读者，都是他再熟悉不过的套路了。

符号学有这么神奇？在这里需要补充艾柯的成长经历。他生长在意大利一个世代热爱读书的贫穷家庭，从祖父、父母到他本人都有强烈的阅读渴望。父亲读不起书，就在书摊前面站着读一本，直到被摊主赶走，再去下一摊位找到同一本书接着读。天生的读书种子却没书读的遗憾，总算在艾柯成名后解决了。

这真是一个励志的故事：一个穷书生梦想成真，变成坐拥五万册图书的国王。当艾柯有能力去购买书籍的时候，却发现自己的爱好非常分裂：一方面，他喜欢那些最前沿的实验文学和先锋艺术，另一方面，又爱通俗的大众文化，包括漫画和侦探小说。人格本来就有很多面，能同时爱上最高级和最通俗的东西；但人的精力始终有限，雅俗也并非总能共赏。当艾柯困扰于这种分裂的时候，就开始研究符号学了。

符号学不仅可以弥补一个人在追求高雅文学和渴望通俗娱乐这两种欲望之间的心理鸿沟，还能帮助第一次下海写小说的人技惊四众。这学问有这么玄吗？我想起本科时上电影课，老师让新生们阅读李幼蒸先生的《理论符号学导论》，我百思不得其解：看电影为什么要学习符号学？多年以后才发觉，原来是因为，我们的身心世界一直在不断做着翻译符号的工作。看电影也是一样：我们所看到的，并非真正的人物和故事，只是光影跳动的能量流，只是我们的文化成见沉淀在感知当中，让我们在内心自动地把图像和声音翻译成某种意义而已。事实上，人类本来就依赖解读符号才能建构所有的故事，创造意义和价值判断。所以，第一电影符号学和第二电影符号学等理论体系，的确是深入理解电影本质的基础。

在符号学家心中，万物都是符号。从天上的星座到你谈恋爱和养孩子的方式，本来就只有在符号体系中才能成立，也自然可以呈现和表达为另外的符号；就连人本身也是符号性的存在。要想成为侦探，就要明白一种观念：重要的不是这个人是谁，而是（他）对（谁）来说呈现为（什么）。就像我通过文字传达信息，我这个人对于读者诸君来说，就只是一个名字＋文字的符号聚合体。归根结底，符号学的研究对象，是所有信息传达和聚合的方式。

因此，符号学好处多多：就写作侦探小说而言，你可能会缺乏生活经验、文字的组织能力和描述能力，但我保证，你再也不会缺脑洞了：世界对你来说将无限敞开，没有一堵认知的墙壁可以挡住你建构符号联系的脚步。你会自然地发现并起事物之间的关联，会迅速地把陌生的新事物加入某个合适的、已知的符号体系当中去解读。在艾柯的几部重要的文化史著作如《无限的清单》《美的历史》《丑的历史》当中，可以清楚地看到符号学家的博物学野心。中国的易学也是这样：比如李朋刚的《西游解读》，就是从易学角度重新阐释了《西游记》，在中国的符号学思维观照下，这个经典文本也成了宇宙密码。

艾柯认为，符号学最让人兴奋的魅力就在于把**不同层次**的文化统一起来，任何大众传媒的产物都可以是符号分析的对象，这样一来，困扰他已久的分裂爱好就得以解决了——在符号学家这里，还真的没有雅俗高下之分。

警惕艾柯的欺骗

注意，艾柯不但是符号学家，还是其中的佼佼者。这意味着他不但具备脑洞，还具有超强的笔力：懂得如何利用语言符号和人们的知识成见去搭建能够迷惑读者的真实感。他的信条是：越是虚构的作品，就越需要让读者产生真实感，所以，他会以难以想象的严格态度去经营作品中的世界。在写作另一部小说《傅科摆》的八年期间，他会把日常生活的所有细节都与正在构思的故事搭上茬，走在街上，看到这辆车、那棵树，都会想方设法对它们进行叙事编码。这是符号学家的职业病：万物总相连。

因此，阅读艾柯的小说，一定要提高警惕：他的假故事写得太像那么回事了。这有赖于他的时间编织能力和空间描述能力，以及一本正经运用真材料编造谎言的能力。把《玫瑰的名字》搬上银幕的导演乔科摩·巴蒂亚托曾经说过，艾柯的小说有严格的场景感和时空感，当他写两个人在修道院走廊上边走边说话时，设置的走廊长度和人物对话的时长是完全相符的，这令导演的改编省心无比。

小说家和写作教育家许荣哲有一句话，可以概括这种创造逼真空间的特征："每一间星巴克都不一样。"在叙事类文本中，环境描写不是贴一个地点标签就能完工的，除非你有阿加莎那样以对话和简约白描来填充叙事空间的笔力。读完一部小说最糟糕的情况是：读者对刚才的故事毫无画面想象。成功的写作，需要让读者对故事时空有一种强烈的信念感：把舞台搭好，人物就会自动活跃。

这正是艾柯小说所呈现的面貌。他的作品数量虽少，却部部都以上帝创世般的精力，凿凿为读者搭建结实的虚拟世界。读者可能并不知道小说家花了多少工夫，但豆腐渣工程和质量一流的建筑带来的居住体验却天壤之别。

在如建筑学家一般构筑幻想空间的能力上，艾柯与他的意大利同胞卡尔维诺很像，与切斯特顿和博尔赫斯的风格则有所不同。仍然用画家的风格作类比：切斯特顿描述事物的方式，会让你想起透纳的风景画和凡·高、莫奈等印象派，博尔赫斯更加有宗教的图式色彩，如曼荼罗一样精致，而艾柯和卡尔维诺的作品则更像是超现实主义画家埃舍尔和马格利特的视幻图。我们聊过，超现实主义的风格是：有一种三维立体的逼真感，同时又会运用花招来自我解构，引发读者思考真实与虚构的关系。

作家和作品一起构成的超级文化网络，是全世界的共同财产。对这张巨网有敏锐感知的作家，便会从中提取出与自己笔下人物相似的元素。艾柯就说过，他觉得《达·芬奇密码》的作者丹·布朗（现实）就好像是从艾柯自己的作品《傅科摆》当中走出来的一个人物（虚构）——这句话本身就隐藏着真实与虚构的悖论辩证：说布朗这个真实的作家是他艾柯笔下造出的虚构人物，这种诡异的破壁感，就是超现实主义画家的典型腔调。同时，艾柯还很幽默地说，我怀疑丹·布朗这个人根本不存在。

这是一个符号学者的智慧：无论是真实世界还是虚构作品中的人物，都是自我认知的投射；真实和虚构，在符号学的意义上是平等的。若你还不相信，不妨去看几场超现实主义的画展，再对照推理小说，便会发现，擅长创造矛盾空间和互耦画的画家埃舍尔在何处欺骗我们，作家艾柯就在何处挖坑。

如今，很多电子游戏的创作团队也会为了加强其游戏世界观的真实感而费尽心力，甚至可能专门为故事里的世界创造一门综合了各种现存语言特征的新语言。艾柯正是如此：他将假历史和已知的真实史料相掺杂，产生亦真亦假的效果。没有受过文学理论训练的读者，可以先阅读张大春先生为《玫瑰的名字》所作的简短导言，再来读艾柯本人的小说自序，由此才算武装齐全。张大春提醒读者注意：当你在赞叹艾柯细腻、准确、翔实的描述和考证功夫的时候，就可能已经被骗了。

艾柯的文学观与怀疑论者颇为相似。他收集的东西方神秘学著作能堆到天花板，但他却对采访的记者说，他所收集的是他自己并不相信的东西。从犹太神秘教到炼金术到魔法，他真正感兴趣的并非这些书本当中的思想内容，而是看人类如何运用自己建构的符号去离经叛道，去撒谎，而谎言又如何撒着撒着就成真了，在他看来，这才是人性的迷人之处。

用一句话概括艾柯的观点，就是虚构能创造出现实。比如《傅科摆》讲的就是二十世纪七十年代，几个研究中世纪历史的学者和编辑为了炫学，与相信神秘学的爱好者开玩笑，将历史中流传着的众多神秘事件、人物和社团编织成一个天衣无缝的世界"计划"，"重写"和"改写"了世界史。为了让"计划"更为圆满，他们臆造出一个秘密社团，起名"特莱斯"。没想到，这些学者的故事编得太圆满，神秘主义者们竟然照单全收，真的组织了"特莱斯"，并在全世界搜寻那个假计划当中子虚乌有的"秘密地图"，还引发了一连串的暴力事件。

这种寻找圣杯的隐喻不断出现在艾柯的作品中，将他的小说和学术研究打成一片，试图告诉我们，推动人类不断前进和斗争的，正是一个个子虚乌有的梦想，对虚幻的热情追求也真的创造了辉煌的人类文明。艾柯第四部小说《波多里诺》亦是如此：主人公是个小骗子，混迹于神圣的罗马帝国宫廷，编造了一堆故事，结果激发了中世纪欧洲人对于亚洲的探险。艾柯说，这就像哥伦布对地球的认识大部分都是错误的，但他误打误撞地发现了美洲，并且改变了此后整个地球人的命运。

历史是无数的谎言成真，是各种歪打正着的结果，而当我们追索原因的时候，往往会找到一个孩子所读到的冒险故事、侦探故事、童话故事——好吧，艾柯会说，我们的历史就隐藏在童年的故事之中。正因此，真正处在文化顶端的作家并不会看轻大众文学的价值。艾柯认为，侦探小说是一群二流作家的天下，而衡量一个国家文学是否兴盛的标准，并不在于顶流作家的多少，而是要看二流作家群体是不是坚固强大，他们是一个国家文化的中坚力量。艾柯赞扬过黄金时期英国侦探推理小说群体的强大，间接地向英国文化表达了敬意。事实上，他对于二十世纪的通俗文化一向非常熟悉，还很喜欢看美剧《犯罪现场调查》《急诊室的故事》《警界双雄》等，最爱的作品则是倒叙推理名作《神探可伦坡》。

　　我很自豪能与他的爱好一样。

　　切斯特顿、阿加莎、博尔赫斯、艾柯，这些充满哲思、启发哲思的作家告诉我们，"性相近，习相远"：世界可以缩微为图式，因为人的本性相近，但生物的环境、习气却千差万别。文学家只有看到各种事物的边界，明白人类文化的差别，才能真正"从心所欲不逾矩"，无止境地创作谜题。一谈到读书之于人生的作用，我就想到艾柯的一段话：一个目不识丁的人只活了一种人生；而我却体会了拿破仑、恺撒、达达尼昂的多种人生。读书，直到生命终点，你得以体会无数种人生，这是项了不起的特权。的确如此：这些人尽管都活跃于二十世纪，却仍是君生我未生，隔着时空的距离。好在，因为跟书籍里无量世界的无量众生打交道，所以他们从不会觉得孤独。

伦理：沉重的谜题，天真的谜题

迄今为止，我们谈过了一些推理小说主题，如游戏、文学、怪谈、艺术……听起来都轻松飘逸，但实际上，它们都与沉重的伦理话题有关。

"伦理"这个词我们常常见到，也常常滥用。其实，它的重点仍在于**关系**：人在社会交往过程中所积淀下来的种种理念和原则，比如中国传统社会的五伦八德，在君臣、父子、兄弟、夫妻和朋友之间，你的身、口、意，应该怎样做，不应该怎样做，种种成文与不成文的规矩，皆为伦理所统摄。

有伦理的和谐，就有伦理的失范。虽然尼采宣布"上帝已死"，但现代侦探推理小说仍然继承了宗教传统当中的诸多伦理法则。在基督教徒心中，人类历史上第一桩谋杀案，是哥哥该隐杀死了弟弟亚伯——这场谋杀，就是典型的伦理失范。

纵观人类的历史，伦理失范的时代远多于和谐期。我们总是失望地发现，人类在作恶方面似乎脑洞无边。据日本博物学者、作家涩泽龙彦考证，投毒行为有着悠久的历史传统。古埃及法老就将长期微量服毒而有了免疫力的美女送给政敌以实施间接毒杀；欧洲文艺复兴时期，投毒更被当作权谋术数的艺术而普遍存在。人们"将粉末状毒药藏在戒指的宝石部分，趁对方不注意撒入饮品中；将液体状毒药涂在针尖上，趁握手时刺入对方的皮肤；在对方会接触到的卡片、钥匙上，事先涂抹毒药""手套、长靴、衬衫，甚至书籍都可以染毒。""蒸汽也经常被用于投毒，阿维尼翁教廷的克雷芒七世，就因为吸入火把中的砷散发出的毒气而死。"（《毒药手帖·古人早已知》）尽管那时代的人都声称有宗教信仰，但从著名的波吉亚家族到拜占庭帝国的女皇，都把投毒这种为教义所不许的渎神行为当作家常便饭。而从莎士比亚、福楼拜、大仲马到雨果，作家们也在文学名作中留下了大量的毒杀情节，给后世的推理小说家制造了数不清的素材。

那些由伦理失范而引发的犯罪故事，总是将镜头聚焦于某人选择走上不归路的那个心理瞬间。如中山七里的社会派和本格派融合名作《连续杀人鬼青蛙男》中对青少年犯罪、日本刑法第三十九条关于精神病患不予定罪的讨论很深刻，但更具冲击力的，却是被害者和加害者心理身份颠倒的瞬间；又如推理漫画《金田一少年事件簿》当中的《飞弹机关屋杀人事件》，凶手的犯罪动机令人不寒而栗，让我不禁想到了唐诺先生的一个观点：君臣、夫妻、兄弟、朋友……任何社交关系都可以因为理念不合而割席，但父母和子女却不能。亲子之间的冤孽纠缠，是人类终生难以摆脱的梦魇。

既然伦理之本质系于自我与万物之间，它自然可以呈现于任何人、事、地、物之中，有人伦，有天伦，即便是身体也有其伦理。在由慈禧太后身边的宫女讲述回忆，现代作家金易、沈义羚记录编纂而成

的著名纪实小说《宫女谈往录》中，慈禧太后就认为上半身的地位要
比下半身高，并就此制定了清洁品和清洁方式的严格细则。再比如，
头发和指甲。它们最能显示出人体自我更新的特质，因此，常常被用
来展示生命当中的戏剧性转折：成人礼、恋爱、婚嫁、社会革命和死亡。
发式的改变往往能唤起群体强烈的情感应激，牵带出很多重要的领域，
包括宗教、时尚、性别、种族、民族、革命、战争……在这些领域中，
身体部位实际上就是伦理符号，在人类建立自我圈子、排除异己的心
理需要中默默地发挥作用；很多时候，只有通过考察这些符号所代表
的伦理关系，我们才能够确定自己是谁。比如，密码就是标识伦理关
系的符号之一。从《阿里巴巴与四十大盗》等传统民间故事到《哈利·波
特》这类现代奇幻小说，密码情节无处不在。英国学者马丁·保罗·伊
夫说，密码是一种排斥系统，只有在一个强烈需要区分自己人和敌人
的社会环境当中，设置通关密语才是必要的。我们既渴望与他人交流，
又对他人充满恐惧，正是这种矛盾，让输入密码成了日常行为的一部
分。而密码所蕴含的伦理陷阱则在于：它会把我们"所知道的信息是
什么"和"我们是谁"这件事相等同。这种在身份与信息、所为与所
是之间微妙的混淆，是推理小说与科幻电影常用的伦理情节，如大山
诚一郎的短篇小说《F 的告发》和《C 的遗言》、菲利普·迪克的短篇
小说《少数派报告》、阿加莎的《密码》、麦家的长篇小说《解密》等作，
都会让我们想到：如何去定义一个人？

　　伦理问题最终指向"我是谁"的界定。认清了这一点，才会觉察
到故事的伦理功能。比如，考察人与非人的关系，我们便会想到人工
智能和基因工程所引发的伦理问题。人与 AI 的根本差别在哪里？是
否应该拘泥于生物学的定义？

　　我想，这里的重点，应在于 AI 是否具有自我意识。故事是看主

体如何在困境中选择，人工智能的发明正是为了解决人类的困境。但是，对于 AI 来说，有"困境"这回事吗？

在日本新本格派作家早坂吝的轻科幻推理小说《侦探 AI》和《犯人 IA》当中，电脑中的人工智能按照人类的伦理划分敌我，实行犯罪、解谜和惩罚，俨然已是人类；然而，它们虽有不同的性格、目标规划和行为方式，其动机却并非出于人类的得失心，而是来自它们的人类创造者所赋予的计算模式。

这样，我们又来到了"算法"这个词。今天的人工智能基于大数据的算法逻辑分配，就如那些兴趣推荐引擎一样，早已为你量身定制个性化服务了。但别忘了，机器不会担心，人却会；算法推荐最优解，但人却并非总是按照最优解来进行选择和判断。机器记录的只是反馈，却无法确切知道人的下一个选择是什么，硬币抛出，正反概率还是百分之五十。同理，不论某篇科幻故事里的人工智能如何善于思考，只要它们没有自我保护的心态，就无法称之为真正的人；反之，如果它们产生了期待和恐惧，哪怕其外表仍是钢铁或虚拟影像，也仍然不能否认：在这个故事里，它们实际上已经是生物了。

由此，我常常想到那部讨论基因工程、克隆人伦理问题的杰作——诺贝尔文学奖获得者石黑一雄的长篇科幻推理小说《千万别丢下我》（*Never Let Me Go*）。故事写道，主人公在成长的过程中，逐渐觉察到自己所过的群体生活有不对劲的地方，经过艰难探索才发现，原来他们就是克隆人，从小被圈禁在指定的环境中，在信息茧房里并不清楚自己是谁。他们作为次级人类被圈养和教育，长到了一定年龄，就要被运送到其他地方，为人类提供器官，直到自身因为各种并发症衰竭而死。故事题材并不新鲜，悬疑性却并未消减——故事让读者和部分人物所知保持同步，"我是谁"是需要共同探索的谜团。当我们和人物一起得到答案的那一刻，痛彻的绝望瞬间涌上：人类明明早已预见到对科技的滥用会带来如是荒谬的伦理后果，为什么仍会执拗地走上这条路呢？

"杀死一个小女孩"

伦理议题的范围虽广，但万变不离其宗，都是在划定自我与他者的界限；而伦理议题的重心，则在于主体应该怎样界定和选择，才能够既让自己舒服，也最大限度地让他者、社会和自然和谐美满。

然而，得先把答案放在这里：人类社会发展至今，这个目标从来没有圆满地实现过。

伦理和谐的难度在哪里？

学者邹振东在《弱传播》一书中，转述了俄罗斯作家陀思妥耶夫斯基的长篇小说《卡拉马佐夫兄弟》里的著名对话，大意是：

哥哥问弟弟：假如杀死一个小女孩，能拯救全世界，可不可以这样做呢？

弟弟想了一会儿，坚定地回答：不可以。

——我们都能明白。显然，对话是借小女孩这个最易唤起怜爱感的柔弱形象为喻，来传达一种普世性的伦理观：每一个个体的生命都平等而可贵；以牺牲少数来拯救多数，并非总是正义的伦理选择。

到这里，似乎没什么好解释的。但邹先生却提示我们：如果把这段对话中的小女孩替换成其他的主体，会怎样呢？

我来尝试一下：

杀死一个家暴妻儿的男子能拯救全世界，可不可以这样做呢？

杀死一个午休期间在居民小区里大声播放流行音乐还不听劝阻一

意孤行的广场舞大妈，能拯救全世界，可不可以这样做呢？

　　杀死一个种族主义纳粹党徒能拯救全世界，可不可以这样做呢？

　　……

　　看，我们不过是替换了喻体而已，要传达的本体理念——每一个个体生命都平等而可贵——并没有改变，不是吗？柔弱的小女孩也可能成长为不守公德的广场舞大妈或者纳粹党徒，不是吗？

　　然而，不管在逻辑上怎样推导，该公式都无法顺利地逆推回去：当把小女孩换成其他的个体，便不知有多少人开始在心里悄悄举手说：我觉得可以！

　　——这就是伦理的难题之一：抽象的普世价值如同白纸，而为它染色的总是具体的生命。《水浒传》作为一部著名的"仇女传"（因为有数位因婚姻伦理上的"罪"而被男性处以惨烈私刑的女性），其在道德伦理上的男性胜场就离不开故事中的具体人设。矮小丑陋的武大郎是忠厚老实人，仅凭这一点，就足以让后世观众即使明知潘金莲在这段封建婚姻当中遭受了巨大的不公与痛苦，也会更加倾向于大郎和武松。

　　由是，当我们讨论什么时候暴力行为是正当合理的，什么情况下一个人应该被宽恕，什么情况下人们能接受复仇等问题时，一个总是容易被忽略，却从来都内在其中的要素就是设置主人公——说苍蝇是害虫时，苍蝇自己肯定不这么想。我们必须明确，某个规则、某种身份，是相对于哪个时代语境当中的谁而言的。

故事过度运转了

　　可见，讨论推理小说中的伦理问题，还是离不开时间和空间。从时间来说，现代侦探推理小说创立新范式的时期，基本上都在伦理失范时代，比如"二战"期间和日本战后的混乱时期。我们常常会听到这句话：这是最好的时代，也是最坏的时代。如何理解它呢？

第一个角度仍是真实与虚构。这组关系在"纪实"中聊过，在"游戏"中聊过，在为本格派辩护时也涉及过。而今又重提，因为在伦理这一维度下，更能看清这个话题的深刻性。

现实不是小说，但今天的人们理解现实，却如同理解小说。不知你是否意识到了，仅仅是这一点，就会引发伦理的悲剧和困境？比如，我们曾提到故事里的反转频率和时机问题：反转不能太频繁，否则，读者会觉得厌倦。其实，这不仅是指在"故事里"。现实的新闻舆论效应也一样：公众的注意力只集中于"高潮"，此后的反转点如果太多，甚至开启了"续篇"，原本已分出胜负的舆论场便可能发生翻天覆地的变化。比如，在刘鑫（现名刘暖曦）与江歌母亲江秋莲长达数年的官司中（注：即江歌案。2016 年 11 月 3 日，24 岁的留日学生江歌为保护好友刘鑫而被刘的前男友连砍数刀而死。该案中有诸多证据细节模糊之处，引发江歌母亲与刘鑫长期的法律与伦理纠葛。该案被认为挑战了人类的伦理底线，因此广受社会关注。）一直获取多数人同情的江秋莲，却因为案件拖得太长——注意，这里的"太长"，是基于观众看电影和小说时的心理节奏，而非现实中的法律程序而言——而开始引起人们的反感。"我烦了，这人怎么一直在占用公共资源？""这瓜又臭又长什么时候结束？""这女人怎么还在博眼球赚同情？"这些情绪化的判断基本与事实信息无关，仅仅是因为看腻了而已。但是，这些旁观者的判断却往往会影响接下来的事件走向，甚至真正改变当事人的命运。

这种形态的伦理失范，是现代社会独有的。别忘了，侦探推理小说是随着现代新闻业一起发展起来的，正是这一行业让越来越多的案件得以曝光，也让公共舆论场变成了破案过程中难以忽略的节点。比如，由阿加莎同名小说改编的法庭推理电影《控方证人》中，经典的阿婆式人格扮演技巧并非故事主要的爆点，故事的反转高潮实际上来自舆论的反转。这同样让我们回顾"叙诡"这一话题：《罗杰疑案》的叙述性诡计之所以在思想界引发了重大的反响，正因为它让学者们意识到，谁在说话，在怎样的位置上说话，可能会比说的是什么更为可疑。在罗生门的时代，众声多议并不意味着走向自由和民主，反而可能被权力所利用：舆论控制的一个有效方法，就是将发言者打成推理小说中的"不可靠叙述者"。你之前的一些猜测是错的 = 你本人说的都不可靠 = 你的主要观点自然是错的———一条伪逻辑链就这样形成了。

　　侦探故事设定对现实的入侵，是一种**故事过度运转**的悲剧：让子弹再飞一会儿！一定还会有反转！……当观众们适应了"设定""套路"这样的词、将故事逻辑完全等同于现实逻辑、对所有未知信息赋予故事的节奏和人设、对个体的局部经验进行故事化时，就构成了新的现实走向：我早知必有反转！早说过她是这种人！……

　　现实中的事件没有真正的开始和结束，它是无尽的波纹，无头无尾，空中生有；但故事却要有开端、发展、高潮和结局，如同钟表的拟声词"嘀"和"嗒"，是人为制造的开始和结束。但将两者混为一谈，正是后真相时代一个极为显著的伦理失范特征。下村敦史的《同名同姓受害者协会》正是如此——几个与杀人嫌犯同名者在现实中受到了歧视或霸凌，他们组成了互助联盟，希望能够从舆论的误伤中摆脱出来，然而事情却没有想象的那么简单。

　　在这个屏幕时代，人们像阅读推理小说一样旁观现实中的谋杀事件，像观看灾难电影一样去看新闻纪录片里的灾难视像。如火山的爆发，对于远方安全（即使在环境上一定会遭遇全球的蝴蝶效应并共同承担后果）地区的人们来说，与在电影中看核弹爆炸一样，与其说是共情，不如说是崇高美学的视觉震撼奇观——大自然面前，人类真渺小！

这当中，伦理失范体现在哪里？那就是：当我们把别人的灾难当成故事时，或许很快就会感受到故事扑面而来的越界——越过我们由欲望组成的想象界、由语言符号组成的象征界，来到了我们自己会痛、会哭、会天地无应的自身处境的当下，在拉康精神分析学的术语当中，我们管它叫：实在界。

不再诗意，不再快意

今天，虚拟平台遍布世界，人们用手机就能扮演安乐椅侦探或完美罪犯，足不出户，以言杀人。许多人心中的英雄与电子游戏当中的玩家扮演角色一样，是那些能够不露痛苦和同情地在短时间内杀死更多人的凶手。而在这科技之形的背后，真正起作用的，仍然是现代人的焦虑之心。我们曾探讨过芥川龙之介写于二十世纪初期的短篇小说《六宫公主》。该作借喻古人之作，实际上讲的却是失去了传统价值保护的现代人的焦虑、无助和平庸之恶。现代公民社会的特点之一，就是制造了流动的现代性。人们从原有的传统伦理关系当中解放出来，更强调自我的个性、更自由了，但另一方面，这份自由也意味着要承担更多的风险，且，一旦失败、失足，也没有太多诗意的解释，或者一个完整的、类似于快意江湖这样的文化想象空间来安慰和支持你。从某种意义上，我们可以把法律当成一种硬化的制度来看待，而江湖是一个想象性的柔软中介，一个精神上的美学栖居空间。这种空间在现代社会中正在加速缩窄：过去，一些行为在文学叙事中可能被解读成替天行道、行侠仗义，在今天，则更多地被解释为恐怖行为或者精神崩溃。

当然，并不是说过去的伦理关系和由之而来的江湖想象在现代完全失效了，而是说——它碎片化了。举个例子。值得同情的罪犯和法外容情的侦探，是侦探推理小说常见的情节设置。在阿加莎著名的《东方快车谋杀案》中，大侦探波洛最终选择提交一个假的破案版本给警方，放走了真正的凶手。这种处理是典型的爽文特色，也呈现了作者阿加莎的伦理态度。她认为，杀人行为是不可轻易触碰的红线，越界者是很难回头的。但是这一回，被害者的行为畜生不如，罪犯实在值得同情，读者便会对侦探的放水拍手称快。此外，犯人的数量设定除了创造解谜的震撼效果之外，也有效地减轻了个体的愧疚感。

以某些特定的情节来消除伦理上的负罪感，是类型小说常用的方式。特别是对恶人快意恩仇的情节，总会引发读者对罪犯的同情，这种设置，也正是基于在现实中向善的难度。人们习惯将罪恶捂起来，像乡下冬天冰冻的粪坑，表面光滑，内里肮脏。而推理小说让理性逻辑之光去钻探罪恶，使罪的污垢至少在文学象征的意义上，能如一摊水一般融化掉——这是小说为我们提供的象征性抚慰。

然而，有些罪恶感是无法消解的。许多作家都书写过侦探本人成为罪犯的悲剧，比如阿加莎的《帷幕》就讲述了笑傲一生的波洛自己的苍凉结局：彼时，他风烛残年，却不得不亲自杀了一个人，之后留书自杀。

究竟是怎样无法原谅的罪行，能让大侦探不惜彻底背叛自己的职业信仰？阿加莎认为，这个故事里的罪人要比《东方快车谋杀案》当中的死者更加可恶。他煽风点火、诱惑他人去犯罪，用当今网络用语来说，就是热衷于带节奏，利用人性的弱点制造悲剧，自己却躲在幕后窃笑。这是一种极端的伦理失范，但在那时的英国，却没有任何法律能够惩罚这类人。波洛知道，此人的心灵已不可救药，只要他活着，就一定会引发更多的惨剧，只好以私刑处决了他。

法外容情或非法私刑，正是传统江湖伦理的一种变体，显示了现代私家侦探和律师等职业在法与情之间游走的灵活性。但波洛之死却是一个无法消解伦理症结的故事，作为阿加莎创作的波洛系列在时间线（而非发表顺序）上的终章，它不仅显示了作者面对社会现象的无力感，也是"快意恩仇"燃烧后的灰烬——从那以后，欧美推理小说很少再有如此鲜明立体的安乐椅侦探 IP 了。那些讲述黑暗组织和热血侦探对抗的本格推理故事越来越游戏化、轻小说化、漫画化，因为不如此就会显得有些滑稽：在现实中，我们很难继续给当今的各种组织、行会以浪漫的命名，也再难以将它们放在一个如江湖和绿林般完整有机的文化想象脉络当中去看待。现代犯罪团伙没有江湖这个诗意阐释的支撑，也令侦探这个具有浪漫色彩的角色越来越尴尬，就连二十世纪九十年代最著名的本格推理漫画《金田一少年事件簿》，到了几年前连载续作《金田一 37 岁事件簿》时，人到中年、成为公司中下层挣扎的普通职员的侦探金田一已不再热血地高喊：赌上爷爷的名义，一切谜团都解开了！而是小声抱怨着：我只是个一事无成的打工人，一点儿也不想破案。

本格派如是，社会派小说亦然：从一开始，他们就在创造无的放矢的犯罪和无所适从的侦探。从布洛克到钱德勒，社会派作家的主题一直包含着一个实际上更简单和残酷的人性论：法律有其红线，真相之剑可以出鞘，人心却始终是无底深渊。在著名的法庭推理电影《十二怒汉》（1957）中，十二位陪审团成员讨论一个被指控杀害了父亲的贫穷少年的罪名是否成立。起初，十一个人都凭着对现有信息的模糊印象，不假思索地认定少年确实杀了人，唯有一人力陈疑点、拼命劝说大家再耐心地求证一下、再多讨论一会儿。渐渐地，成员们从起初的固执强硬和先入为主，到后来逐渐意识到陪审员所担负的对他人生命的沉重责任。该作诚恳地讨论了阶级、种族、地域歧视；少数与多数、个人与制度、中心与边缘、法律和情感、责任与权利……到了影片的高潮，观众会对这些议题感同身受：要改善人类的伦理关系，避免伤害，需要一种基于尊重生命的共识、讨论问题的耐心以及对他人心理的洞察力，需要心怀慈悲、平等和包容——而这一切，不仅是侦探的能力，简直是菩萨的能力！

这是一部闪耀着理想主义光辉的社会派推理电影。它为我们创造了一个有演讲者、有听众的舞台，从起初的嘈杂，中期的激烈争辩，到人们彻底被理性和实证的思考迷住，当每位陪审员化身侦探慷慨陈词之际，他人都安静聆听。而在现实中，即使真的有那么一位尝试去说服众人的勇士，我们又是否能像剧中的那十一位那样，愿意耐心地去倾听呢？

科层制、命名和标签

进入现代，还有什么令本来复杂的伦理议题雪上加霜？

比如，那个曾在"谍战"主题下频频出现的词、现代人系统性异化的代表符号——科层制。之前提过，博尔赫斯用现代主义文学大师卡夫卡笔下的著名意象"城堡"来讲述他对切斯特顿的看法。城堡的象征含义丰富而隐晦，其中，至少有一个较为浅显通俗的解释，就是对科层制度的批判。

早在二十世纪初，卡夫卡就深深地感受到，进入到现代，无论是打仗、工作、恋爱还是死亡，我们所面对的往往已不是活生生的肉体的人，而是无数的系统和平台。走程序，成了日常生活的基底。

这一现象在伦理上有怎样的后果？重点是：一旦利益受到伤害，你很难找到一个活生生的加害者。虽然问题是这个系统或程序的创作者造成的，但你却无法来到他们面前发出质疑和怒吼，更遑论像古代的侠客一样快意恩仇了。

看，这比波洛的无奈选择更加糟糕。或者不如说，波洛的选择越来越难以想象了——我们直接面对的只是窗口工作人员或虚拟客服。这就是卡夫卡的小说《城堡》里的土地测量员 K 和城堡看守员之间的关系。K 要丈量村里的土地，却无法走进城堡与官员谈判，而城堡外的其他相关人士都不能为他提出的任何控诉提供回应或承担责任。事实上，一旦你伤害了看守员，你本人就成了一个不具正当理由的加害者。

于是，爬下波洛所终结的、具有旧日骑士风格的浪漫之悬崖，我们来到了卡夫卡指出的、进不去的黑暗城堡，在它的门上，又看到了陀思妥耶夫斯基那著名的伦理难题——在名为《罪与罚》的小说中，青年主人公像哈姆雷特一样思考着：杀死一个吝啬贪婪、无所事事的守财奴老太婆算不算犯罪？

命名问题，也就是出师有名的问题，才是伦理议题中最难以言说的深渊：当受害者去问罪的时候，却发现罪与罚没有具体的所指，甚至**罪者不知何罪，罚者不知何罚**。

在陀思妥耶夫斯基和卡夫卡那里，伦理的难题已经由"原罪"进化为"元罪"，它突破了社会热点矛盾的表层，来到了更深刻、更抽象的层面。并不意外：在推理小说的派系中，对于这一层面的描述，以本格派推理居多。

　　本格派和社会派在引发伦理思考时，起点位置不尽相同。在社会派小说里，人的社会困境常常是情节重心，比如叶真中显的《绝叫》这一段就呈现了孤独死的问题：铃木阳子死了，死在独居的公寓里。正确来说，是铃木阳子在几个月前死了。因为发现她时，不但遗体遭到屋内的十一只猫啃食，连猫也全数饿死了。铃木阳子显然是孤独死的最佳范例，但这名女子为何落到这步田地？她的亲人、朋友、同事在哪里？她的人生轨迹又是如何？……

　　社会派对社会伦理议题的表达就是这样清晰明了。而本格派作家的解谜思路，则会令语言学家和哲学家从更抽象的符号层面去思考伦理问题。比如，《罗杰疑案》向后结构主义哲学家提供的不可靠叙述者，就被引申为一个具有颠覆意义的道理：人们对真实世界的认识，几乎约等于对语言的诠释。

　　在社会学里，这种思路被称作建构主义。知识就是力量，但知识的多少并不重要，重要的是掌握人类建构知识的方法。由于知识主要由语言来表述，建构主义便常常关注语言如何再现事件。学者和小说家们发现，人类基本的伦理难题都与命名和分类行为有关。孔子说，多识草木虫鱼之名，其深意就在这里：命名和阐释，是一种巨大的权力，"名正言顺"四个字会引发天下最拧巴的伦理悖论。历史上曾有许多野心家，自己做了天下最不守礼的窃国之事，却又发自肺腑地希望天下人都能守礼。

　　人不是词语就能形容的，但人却常会用词语来杀死人。这是言语的致命之处。社会科学家曾实验：将一些嫌疑人的照片给陪审团成员看，判断他们是否有罪，多数人都会倾向于以貌取人，哪怕有厚厚的实证材料，却很少人真的去翻阅和查证。一般认为，先有某一事实，然后才有对事实的描述、解释和评论，但建构主义正相反，它认为，往往是先有命名，才会出现与它相对应的事件。比如家庭暴力，一些人的字典里从没有它的位置：不以此命名，就意味着当事人或许从未将自己的行为认知为暴力；而正是这一点，会导致家庭暴力更加持久地存在。

再举一例：前文叙及的密码学专家伊夫在《密码：来者何人？》一书中提醒我们："身份盗窃"是当今金融交易中常见的用词，但仔细想想，盗窃的原意是指，别人偷了你的东西之后，你就失去了这个东西。而身份信息并非实物财产，在被人挪用后，当事人自己仍然持有这个信息。所以，与其用"身份盗窃"来描述，不如用更规范的词如"未授权访问"或者"身份欺诈"来描述。

这两种命名有何差异？伊夫说，如果使用"未授权访问"，用户会很容易意识到，导致信息泄露的主要责任不在自己，而在于交易所依赖的那个系统之漏洞。而"身份盗窃"则会有效地转移矛盾：对方会反过来指责你没有良好的数码习惯，比如杀毒做得不够，密码设置得太简单——总之，责任全在你自己。

这类语言游戏是机构与个人打交道时常见的修辞技巧，但往往遭到忽略：当人们关注"事实"的时候，总是忘了它是被语言加工过的。建构主义的思路能有效地帮助我们看到这类陷阱。如北山猛邦的本格推理系列作品《少年检察官》，主线故事设定在未来的世界，"解谜""谋杀"这些词已经被抹除，小说，特别是推理小说成了必须销毁的违禁品。一些人为了保护文学遗产，将过去的推理小说封在具有 U 盘功能的晶体当中，通过黑市等方式悄悄流通。而官方针对此组成了专门的特务机构，让少年检察官们去世界各地追杀携带书籍晶体或推理小说晶体的人，找到后，就将晶体彻底销毁。故事的主人公就是一个携带着父亲留下的推理小说晶体四处流浪的少年，他来到某村庄，发现当地发生了神秘的谋杀案，但是没有一个本地人知道何为谋杀。因为"谋杀"

这个词已无存，当周围发生了连续死亡事件的时候，没有相应的语言去描述这类事，人们对死亡的理解也非常模糊。在这种情况下，不同于传统的侦探直接去破解犯罪手法和寻找凶手，少年必须首先让人们认识到，什么叫作死亡和谋杀。

——这就是建构主义式的情节设计。作者设想：如果取消了对犯罪行为的命名，没有相应的故事去讲述人类是如何犯罪的，那么犯罪就会在现实社会中愈加猖獗。听起来很荒诞，但小说却有一种极为精当的真实感：它想表述的观念贯穿于人类的历史，尤其体现在二十世纪的两次世界大战和冷战当中。小说明显在影射法西斯主义的极权统治，引导人们从符号—命名的角度去考察法西斯主义的权力运行逻辑和其导致的伦理悲剧。在那时，纳粹国家的文艺领域，无论是小说、戏剧还是歌舞题材都一片光明，仿佛人类正处于最美好的时代。这正是文学世界给我们的伦理启示，也是文学的又一功能所在：如果你在小说里看不到尸体，那么现实里可能已经处处是尸体。

正是接着这句话，让我们再换一个角度，在伦理的话题下，讨论一下孩子这个主体。

童真的推理

国内著名侦探推理文学研究者华斯比先生，耗数年之功，在知名作家的短篇小说中精挑细选，终于编纂推出了一部严格意义上的针对童书市场的中国当代推理小说选集：《给孩子的推理故事》。该书的主题、目标，以及编者选择作品的标准和方式，无不指向一个看似单纯的问题：怎样的作品，才是"最适合孩子阅读"的推理小说？

以前，我从未想过这会成为问题——哪个孩子不喜欢解谜呢？作为天生的"十万个为什么",相信只要有机缘读到侦探小说,孩子就都会是侦探迷。事实上也的确如此:很多大作家在童年时代都是福尔摩斯的忠实粉丝,比如纳博科夫和博尔赫斯。尽管他们在成年后纷纷抛弃了这位大侦探,写出了远比柯南·道尔笔下更复杂迷人的故事;尽管生活从未严格按照福尔摩斯的基本演绎法或阿加莎的人性公式来进行,但意味深长的是:这些最好的作者都承认,正是福尔摩斯的侦探冒险,开启了他们一生的文学冒险。

或许也可以这样说:尽管推理小说是典型的成人文学,却生来就带着童趣,再严肃、再沉重、再现实的题材,只要有了悬念,有了谜题,就染上了一丝梦幻与童真。

所以,给孩子看推理小说,原本就是这样一件自然天成毫无压力的事情。但它怎么就在今天成了一个问题呢?

从《给孩子的推理故事》中的序言、书封后的宣传词以及编者选择作品的标准,我们可以看出一丝端倪:"本书严选华语推理界名家精品佳作,聚焦日常之谜,注重趣味性和正能量,旨在引导孩子的好奇心,锻炼其观察力、分析力和逻辑思维能力。""再次为推理小说正名:推理小说不是只有谋杀和凶罪,没有谋杀和犯罪的推理小说仍然可以拥有有趣的谜团和细密的逻辑,也能刻画人性,峰回路转,斗智解谜。""在确定要选编一本可供孩子阅读的推理小说选本时,编者首先想到的就是日常之谜类型。在保留谜团—解谜的基本框架外,这类作品的最终落脚点往往是亲情、友情、甚至是爱情,这非常适合亲子共读。"

看了序言,读了小说,以及编者在每一篇作品后精心配置的知识延伸解说,我的第一反应是拍手叫好:这样的编纂,这样的故事,即使是最挑剔、最敏感的家长也挑不出毛病来。

但接下来,开始觉得哪里不对了。

的确，所选的作品内容中没有任何暴力案件，甚至连一点负面情绪都没有，全部是积极、阳光、"正能量"的。选择先让孩子看到生活的积极面，也的确是人文教育的正途。

真正的问题，在于本书编纂过程中那份小心翼翼为推理小说建立安保系统的心情。我们知道，推理小说不一定要有杀人和犯罪，但我觉得，即使有也没关系。与我们这本小书一路相伴下来，相信诸君会感受到，读破案故事就会变成杀人犯是多么不值一提的谬论。回忆起我童年时的推理文学启蒙之作——那几本警察出版社编纂的"一分钟推理故事"，除了将原著小说里的复杂案情简化以便孩子理解，挑取其中的谜题缩写改编成更易读的问答方式之外，编者们对于原作中的杀人情节、杀人动机等并没有进行"清洁"处理。还是小学生的我——照单全收地看完，健康阳光地长大，并未因此而杀人放火，我周围的推理迷伙伴们亦然。

正是华斯比先生精心挑选出来的那些别说罪犯、坏人，甚至一个带点恶意的人物都很少出现的日常推理，让我突然意识到，我认为理所当然的观念或许并不是一个社会共识：显然，如果没有遭受到读者大众对该体裁的严重质疑，编者便不需要这些苦口婆心的解说、这样心细如发的编纂。编者的措辞和用心，恰恰折射出了中国家长对侦探推理这一文学类型的陌生和在伦理上的担忧：孩子会因为看到了人性自私残忍的黑暗面、看到生老病死当中的残酷，而变得暴力扭曲吧？

今日的科技水平与我的少年时代相比可谓天地悬隔，而在这样一个时代，一部推理童书竟然需要大费周章地说服家长们：放心，安全，无毒，这让我感到有点难过，困惑，甚至于，细思极恐了。

想起数年前，两个不大不小的舆论事件：一是在日本著名科幻推理漫画《死亡笔记》中，主人公在笔记上写下人名就可以令人死去，另一个，是西方人文历史研究者以探讨原版《格林童话》故事的阴暗面为主题的相关书籍和言论，两者都曾经引起一些家长的惶恐。在我看来，《死亡笔记》本身是一部智商在线也有相当思想深度的作品，从文学史和文化史的脉络来看，原版《格林童话》里也的确有着弗洛伊德式的精神分析学术语会称为"爱驱力"和"死驱力"的元素在。至于一些商贩跟风推出周边产品，引得孩子购买"死亡笔记本"写下同学的名字来"咒杀他人"的"锅"，是否要作品来背，那是另一个问题了。一方面，它似乎仍然荒谬得不值一提——除非真的像《少年检察官》一样，清除所有故事当中的暴力元素；另一方面，它又深刻到可以用从"柏拉图的洞穴"到"皇帝的新装"等一系列哲学和文学隐喻来大书特书。我们无法深入讨论此类疑难，但显然，在作品中呈现丑恶，呈现复杂乃至于扭曲的人性，并不代表该作本身的主题是在宣扬丑恶扭曲的价值观，这一点无须赘言。至于孩子没有成熟的判断力，盲目模仿书中情节会不会带来真正可怕的后果，我以自身的成长经验来说：并没有多少孩子会因为读了内有杀人案的故事而长歪；更可能使孩子长歪的，一定是在现实世界中，成人们在日常生活中基本的行为模式和他们的价值观。

正因此，当一位同龄的母亲在陪着孩子看了美国电影《复仇者联盟 3》后，担忧地说"孩子看到反派赢了非常高兴，他三观会不会歪掉"的时候，我想说，放轻松，孩子只是暂时吃腻了"正义战胜邪恶"的"儿童故事套餐"罢了。身为成人，我们总会为孩子的感知能力之强而惊喜，却仍然习惯于在无形中矮化他们。过度地量身定制，往往是捏着嗓子跟孩子说话。

当然，对于少年犯罪及其文学再现，无论在东方还是西方，都是一个极为复杂的议题。同一部作品，从文字版、动画版和电视剧版，依照作品内容和形式的尺度而有各种时空的传播限制，这都是常规的、健康的社会文化传播方式。但是，我们必须承认：不论我们如何规束，孩子们仍然想要去搜集童话故事的另一面。

因为我们是人

只要抓到一点点线索，一个孩子就会像侦探一样，对故事的背后追根究底。这让我经常想到：人和动物的根本区别是什么？

可能在于，人有相对漫长的幼年期。小鹿一出生，就要跟着妈妈躲避天敌，迅速学会生存和长大；而人类，至少在十岁以前都很难独立生存，只能听妈妈讲故事。

人类天生需要故事，而我们一再说：故事，就是看别人如何面对困境，在困境中如何选择。讲故事和听故事，虽然也源自我们要努力生存下去的动物本能，但与狮子和鹿不同的是，或许只有人类，会在故事中创造文明的范式。

正因为我们是人类，伦理问题才是无法彻底、圆满解决的——文明实际上是妥协，是运用各种象征符号来解决冲突，特别是人类特有的伦理冲突，而非仅仅依靠弱肉强食和丛林法则。

要让孩子在故事中成长，其实就意味着让他们感知到人类的困境。而任何一个时代和社会，都不可能真空无菌。有毒，就有解毒剂，在我看来，推理小说正是解毒剂：它呈现人性每一道藏污纳垢的裂隙，然后寻找答案和可能的弥补方式，如果还没有找到，就让问题像一柄利剑一样悬置在我们的头顶和心中，正像那既被封为世界现代文学的经典名作，又被选为现代侦探小说经典名作的《罪与罚》在所有现代人头上悬置的利剑一样（顺便说一句，同样是在我小学的时候，就因为想要尽可能地寻找破案故事，我无意中读到了这部作品的少年速读版）。

对于阅读和教育所带来的伦理困境，我真正害怕的，并不是孩子为大反派打倒了正义使者而欢呼，而是有一天，他们陡然发现真正的世界并不是安乐花园，而是潘多拉的魔盒，只有"希望"被留在童年的匣子里。

我们最终希望给孩子什么呢？我想，应该是在任何环境中都能生存的勇气和智慧。正因此，完全两截式的教育比任何暴力案件都要残酷：它毁坏了一个人发现困境和解决问题的基本能力。

我原本希望，以华斯比先生编纂的这本书，作为"给孩子量身定做的"推理小说标准，呼吁中国推理作家把目光投向孩子，请作家们积极努力为孩子打造这类不需要恶性案件，只要在日常生活中发现各种有趣角度的作品。但现在，在"伦理"这个沉重的议题下，比起这种呼吁，我还是选择去怀念那个撒野长大的童年：信手拿起一本父母书架上的书，才不管它是不是为我量身定做的。

打开一本书，就是打开一个谜。正像本书一开始就提出来的：所谓侦探，是一种探索的欲望，在看似正常的表象当中，发现盲点、裂隙、阴影、幕后的故事、隐藏的黑手、更深的层次、他者的世界。别告诉我，你在咖啡馆里跟他见面，在树林里跟她约会，其实每一间咖啡馆长得都不一样，每一片树叶都跟其他树叶不同，这无穷无尽的旁逸斜出，是孩子的眼光，是人类的童真。

我的确中意这些专门为孩子们挑选出来的日常推理故事，但这中意里，没有惊喜，就像爱着人工修剪的、整整齐齐、规定好哪些是益树，哪些是杂草的园林一样。这样的园林固然美丽，但要维护它，不仅总是需要定期清除什么，消灭什么，而且，它们终归比不得热带雨林的美妙：每一样动植物都和其他的生命一样相爱相杀。在一片真正的热带雨林中，原本就是没有一根"杂草"的。

这或许只是我的偏见吧。

最后，感谢诸君陪同作者聊到这里。话题好像还没有说完，像少了答案的推理小说一样令人不耐。推理小说家总是宣扬，若人无逻辑，就会陷于迷信，当思想蒙上迷雾，必然颠顸造恶。逻辑是人思维进步的动力源之一，有逻辑的人才会去追根究底：这事到底是怎样的？应该怎么看？怎么做？

但，逻辑推理无法解决的问题，实在太多了。我们总是说，原则上怎样，大数据怎样，从理性的角度，从效率的角度……然而，还是那句话：我们是人。我们从来不是按照逻辑、按照理性、按照算法提供的最优解来选择和生活的。人类的选择是如此多样，充满了争议和纠缠，而侦探推理小说也总是会向我们展示出，我们往往会做出最坏的选择，并且乐此不疲。

侦探推理小说的读者在故事中追求答案，是为了安心，为了满足期待，抚平恐惧。但我心究竟能安于何处？作为推理迷，在享受了许多解谜后的短暂快感之后，我发现答案本身至多只一个驿站，而非思考的终点，因为归根结底，生而为人，实在令人困惑。

在古希腊神话当中，克里特岛上有座迷宫，迷宫的深处有个怪兽，进入的人都有去无回。最后，来了一位英雄忒修斯，他在公主的帮助下，带着一个线团走进迷宫，杀掉了怪兽，又沿着线团的指示走出了迷宫。忒修斯可能是人类历史上最早的黑客之一，而正是他的通关之法，让我想到了推理小说的本质：给出足够的线索，你能怎样进去，就能怎样出来。

　　小说可以有进有出，人生就不一定了。这段莫名展开的人生旅程，是本格派还是社会派的？是封闭的暴风雨山庄，还是硬汉侦探无尽展开的公路之旅？或许两者都是？抑或它很像当代的密码——运用了加密散列函数，是单向度的，有进无出的？……总是爱提供答案的推理小说里，或许真有一个隐藏的秘宝，一个针对人生本身的终极答案也说不定呢。只是——你能找到它吗？你愿意相信它吗？